정비석 장편소설

小說 **초한지** 楚漢志

⑤

범우사

## 차 례

결전 전야 · 11
장량의 착오와 지혜 · 22
백만 대군 · 34
중신들의 간언 · 50
매복 작전 · 65
옥퉁소의 효험 · 81
최후의 비가悲歌 · 92
영웅의 말로 · 104
황제로의 등극 · 114
전횡田橫과 계포 · 126
종이매 사건 · 135
운몽을 순행 · 144

155 · 뛰어난 기계奇計
166 · 장량의 은퇴
180 · 제위 계승자 문제
195 · 진희陣稀의 반란
206 · 한신의 운명
219 · 괴철蒯徹의 충성심
232 · 무고誣告의 여파
241 · 영포英布의 반란
253 · 상산商山에 사는 4명의 현인
267 · 산으로 들어가는 장량
278 · 장락궁長樂宮의 곡성
290 · 처절한 보복

진시황제 秦始皇帝

초패왕 항우 楚霸王 項羽

여후 치呂后 雉

한고조 유방 漢高祖 劉邦

한신韓信

소하蕭何

장량張良

진평陳平

# 제5권 천하통일天下統一

劉邦

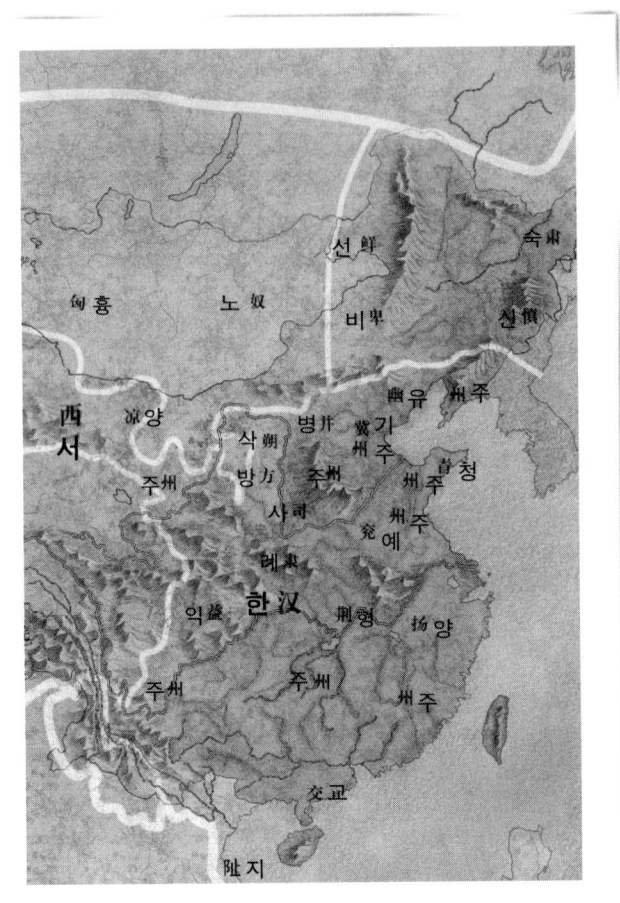

서한西漢 시대의 지도

# 결전 전야

초패왕 항우는 홍구에서 강화 조약을 맺고 팽성으로 돌아오자, 오랜만에 장병들에게 휴가령休暇令을 내렸다.

"싸우느라고 오랫동안 고생이 많았으니, 이제부터 삼교대三交代로 한 달씩 고향에 다녀오도록 하라."

몰인정한 항우가 부하 장병들에게 전에 없던 온정을 베풀어 주었다. 전쟁이 다시는 없으리라고 굳게 믿고 있었기 때문이었다.

그러기에 항우 자신도 그날부터는 군무軍務를 전폐하고 사랑하는 우미인과 더불어 환락에 빠져 버렸다. 영웅이 호색한다는 말이 있거니와, 항우는 워낙 정력이 절륜한 관계로 팽성으로 돌아온 그날부터는 오직 주색으로 세월을 보내고 있었던 것이다.

그러던 어느 날, 대부 주란周蘭으로부터 항우에게 상소문上疏文이 올라왔다. 상소문의 내용은 다음과 같았다.

자고로 성제명왕聖帝明王은 '나라가 편안할 때에 위험스러운 경우를 잊어버리지 아니하고〔安不忘危〕, 세상이 잘 되어갈 때에 어지러운 경우를 잊어버리지 않는다〔治不忘亂〕'고 하옵니다. 지금이 비록 전시戰時는 아니오나, 전쟁이 언제 일어날지 모르는 비상시인 것만은 틀림없는 사실이옵니다. 더구나 한왕 유방이 강화 조약을 맺었다고는 하오나, 그의 마음을 믿을 수가 없을 뿐더러 유방의 주위에는 권모 술수에 능한 참모들이 수다한 관계로 언제 무슨 변란變亂이 일어날지 모르는 형편입니다. 그러므로 폐하께서는 마땅히 병마兵馬를 주야로 훈련하시와 비상시에 대비하셔야 함에도 불구하고, 근자에는 오로지 안일安逸만 일삼고 계시니, 이 어찌 된 일이옵니까. 일찍부터 폐하께서 한번 호령을 내리시면, 공격하여 취하지 못하는 일이 없었고, 싸워서 이기지 못하는 일이 없어, 폐하의 위무를 천하에 떨쳐 왔사옵니다. 그러나 지금처럼 안일을 일삼고 계시다가는 나라의 장래가 매우 위태로울 것이옵니다. 들려오는 말에 의하면, 유방의 신하들은 아직도 우리나라를 정벌할 모의를 일삼고 있다 하옵는데, 만약 그들이 불시에 군사를 몰아쳐 오면 우리는 저들을 무슨 힘으로 막아낼 수 있을 것이옵니까. 폐하께서는 소신의 간언을 어리석다 생각지 마시고, 이제부터나마 비상시에 대한 대책을 시급히 강구하도록 힘써 주시옵소서.

　항우는 주란의 상소문을 읽어 보고 오랫동안 심사묵고하다가 주란을 대전으로 직접 불러들여 말한다.
　"경의 상소문은 잘 읽어 보았소. 경의 우국지정에는 감복을 마지 않는 바이오. 그러나 이미 강화 조약을 철석같이 맺었으니까, 유방이 설마 마음이 변하는 일은 없을 것이오. 그 점은 안심해도 좋을 것이니, 경은 너무 걱정하지 말기를 바라오."
　항우는 유방과의 강화 조약을 그처럼 철석같이 믿고 있었다. 주란은 항우의 말을 듣고 어처구니가 없었다.
　"폐하! 강화 조약이란 생각하기에 따라서는 휴지 조각과 다름없는 것이옵니다. 유방은 태공을 데려 가기 위해 거짓 강화를 맺었을 지도 모르는 일이온데, 그런 조약을 어떻게 믿고 안심하시옵니까. 더구나 장량이라는 자는 그런 계교에 있어서는 귀신 같은 재주꾼이라는 사실을 아셔야 합니다. 그러니까 특별 휴가령을 당장 취소하시옵고, 이제부터나마 삼군을 맹렬히 훈련시키도록 하시옵소서."

항우는 그 말을 듣고 적이 불안감이 느껴져 즉석에서 종이매를 불러 군령을 내린다.

"비록 강화 조약을 맺었다고는 하지만, 유방이 언제 또다시 침공해 올지 모르니, 장군은 오늘부터 삼군을 맹렬히 훈련시키도록 하오."

이리하여 종이매는 유방의 내습에 대비하여, 삼군의 군사 훈련을 맹렬하게 계속해 나갔다.

그로부터 보름쯤 지났을 무렵이었다. 하루는 영양성 방면으로부터 비마가 급히 달려오더니,

"폐하! 유방은 강화 협정을 무시하고, 우리와 일전을 시도하려고 고릉固陵에 대군을 집결시키고 있는 중이옵니다. 그러고 보면 강화 협정은 태공 일가족을 데려 가기 위한 속임수에 지나지 않았음이 분명한가 봅니다."

하고 항우에게 알리는 것이 아닌가. 항우는 그 보고를 받고 크게 진노하였다.

"뭐야? 유방이라는 놈이 나를 속였단 말이냐. 그렇다면 그자를 그냥 내버려 둘 수는 없는 일이다. 모든 대장들을 긴급 소집하여라."

항우는 대장들을 긴급히 소집해 놓고 추상 같은 명령을 내린다.

"유방이 강화 조약을 무시하고 전쟁을 다시 일으키는 모양이니, 모든 장군은 총출동하여 적이 전투 태세를 갖추기 전에 여지없이 분쇄해 버리도록 하라!"

그러자 계포가 출반주하여 간한다.

"폐하! 첩자들의 보고를 전폭적으로 믿을 바 못 되오니, 폐하께서는 신중을 기하심이 옳을 줄로 아뢰옵니다. 만일 첩자들의 잘못된 보고를 믿고 우리가 군사 행동을 먼저 일으켰다가는 강화 조약을 파기한 죄를 우리가 뒤집어쓰게 될 것이옵니다. 그러므로 우리는 방비 태세를 견고하게 갖춰 놓고 나서, 적이 먼저 쳐들어오기를 기다리고 있는 것이 좋을 것 같사옵니다. 그래서 저들이 먼저 쳐들어오면, 그 때에는 변방 제후들에게 유방의 죄를 널리 선포하는 동시에 대군을 일으켜 저들을 섬멸시켜 버리면 우리의 대의 명분이 뚜렷해질 것이 아니옵니까?"

항우는 계포의 간언을 듣고 고개를 끄덕였다.

"장군의 말을 들어 보니 과연 그렇구려. 그러면 방위 태세를 견고하게 갖추고 첩자들을 많이 파견하여 적의 동태를 상세하게 파악하도록 하오."

한편, 한왕은 장량의 권고에 따라 초나라를 치려고 하면서도 강화 조약을 배반하기가 무척 꺼림칙하였다. 그리하여 장량과 진평에게 다시 한 번 상의한다.

"초나라를 정벌하려면 한신·영포·팽월 등 모든 장수들을 총동원해야 할 것이오. 그러나 그들은 강화 조약이 체결된 것을 알고 제각기 임지任地에서 방심하고 있으니, 이제 그들을 소환한들 급히 와 줄는지 매우 의심스럽구려. 장량 선생은 그 점을 어떻게 생각하시오?"

장량이 머리를 조아리며 아뢴다.

"그 문제에 대해서는 신이 이미 생각해 둔 바가 있사옵니다. 대왕께서는 우선 항우에게 '강화 조약을 체결한 것은 태공을 모셔 오기 위한 일시적인 방편에 지나지 않았다'는 사실을 명백히 알려 주시옵소서. 그러면 항우가 크게 분노하여, 자기편에서 먼저 군사를 일으켜 오게 될 것입니다."

한왕은 그 말을 듣고 무릎을 치며 감탄하였다.

"알겠소이다. 전쟁의 책임을 상대방에게 뒤집어씌우자는 말씀이구려."

"물론 그렇습니다. 그러나 우리로서는 항우가 쳐들어오는 데 대한 방비책만은 미리 갖추고 있어야 합니다."

"그 대책을 어떻게 세우는 것이 좋겠소이니까."

"쳐들어오는 항우를 섬멸시키려면 한신·영포·팽월 등의 협력이 절대로 필요합니다. 그러므로 항우에게 서신을 보내는 것과 때를 같이하여 한신·영포·팽월 등에게도 대왕의 친서를 보내셔야 합니다."

"어떤 내용의 친서를……?"

"세 장군에게 친서를 보내시되, 그 내용은 '홍구에서 초패왕과 강화 조약을 맺은 것은 태공을 구출하기 위한 방편에 불과했다'는 사실을 솔직히 알려 주는 동시에, '태공이 무사히 돌아오셨으므로 이제야말로 초를 정벌하여 천하를 통일할 기회이니, 모든 장수는 급히 달려와 나를 도우라'고 특별 조서를 내리시옵소서. 그러면 모든 장수들은 최후의 결전에 참여하지 못할까 염려스러워서 앞을 다투어 달려오게 될 것이옵니다."

한왕은 장량의 신출 귀몰한 계략에 탄복해 마지않았다.

"과연 선생의 지략은 천의무봉天衣無縫하십니다. 그러면 항우에게 보내는 서한은 누구더러 전달하게 하는 것이 좋겠소이까."

"대부 육가陸賈가 누구보다도 적임자이옵니다."

장량은 육가를 어전으로 불러 자세한 사정을 말해 주면서,

"대왕의 친서를 항우에게 전달할 사람은 대부밖에 없으니, 대부께서는 수고스러운 대로 초나라에 꼭 다녀와 주셔야 하겠소."

하고 간곡히 부탁하였다. 육가가 즉석에서 쾌락한다.

"염려 마시옵소서. 대왕을 위하는 일이라면 물불을 가리지 않겠습니다."

그러나 한왕은 대뜸 고개를 가로젓는다.

"그것은 안 될 말씀이오."

장량은 한왕의 반대에 봉착하자 적잖이 놀랐다.

"대왕께서는 어찌하여 육 대부를 항우에게 보내는 것을 허락하지 않으십니까?"

한왕은 즉석에서 대답한다.

"선생께서도 잘 알고 계시다시피, 항우는 성미가 매우 조포粗暴한 사람이오. 따라서 '강화 조약을 파기한다'는 서한을 보기만 하면, 육 대부를 그 자리에서 물고物故를 내버릴 터인데, 그런 변을 당할 것을 뻔히 알고 있으면서 육 대부를 어떻게 사지死地에 보낼 수 있겠소. 어떤 일이 있어도 육 대부는 못 보내겠소이다."

육가는 그 말을 듣고 너무도 감격스러워 한왕에게 큰절을 올리며 아뢴다.

"대왕 전하의 자비하신 은총에는 오직 감루感淚가 있을 뿐이옵니다. 그러나 신은 항우의 손에 죽음을 당할 정도로 어리석지는 아니하옵니다. 그 점은 조금도 염려 마시옵소서. 항우는 우직하기만 할 뿐 아무 지혜도 없는 인간입니다. 신이 항우를 교묘하게 구워삶아 기필코 자기편에서 군사를 먼저 일으켜 오도록 하겠습니다."

장량이 다시 아뢴다.

"지금 본인이 말씀하셨다시피, 육 대부는 결코 항우의 손에 죽을 사람이 아니오니 대왕께서는 안심하시고 보내 주시옵소서. 육 대부가 아니면, 이처럼 중대한 사명을 다할 사람이 아무도 없사옵니다."

한왕은 그제서야 육가를 보내기를 허락하였다.
 다음날 육가가 팽성으로 항우를 찾아가니, 항우는 육가를 보기가 무섭게 따져 묻는다.
 "그대는 무슨 일로 나를 찾아왔는가?"
 육가가 대답한다.
 "한왕이 일전에 폐하와 강화 조약을 맺은 것은 태공을 모셔 가기 위한 속임수에 지나지 않은 것이옵니다. 그 증거로 한왕은 지금 강화 조약을 배반하고, 폐하를 치려고 고릉에 대군을 집결중에 있사옵니다. 중신들이 아무리 만류해도 듣지 아니하고 기어코 전쟁을 일으킬 모양이니, 그야말로 폐하에 대한 배신이 아니고 무엇이겠습니까."
 항우는 그 말을 듣고 크게 분노하며 말한다.
 "유방이 고릉에 대군을 집결중이라는 정보를 나도 듣고 있기는 했지만, 그런데 그것이 나를 치기 위한 준비 공작이었단 말인가!"
 "모두가 사실이옵나이다. 그러나 그뿐이옵니까. 한왕은 폐하에게 보내는 선전 포고문을 소생더러 가지고 가라고 해서, 소생은 어쩔 수 없이 심부름을 오기는 왔사옵니다마는, 한왕이야말로 폐하의 위력을 너무도 모르는 사람 같사옵니다."
 "뭐야? 유방이라는 자가 나한테 선전 포고문을 보내 왔다구?"
 육가는 새삼스레 머리를 조아리며 말한다.
 "그렇습니다. 하룻강아지 범 무서운 줄을 몰라도 유만부동이지, 한왕 따위가 폐하의 막강한 세력을 어떻게 당해 낼 것이옵니까. 천하를 양분해 가졌으면 그것으로 만족할 일이지, 한왕은 무엇이 부족해 전쟁을 또다시 일으키려고 하는지, 소생으로서는 도무지 이해할 길이 없사옵니다."
 육가가 항우의 비위를 맞춰 가며 듣기 좋게 씨부려대는 바람에,

고지식한 항우는 육가에게 호감을 품을 수밖에 없었다. 그리하여 육가에게 손을 내밀며 말한다.

"유방이 나에게 선전 포고문을 보냈다니, 가지고 왔거든 이리 내보이게."

육가는 송구스러운 자세로 한왕의 서한을 내주며 말한다.

"소생은 죽지 못해 이것을 가지고 오기는 했습니다마는, 폐하에게 실로 죄송스럽기 짝이 없사옵니다."

항우가 한왕의 서한을 읽어 보니 그 내용은 다음과 같았다.

한왕 유방은 초패왕에게 글월을 보내오. 전일 귀왕은 나의 양친과 왕후를 오랫동안 인질로 붙잡아 두었을 뿐만 아니라, 한때에는 나의 가족들을 도마 위에 올려놓고 흥정을 했던 일도 있으니, 이는 진실로 원한이 골수에 맺혔던 일이오. 나는 진작부터 군사를 일으켜 귀왕을 정벌해 버릴 생각이었으나, 그렇게 되면 나의 가족들이 피해를 당할 것이 두려워 부득이 거짓 강화 조약을 맺고 가족들을 구출해 온 것이오. 부모님을 구하기 위해서는 자식 된 도리로서 어쩔 수 없는 일이었건만, 귀왕은 어리석게도 나의 술책에 속아 넘어간 것이오. 태공 일행을 이미 무사히 구출해 왔으니 내 어찌 골수에 맺힌 원한을 풀지 않을 수 있으리오. 나는 이제 대군을 일으켜 고릉에서 귀왕과 자웅을 결하고자 하는 터이니, 귀왕은 나를 조금도 두려워 말고 용감하게 싸우러 나오시오. 하늘에 두 해가 있을 수 없듯, 천하에는 두 왕이 있을 수 없는 일이오. 귀왕과 나는 이번 결전으로서 흥망의 최후를 가리기로 합시다.

항우는 편지를 읽어 보고 나서 길길이 분노하며, 즉석에서 한왕의 편지를 갈기갈기 찢어 버렸다.

"유방이라는 자가 나를 감쪽같이 속여 에미 애비를 데려 가고 나서, 나를 이렇게도 모욕할 수가 있느냐. 내 일찍이 회계會稽에서 군사를 일으켜 3백여 전을 싸워 오는 동안에, 가는 곳마다 승리에 승리를 거두어 변방 제후들은 한결같이 나에게 무릎을 꿇지 않은 자가 없었다. 유방을 한왕으로 봉해 준 사람도 바로 내가 아니었더냐. 그런데 그자가 내게 이렇게도 배은 망덕할 수가 있느냐."

항우는 너무도 격분하여 전신을 와들와들 떨며 눈앞에 앉아 있는 육가에게 호통을 지르듯 말한다.

"그대는 당장 돌아가 유방에게 나의 말을 전하라! 이번만은 유방의 목을 내 손으로 직접 쳐 버릴 테니, 지금부터 목을 깨끗이 씻고 기다리고 있으라고 말이다. 지체 말고 돌아가 내 말을 분명히 전하라!"

항우는 무섭게 호통을 쳤으나, 육가는 자리에서 일어서기를 주저하면서 걱정스럽게 반문한다.

"폐하! 소생은 폐하의 분부대로 전하기는 하겠습니다는, 어쩐지 소생은 몹시 불안스럽사옵니다."

성미가 급한 항우는 또다시 화를 내며 육가에서 소리친다.

"빨리 돌아가 유방에게 내 뜻을 전하지 않고 무얼 꾸물거리고 있소!"

육가는 이왕이면 군사 기밀까지 알아 가지고 돌아가고 싶어 짐짓 이렇게 말했다.

"이번 싸움은 최후의 결전이나 다름이 없을 것이옵니다. 한왕의 군사는 여기저기서 모두 주워 모으면 20만이 넘을 것 같은데, 폐하께서는 그래도 이겨내실 수 있을지, 소생은 은근히 걱정스럽사옵니다."

한왕의 군사는 모두 합하면 50만이나 되련만, 육가는 일부러 20만으로 줄여 말했다. 항우는 육가의 말을 액면 그대로 믿고 크게 웃는다.

"하하하, 20만밖에 안 되는 군사를 가지고 나를 어쩌겠다는 것인가. 우리 군사는 30만이 넘소. 이러나저러나 유방의 군사가 어찌 나를 당해 낼 수 있겠소. 그대는 아무 걱정 말고 빨리 돌아가 유방에게 내 말을 전하기만 하오."

항우는 무심중에 군사 기밀까지 서슴지 않고 토로해 버렸다.

"알겠습니다. 그러면 소생은 폐하의 말씀만 전하고 즉시 달려오겠습니다."

육가는 그 말을 남기고 총총히 돌아왔다.

육가가 죽지 않고 무사히 돌아온 것을 보자, 한왕은 죽었던 아들이 살아 돌아온 것처럼 기뻐하였다.

"대부는 무슨 재주로 무사히 돌아오셨소?"

육가는 그간의 경과를 한왕에게 자세히 보고하고 나서,

"항우는 불일간 30만 군사를 몰아쳐 올 것이 확실하오니, 대왕께서는 대책을 시급히 강구하시옵소서."

하고 말했다.

한왕은 크게 걱정하며 장량을 불러 묻는다.

"항우가 30만 군사를 몰고 불일간 쳐들어오리라고 하는데, 이 일을 어찌했으면 좋겠소이까."

장량은 한동안 궁리를 해보다가 대답한다.

"지금 곧 군령을 내리셔서 방비 태세를 견고하게 갖추도록 하시옵소서. 그리고 한신·영포·팽월 등에게도 긴급 소집 명령을 내리셔야 하옵니다. 항우가 여기까지 군사를 몰고 오려면 아무리 빨라도 5, 6일은 걸릴 것이니 한신·영포·팽월 등은 그 안에 이 곳에 와 있어야 합니다."

한왕은 장량의 말을 믿고 한신·영포·팽월 등에게 급사急使를 파견하는 동시에 왕릉·주발·번쾌·관영·노관·주창·근흠·고기高起·여마통 등을 요소요소에 배치하여 적의 내습에 대비하였다.

과연 장량의 예언대로 항우는 엿새 후에 30만 군사를 거느리고 고릉성固陵城 30리 밖에 도착하여 한왕에게 정식으로 싸움을 걸어왔다.

그러나 5, 6일 안에 반드시 오리라고 믿고 있었던 한신·영포·팽월 등은 일절 소식이 없지 않은가. 그러니까 한왕은 크게 불안할 밖에 없었다.

## 장량의 착오와 지혜

　항우는 워낙 성미가 급한 사람인지라, 30만 대군을 몰고 오기가 무섭게 유방의 근거지인 고릉성으로 전격적으로 쳐들어가려고 하였다.
　만약 그랬더라면 한군漢軍은 크게 패했을 것이다. 그러나 하늘의 도움이었다고 할까, 항백이 항우의 전격 작전을 반대하고 나왔다.
　"폐하! 우리 군사는 먼 길을 오느라고 몹시 피로해 있사옵니다. 게다가 적정敵情을 잘 모르면서 덮어놓고 전격 작전을 펴는 것은 매우 위험한 일이오니, 며칠 동안 여유를 두고 적정을 정확하게 파악한 연후에 총공격을 퍼붓는 것이 좋을 줄로 아뢰옵니다. 그래야만 적을 일거에 섬멸시킬 수가 있사옵니다."
　항백이 전격 작전을 반대하고 나온 데는 그 나름대로 남모르는 비밀이 있었다. 항백은 일찍부터 장량과는 개인적인 친분이 무척 두터운 사이였다. 게다가 한왕 유방과는 동서지간同壻之間이기도 하였다. 그러기에 한왕을 최후의 궁지에까지 몰아붙이고 싶지는 않았던 것이다.
　그렇다고 항우를 배반하고 한왕에게 돌아 붙을 생각은 없었다.

다만 한왕의 덕망과 장량의 기발한 지략을 평소부터 흠모해 왔기 때문에, 마음만은 은연중에 그쪽으로 기울어져 있었던 것이다.

그야 어쨌건 항백이 전격 작전을 반대하고 나오자, 항우는 항백의 의견을 받아들여 우선 적정을 정확하게 파악하기로 하였다.

한편 한나라 군사들은 초군이 30리 밖에 진을 치고 있는데도 불구하고 전연 움직이는 기색을 보이지 않았다. 그도 그럴 것이 한왕이 철석같이 믿고 있었던 한신·영포·팽월 중 단 한 사람도 달려와 주지 않아서 적극적으로 공세를 취할 자신이 없었기 때문이었다. 한왕이 조서詔書만 보내면 '한신·영포·팽월 등이 부리나케 달려오리라'고 단언했던 것은 장량의 커다란 오산이었다. 그러기에 한왕은 너무도 불안스러워 장량에게 나무라듯 말한다.

"나는 선생의 말씀만 믿고 항우에게 선전 포고문을 보냈는데, 한신·영포·팽월 등은 감감 무소식인 채 항우만이 대군을 몰아쳐 왔으니 이를 어찌하면 좋겠소이까."

장량이 괴로운 표정을 지으며 대답한다.

"한신·영포·팽월 등이 대왕의 조서를 받아 보면 즉시 달려오리라고 믿었던 것은 신의 커다란 오산이었습니다. 그러나 그들이 오지 않으면 다만 적극적인 공세를 취할 수 없다 뿐이지, 적을 방위하는 것은 그다지 어려운 일이 아니옵니다. 그 점에 대해서는 신이 목숨을 걸고 책임을 지겠습니다."

이리하여 한나라 군사들은 수비 태세만 견고하게 갖추고 있었던 것이다.

그 모양으로 10여 일이 지나도 일절 움직이는 기색이 없으므로 항우는 몹시 답답하여 대장들을 한자리에 불러 놓고 묻는다.

"유방은 우리한테 선전 포고까지 보낸 주제에, 우리가 코앞에 와 있어도 움직이는 기색이 전연 없으니 어떻게 된 일이오?"

항우의 질문에 계포가 출반주하며 대답한다.

"유방은 지금 우리한테 '둔병지계鈍兵之計'를 쓰고 있는 줄로 아뢰옵니다."

"둔병지계라니……? 싸움을 일부러 회피하고, 우리 군사들이 절로 지쳐 버리기를 기다리고 있다는 말인가?"

"예, 그러하옵니다."

항우는 이번에는 대장 종이매에게 묻는다.

"장군도 역시 그렇게 생각하시오?"

"소장도 계포 장군과 똑같은 생각이옵니다. 둔병지계를 쓰지 않는다면, 선전 포고문까지 보낸 주제에 왜 싸우기를 회피하겠습니까?"

그러자 대장 주란이 정면으로 반대하고 나온다.

"두 분의 의견은 크게 잘못된 생각인 줄로 아뢰옵니다. 한왕은 한신의 군사가 오지 않았기 때문에 싸울 자신이 없어 수비만 하고 있는 것이옵니다. 시간을 끌수록 우리에게 불리하니까, 오늘이라도 총공격을 퍼붓도록 하시옵소서."

"음…… 듣고 보니 과연 장군의 말씀이 옳소이다. 그러면 내일은 총공격을 퍼붓기로 합시다."

다음날 항우가 총공세로 나오자, 한왕은 왕릉 · 번쾌 · 관영 · 노관 네 장수로 하여금 적을 막아내게 하였다.

항우가 말을 달려나와 적장들에게 외친다.

"내가 한왕과 단둘이 담판할 일이 있으니, 그대들은 물러가고 한왕을 내보내라."

그러자 왕릉이 장검을 휘두르며 대답한다.

"대왕께서는 그대가 태공을 팽살하려고 했던 원한을 푸시려고 그대를 생포해 오라는 명령을 내리셨기 때문에, 우리 네 사람은 그대를 생포해 가려고 나왔다. 그대는 여러 말 말고 우리의 결박을 받으라."

이에 항우는 크게 노하여 장검을 휘두르며 비호같이 덤벼 오는데, 그 기세가 요란스럽기 그지없었다. 네 장수는 항우를 상대로 30여 합을 싸웠으나, 항우를 당해 낼 수가 없었다. 그리하여 제각기 쫓기기 시작하니, 이번에는 근흡·주창·고기·여마통 등 10여 명의 장수들이 떼를 지어 몰려나와 싸움을 가로맡았다. 그러자 초진에서도 계포·종이매·환초·우자기 등 모든 대장들이 총출동하여 양군은 일대 혼전을 이루었다.

싸움은 갈수록 치열해지기만 할 뿐 끝날 줄을 몰랐다. 그런데 해가 저물어 갈 무렵이 되자, 초군 진지에서 별안간 요란스러운 철포 소리가 나더니, 대장 주란이 대군을 몰아쳐 덤벼 와 한군을 사면 팔방으로 때려부수는 것이 아닌가.

이미 지칠 대로 지쳐 버린 한나라 군사들은 주란의 군사들에게 비참하게 죽어 가고 있었다. 이에 한왕은 크게 당황하여,

"모든 군사들은 즉각 성안으로 후퇴하라!"
하고 긴급 후퇴령을 내리는 수밖에 없었다.

한나라 군사들은 성안으로 몰려 들어와 성문을 굳게 걸어 잠그고 일절 싸우려고 하지 않았다. 항우는 성문 앞까지 달려와 의기 양양하게 전군에 공격 명령을 내린다.

"적은 이미 독 안에 들어 있는 쥐새끼들이다. 성을 사방으로 포위하고 유방을 당장 생포하라. 나의 오랜 원한을 오늘 밤에 깨끗하게 풀어 버리기로 하리라."

그러자 대장들이 입을 모아 아뢴다.

"폐하! 지금은 사방이 캄캄하게 어두워 오니, 성을 함락시키는 일은 내일 아침으로 미루는 것이 좋을 줄로 아뢰옵니다."

"뭐가 두려워서 내일 아침으로 미룬다는 말이냐?"

"어둠을 무릅쓰고 무리하게 함락시키려면 적이 최후의 발악을 하게 되어 우리 편의 피해가 많게 되옵니다. 그러므로 밝은 날에 공격하는 것이 우리 편에게 훨씬 유리합니다."

"음…… 그러면 성을 함락시키는 일은 내일 아침으로 미루더라도 오늘 밤의 경계만은 삼엄하게 하라."

한편, 성 안에 갇혀 있는 한왕은 불안에 떨며 모든 막료들에게 말한다.

"적의 세력이 워낙 막강하여 성을 고수固守하기가 어려울 것 같은데 이를 어찌 했으면 좋겠소."

장량이 머리를 조아리며 아뢴다.

"초군은 진종일 싸우느라고 무척 지쳐 버려서, 지금쯤은 모두 잠이 들어 버렸을 것이옵니다. 그러므로 대왕께서는 오늘 밤에 성고성으로 근거지를 옮겨 가시는 것이 좋을 줄로 아뢰옵니다."

한왕은 고개를 끄덕이며 대답한다.

"나 역시 똑같은 생각이오. 고릉성을 끝까지 지탱하지 못할 바에는 차라리 성고성으로 옮겨 가는 것이 좋을 것 같소이다. 그러나 적의 경계가 삼엄하여 함부로 성을 빠져 나갈 수가 없는 일이 아니오."

"그 점은 염려 마시옵소서. 신이 적정을 잘 알아보아서 안전하게 모시도록 하겠습니다."

장량은 번쾌·주발·시무·근흠 등 네 장수를 성밖으로 내보내 적정을 면밀히 살펴 오게 하였다.

네 장수가 어둠 속을 잠행하여 적정을 살펴보니, 북문에는 적이 거의 없어서 북문으로 탈출하는 것이 가장 안전할 것 같았다. 그리하여 한나라 군사들은 한왕을 모시고 북문으로 빠져 나가기 시작하였다. 그러나 한왕을 선두로 군사들이 절반쯤 빠져 나갔을 무렵에, 초장 종이매가 그 사실을 알고 항우에게 급히 달려와 고한다.

"폐하! 유방을 비롯하여 그의 군사들이 성을 포기하고 지금 북문으로 도망을 가고 있는 중이옵니다."

자다 말고 일어나 그 보고를 받은 항우는 큰 소리로 외친다.

"뭐야? 유방이 도망을 가고 있다고? 당장 군사를 출동시켜 그자를 체포해 오도록 하라!"

항우가 급하게 호령을 내리자, 종이매가 조용히 간한다.

"폐하! 적이 도망을 갈 때에는 방비책을 튼튼하게 세워 놓고 떠났을 것이 분명하니, 함부로 추격하는 것은 삼가심이 좋을 줄로 아뢰옵니다. 섣불리 추격하다가 적의 복병에게 말려드는 날이면 큰일이기 때문입니다."

그러자 옆에 있던 항백이 종이매의 의견에 찬성하고 나온다.

"폐하! 밤도망을 갈 정도라면 유방의 운명은 이미 다 된 판이니, 너무 서두르지 않으심이 좋을 줄로 아뢰옵니다. 위험을 무릅쓰고 구태여 야간 추적을 하지 않아도, 머지않아 유방을 완전 섬멸시킬 수가 있을 것이옵니다."

항우는 종이매와 항백의 의견을 옳게 여겨, 야간 추적만은 하지 않기로 하였다.

그 덕택에 한왕은 군사들을 고스란히 거느리고 성고성에 무사히 도착하였다. 그러나 언제 또다시 적의 공격을 받게 될지 모르므로, 한왕은 장량과 진평에게 걱정스럽게 상의한다.

"적이 언제 또다시 공격해 올지 모르는데, 나를 도와줄 사람들은 아무도 오지 않으니, 이를 어찌 했으면 좋겠소이까."

장량이 머리를 조아리며 조용히 대답한다.

"대왕 전하! 그 점은 조금도 염려 마시옵소서. 모르면 모르되 적은 사흘 안으로 반드시 자진 철수를 아니 할 수가 없게 될 것이옵니다."

한왕은 그 말을 듣고 깜짝 놀란다.

"항우가 자진 철수를 하다니 그게 무슨 말씀이오? 적이 무엇 때문에 자진 철수를 한다는 말씀이오?"

장량이 다시 대답한다.

"적은 군량 사정이 몹시 절박하여 열흘 분밖에 없사옵니다. 신은 적의 그러한 약점을 알고 있었기 때문에, 수일 전에 장창張倉과 장다藏茶 두 장수를 유주柳州로 밀파하여 적의 군량고軍糧庫를 모두 불태워 버리게 했습니다. 제아무리 초패왕이라도 밥을 먹지 않고서야 어떻게 싸울 수 있겠습니까. 그러므로 적은 수일 안으로 반드시 자진 철수할 것이니 두고 보시옵소서."

한왕은 그 말을 듣고 춤이라도 출 듯이 기뻤다.

그러나 항우는 바로 그 다음날, 성고성을 공략하려고 전군에 또다시 출동령을 내렸다. 그런데 바로 그때 유주로부터 비마가 달려오더니,

"폐하! 유주에 있는 군량고가 어젯밤 화재로 회신灰燼되어, 후방에는 군량이 한 톨도 없사옵니다."

하고 알리는 것이 아닌가.

항우는 그 말을 듣고 까무러칠 듯이 놀라며 불호령을 한다.

"뭐야? 유주에 있는 군량고가 불에 타 버리다니, 경비 책임을 맡고 있는 놈들은 무엇을 하고 있었더란 말이냐."

그러나 호령을 지른다고 해결될 문제는 아니었다. 초군이 제아무리 사기가 왕성하기로 밥을 굶고서는 싸울 수가 없는 일이다.

항우는 유주의 군량고가 적의 손에 회신되었다는 보고를 받자, 즉시 참모 회의를 열었다. 그 석상에서 모든 대장들은 입을 모아 말한다.

"이번 기회가 유방을 섬멸시킬 절호의 기회인 것은 사실입니다. 그러나 밥을 굶고서는 싸울 수 없는 일이니, 부득이 철수할밖에 없을 것 같사옵니다."

항우는 뾰족한 해결책이 있을 턱이 없었다. 그리하여 모처럼 승기勝機를 얻었던 초군은 눈물을 머금고 자진 철군하는 수밖에 없었다. 장량의 심오한 전략이 놀라운 성과를 거둔 셈이었다.

한왕은 초군이 팽성으로 철군했다는 소식을 듣고 안도의 한숨을 내리쓸며 장량에게 묻는다.

"한신·영포·팽월 등에게 소집령을 내렸는데도 불구하고 그들은 한 사람도 달려오지 않으니 도대체 어찌 된 일입니까?"

장량이 사죄의 머리를 조아리며 대답한다.

"대왕께서 명령만 내리시면 그들이 즉시 달려오리라고 믿었던 것은 신의 커다란 오산이었습니다. 신이 커다란 과오를 범했사오니 대왕께서는 신에게 응분의 처벌을 내려주시옵소서."

그 말에 한왕은 손을 힘차게 내저으며 말한다.

"선생을 처벌하다니, 그것은 있을 수 없는 일입니다. 선생께서 어떻게 오산을 하셨는지, 모든 것을 사실대로 말씀해 주소서."

"황은이 망극하옵나이다."

장량은 머리를 정중하게 조아려 보이고 나서 이렇게 말했다.

"한신 장군은 이름만 제왕齊王이었다 뿐이지, 아직까지 그가 소유할 영토領土는 하나도 분배해 주지 않으셨습니다. 한신 장군은 그 점에 불만을 품고 오지 않았을 것이옵니다. 영포와 팽월 장군의 경우도 마찬가지이옵니다. 영포 장군은 항우를 배반하고 우리한테 왔건만 아직까지 아무 작위爵位도 내려주지 않으셨고, 팽월 장군의 경우도 그가 무수한 전공을 세웠음에도 불구하고 전공에 해당하는 포상을 아니 해 주셨습니다. 더구나 영포와 팽월 등은 의리보다도 이해利害에 남달리 밝은 사람들이옵니다. 그러므로 지금이라도 대왕께서 그들에게 제각기 영토를 나눠 주시기만 하면, 그들은 크게 기뻐하면서 대왕께서 굳이 부르지 않으셔도 저마다 달려와 대왕을 돕는 데 전력을 다할 것이옵니다. 대왕께서는 그 점을 각별히 통촉해 주시옵소서."

한왕은 그 말을 듣고 고개를 거듭 끄덕이며 말한다.

"내가 우매하여 그 점을 미처 깨닫지 못하고 있었소. 선생의 충고는 폐부를 찌르는 것만 같소이다. 그러면 한신을 삼제왕三齊王에 봉하고, 영포를 회남왕淮南王에 봉하고, 팽월을 대량왕大梁王에 봉하여 그 곳 영토와 물산을 모두 소유하게 할 테니, 수고스러운 대로 선생이 인부印符를 가지고 가셔서 그들에게 직접 전해 주소서."

장량은 한왕의 명령을 받들고, 우선 제나라에 머물러 있는 한신을 찾아갔다. 그리하여 인부와 한왕의 조서를 내주며 말한다.

"대왕께서는 이번에 장군을 삼제왕에 봉하심과 동시에, 제나라의 영토였던 70성을 모두 장군에게 할애割愛하셨습니다. 인부와 조서를 가지고 왔으니 받아 주소서."

한신은 그 말을 듣고 어쩔 줄을 모르도록 기뻐하면서 장량을 상좌로 받들어 모시려 하였다. 그러나 장량은 자리를 사양하며 말한다.

"장군은 이미 왕위에 오르게 되셨고, 나는 일개의 빈객에 불과한데 내가 어찌 감히 상좌에 앉을 수 있으리까."

그래도 한신은 상좌를 강권하며 말한다.

"선생의 도움이 아니었던들 제가 어찌 오늘의 영광을 차지할 수 있었겠나이까. 선생은 한왕의 군사軍師이시므로, 저 역시 선생을 전과 다름없이 군사로 받들어 모시겠습니다."

장량은 좌석을 사양하다 못해 한신과 동등한 자리에 앉으며 다시 말한다.

"항우의 세력은 지금 보잘것 없이 약해졌습니다. 그럼에도 불구하고 한왕께서 항우와 화친 조약을 맺었던 것은 태공이 항우의 손에 볼모로 잡혀 있었기 때문이었습니다. 그러나 태공을 무사히 탈환해 왔으므로 이제야말로 항우를 섬멸시키고 천하를 통일할 때가 온 것입니다. 만약 원수께서 항우를 정벌하여 천하를 통일하게 만들어 주신다면, 원수는 천하 통일의 일등 공신이 되셔서 자손 만대에 이르기까지 영광을 누리게 되실 것입니다."

한신은 그 말을 듣고 머리를 거듭 끄덕이며 대답한다.

"선생의 말씀은 잘 알아들었습니다. 이제니 말이지, 선생에게야 무엇을 숨기겠습니까. 일전에 대왕께서 항우와 화친 조약을 맺고 천하를 양분兩分한다는 소식을 들었을 때, 저는 크게 실망했습니다. 통일 성업을 포기하고 천하를 둘이 나눠 가질 바에야 내가 나서 본들 무슨 보람이 있으랴 싶어, 저는 저 나름대로 실속을 차리기 위해 대왕의 부르심에 응하지 않았던 것이옵니다. 그러나 대왕께서 저를 삼제왕에 봉해 주시면서 천하 통일을 끝까지 완수하시겠다면, 제가 어찌 전력을 기울여 대왕을 돕지 않겠습니까. 그 점에 대해서는 저를 굳게 믿어 주시옵소서."

장량이 크게 기뻐하며 말한다.

"원수가 그와 같은 결심을 가지고 계시다면 신속히 군사를 일으켜 대왕과 함께 항우를 정벌해 주소서. 나는 이제부터 영포 장군과 팽월 장군을 찾아가 원수와 공동 보조를 취해 주도록 부탁할 생각이옵니다."

한신은 그 말을 듣고 더욱 기뻐하면서 말한다.

"선생을 모시고 영포·팽월 장군과 함께 도모하면 천하를 통일하는 것도 그다지 어려운 일은 아닐 것이옵니다."

장량은 한신과 작별하는 길로 곧 회남淮南에 있는 영포를 찾아갔다. 영포가 장량을 반갑게 맞아들이자, 장량은 인부와 한왕의 조서를 내주며 말한다.

"대왕께서는 이번에 장군을 회남왕에 봉하심과 동시에, 구강九江 이남의 모든 군현郡縣을 장군에게 하사하셨습니다. 장군이 정식으로 왕위에 오르시게 된 것을 진심으로 축하합니다."

영포는 그 말을 듣고 기쁨을 금치 못하며, 서쪽 하늘을 향하여 사은숙배謝恩肅拜를 올린다. 장량이 다시 말한다.

"이로써 장군은 인신人臣으로서 최고의 영광을 누리게 되셨습니다. 그러나 항우가 건재해 있어 가지고서는, 장군의 지위가 결코 튼튼하다고는 볼 수 없을 것입니다. 이번에 한신 장군은 항우를 정벌하기 위해 불일간 군사를 거느리고 성고성으로 대왕을 찾아뵙기로 되어 있으니, 장군도 한신 장군과 함께 천하 통일의 성업에 적극 가담해 주심이 어떠하겠습니까."

영포는 그 말을 듣고 크게 기뻐하며,

"저 역시 불일간 군사를 거느리고 성고성으로 대왕을 찾아가, 통일 성업에 전력을 다하기로 하겠습니다."

하고 굳게 맹세하였다.

장량은 영포와 확약을 나누고, 그 길로 대량大梁에 들러 팽월을 만났다.

때마침 팽월은 참모들과 술을 마시고 있었는데, 장량이 찾아왔다는 말을 듣자 황급히 달려나와 정중하게 맞아들인다.

장량이 대량왕大梁王의 인부와 함께 조서를 내밀어 주니, 팽월은 등불을 밝히고 한왕의 조서를 읽어 보는데, 그 내용은 다음과 같았다.

나 한왕은 팽월 장군에게 글월을 보내오. 공은 본시 위魏나라의 상국

相國이었음에도 불구하고 나에게 귀순하여, 초나라의 양도糧道를 차단하는 데 많은 공로를 세워 주셨소. 그럼에도 불구하고 오랫동안 포상을 못해왔기에, 이번에 공을 대량왕에 봉함과 동시에 50군郡을 급여給與하는 터이니, 자손 만대에 이르기까지 길이 영광을 누리기를 바라오.

팽월은 한왕의 우악優渥한 은총에 감격의 눈물을 흘리며 장량에게 말한다.
"대왕께서 신에게 이처럼 막중한 은총을 내려주셨으니, 신은 신명을 다해 대왕의 은총에 보답하겠습니다."
그 말에 대해 장량이 말한다.
"한신 장군과 영포 장군도 대왕의 통일 성업을 돕기 위해 불일간 군사를 거느리고 성고성에서 한왕과 회동하기로 되어 있으니, 장군도 동참해 주시면 대왕께서는 매우 기뻐하실 것이오."
"알겠습니다. 그러면 저 역시 군사를 거느리고 불일간 성고성으로 대왕을 찾아뵙겠습니다."
이리하여 한신 · 영포 · 팽월 등이 모두 자진하여 성고성으로 찾아오게 되었는데, 그 모든 것은 장량의 탁월한 지략 덕택이었음은 말할 것도 없다.

# 백만 대군

'삼제왕三齊王'에 임명된 한신은 한왕을 도우려고 15만 군사를 거느리고 성고성으로 떠나려고 하는데, 때마침 괴철蒯撤이 찾아왔다. 일찍이 한신에게 '한왕을 배반하고, 천하를 세 사람이 나눠 갖도록 하라'고 권고한 일이 있었던 바로 그 괴철이었다.

한신은 괴철을 보고 묻는다.

"공이 오늘은 무슨 일로 나를 찾아오셨소?"

괴철은 머리를 조아리며 대답한다.

"제가 장군의 은총을 오랫동안 받아 왔사온데, 오늘은 장군께서 군사를 거느리고 성고성으로 떠나가신다기에, 장차 장군의 신상에 일어날 커다란 재화災禍를 모르는 척하고 있을 수가 없어 찾아왔사옵니다."

한신은 그 말을 듣고 적이 놀랐다.

"커다란 재화란 어떤 일을 말씀하시는 것이오?"

괴철이 다시 대답한다.

"한왕이 전날 고릉성에서 곤경에 빠져 있을 때, 한왕은 장군에게 급히 달려와 도와 달라고 간청했으나, 장군은 끝끝내 가시지 않았던 일이 있었습니다. 그래서 한왕은 장군의 환심을 사려고 부랴부랴 '삼제왕'에 봉하는 동시에, 많은 영토까지 할애해 주었습니다. 그러나 그것은 진심에서 우러나온 포상이 아니고, 장군의 힘을 빌려 항우를 정벌하기 위한 술책이라는 것을 아셔야 합니다."

"음! 그럴까요?"

"틀림없이 그렇습니다. 한왕은 장군의 힘을 빌려 천하를 통일하고 나면, 그때에는 장군을 그냥 살려 두지는 않을 것이니, 그 어찌 '커다란 재화'라고 아니 할 수 있으오리까. 그러므로 장군은 성고성으로 가셔서는 아니 되시옵니다. 역시 장군께서는 한왕을 도우려 하지 마시고, 언젠가 제가 말씀드린 대로 천하를 세 분이 나눠 갖도록 하셔야 합니다. 그래야만 '커다란 재화'를 미연에 방지할 뿐만 아니라, 영화를 길이 누리게 되시옵니다."

괴철은 '천하 3분론'을 또다시 들고 나왔다. 그러나 한신은 머리를 가로저었다.

"다른 사람도 아닌 장량 선생이 직접 찾아오셔서 군명君命을 전달해 주셨기 때문에, 나는 군사를 일으켜 초나라를 칠 것을 철석같이 약속하였소. 그 일을 이제 와서 번복하면, 나는 세 가지의 불의不義를 범하게 되는 셈이오. 첫째는 군명을 배반하는 불의요, 둘째는 친구의 신의를 배반하는 불의요, 셋째는 은혜를 부덕不德으로 갚는 불의를 범하는 결과가 되오. 그와 같은 불의를 범하고 나면, 내가 비록 제왕의 자리를 유지한다 하기로, 변방 제후들이 나의 부덕을 얼마나 비웃을 것이오. 그러므로 나는 설혹 후일에 공의 말대로 '커다란 재화'를 당하는 한이 있어도, 그런 배은 망덕은 못 하겠소이다."

한신이 그처럼 확고 부동한 태도로 나오니, 괴철은 그 이상 어쩔 수가 없는지 한신의 앞을 총총 물러가 버리고 말았다.

한신이 괴철의 '천하 3분론'을 강력히 물리치고 15만 군사와 함께 성고성으로 달려오니, 한왕은 원문轅門 밖까지 몸소 달려나와 반갑게 맞아 주며 말한다.

"장군이 이렇게 와 주셔서, 나는 죽었던 아들이 살아서 돌아온 것만 같구려."

한신는 거듭 머리를 조아리며 말한다.

"대왕 전하의 홍은이 망극하옵나이다. 신의 죄과는 백사 가당하오나, 차후로는 신명을 다해 충성을 다할 것이오니, 주공께서는 너그럽게 용서해 주시옵소서."

"무슨 말씀을! 사람은 누구에게나 다소의 잘못은 있는 법이오. 지나간 일은 일절 거론치 않기로 하고 어서 대전으로 들어갑시다."

한신을 대하는 한왕의 태도가 어디까지나 관후하여, 한동안 어색했던 군신지의君臣之誼가 다시 옛날처럼 뜨겁게 되었다.

마침 그 무렵에 장량도 성고성에 돌아와 영포와 팽월도 대군을 이끌고 불일내로 달려오게 되리라고 아뢰니, 한왕은 크게 기뻐하며 말한다.

"세 장군이 한결같이 나를 도우려고 오게 된 것은 오로지 선생께서 애써 주신 덕택입니다."

"천만의 말씀이시옵니다. 그들이 자진하여 군사를 거느리고 오게 된 것은 오로지 대왕의 위덕에 감복한 소치인 줄로 아뢰옵니다."

그로부터 열흘 안에 한신·영포·팽월 등을 비롯하여 연왕燕王·위왕魏王·한왕韓王 등도 자진하여 응원군을 몰고 왔는데, 그 군세軍勢는 대략 다음과 같았다.

연왕군 15만
위왕군 20만

한신군 15만
영포군 5만
팽월군 5만
삼진세 6만
장다세 3만

  게다가 낙양에서 승상 소하도 15만 군사를 거느리고 와서, 응원군의 군세가 무려 80여 만이나 되었다. 한왕 자신이 본시부터 거느리고 있는 군사도 20만이 가까웠으니, 성고성에 집결한 총병력은 물경 1백만이 넘었다. 그리고 각국에서 따라온 대장들만도 무려 8백여 명이나 되었다.
  한왕은 한신을 대원수로 임명하여 각 군을 맹렬히 훈련시키는 동시에 소하·진평·하후영 등에게는 삼진三秦으로부터 군량과 의약품을 수없이 운반해 오게 하니, 군사들의 사기는 날이 갈수록 왕성해 가고 있었다.
  한왕은 군사들의 사기가 왕성함을 보고 지극히 만족스럽게 여기며, 하루는 한신을 불러 상의한다.
  "초군을 정벌할 준비가 이미 완료된 것 같으니, 이왕이면 선전 포고문을 보내 항우를 이리로 유인해 가지고 때려부수는 것이 어떠하겠소. 우리로서는 그 편이 훨씬 유리할 것 같은데, 장군은 어떻게 생각하시오?"
  한신이 한왕에게 품한다.
  "항우를 우리 진영으로 유인하여 싸우면 그처럼 유리한 전쟁은 없을 것이옵니다. 그러나 초군은 군량 사정이 좋지 않아 원정을 나가서는 번번이 패했기 때문에, 설사 우리가 선전 포고문을 보낸다 하더라도 항우는 결코 여기까지 덤벼 오지는 않을 것이옵니다."

"음…… 들어보니 과연 옳은 말씀이구려. 그러면 우리는 어떤 방법으로 공략하는 것이 좋겠소?"

"주상께서 팽성까지 군사를 친히 거느리고 가셔서 싸움을 먼저 거셔야 하옵니다. 그러면 항우는 화가 동하여 몸소 달려나올 것이니, 우리는 그 때를 이용해 때려부수는 것이 상책일 것이옵니다."

"그거 참 훌륭한 작전이오. 그러면 장군의 계획대로 합시다."

이리하여 작전 계획은 완전히 합의를 보았다.

그러나 그로부터 수일이 지나도 한신은 웬일인지 출동할 기색을 보이지 않았다. 장량은 적이 의아스러워 한신에게 묻는다.

"전쟁 준비는 완료되었는데, 장군은 어찌하여 출동을 아니 하시오?"

한신이 대답한다.

"군사를 발동시키려면 무엇보다도 먼저 지리地利의 길흉吉凶부터 알아보아야 합니다. 제가 수일 전부터 많은 사람을 파견하여 양무陽武에서 서주徐州에 이르기까지의 지형地形을 샅샅이 조사해 보았사옵는데, 우리 편에 유리한 곳은 오직 구리산九里山 남쪽에 있는 해하垓下라는 곳이 있을 뿐이옵니다."

"해하가 어떻게 생긴 곳이기에, 오직 그 곳만이 우리에게 유리하다는 말씀이오?"

"해하라는 곳은 산이 높아서 산기슭에 군사를 매복시키기에 적당하고, 배후의 산이 험준하여 적에게 후방 공격을 받을 위험이 전연 없는 곳이옵니다. 우리에게 유리한 싸움터는 오직 그곳뿐이기에, 다시 한번 정확하게 알아보려고 사람을 두 번째 보냈는데, 그 사람이 돌아오거든 곧 출동하겠습니다."

장량은 그 말을 듣고 크게 감탄하였다.

"장군은 과연 불세출의 병가兵家이시오. 그러면 나는 나대로 오늘 밤 천문天文을 통하여 점을 쳐 보기로 하겠소."

그날 밤 장량이 홀로 산상에 올라가 천문을 바라보니 자미성紫薇星은 과거의 어느 때보다 찬란하게 빛나고, 오성五星은 전에 없이 밝아 보였다.

장량은 크게 기뻐서 한신에게 달려와 말한다.

"내 지금 산상에 올라 천문을 보니, 한나라의 운수가 그렇게도 왕성할 수가 없소. 장군은 속히 발군發軍하여 기공奇功을 세움으로써 만백성들을 도탄 속에서 속히 구출해 주시오."

한신이 크게 기뻐하며 대답한다.

"천문이 그처럼 대길大吉하다면 주상 전에 품고하여, 곧 발군하도록 하겠습니다."

한신은 곧 한왕한테로 달려갔다.

한편, 항우는 팽성彭城에 돌아오자 몸에 쌓인 전진戰塵을 깨끗이 씻어 버리고, 오랜만에 사랑하는 우미인虞美人과 더불어 부부간의 정회情懷를 마음껏 풀고 있었다. 황후 우미인은 남편에게 기쁨의 술잔을 올리며 다정하게 말한다.

"구중궁궐九重宮闕이 아무리 좋기로 혼자 있을 때에는 사막처럼 쓸쓸하기만 했었는데, 폐하께서 돌아오시니 이렇게도 기쁠 수가 없사옵니다."

항우도 사랑하는 우미인의 얼굴을 행복스럽게 바라보며 말한다.

"나 역시 전야戰野에서 천군 만마를 질타叱咤할 때에도 머릿속에는 그대 생각뿐이었소. 뭐니뭐니 해도 가장 소중한 것은 부부간의 정리情理야."

"말씀만 들어도 행복스럽사옵니다. 그러기에 옛날부터 부부간의 정리를 '일련탁생一蓮托生'이라고 일러 오지 아니하옵니까."

"일련탁생이란 참으로 그럴 듯한 말이오. 전쟁을 하도 오래 계속하다 보니 이제는 싸우는데 지쳐 버려서 나도 평범한 지아비로 돌아와, 그대와 더불어 여생을 조용하게 보내고 싶은 생각조차 없지 않소."

그렇게 말하는 항우의 얼굴에는 일말의 감상조차 없지 않았다.

남편의 얼굴에서 감상적인 표정을 보는 순간 우미인은 적이 놀라며 말한다.

"폐하께서는 천하의 영웅답지 않으시게 오늘은 어찌하여 그처럼 나약한 말씀을 하시옵니까. 천하를 통일하는 것은 폐하의 평생 소원이시오니, 천하 통일만은 기필코 이루어 놓으셔야 합니다. 폐하가 아니면 누가 천하를 통일할 수 있으오리까. 폐하께서 천하를 통일하시면 신첩은 쌍수를 들어 축하의 말씀을 올릴 것이옵니다."

항우는 그제야 흔쾌하게 웃으며 말한다.

"하하하, 그대가 그처럼 기뻐해 주겠다면 어떤 고난이 있어도 천하 통일만은 이루어 놓아야 하겠는걸! 그러면 그대는 초나라의 황후가 아니라 천하의 황후가 될 것이 아니겠는가."

"그 때에는 신첩은 이 세상에서 둘도 없는 '천하의 황후'가 될 것이옵니다."

오랜만에 만난 부부가 내전에서 그와 같은 정담을 나누고 있는데 문득 문전에서 인기척이 나더니,

"폐하! 긴급히 아뢸 말씀이 있사옵니다."

하는 소리가 들려오는 것이 아닌가. 항우는 문을 힘차게 열어젖뜨리며 묻는다.

"무슨 일이냐!"

문전에 서 있던 상서령尙書令 항백이 국궁 배례하며 대답한다.

"지금 비마가 달려와 보고하는 바에 의하면, 한왕 유방은 우리와 최후의 일전을 하려고 백만 대군을 거느리고 성고성을 떠나 양

무양武로 진군중이라고 합니다. 적의 최고 사령관은 한신이라고 합니다."

"뭐야? 한신이란 놈이 최고사령관이라고?"

옛날에는 형편없는 인물로 여겨 왔던 한신이었건만, 몇 차례 패배의 고배를 마시고 난 지금에는 '한신'이라는 말만 들어도 등골이 오싹해 왔다.

항우는 곧 장중으로 달려나와 긴급 중신 회의를 소집하였다. 상서령 항백을 비롯하여 항장·계포·주란·종이매 등등 대장들이 모두 참석하였다. 그러나 항우는 아무 말도 아니 하고 울기만 하고 있었다. 모두들 이상하게 여기는 중에, 종이매가 출반주하며 문의한다.

"폐하께서는 긴급 회의는 주재하지 않으시고, 무슨 일로 울기만 하고 계시옵니까."

항우는 그제야 손등으로 눈물을 닦으며 말한다.

"범증 군사는 일찍이 나에게 '유방은 무서운 야망가野望家니까 일찌감치 죽여 없애지 않았다가는 큰일난다'고 여러 차례 간언한 일이 있었소. 나는 그 간언을 대수롭지 않게 여겼다가 오늘날 이런 변을 당하게 되니, 작고하신 범증 아부 생각이 새삼스레 간절하구려. 우리 군사는 30만인데 유방은 백만 대군을 몰고 왔다니, 이를 어찌해야 좋겠소. 이런 일을 당하고 보니, 범증 군사를 돌아가시게 만든 것이 생각할수록 애통하구려."

그러자 이번에는 주란이 위로하여 말한다.

"폐하…… 너무 상심하지 마시옵소서. 서육성舒六城을 지키고 있는 주은周殷도 10만 군사를 거느리고 있사옵니다. 폐하께서 긴급 소집령을 보내시면 주은도 10만 명을 즉각 몰고 올 것이옵니다."

그러나 항우는 고개를 좌우로 흔든다.

"주은은 본시 영포와 가까운 관계로, 나를 돕기보다도 한왕 편에 가담하기 쉬운 사람이오. 차라리 배반의 우환을 미연에 방지하기 위해, 주은을 넌지시 불러다가 미리 처치해 버리는 편이 상책일지도 모르오."

항백이 그 말을 듣고 즉석에서 찬동한다.

"주상의 말씀대로 주은은 위험한 인물이니까, 미리 처치해 버리는 것이 상책일 것이옵니다."

이리하여 항우는 이녕李寧을 시켜 주은에게 서한을 보냈는데, 서한 내용은 다음과 같았다.

주은 장군 귀하. 장군과 긴히 상의할 일이 있으니, 이 편지를 보는 대로 급히 와 주기를 바라오.

주은은 편지의 내용이 수상하게 여겨져서 고개를 기울이며 생각해 본다.

'항우가 무엇 때문에 별안간 나를 부를까. 그는 지금 시세時勢가 매우 불리하니까 내가 의심스러워 죽여 없애려고 부르는 것은 아닐까. 그렇다면 나는 나대로 일찌감치 영포 장군을 통해 한왕에게 귀순해 버리는 것이 상책이 아니겠는가.'

주은은 생각이 거기에 미치자, 시치미를 떼고 이녕에게 이렇게 말했다.

"초패왕 폐하께서 나를 부르셨지만, 이곳은 워낙 도둑이 많아 치안이 몹시 어지러운 까닭에 나는 일시도 이곳을 떠날 수가 없는 실정입니다. 귀공은 돌아가셔서 폐하에게 그렇게 전해 주소서."

항우의 사신 이녕은 주은의 거절을 매우 불쾌하게 여기며,

"이제부터 초한전楚漢戰이 크게 벌어질 판인데, 장군이 도둑 때문

에 폐하의 명령에 복종하지 못하겠다는 것이 말이 되는 소리요?"
하고 노골적으로 나무랐다. 그러자 주은은 정색을 하고 대들었다.

"귀공은 지금 무슨 말씀을 하고 계시오. 귀공은 초한전만을 중대하게 생각하고 계시는 모양이지만, 내 입장으로서는 내 고을의 치안을 안정시키는 것이 무엇보다도 중요한 일이오."

이녕은 주은이 역심逆心을 품고 있음을 깨닫고, 그 이상 아무 말도 못 하고 서육을 떠났다. 그리하여 팽성으로 돌아오는 길에 회계會稽 고을에 들렀다. '회계 태수 오주吳舟도 군사를 거느리고 오게 하라'는 항우의 명령이 있었기 때문이었다.

항우의 서한을 받아 본 오주는 부장副將 정형鄭亨과 상의하여 이녕에게 말한다.

"폐하의 명령에 따라, 본인은 열흘 안으로 8만 군사를 거느리고 팽성으로 가겠습니다."

이녕이 팽성으로 먼저 돌아와 주은과 오주를 만났던 경위를 소상하게 보고하니, 항우는 주은의 배반에 격노하면서 말한다.

"그렇다면 주은이란 놈을 먼저 때려부수고, 유방은 그 다음에 쳐부수기로 하자."

그러나 항백이 간한다.

"주은은 지금 신병身病에 걸려 있어서, 거론할 존재가 못 되옵니다. 유방이야말로 거적巨賊이오니, 그쪽부터 정벌하셔야 합니다."

항우는 그 말을 옳게 여겨 유방을 정벌하려고 모든 군사를 규합하니, 이럭저럭 50만이 가깝게 되었다.

한편, 한신은 구리산의 지형을 속속들이 알아보려고 사람을 여러 차례 현지 답사를 시켜 지도를 소상하게 작성하였다. 그리하여 그 지도를 앞에 놓고 광무군廣武君 이좌거李左車와 상의한다.

"구리산 계곡에서 싸운다면, 우리는 항우에게 승리할 자신이 있습니다. 그러나 어떻게 해야 항우를 구리산 계곡으로 유인해 올 수 있을지 좋은 방도를 모르겠습니다. 선생께서는 그 방도를 가르쳐 주소서."

이좌거가 대답한다.

"항우는 워낙 우둔한 사람이기 때문에 그를 속이기는 쉬울 것입니다. 그러나 그의 막하에는 항백·종이매 같은 우수한 모사들이 있어서, 그를 구리산 계곡으로 유인해 오기는 좀처럼 어려울 것입니다."

"그러면 항우를 구리산 계곡으로 유인해 올 방도가 전연 없다는 말씀입니까?"

이좌거는 오랫동안 심사묵고하다가 머리를 고즈넉이 들며 말한다.

"전연 불가능한 일은 아니옵니다. 결국은 위계危計를 쓰는 방도밖에 없겠습니다."

"위계란 어떤 궤계를 말씀하시는 것입니까?"

한신은 구체적인 내용을 다급하게 물었다. 이좌거가 한신에게 대답한다.

"항우를 구리산 계곡으로 유인해 오려면, 우리측 장수 한 사람을 위장투항僞裝投降을 시켜서 항우의 마음을 움직이게 하는 위계를 써야 합니다. 항우는 워낙 고지식한 성품이기 때문에, 그의 마음을 이해利害로 부추겨 놓기만 하면 항우는 반드시 구리산으로 덤벼 오게 될 것입니다. 구리산으로 오기만 한다면 우리가 승리하게 될 것은 명약 관화한 일이겠지요."

한신은 그 말을 듣고 크게 기뻐하였다.

"과연 묘계 중의 묘계이십니다. 그러면 누구를 위장투항하게 하는 것이 좋겠습니까?"

"글쎄올시다. 위장투항이란 워낙 고도의 지능을 요하는 일이기 때문에, 적임자를 구하기가 여간 어려운 일이 아닐 것이옵니다."

한신은 오랫동안 깊은 궁리에 잠겨 있다가, 문득 얼굴을 힘있게 들며 이좌거에게 말한다.

"매우 죄송스러운 부탁이오나, 선생께서 몸소 그 임무를 맡아 주실 수는 없겠습니까. 아무리 궁리해 보아도, 그처럼 막중한 임무를 제대로 완수할 수 있는 사람은 선생 이외에는 아무도 없을 것 같습니다. 간곡히 부탁하오니, 선생께서 몸소 나서 주시옵소서."

이좌거는 그 말을 듣고 깜짝 놀란다.

"내가요……?"

"그렇습니다. 다른 사람을 보내면 항우는 그 사람을 믿지 않을 것입니다. 그러나 선생은 본시 조趙나라의 사람이셨기 때문에 선생이 투항하신다면 항우는 대뜸 믿을 것이옵니다. 만약 선생의 수고로 초를 정벌하여 천하를 통일할 수 있다면, 선생의 공로는 누구보다도 크실 것이옵니다."

이좌거는 그 말을 듣고 흔쾌히 웃으며 대답한다.

"좋습니다. 내가 오랫동안 원수의 우대를 받아 오면서 아무 보답도 못 했으니 이번 임무는 내가 맡기로 하겠습니다. 그러면 내가 항우를 만나러 곧 떠날 테니 원수께서는 구리산 계곡에 진을 치고 기다려 주시옵소서."

이좌거는 그 날로 길을 떠나 팽성에 도착하자, 우선 상서령 항백에게 면회를 신청하였다. 항백은 이좌거를 정중히 맞아 묻는다.

"선생은 본시 조나라의 어른이시다가 고국이 멸망한 뒤에는 한신의 장하에 가 계시다고 들었는데, 오늘은 무슨 일로 나를 찾아오셨습니까?"

이좌거가 숙연한 얼굴로 대답한다.

"장군께서도 알고 계시다시피 나는 본시 조나라의 사람입니다.

그러나 조왕께서 나의 간언을 듣지 아니하시고 진여陳餘의 속임수에 넘어가 한나라와 싸우는 바람에 나의 고국은 기어코 멸망하고 말았습니다. 그래서 나는 어쩔 수 없이 한신 장군의 그늘에서 기식寄食하고 있었지만, 그곳은 내가 오래 머물러 있을 곳이 못 된다는 것을 깨닫고, 결국은 한나라에서 탈출하여 이리로 오고 말았습니다."

항백은 '탈출'이라는 말을 듣고 눈을 커다랗게 떠 보인다.

"탈출이라……? 한신의 그늘에서 이리로 도망을 오셨다는 말씀입니까?"

이좌거는 고개를 무겁게 끄덕이며,

"그렇습니다. 사내 대장부가 남의 그늘에서 밥을 얻어먹으며 살아가자니 세상 만사가 비위에 거슬려 견딜 수가 없었습니다."

하고 한숨조차 쉬어 보였다. 항백은 고개를 기울여 보이며 말한다.

"선생이 무슨 말씀을 하고 계시는지, 나는 도무지 이해가 가지 않는군요. 선생 같은 분이라면 한신이 극진히 대우해 드렸을 텐데, 뭐가 못마땅해 비위가 거슬렸다는 말씀입니까."

"물론 한신 장군도 처음에는 나를 극진히 대우해 주었습니다. 그러나 제왕이 되고 나서부터는 전에 없던 거드름을 피우며 나를 마치 자신의 졸개처럼 여기니, 자존심이 상해 견딜 수가 없었습니다. 때마침 초한 대전이 벌어질 판이기에 내 비록 재주는 없으나마 초패왕 폐하에게 견마지로犬馬之勞를 다하고 싶어, 이곳으로 도망을 오게 된 것입니다."

항백은 오랫동안 심사묵고하다가 문득 입을 열어 말한다.

"이런 말씀드리면 선생에게 실례가 될지 모르겠지만 한신은 권모술수가 누구보다도 능한 사람입니다. 선생은 한신의 사주使嗾를 받고 위장투항을 해 오셨는지도 모르는데, 우리가 선생의 말씀을 어떻게 믿을 수 있겠소이까?"

그 말에 이좌거는 정색을 하며 말한다.

"그것은 커다란 오해이십니다. 나는 한 사람의 모사謀士일 뿐이지, 나 자신이 무기를 들고 일선으로 달려나가 직접 전쟁을 하는 사람은 아닙니다. 그러므로 내가 어떤 말씀을 올리더라도, 취사선택取捨選擇은 장군 자신께서 하실 일이 아니옵니까?"

"음, 그건 그렇지만……."

항백이 끝끝내 믿지 않는 기색을 보이자, 이좌거는 개탄해 마지 않으며 혼잣말로 중얼거린다.

"나는 초패왕의 위덕을 무척 사모해 왔었건만, 이제 알고 보니 아무것도 아닌 사람이었구나. 그렇다면 나는 누구를 믿고 어디로 가야 할 것인가!"

항백은 그 말을 듣자 자신의 불찰을 크게 깨달은 듯 이좌거의 손을 힘차게 움켜잡는다.

"선생 같은 분을 의심했던 것은 나의 커다란 잘못이었습니다. 자고로 선생 같은 분은 높이 받들어 모셔야 하는 법인데, 일시나마 의심했던 것을 용서하소서. 폐하께서는 선생같이 훌륭한 분이 찾아오신 것을 크게 기뻐하실 것입니다. 오늘은 늦었으니 내 집에서 술이나 한잔씩 나누고, 내일 아침 일찍 입궐하여 폐하를 알현하도록 하십시다."

그리하여 이좌거는 이날 밤 융숭한 대접을 받고, 다음날 아침에 항우를 만나기로 하였다.

항우는 이좌거가 투항해 왔다는 말을 듣고 어쩔 줄을 모르도록 기뻐하였다.

"뭐야? 이좌거가 투항을 해왔다구? 세상에 이런 경사慶事가 있나. 그러잖아도 지금 나의 주변에는 모사다운 모사가 한 사람도 없어서 지혜로운 사람이 몹시 아쉽던 판인데, 이좌거가 왔다니 즉시 모셔 들이라."

이좌거가 항백의 인도로 어전에 나오자, 항우는 반갑게 맞아들이며 말한다.

"나는 진작부터 광무군을 무척 사모하고 있었소이다. 그러기에 진작부터 만나고 싶었는데, 뜻밖에도 직접 찾아와 주셔서 이런 고마운 일이 없구려."

이좌거는 머리를 조아리며 대답한다.

"신은 조왕趙王의 버림을 받고 한신 장군을 찾아갔으나, 한신 장군도 저를 써 주려고 하지 않았습니다. 결국은 갈 곳이 없어 자결할 결심까지 했었는데, 폐하께서 보잘것 없는 저를 이처럼 반갑게 맞아 주시니 한없이 감격스럽사옵니다."

"선생같이 훌륭하신 분이 그런 설움을 당하게 된 것은, 조왕이나 한신이 모두 지인지감知人之鑑이 없었기 때문이오. 나만은 선생을 잘 알고 있으니, 오늘부터는 내 곁에서 나를 도와주시기 바라오."

이리하여 위장투항을 해온 이좌거는 그날부터 항우가 절대적으로 신임하는 모사의 자리를 차고앉게 되었다.

한편, 유방은 건곤 일척의 대결전을 눈앞에 두고 한신에게 묻는다.

"우리가 항우와의 싸움에서 초전부터 승리하려면 지용智勇을 겸비한 장수가 선봉장이 돼야 하겠는데, 누구를 선봉장으로 내세울 생각이오?"

한신이 대답한다.

"신은 조나라에 머물러 있을 때, 지용을 겸비한 장수들을 찾던 중에 천만 다행하게도 두 사람의 효장驍將을 얻을 수가 있었습니다. 그 두 사람을 선봉장으로 쓰면 반드시 대승을 거두게 될 것이옵니다."

"오오, 그런 장수가 있다면 내가 직접 만나 보고 싶구려."

한신은 즉석에서 두 사람의 효장을 어전으로 불러 왔는데 두 사람은 한결같이 체구가 장대하고 위풍이 당당한 것이 첫눈에 보아도 효장임이 틀림없었다. 한신은 이들을 유방에게 소개한다.

"이쪽은 원요현元蓼縣 태생으로 이름을 공희孔熙라 하옵고, 이쪽은 비현費縣 태생으로 이름을 진하陳賀라 하옵니다. 모두가 지모智謀와 궁마弓馬에 능한 백전 노장들이옵니다."

유방은 그들을 만나 보고 지극히 만족스러워하며 즉석에서,

"내 그대들의 출신 지방의 이름을 따라서 공희 장군을 '요후蓼侯'에 봉하고, 진하 장군을 '비후費侯'에 봉할지니 부디 선봉장이 되어 많은 공을 세워 주기 바라오."

하고 특별 관작官爵을 내렸다. 그리하여 백만 대군의 출정 태세는 완전히 갖추어졌다.

## 중신들의 간언

대한大漢 5월 8월.

한왕은 백만 대군을 몸소 거느리고 성고성을 떠나 대정도大征途에 오르니, 수백 리에 계속되는 군세軍勢가 장엄하기 이를 데 없었다. 더구나 선봉대장 공희와 진하가 가는 곳마다 백성들을 알뜰하게 위무慰撫해 주는 관계로, 백성들은 한나라 군사를 진심으로 환영해 주어서, 백만 대군은 거침없이 구리산에 도달할 수 있었다.

한군은 구리산에 도착하기가 무섭게 요소요소에 부대를 배치하여, 언제라도 싸울 태세를 완벽하게 갖추어 놓았다.

선봉장 공희와 진하가 한왕에게 품한다.

"대왕의 위덕이 워낙 높으시와, 백성들은 가는 곳마다 우리를 환영해 주고 있으니, 이는 대왕께서 천하를 통일하실 길조吉兆임이 분명하옵니다."

한왕 유방이 크게 기뻐하며 말한다.

"백성들이 가는 곳마다 환영해 주는 것은 오로지 여러분이 애써 주신 덕택이지, 어찌 나의 덕이라 말할 수 있으리오."

그 모양으로 군신지간君臣之間에 위덕과 노고를 서로 사양하니,

한나라 군사들의 사기는 갈수록 높아 갈밖에 없었다.

그러는 동안에도 한신은 많은 간첩들을 여러 곳으로 파견하여, 초나라에 대한 교란 공작을 치밀하게 전개해 가고 있었다.

한신이 어느 날, 한왕의 고향인 패현沛縣에 와 보니 언덕 위에 누각樓閣이 하나 있었다. 한신은 그 누각을 보자, 아무도 모르게 그 누각 위에 다음과 같은 일련一聯의 시를 써 걸었다.

나라를 구하고자 제후들이 모여 오니 장수들은 따르지 않는 자가 없도다. 인심은 모두 초나라를 배반하여 하늘의 광채가 유씨에게 빛나네〔倡義會諸侯 平將道無收 人心咸背楚 天意屬炎劉〕.

어느 날 해하에서 싸움에 폐하여 때를 가려 패루에서 죽으리니 번쩍이는 검광이 균렬하기 그지없어 항우의 머리가 잘려 버리게 되도다〔指日亡垓下 臨時喪沛樓 劍光生烈焰 醎斬項王頭〕.

초나라의 간첩들은 그 시를 읽어 보고 소스라치게 놀랐다. 그리하여 그 시를 베껴 가지고 부리나케 팽성으로 돌아와 항우에게 보였다. 항우는 그 시를 읽어 보고 길길이 날뛰며,

"일개 과부勝夫에 불과한 한신이란 놈이 나를 이렇게까지 모독할 수가 있느냐. 내 당장 삼군을 출동시켜 한신이란 놈을 내 손으로 죽여 버리고야 말리라."

하고 전군에 벼락 같은 출동령을 내렸다. 워낙 성미가 조급한 항우로서는 당연한 명령이었는지 모른다. 그러나 아무 준비도 없이 벼락 출동령을 받은 초군은 크게 당황할밖에 없었다.

계포와 주란이 급히 달려와 항우에게 간한다.

"폐하! 한신이란 자가 누각 위에 그와 같은 시를 써 붙인 것은 폐

하를 유인하기 위한 간계奸計임이 분명합니다. 함부로 공격을 개시했다가 적의 간계에 빠지면 큰일이오니, 그 점을 각별히 경계하시옵소서."

그러나 워낙 화가 치밀어 오른 항우는 중신들의 충고에 귀를 기울일 여유가 없었다.

"그대들은 알지도 못하면서 무슨 잔소리를 하는가. 나는 천하를 종횡하면서도, 아직까지 그와 같은 수모를 당한 일은 한 번도 없었다. 한신이란 놈은 번번이 나를 모욕하는데, 그런 놈을 그냥 내버려 두면 천하의 제후들이 나를 얼마나 업신여길 것인가. 이번만은 어떤 일이 있어도 그놈을 없애 버려야 하겠다."

주란이 머리를 조아리며 다시 아뢴다.

"폐하! 지금 유방의 군세는 과거의 어느 때보다도 막강합니다. 게다가 한신은 위계가 누구보다도 능한 장수입니다. 그러므로 우리는 싸움을 억제해 가면서, 군사를 새로 모집하고 군량도 풍부하게 비축해야 합니다. 그런 방식으로 철저하게 수비주의守備主義로 나가야만 후일을 다시 기할 수가 있을 것이옵니다. 우리가 그런 식으로 나가노라면, 그동안에 적은 군량도 소비되고 군사들도 피로해질 것이니, 그 때를 기해 총공격을 퍼부으면 한신과 장량인들 무슨 수로 우리를 당할 수가 있으오리까. 그 때에는 성고성과 영양성을 싸우지도 아니하고 절로 입수하게 될 것이니, 그런 방식을 쓰도록 하시옵소서."

주란이 간곡하게 말하자, 옆에서 듣고 있던 우미인도 찬동의 고개를 끄덕이며 거든다.

"폐하! 신첩이 무엇을 아오리까마는, 주란 장군의 간언은 지극히 타당하신 말씀인 줄로 아뢰옵니다."

사랑하는 우미인조차 그렇게 나오는 바람에, 항우는 용기가 크게 좌절되었다. 그리하여 부랴부랴 중신 회의를 열고 말한다.

"주란 장군은 싸우지 말고 수비 위주로 나가는 것이 좋겠다고 하는데, 다른 장수들은 그 문제를 어떻게 생각하시오? 특별히 광무공(廣武公:李左車)의 의견을 들어 보고 싶소이다."

항우가 이좌거를 지명하여 문의하니, 이좌거가 심사 숙고하는 척하다가 대답한다.

"만약 폐하께서 성문을 걸어 잠그고 수비만 하신다면, 한나라 군사들은 폐하를 깔보고 총공격을 퍼부어 오게 될 것입니다. 평성이 함락되는 날이면 폐하께서는 어디에 근거를 두고 싸우실 것이옵니까. 그러므로 '수비 위주'라는 소극적인 방도를 택하시느니보다는, 적극적인 공격주의로 나가셔야만 유리하실 것 같사옵니다."

이좌거는 항우의 마음을 조심스럽게 부추겨 놓았다. 항우가 싸움을 걸어야만 구리산으로 유인해 갈 계기가 오기 때문이었다. 이좌거가 주전론主戰論을 들고 나오자, 계포와 주란 등은 크게 못마땅해하였다.

"선생은 우리나라의 실정을 모르시면서, 어디다 근거를 두고 그런 주장을 하시오?"

그러나 이좌거는 태연히 대답한다.

"폐하께서 나의 의견을 물으시기에 나는 다만 나의 사견私見을 솔직하게 말했을 뿐이지, 반드시 싸우시라고 권한 것은 아니오. 나의 의견을 채택하고 안 하는 것은 여러분의 결의에 달렸을 뿐이오. 그러나 나로서는 한 가지 분명하게 말해 두고 싶은 일이 있소. 병법兵法에 보면 '수비를 하면 힘이 절반으로 줄어들고, 공격을 하면 힘이 갑절로 불어난다'는 말이 있소. 그러므로 공격은 수비에 비해 언제든지 유리한 법이오."

이좌거가 거기까지 말하자, 항우는 그 이상 설명은 들을 필요조

차 없다는 듯,

"선생의 말씀은 과연 옳은 말씀이오. 지지리 못나게 수비만 하고 있을 수는 없는 일이오. 나는 선생의 말씀대로 선제 공격을 퍼붓기로 하겠으니, 모든 장수들은 그런 줄 알고 즉각 출동 준비를 갖추도록 하라."

하고 서슬이 푸르게 군령을 내린다.

옆에서 그 광경을 지켜보고 있던 우미인은 아까부터 불길한 예감을 금할 길이 없었다. 그리하여 머리를 숙여 항우에게 말한다.

"폐하! 신첩은 각별히 부탁드리고 싶은 것이 하나 있사옵니다."

항우는 우미인의 말에 적이 놀라며 말한다.

"아니, 황후가 새삼스레 나에게 무슨 부탁이 있다는 말인가?"

우미인이 머리를 조아리며 아뢴다.

"신첩은 폐하를 모셔 온 지 10년이 가깝도록 아직까지 폐하께서 직접 싸우시는 모습을 제 눈으로 목격한 일이 한 번도 없사옵니다. 그러므로 폐하께서 용감하게 싸우시는 광경을 꼭 한 번 보고 싶사오니, 이번만은 신첩을 일선까지 꼭 데리고 나가 주시옵소서. 신첩의 평생 소원이옵나이다."

그것은 누구도 상상조차 못 했던 부탁이었다. 그런 부탁을 하는 우미인의 얼굴에는 비장한 각오까지 엿보였다.

그러면 우미인은 어찌하여 전에 없이 비장한 각오로 종군從軍을 결심한 것일까. 그것은 말할 것도 없이 패현 누각에,

指日亡垓下
臨時喪沛樓
劍光生烈焰
馘斬項王頭

라는 시가 걸려 있다는 말을 들었기 때문이었다. 그 시를 누가 써 붙였는지는 알 길이 없으나, 만약 그 시詩대로 된다면 남편은 이번 싸움에서 죽게 될 것이 아니겠는가. 그런 비극을 당하게 되면 우미인 자신은 남편과 운명을 같이하려는 결심에서 종군을 자원하고 나섰던 것이다.

그러나 우미인의 내심을 알 턱 없는 항우는 아내의 요구를 일언지하에 거절해 버린다.

"여자의 몸으로 싸움터에 따라간다는 것은 말도 안 되는 소리요. 내 반드시 이기고 돌아올 테니 전과 다름없이 대궐에서 기다리고 있어요."

우미인은 어떤 일이 있어도 이번만은 남편을 따라 나설 결심이었다. 그러기에 그녀는 눈물을 흘리며 남편에게 이렇게 애원하였다.

"폐하! 신첩은 폐하를 하늘처럼 받들어 모시는 폐하의 아내이옵니다. 남편 되는 어른의 용감하신 모습을 단 한 번만이라도 직접 보고 싶어하는 것은 모든 여자들의 공통된 소원일 것이옵니다. 신첩이 싸움터에까지 폐하를 따라 나간다면, 폐하께서는 용기 백배하셔서 평소보다도 더욱 용감하게 싸우실 수 있을 것이 아니옵니까? 그런데 어찌하여 신첩을 못 따라 나서게 하시는 것이옵니까. 간곡히 부탁드리오니, 이번 싸움에는 신첩을 꼭 데리고 나가 주시옵소서."

우미인이 울면서 호소하니 항우는 어처구니가 없어 너털웃음을 웃었다.

"허허허, 싸움터란 궁시弓矢가 난무亂舞하는 곳이어서, 어쩌다 잘못되어 화살이라도 맞으면 그 자리에서 죽을 판인데, 그래도 좋다는 말인가?"

"사람이 죽고 사는 것은 하늘의 뜻인 줄로 아뢰옵니다. 설사 화살에 맞아 죽는다손 치더라도, 남편을 따라 나갔다가 죽는다면 무엇이 원통하오리까. 이번만은 신첩을 꼭 데리고 나가 주소서."

"음……."

항우는 아내의 비장한 결심을 그 이상은 꺾을 수가 없었다. 게다가 사랑하는 아내에게 자신의 용감한 모습을 한 번쯤 보여 주고 싶은 심정도 노상 없지는 않았다.

"음…… 그렇게까지 소원이라면 이번만은 데리고 나가 주지."

항우는 마침내 아내의 요구를 쾌락하고 즉석에서 부하를 돌아다보며 명한다.

"여봐라! 이번 싸움에는 황후께서도 동행하실 테니, 황후가 타고 가실 수레를 속히 준비하여라."

이리하여 우미인은 오두 마차五頭馬車를 타고 선두로 달려가는 항우를 멀찌감치 뒤에서 따라가게 되었다.

그런데 이날따라 바람이 어떻게나 세차게 부는지, 출발한 지 얼마 안 가서 대정기大旌旗의 깃대가 바람에 불려 두 동강으로 부러져 버렸다. 모두 장수들은 그 광경을 보고 얼굴이 새파랗게 질렸다. 그러나 항우만은 그런 사소한 일에는 조금도 개의하지 않고 여전히 진군을 계속하였다. 그리하여 옥루교玉樓橋를 건너고 있는데, 이번에는 항우가 타고 있는 용마 오추烏騅가 느닷없이 서녘 하늘을 우러러보며 별안간,

"애호호호."

하고 슬프게 울어대는 것이 아닌가.

그것도 역시 흉조凶兆라고 볼 수밖에 없어, 항백과 주란은 부리나케 항우의 곁으로 달려와 이렇게 간했다.

"폐하! 조금 전에는 대정기의 깃대가 부러지옵더니 이번에는 용마가 까닭 없이 울어대고 있으니, 이는 결코 길조吉兆라고는 볼 수 없사옵니다. 오늘은 진군을 일단 중지했다가, 길일을 택해 다시 발

군하는 것이 어떠하겠습니까?"

 항우가 만약 감정이 섬세한 편이었다면, 깃발이 부러지고 말이 슬피 운 것을 매우 불길하게 느꼈을지 모른다. 그러나 항우는 성품이 남달리 우직하고 거친 편인지라, 길흉吉凶 따위는 애당초 염두에 없었다. 그러기에 그는 항백과 주란의 간언을 귓등으로도 들으려고 하지 않았다.

 "그대들은 무장武將답지 못하게 무슨 그런 소리를 하고 있는가. 전쟁이란 본시 천하의 대사인데, 바람이 불어도 안 되고 말이 울어도 안 된다면, 도대체 싸움은 어느 세월에 할 것인가. 쓸데없는 객담은 그만 지껄이고 빨리 행군이나 계속하라."

 항우가 호통을 치는 바람에 항백과 주란은 그 이상 입을 열지 못했다. 그러나 깃대가 부러지고 용마가 슬피 운 것이 흉조인 것만은 틀림이 없어 보여, 항백과 주란은 항우의 장인인 대장 우자기에게 다시 한번 간언을 부탁해 보았다. 우자기가 선두로 달려나와 항우에게 간한다.

 "폐하! 대정기의 깃발이 부러지고 용마가 슬피 운 것은 불상지조不祥之兆임이 분명하오니, 오늘은 일단 회군하셨다가 후일에 다시 발군하시면 어떠하겠습니까. 그동안에 적의 정세를 잘 알아 두었다가 며칠 후에 발군해도 결코 늦지는 않을 것이옵니다."

 그러나 워낙 옹고집의 항우는 장인의 간언조차 들으려고 하지 않았다.

 "장군은 무슨 말씀을 하고 계시오. 그 옛날 주왕紂王이 망한 날은 갑자일甲子日이었는데, 주무왕周武王이 왕위에 오른 날도 똑같은 갑자일이었소. 바람에 깃대가 부러지고 용마가 운 것이 뭐가 흉사라는 말씀이오. 우리는 이미 대군을 발동시켰소. 군사를 일단 발동시켰다가 그런 일로 회군해 버리면, 세상이 우리를 얼마나 비웃을 것이오. 더구나 그런 사실이 적에게 알려지면, 적장들은 나를 '천하의 겁쟁이'라고 업신여길 것이오. 쓸데없는 말은 집어치우고, 저기 보이는 정자亭子 그늘에서 잠깐 쉬어 가기나 합시다."

항우는 정자 앞에서 말을 내려 잠깐 쉬며 땀을 씻고 있었다. 마침 그때 젊은 무사 한 사람이 항우 앞으로 달려와 서한을 올리며 아뢴다.

"폐하! 이 서한은 후방에서 종군해 오시는 황후께서 폐하에게 올리는 서한이옵니다. 폐하께서 직접 뜯어 보시게 하라는 부분이셨습니다."

항우는 그 말을 듣고 빙그레 미소를 지으며,

"황후가 편지를 보내면서, 나더러 직접 뜯어 보라고 하더라구? 그렇다면 이 편지는 사랑의 편지인가 보구나?"

하며 우미인의 편지를 손수 뜯어 보았다. 우미인의 서한 내용은 다음과 같았다.

폐하! 그 옛날 주문왕周文王은 후비后妃의 간언을 들음으로써 제위帝位에 오르시게 되었고, 우왕禹王은 도산 부인塗山夫人의 충고를 들음으로써 하夏나라를 창업했다고 하옵니다. 자고로 모든 제왕들은 부인의 간언을 잘 들음으로써 나라를 잘 다스려 왔사옵니다. 신첩은 비록 그들처럼 원대한 식견은 없사오나 간언을 한 말씀 올리고자 하오니, 귀담아 들어 주시기를 바라옵니다. 한나라의 장수 한신은 위계가 신출 귀몰하여 우리는 방비책을 각별히 잘 세워야 할 줄로 알고 있사옵니다. 그런 견지에서 본다면 주란 장군의 간언은 진실로 금과 옥조와 같이 귀중한 충언이오니, 폐하께서는 그의 간언을 반드시 들어 주시도록 하시옵소서. 대정기의 깃대가 부러지고 용마가 슬피 운 것은 결코 범상한 징후가 아니오니, 폐하께서는 고집을 버리시고 속히 회군하시기를 간곡히 부탁드리옵니다.

항우는 우미민의 간곡한 서한을 읽어 보고 마음이 크게 동요되었다. 이좌거가 그러한 눈치를 채고 재빨리 달려와 항우에게 고한다.

"지금 패현에서 달려온 사람의 말을 들어보면, 한왕은 이미 철군하여 성고성으로 돌아가 버렸고, 한신은 머지않아 철군할 준비를 서두르고 있다고 합니다. 신이 생각건댄, 한나라 군사들은 병력이 지나치게 많아 군량에 커다란 곤란을 겪고 있는 모양입니다. 그러므로 폐하께서 군사들을 거느리고 가시기만 하면 적은 절로 쫓겨가게 될 것입니다. 병서에 '병다장누兵多將累'라는 말이 있사옵니다. 군사가 지나치게 많으면 오히려 커다란 누累가 된다는 뜻이옵니다. 폐하께서는 그 점을 생각하시와 과감하게 결단을 내리시도록 하시옵소서."

마음이 일시 동요되었던 항우는 이좌거의 말에 용기가 또다시 솟구쳐 올라,

"선생은 참으로 좋은 말씀을 들려주셨소이다. ……모두들 듣거라. 우리는 기정 방침대로 나갈 것이니, 전군은 즉시 전진을 계속하라……."

하고 불호령을 내렸다. 그리하여 초군은 다음날 패현에 도착하자, 50리 밖에 진을 치고 적정을 상세하게 알아보았다. 첩자들이 돌아와 항우에게 보고한다.

"한왕은 패현에서 60리 가량 떨어진 서봉파棲鳳坡라는 곳에 진을 치고 날마다 술을 마시며 노래만 부르고 있었습니다. 그러나 한신은 구리산 동쪽에 진을 치고 군사 훈련만 맹렬히 시킬 뿐 철군할 기색은 전연 보이지 않았습니다."

이좌거의 말과는 너무도 동떨어진 보고이므로, 항우는 좌우를 돌

아다보며 이좌거를 찾았다. 그러나 이좌거는 어디를 갔는지 아무리 찾아도 보이지 않았다.

"이좌거가 어디 갔는지, 이좌거를 빨리 불러 오너라."

항우는 어떤지 불길한 예감이 들어 불호령을 내렸다. 그 때 수문장이 창황히 달려와 이렇게 아뢴다.

"폐하! 그 어른은 어명을 받들고 적정 시찰視察을 나가시노라고 하면서, 어젯밤 한밤중에 적진을 향하여 달려나가셨습니다."

항우는 그 보고를 받고 혼비 백산할 듯이 놀랐다.

"뭐야? 그러면 이좌거란 놈은 거짓 항복을 해온 적의 간첩이었더란 말이냐. 그자를 나에게 소개해 온 사람은 대사마大司馬 항백이었으니, 대사마를 당장 이 자리에 불러라!"

항백이 부리나케 달려오자 항우는 벼락 같은 호통을 지른다.

"그대는 이좌거의 내력을 알아보지도 아니하고, 그런 놈을 모사로서 나에게 천거했더란 말이냐. 그대는 엄청난 과오를 범했으니, 그 죄를 어떻게 감당할 것인가?"

항백은 사색이 되어 머리를 조아리며 아뢴다.

"이좌거는 워낙 유명한 지략가이기에, 신은 신지무의信之無疑했다가 이런 과오를 범하게 된 것이옵니다. 폐하께서 어떤 처벌을 내리셔도 신은 달게 받겠사옵니다."

"그대의 실책은 결코 용서할 수 없노라. ……여봐라! 대사마를 당장 하옥시켜라."

항우가 하옥 명령을 내리자 주란이 어전으로 달려나와 간한다.

"폐하! 대사마가 이좌거를 천거한 것은 주공을 위한 충성심 때문이었습니다. 본의 아닌 과오가 있었다고 하더라도 대사마에게 중벌을 내리시는 것은 옳지 못한 일인 줄로 아뢰옵니다. 우리는 이미 대군을 여기까지 몰고 왔으니, 기왕지사를 뉘우치고 있을 게 아니라

이제부터라도 용감하게 싸워 적을 격파하는 것만이 상책일 것입니다. 주공께서는 그 점을 각별히 통찰해 주시옵소서."

항우는 그제야 그도 그러리라 싶어, 항백의 과오를 용서하는 동시에 계포와 주란의 간언을 진작 받아들이지 않았던 것을 적이 뉘우쳤다. 그리하여 장중으로 돌아와 우미인에게 말한다.

"나는 이좌거의 간계에 빠진 줄을 모르고, 그대의 간언을 무시해 온 것이 크게 후회스럽소."

우미인이 대답한다.

"이미 지나간 일은 아무리 뉘우쳐도 소용없사오니, 폐하께서는 지금부터나마 모든 장수들과 합심 협력하셔서 적을 용감하게 때려 부수도록 하시옵소서. 폐하께서 평소부터 갈망하시던 천하 통일의 대업을 완수할 수 있는 길은 오직 그 길이 있을 뿐이옵니다."

항우는 우미인의 간곡한 부탁 말을 듣고 크게 기뻐하며 말한다.

"오오, 그대가 아니면 나에게 이처럼 용기를 북돋아 줄 사람이 과연 누가 있을 것인고!"

항우는 일대 결전을 각오하고, 모든 장수들을 한자리에 불러 비장한 어조로 말한다.

"그대들은 오늘까지 나와 더불어 수백 번을 싸워 오는 동안에 우리가 크게 패한 일이 한 번도 없었다. 우리들의 전쟁사戰爭史는 그처럼 천의무봉天衣無縫하였다. 그러나 이번만은 사정이 크게 다르다. 적의 병세兵勢가 엄청나게 강하므로, 적을 가볍게 여겼다가는 큰일난다는 말이다. 그러므로 우리는 마음을 하나로 모아 힘을 합하지 않으면 승리를 기하기가 매우 어려울 것이다. 모든 지휘관은 그런 줄 알고, 최후의 일각까지 전력을 기울여 싸워 주기를 바란다."

"……"

모든 장수들은 숙연히 머리를 수그렸다. 항우가 구체적인 군령을 내린다.

"종이매 장군은 3만 정병을 거느리고 좌익군左翼軍이 되고, 계포 장군은 3만 정병을 거느리고 우익군右翼軍이 되고, 항초 장군은 선봉장이 되라. 그리고 우자기 장군은 후비군後備軍이 되어 중군中軍인 나의 뒤를 따르라. 한신이라는 자가 무슨 위계를 쓸지 모르니, 우리는 싸움에 이겨도 결코 추격은 하지 마라. 우리가 장기전으로 나가면 적은 한 달이 채 못 가 군량 부족으로 지리 멸렬하게 되어 버릴 것이다. 우리는 그 때를 기해 총공격을 퍼부어야 한다. 그러면 승리는 틀림없이 우리에게 돌아올 것이다."

이에 모든 대장들은 머리를 조아리며 감탄해 마지않는다.

"폐하의 작전 계략은 진실로 신기 묘산神機妙算이옵나이다."

그러나 항우의 계략에는 커다란 착각이 하나 있었다. 한 달이 지나면 적의 군량이 부족해질 것만 알았지, 초군 자신은 그보다도 훨씬 앞질러 군량에 곤란을 받게 될 것은 아무도 생각지 못했던 것이다.

그 무렵 한신은 전투 태세를 물샐틈없이 갖춰 놓고 적이 나타나기만 고대하고 있었다. 그런데 어느 날 비마가 달려오더니,

"초나라에 가셨던 이좌거 선생이 돌아오시옵니다."

하고 알려 주는 것이 아닌가. 한신은 원문 밖까지 달려나와 이좌거를 반갑게 맞아들였다.

"항우를 만나 보신 결과가 어떻게 되었습니까?"

이좌거는 그간의 경과를 자세하게 알려 주고 나서 최후로 이렇게 말한다.

"계포와 주란은 발군發軍을 반대했음에도 불구하고, 제가 항우를 교묘하게 달래 패현으로 출동시키는 데 성공하였습니다. 항우는 지

금 20만 군사를 거느리고 패현 50리 밖에 진을 치고 있으니, 장군께서는 대책을 시급히 강구하소서."

한신은 그 말을 듣고 크게 기뻤다.

"수고 많으셨소이다. 선생이 아니었다면, 항우를 어떻게 패현까지 유인해 올 수 있었겠습니까. 그러나 문제는 이제부터입니다."

이좌거가 한신에게 묻는다.

"이제부터가 문제라는 말씀은 무슨 뜻이옵니까."

한신이 대답한다.

"항우를 패현으로 유인해 오신 것은 크게 잘하신 일입니다. 그러나 항우를 철저하게 때려부수려면 구리산 계곡까지 끌어와야 하겠는데, 어떻게 해야 그를 구리산까지 꾀어 올 수 있을지, 그것이 문제라는 말씀입니다."

이좌거는 그 말을 듣고 고개를 무겁게 수그린다.

"그것은 매우 어려운 일이옵니다."

"물론 어려운 일이지요. 그러나 그 일도 선생이 아니면 누구도 불가능한 일이니, 선생께서는 다시 한번 지혜를 베풀어 주소서."

"무슨 말씀을……. 원수께서도 좋은 계략을 가지고 계시리라 믿습니다마는, 저로서도 한 가지 계략이 없지는 아니합니다."

한신은 그 말을 듣고 크게 기뻐하며,

"선생의 금옥金玉 같은 계략을 부디 들려주시옵소서."

하고 애원하듯 말했다.

이좌거는 한동안 깊은 궁리에 잠겨 있다가 조용히 입을 열어 말한다.

"지난날 원수께서 항우와 싸우실 때에는 번번이 거짓 쫓겨 오다가, 복병을 이용해 항우를 골탕먹이곤 하셨습니다. 항우는 한 원수에게 그러한 일을 여러 번 당해 왔기 때문에, 이번에는 그런 수법에는 항우가 좀처럼 말려들지 않을 것이옵니다. 그러므로 똑같은 수법을 쓰더라도, 이번만은 원수께서 표면에 직접 나타나셔서는 아니 되시옵니다."

"그 점에는 저 역시 동감입니다. 그러니까 이번에는 누구를 내세워 유인해 오게 하는 것이 좋겠습니까?"

이좌거가 다시 대답한다.

"이번에는 다른 사람 아닌 대왕께서 직접 나가 싸우도록 하셔야 합니다. 대왕께서 직접 싸우시더라도 항우는 지난날 여러 번 혼이 났기 때문에 좀처럼 추격은 해오지 않을지 모르옵니다. 그 때에는 제가 나서겠습니다. 제가 나가서 욕설을 퍼부으면, 항우는 저한테 속은 일이 너무도 통분해 신하들이 간하는 말도 듣지 아니하고 맹렬히 추격해 오게 될 것입니다. 그런 수법을 쓰면, 항우를 능히 구리산 계곡으로 꾀어 올 수 있으리라고 생각됩니다."

한신은 이좌거의 계략에 감탄해 마지않았다. 그리하여 유방에게 달려와 사실대로 고하니, 유방은 크게 기뻐하며 말한다.

"그렇다면 내가 공희孔熙 · 진하陳賀 두 대장을 좌우에 거느리고 나가 직접 싸우다가 항우를 꾀어 오도록 할 테니, 한 원수는 구리산 계곡에 대군을 미리 매복시켜 두었다가 항우의 군사를 일거에 괴멸시켜 버리도록 하오."

한신이 머리를 조아리며 숙연히 맹세한다.

"대왕께서 항우를 구리산 계곡으로 유인해 오시기만 하면, 신은 기필코 초군을 괴멸시켜 버릴 것을 명예를 걸고 엄숙히 맹세하옵나이다."

## 매복 작전

한신은 "항우를 구리산 계곡으로 유인해 오기만 하면 명예를 걸고 괴멸시켜 버리겠다"는 맹세를 한왕에게 올리고 비장한 각오로 장중으로 돌아왔다. 만약 한왕이 항우를 구리산 계곡까지 유인해 왔을 때에 항우를 철저하게 때려부수지 못하면, 천하를 통일할 수 있는 기회가 영원히 오지 않으리라고 한신은 생각하고 있었던 것이다. 그러기에 한신은 장중으로 돌아오기가 무섭게 밤을 새워 가며 작전 계획을 골똘히 짜고 있었다. 포진법布陣法에는 여러 가지 종류가 있다. 그러나 구리산 계곡에서는 지형적으로 보아 주역진법周易陣法을 쓰는 것이 가장 적합할 것 같았다.

한신은 밤을 새워 가며 연구에 연구를 거듭하다가, 다음날 아침 모든 대장들을 한자리에 소집해 놓고 비장한 어조로 말한다.

"주상께서 군사를 일으키신 이후로, 우리들은 지난 5년 동안에 천신 만고를 해 가면서 주상을 위해 많은 싸움을 계속해 왔다. 때로는 이기기도 하고, 때로는 참패의 고배를 마신 적도 한두 번이 아니었다. 항우와 싸우기를 무려 70여 회. 항우의 세력은 과거의 어느 때보다도 지금이 가장 약화되어 있다. 그러므로 이번 싸움이야말로 우리가 승리를 거둘 수 있는 최후의 기회다. 이번에 우리가 최후의 승리를 거두고 나면, 우리는 모두가 열후列侯에 책봉冊封되어 자손만대까지 영화를 누릴 수 있을 것이니, 모든 장수들은 심혈을 기울여 이번 전쟁에 임해 주기를 바란다."

모든 장수들은 "이번 싸움에 승리하고 나면 열후에 책봉된다"는 말을 듣고 저마다 머리를 수그려 이구 동성으로 충성을 맹세한다.

"원수께서 명령만 내리시면 저희들은 수화水火를 가리지 않고 싸워 이기겠습니다."

이에 한신은 마음 든든함을 느끼며 군령을 내린다.

"이번 싸움에서는 과거에 전연 쓰지 않았던 '주역진법周易陣法'에 의거하며, '십면매복진十面埋伏陣'을 치기로 하겠다. 10명의 대장에게 부장副將 16명과 정병 4만 5천씩을 줄 테니, 각각 임지로 달려가 즉각 매복하라."

10명의 대장과 그들이 매복할 장소는 다음과 같았다.

첫째, 대장 왕릉은 구리산 계곡의 서북쪽에 매복.

둘째, 대장 노관은 구리산 계곡 북쪽에 매복.

셋째, 대장 조참은 동북쪽에 매복

넷째, 대장 팽월은 동남쪽에 매복.

다섯째, 대장 영포는 동쪽에 매복.

여섯째, 대장 주발은 남쪽에 매복.

일곱째, 대장 장이는 서남쪽에 매복.

여덟째, 대장 장다는 서쪽에 매복.

이상과 같은 팔괘진八卦陣에다가, 대장 하후영은 10만 명을 거느리고 한왕의 뒤를 따르게 하고, 장량과 진평은 '방호사防護使'란 명목으로 각각 10만 군사를 거느리고 한왕을 호위해 가게 하였다.

이윽고 유방이 적진을 향하여 출발하자, 공희와 진하는 군사 2만 명씩을 거느리고 좌우 선발대로 진군하였고, 여마통과 여황呂況은 군사 2만 명씩을 거느리고 좌우측으로 따라 나가고, 근흠과 자무 등은 10만여 군사를 거느리고 전후 좌우를 정탐하며 기동성을 발휘하게 하였다. 유방은 3천 기만을 거느리고 계명산鷄鳴山에 도착하여 일단 진을 치고 나자, 한신은 수행하던 장수들에게 새로운 군령을 내린다.

"이제 앞으로 싸움이 시작되거든 유고劉高 · 박소薄昭 · 손가회孫可懷 · 고기高起 · 장창張倉 · 척사戚思 등은 각각 군사 1천 명씩을 이끌고 가서 적의 후방을 크게 교란시키라. 그러면 팽성을 지키고 있던 군사들이 모두 달려나와 그대들을 격퇴시키려고 할 것이다. 그 사이에 진희陳稀 · 육가陸賈 · 부필傅弼 · 오예吳芮 등 네 장수는 각각 정병 5천씩을 거느리고 서주徐州로 우회迂廻하여 팽성 근교에 잠복해 있다가, 팽성의 경비가 허약해진 틈을 타 노도와 같이 성 안으로 몰려 들어가 성을 점령함과 동시에 항우의 일가족을 모조리 생포하고, 성주에 붉은 깃발을 높이 달아 올려라. 성을 점령한 뒤에 백성들에게 피해를 입히는 일은 절대로 용서하지 않을 것이니, 그 점은 각별히 명심하라!"

그리고 한신은 또 다른 부대에는 다음과 같은 군령을 내린다.

"대왕께서 항우와 싸움을 하게 되거든, 관영 장군은 즉시 달려 나가 싸움을 가로맡으라. 그리하여 항우와 격전을 20여 합 계속하다가, 회해 계곡으로 쫓겨 들어오도록 하라. 그러면 항우는 필연코 맹렬히 추격해 올 것이니, 그 때에는 중랑기장中郎騎將 양희楊喜와 오군도위五軍都尉 양무楊武와 좌군사마左軍司馬 양익楊翼과 우군사마右軍司馬 여승呂勝 등은 각각 5천 명씩의 군사를 거느리고 오강烏江 강변에 미리 매복해 있다가 추격해 오는 항우를 한숨에 생포해 버리도록 하라. 항우는 워낙 천하 무쌍의 효장이므로 여간해서는 붙잡히지 않을 것이다. 그 점은 각별히 유념해야 한다. 그리 알고 각자 즉각 임지로 출발하라!"

모든 장수들이 비장한 각오로 임지로 떠나가는데, 왕릉을 비롯한 몇몇 대장들이 한신을 찾아와 묻는다.

"원수께서는 소장더러 구리산 북쪽에 매복해 있으라고 명령하셨사오나, 구리산 북쪽은 여기서 2백 리나 떨어져 있는 곳이옵니다. 그 사이에는 초군이 가는 곳마다 진을 치고 있어서, 어디로 가야 적의 눈을 피할 수 있을지 매우 걱정스럽습니다."

한신은 그 말을 듣고 빙그레 미소를 지었다.

"대장쯤 되면 지리地理에 정통해야 하는 법이오. 다른 사람도 아닌 왕릉 장군이 그런 말씀을 하실 줄은 몰랐소이다."

왕릉은 부끄러운 듯 머리를 긁적거리며 말한다.

"제가 아직 미숙하여 패현 지방의 지리에는 무척 어둡사옵니다."

한신이 웃으며 대답한다.

"병법에 아무리 정통해도 지리를 몰라서는 이길 수가 없는 법이오. 구리산은 서주에서 10리쯤 떨어져 있는 곳인데, 계곡이 많아 군사를 매복시키기에는 가장 좋은 산이오. 항우가 이좌거에게 속아 패현까지 군사를 몰고 오기는 했지만, 구리산 계곡이 워낙 복잡하기 때문에, 지금쯤은 군사를 몰고 온 것을 크게 뉘우치고 있을 것이오. 따라서 항우는 한 번 싸워 보아서 이기지 못하면 팽성으로 되돌아가 버릴 공산이 크오. 그러기에 나는 항우의 근거지를 빼앗기 위해 진희 · 오예 등 네 장수를 시켜 항우가 없는 사이에 팽성을 점령해 버리라는 명령을 내렸소. 항우는 한 번 싸워 패배하면 근거지를 빼앗겨 버리기 때문에 부득이 강동江東으로 쫓겨갈 수밖에 없을 것이오. 그러기에 강동으로 가는 길목인 오강烏江에는 양무 · 여승 등 네 장수를 잠복시켜 놓았소. 결국 항우는 오강을 건너가려다가 뜻을 이루지 못하고 우리 손에 생포되고 말 것이오. 그러므로 왕릉 장군은 신속히 임지에 도달하여 매복해 있어야 하오. 장군이 목적지에 무사히 도달하려면 고릉固陵 북쪽으로 황하黃河를 따라가다가, 귀덕군歸德郡을 지나 우성현虞城縣으로 가면 구리산에 무사히 도착하게 될 것이오."

왕릉은 한신이 지리에 정통함에 놀라움을 금할 길이 없었다.

"원수의 말씀은 잘 알아들었습니다. 그러면 곧 출발하겠습니다."

그러자 한신이 다시 말한다.

"구리산은 구의산九嶷山이라고도 부르오. 그곳에는 네 개의 산이 있는데, 동북쪽에 있는 산이 계명산鷄鳴山이고, 서쪽에 있는 산이 초왕산楚王山이고, 그 뒤에 있는 산이 성녀산聖女山이오. 그 주위가 무려 2백여 리나 되오. 항우는 일단 팽성으로 쫓겨갔다가 성루城樓에서 붉은 깃발이 펄럭이는 것을 보면, 성을 탈환할 생각을 못 하고 북방으로 도망을 가게 될 것이니, 그 곳에 매복해 있던 군사들이 들고 일어나면, 제아무리 항우인들 어떻게 할 것이오. 그런 줄 알고 모두들 임지로 속히 도착하도록 하오."

여러 장수들이 한신의 귀신 같은 작전 계획에 혀를 털며 임지로 출발하려고 하는데, 좌중에서 장수 하나가 벌떡 일어서며 큰소리로 외친다.

"원수께서는 저와 무슨 원수가 졌다고 소장만은 아무데도 써 주지 않으십니까?"

그 목소리가 너무도 거칠어서 모두들 시선을 모아 보니, 한신에게 정면으로 항의하고 나서는 사람은 다른 사람 아닌 무양후武陽侯 번쾌樊噲 장군이었다. 모든 무장들에게 제각기 중책을 맡기면서, 유독 번쾌에게만은 아무 임무도 주지 않아 크게 노여웠던 것이다. 한신은 번쾌의 격노한 모습을 보고 가볍게 웃으면서 대답한다.

"내가 번쾌 장군과 원수가 졌을 리가 있소. '원수' 라는 말씀은 천부당 만부당한 말씀이오."

번쾌는 큰소리로 외치듯 다시 말한다.

"주상이 포중褒中에서 군사를 일으키신 이후로, 저는 여러 백 번의 전투에서 한 번도 빠져 본 일이 없었습니다. 그런데 최후의 결전이라고도 볼 수 있는 이번 싸움에서만은 하찮은 장수들까지 총동원시켜 가면서 저만은 쏙 뽑아 버렸으니, 이런 수모가 어디 있사옵니까?"

한신은 근엄한 표정으로 돌아보며 정중하게 말한다.

"장군 말씀대로, 이번 싸움에서는 하찮은 장수들까지 총동원시켜 가면서 장군 한 분만을 빼놓은 것은 사실이오. 왜 그랬느냐 하면, 가장 중대한 직책이 꼭 하나 남아 있는데, 장군에게 특별히 그 일을 맡길 생각이오. 그러나 그 일은 너무도 중대한 일이오. 만약 그 일이 실패하면, 백만 대군의 승리가 수포로 돌아가게 될 것이기 때문이오."

번쾌는 그제야 엄숙한 자세로 돌아가며 말한다.

"무슨 일인지는 모르오나 원수께서 그 임무를 맡겨 주시면 소장은 전력을 기울여 완수하겠습니다. 만약 실패를 하게 되면 군법에 돌려 참형에 처해 주시옵소서."

한신이 숙연히 말한다.

"우리는 지금 구리산에 십면매복十面埋伏을 해 놓고, 항우를 일거에 때려잡으려고 하고 있소. 그런데 양군이 흩어져서 싸움을 하게 되면, 누가 적이고 누가 내 편인가를 분간하기가 매우 어렵게 될 것이오. 그러므로 누군가가 산 위에서 대세를 관망해 가면서, 깃발을 앞으로 흔들면 앞으로 진격하고, 깃발을 좌측으로 흔들면 좌측으로 진격하고, 우측으로 흔들면 우측으로 진격하고, 뒤로 흔들면 뒤로 후퇴하게 하는 기수旗手가 꼭 한 사람 필요하오. 우리들의 승리는 그 기수가 깃발을 잘 흔들고 잘못 흔들기에 따라 좌우되는 것이오. 그러니까 그 임무야말로 삼군의 승패를 판가름하는 사실상의 실전 지휘관이 되는 것이오. 장군은 그 임무를 맡아 주었으면 싶소이다."

번쾌는 그제야 얼굴에 희색이 만면해지며 간곡히 말한다.

"원수께서는 그 임무를 부디 소장에게 맡겨 주시옵소서. 소장은 목숨을 걸고 임무를 완수하겠습니다."

한신은 그제야 정식으로 군령을 내린다.

"그러면 장군은 3천 군사를 거느리고 구리산에 도착하거든, 우선 산상에 자리를 잡고 적의 왕래를 관찰하면서 깃발 하나로 삼군을 총지휘할 준비를 하고 계시오. 만약 대사를 그르치는 날이면, 군법에 회부되어 엄중 처단을 받게 될 것이니, 그 점은 미리 각오하고 있어야 하오."

번쾌가 즉석에서 한신에게 반문한다.

"낮에는 깃발로 신호를 보낼 수 있지만, 야간에는 무엇으로 신호를 보내야 합니까. 혹시 횃불로 신호해도 되겠습니까?"

한신은 대번에 머리를 좌우로 흔든다.

"야간 전투에는 누구나가 횃불을 이용하니까, 그냥 횃불로서는 안 되오. 야간에는 등롱燈籠을 이용해야 하는데, 그것도 횃불과 혼동되지 않게 하려면 반드시 붉은 빛깔의 등롱을 써야 하오. 그리고 또 한 가지, 우리 편 군사들은 야간에 싸울 때에는 언제나 행렬行列을 지어 가면서 싸울 테니까, 횃불이 움직이는 광경을 보면 적과 우리를 식별할 수가 있을 것이오."

"잘 알겠습니다."

번쾌는 한신에게 작별 인사를 고하고 구리산으로 떠났다.

한편, 항우는 많은 첩자들을 보내 적정을 탐지해 보았는데, 그들은 이구 동성으로 이렇게 보고하였다.

"한나라 군사들은 백만 명이 넘을 뿐만 아니라, 모두들 사기가 무섭게 왕성하옵니다."

항우는 그 말을 듣고 크게 불안하였다. 그러나 이제 와서 그냥 물러설 수는 없는 일이기에, 모든 장수들을 불러 놓고 군령을 내린다.

"적이 아무리 막강해도 우리는 싸우기만 하면 이길 자신이 있다. 나 자신이 20만 군사를 거느리고 나갈 테니, 종이매와 주란은 각각 좌군 우군이 되어 나를 도우라. 나머지 30만 군사는 여섯 명의 대장들이 5만 명씩 분리하여 진격하고, 우자기 장군은 본진을 수비하고 있으라."

항우는 군령을 내리고 즉시 적진을 향하여 달려나와 큰소리로 외친다.

"한왕 유방은 싸울 용기가 있거든 곧바로 나오라. 한신이란 놈처럼 무장답지 못하게 거짓 쫓겨가는 수법을 쓰면, 이번만은 용서하지 않겠다."

유방은 튼튼히 무장을 하고 공희·진하 두 장수와 함께 일선으로 달려나왔다. 항우는 저만큼 나타나는 유방을 노려보며 다시금 큰소리로 외친다.

"그대는 지난날 이곳에서 나하고 싸워서 일패 도지—敗塗地한 바 있거늘, 무슨 용기로 이곳에 다시 나왔느냐. 그대와 나는 지난 5년 동안에 70여 전을 싸웠건만, 그대는 한 번도 승리한 적이 없었다. 그런데 무슨 배짱으로 또다시 나타났느냐 말이다."

유방은 크게 웃으며 질책한다.

"그대는 혈기血氣를 믿고 호언 장담하지만, 그런 것을 어찌 참된 용기라고 말할 수 있겠느냐. 나는 오늘 그대에게 지혜로써 승리하는 방법을 알려 주려고 왔노라. 전쟁은 혈기로써 승리하는 것이 아니고 지혜로 싸워야만 승리하는 것이다."

"이놈아! 싸우는 데는 혈기가 제일이지, 지혜가 무슨 소용이란 말이냐?"

항우가 벼락 같은 소리를 지르자 유방은 하늘을 우러러보며 크게 웃었다.

"하하하, 우자愚者는 어디까지나 우자로구나."

항우는 '우자'라는 말에 화가 치밀어 올라, 장창을 휘두르며 번개처럼 덤벼들었다. 항우와 유방이 단 둘이 싸우면, 유방은 문제가 되지 않는다. 그러기에 유방이 옆으로 피하자, 등 뒤에 대기중이던 공희와 진하가 싸움을 가로맡고 나왔다. 항우는 성난 사자처럼 좌충 우돌로 맹렬한 공격을 퍼부으며 큰소리로 외친다.

"요, 강아지 같은 놈들아! 하룻강아지는 범 무서운 줄도 모른단 말이냐?"

과연 항우의 창검술은 번개와 같았다. 그러나 공희와 진하도 일당백의 맹장이었다. 홍진만장紅塵萬丈 속에서 1대 2로 싸우기를 무려 30여 합. 공희와 진하는 점점 맥이 빠져 가건만, 항우의 기세는 싸울수록 왕성해 갔다. 그리하여 어느 순간, 항우는 벼락 같은 함성을 지르며 비호같이 달려들어 공희의 가슴을 창으로 찔러 버린다. 진하가 크게 당황하며 덤벼들려는 순간, 항우는 다시 창을 날려 이번에는 진하를 찌르는데, 천만 다행하게도 창이 빗나가 진하의 투구만이 땅에 떨어져 버렸다. 진하는 전신이 오싹해 오는 공포감에서 본진으로 쏜살같이 쫓겨 돌아왔다.

그러자 이번에는 근흠과 자무가 달려나와 싸운다. 항우가 근흠과 자무를 상대로 싸우다가 문득 깨닫고 보니, 유방이 저 멀리 언덕 위에서 이쪽을 내려다보고 있는 것이 아닌가. 항우는 유방을 보기가 무섭게, 싸우다 말고 그쪽으로 달려 올라가기 시작하였다. 그러나 언덕으로 달려 올라가는 도중에 하후영이 일군을 몰고 와 길을 가로막고 싸움을 걸어온다. 그러나 하후영은 상대가 되지 않았다. 2, 3합쯤 싸우다가 동북쪽으로 쫓겨가는데 어느 사이에 유방의 모습은 그림자도 보이지 않았다.

"유방이란 놈이 패잔병들과 함께 도망간 것이 분명하다. 추격을 맹렬히 계속하라!"

5리쯤 추격을 계속하니, 어지럽게 쫓겨가던 한나라 군사들이 거기서부터는 좌우로 질서 정연하게 양분되는 것이 아닌가. 그 광경을 보고 계포가 항우에게 급히 간한다.

"적이 좌우로 질서 정연하게 분열되는 것을 보니, 적은 거짓 쫓겨 온 것이 분명합니다. 이 부근에 복병이 있는 모양이니, 이 이상 추격은 삼가심이 좋을 줄로 아뢰옵니다."

항우는 계포의 간언을 옳게 여겨, 말을 멈추고 적진을 관망만 하고 있었다. 한신의 위장 도주에 여러 차례 골탕을 먹었기 때문에, 무리하게 추격할 생각은 없었던 것이다. 그런데 바로 그 때, 적진에서는 이좌거가 단신으로 말을 타고 달려나오는 것이 아닌가. 항우는 이좌거를 보자 화가 머리끝까지 치밀어 올라, 자기도 모르게 장창을 움켜잡으며 외친다.

"이놈아, 잘 만났다. 거짓 항복으로 나를 여기까지 꾀어 온 놈은 바로 네놈이 아니었더냐?"

이좌거는 말을 멈추더니 시치미를 떼고 말한다.

"지난날 제가 폐하를 찾아갔을 때에는 많은 은혜를 입었습니다. 폐하는 지금 한신의 계략에 빠져 있사오니, 모든 것을 체념하시고 깨끗이 항복하는 것이 상책일 것이옵니다. 그러면 제가 한왕에게 품고하여 목숨만은 건져 드리도록 하겠습니다."

그러자 항우는 우레 같은 소리를 지르며,

"이 우라질 놈아! 네놈이 아직도 나를 속일 생각이냐?"

하고 덤벼들었다.

이좌거가 잡힐 듯 잡힐 듯 쫓겨가니, 항우는 더욱 약이 올라 추격을 계속할밖에 없었다. 그리하여 10리쯤 추격하여 어떤 숲 속에 다다랐을 때, 돌연 이좌거는 간 곳이 없고 사방에서 복병들이 들고일어나 일제히 공격을 퍼부어 오는 것이 아닌가. 항우와 그의 군사들은 불시에 사면으로 기습을 당하는 바람에 크게 패하고 말았다.

그리하여 숨가쁘게 퇴각하고 있는데 5리도 채 못 왔을 때, 이번에는 한신 자신이 대군을 몰고 나타나는 것이 아닌가. 계포와 종이매가 항우를 옹호하며 가까스로 쫓겨오고 있는데, 이번에는 근흠·자무 등이 사방에서 겹겹이 둘러싸는 것이었다.

항우는 싸울 용기가 나지 않아 포위망을 결사적으로 뚫고 도주하였다. 그러자 이번에는 한신이 또다시 대군을 몰고 추격해 오는데, 그 기세는 산이 무너지고 바다가 끓어오르는 것같이 요란하였다. 항우는 몇몇 장수들과 함께 뒤도 돌아보지 않고 무작정 쫓겨오노라니까, 초장 주란이 그제서야 대군을 몰고 와 항우를 구한다. 항우는 그제서야 안도의 숨을 쉬며 본진으로 무사히 돌아올 수 있었다. 그러나 언제 또다시 적의 기습을 당하게 될지 몰라, 항우는 본진을 지키고 있는 우자기에게 말한다.

"적의 기세가 워낙 막강하여, 우리는 이곳에 오래 머물러 있을 수가 없게 되었다. 오늘 밤에 일단 팽성으로 철수했다가, 전비를 충분히 갖춰 가지고 후일에 다시 오기로 하자."

우자기가 떨리는 목소리로 아뢴다.

"사실 여부는 확실치 않사오나, 한신의 군사가 이미 팽성을 점령하고 폐하의 일가족을 모조리 생포해 갔다는 풍문이 떠돌고 있사옵니다. 만약 그 풍문이 사실이라면, 팽성으로 돌아가신들 무슨 소용이겠습니까?"

항우는 그 소리에 기절 초풍을 할 듯이 놀라며 말한다.

"뭐야? 한신이란 놈이 이미 팽성까지 점령해 버렸다구?"

항우의 대경 실색하는 꼴을 보고, 우자기가 얼른 위로의 말을 올린다.

"폐하! 너무 상심하지 마시옵소서. 우리에게는 아직도 10만 가까운 군사가 남아 있사옵니다. 오늘 밤 그들을 형초호荊楚湖 방면으로 몰고 가 신병新兵을 대대적으로 모집하면, 권토중래捲土重來의 기회가 얼마든지 있사옵니다."

항우가 고개를 크게 끄덕이며 말한다.

"그렇다. 팽성이 함락되었다는 소문은, 적의 간첩들이 퍼뜨려 놓은 유언비어에 지나지 않을 것이다. 우리는 다른 곳으로 가더라도 일단 팽성에 들러 가족들을 데리고 가야 한다. 그래서 산동山東에 있는 노군魯郡을 근거지로 삼으면 반드시 재기再起할 수 있을 것이다."

모든 대장들은 항우의 의견에 따라, 한밤중에 삼군을 거느리고 팽성을 향하여 발진發進하였다. 밤을 새워 가며 행군하여 소현蕭縣에 도착하였다. 거기서부터 팽성까지는 50리가 남았을 뿐이다.

그제야 마음을 놓고 휴식을 취하고 있노라니까, 문득 여기저기서 수상한 철포 소리가 들려오고 있었다. 암만해도 심상치 않아 사방으로 정탐해 보니, 적병들이 남쪽에서는 운하와 같이 집결해 오고 있고 동쪽에서는 수만 개의 붉은 깃발이 새벽 바람에 펄럭이고 있는데, 그들 역시 수십만 명이나 되어 보였다. 항우는 크게 놀라 좌우를 돌아보며 외친다.

"적병들이 저렇듯 많으니 천하의 군사들이 모두 유방의 군사가 되어 버렸단 말이냐?"

종이매가 머리를 조아리며 아뢴다.

"앞에서는 적병이 길을 가로막고, 뒤에서는 한신이 맹렬히 추격해 오는 걸 보니, 팽성이 함락된 것은 의심할 여지가 없사옵니다. 우리는 재빨리 산동으로 피신하기로 하십시다. 팽성에 대한 미련을 버리지 못하고 여기서 어물거리다가는 재기의 기회를 영원히 놓치게 되시옵니다."

주란도 뒤를 이어 이렇게 간한다.

"종이매 장군의 간언은 지당한 말씀인 줄로 아뢰옵니다. 폐하께서는 신속히 결단을 내려주시옵소서."

그러나 항우는 격노한 어조로 외친다.

"내 일찍이 수많은 곤경에 봉착해 보았으되, 완패完敗한 일은 한 번도 없었다. 적의 대세가 막강하기로, 나를 당할 자가 과연 누가 있더란 말이냐. 여기서 쫓겨가면 천하의 제후들이 나를 얼마나 비웃을 것인가. 그대들은 나를 따라와서, 나 혼자서 적장들을 모조리 때려죽이는 광경을 보고만 있으라. 나는 목숨이 붙어 있는 한, 팽성을 빼앗기고 지지리 못나게 쫓겨다니지는 않을 것이다."

항우가 그처럼 완강하게 나오니, 대장들은 싫든 좋든 간에 항우의 뒤를 따를밖에 없었다. 항우가 죽음을 각오하고 팽성으로 달려가는데, 문득 비마가 달려와 항우에게 알린다.

"팽성이 적에게 함락되어 성루에서는 붉은 깃발이 수없이 펄럭이고 있사옵니다. 게다가 그들은 사대 성문四大城門을 철통같이 삼엄하게 지키고 있사옵니다."

그 말을 듣고 초군 장성들은 크게 낙심하였다. 그러나 항우는 투구의 끈을 새삼스레 졸라매며 외친다.

"어떤 일이 있어도 팽성만은 탈환해야 한다."

항우는 탈환전을 전개하려고 구리산으로 향해 전진하는데, 문득 산 위에서 거대한 붉은 깃발이 펄럭이더니, 사방에서 복병들이 일시에 들고일어나는 것이 아닌가.

서북방에서 일어나는 것은 왕릉의 군사요, 북쪽에서 일어나는 것은 노관의 군사요, 동북방에서 일어나는 것은 조참의 군사요, 동쪽에서 일어나는 것은 영포의 군사요, 동남방에서 일어나는 것은 팽월의 군사요, 남쪽에서 일어나는 것은 주발의 군사요, 서남방에서 일어나는 것은 장이의 군사요, 서쪽에서 일어나는 것은 장다의 군사였다. 여덟 무리의 군사가 항우를 완전히 한 걸음 한 걸음 죄어 들어오니 깊은 산중에는 살기가 충만해 왔다.

항우는 분노가 극도에 달하여, 장창을 새삼스레 꼬나잡고 여덟 명의 적장들을 둘러보며 외친다.

"오냐! 여덟 놈이 한꺼번에 덤벼 오너라. 나의 장창은 너희놈들을 한 놈도 살려 두지 않을 것이다."

항우의 입에서 그 말이 떨어지기가 무섭게 여덟 명의 장수들은 일시에 항우에게 덤벼들었다. 그러나 항우의 거동은 번개처럼 날쌔어, 이리 치고 저리 쫓기며 여덟 명의 적장들을 귀신처럼 막아내고 있었다. 그러자 초진에서도 종이매·주란·우자기 등이 총가담하여, 양군은 풍진 속에서 일진 일퇴를 거듭하다가 마침내 한군이 쫓기기 시작하였다.

그러자 이번에는 박소·손가회·고기·장창·척사 등의 제2진이 파상 공세를 가해 온다. 그러나 항우는 추호도 겁을 내지 아니하고 그들과 20여 합을 싸우다가 손가회를 창으로 찔러 죽이고, 척사를 장창으로 후려갈겨 죽였다. 이에 박소·고기·장창 등이 쫓겨 달아나니, 이번에는 성녀산 동쪽 계곡에서 진희·전관·자무·오예 등이 무리를 지어 공격을 가해 오기 시작한다. 그러나 그들은 애초부터 문제가 되지 않았다. 처음부터 겁에 질린 그들은 10합을 채 싸우지 못하고, 제물에 뿔뿔이 쫓겨 달아나고 말았던 것이다.

한신은 '주역진법'에 의하여 '십면매복'으로 항우를 사로잡으려 했건만, 항우는 60여 명의 적장들을 거의 혼자의 힘으로 막아냈던 것이다. '십면매복'의 무서운 전법을 혼자의 힘으로 극복해 낸 항우의 위력! 그것은 초인적인 위력이라고 말할 수밖에 없겠다. 그러기에 싸움이 끝나자 모든 장수들은 땅에 엎드려 항우의 위력에 탄복하였다.

"폐하는 진실로 하늘이 내리신 신장神將이시옵니다. 폐하가 아니면 60여 명의 적장들을 어떻게 혼자서 물리칠 수 있었겠나이까?"

사실 항우는 이날 60여 명의 적장들과 싸웠건만, 창검을 손에서 떨어뜨린 일이 한 번도 없었고, 상처를 한 군데도 입지 않았다.

항우는 장수들의 찬양을 받자 용마 오추의 목덜미를 툭툭 두드려 주며 말한다.

"오늘의 싸움에서 내가 패배를 면할 수 있었던 것은, 오로지 이 '오추'의 덕택이었다."

그러자 '오추'는 주인의 말을 알아들은 듯, 두 귀를 쫑긋 세우고 먼 하늘을 우러러보며,

"오호호호호!"

하고 큰소리로 울어댄다.

이윽고 항우가 장중으로 돌아와 투구를 벗어 놓으니 우미인이 달려와,

"폐하께서 무사하셨음을 축복하옵나이다."

하고 큰절을 올린다. 항우는 우미인의 아리따운 용모를 보고 흔쾌하게 웃으며 말한다.

"그대는 오늘 적군이 엄청나게 많은 것을 보고 무척 떨었겠구먼!"

우미인이 머리를 조아리며 아뢴다.

"신첩은 폐하의 천위天威와 모든 장수들의 덕택으로 비참한 꼴을 당하지 않게 된 것을 무엇보다도 기쁘게 생각하옵나이다. 폐하께서는 60여 명의 적장들을 상대로 싸우시느라고 얼마나 피로하시옵니까?"

"무슨 소리! 나는 그 옛날 장한章邯과 아홉 번이나 싸우면서 여러 날 굶은 일도 있었지만, 그 때에도 피로함을 몰랐노라. 오늘 정도의 싸움으로 피로를 느낄 내가 아니다."

항우의 말을 듣고 좌중은 모두 놀라움을 금치 못했다. 이 때 주란이 들어와 항우에게 아뢴다.

"폐하! 적은 오늘의 패배를 설욕하려고 오늘 밤 기습을 감행해 올지도 모르옵니다. 지금부터 거기에 대한 대비를 해야 하겠습니다."

항우는 대수롭지 않게 웃으며 말한다.

"그놈들을 그만큼 혼을 내주었는데, 설마 또다시 덤벼 올라구."

주란이 다시금 머리를 조아리며 아뢴다.

"자고로 유단油斷은 대적大敵이라고 하옵니다. 적이 설사 오지 않더라도 대비만은 꼭 해둬야 하옵니다."

"그렇다면 사방에 진을 치고, 중군을 철저히 방비하게 하라."

항우는 군령을 내려놓고 우미인을 상대로 장중에서 술을 마시기 시작하였다. 크게 싸우고 나서 사랑하는 아내와 더불어 마시는 술맛은 과거의 어느 때보다도 좋았다.

## 옥퉁소의 효험

한신은 항우를 생포하려고 구리산에 '십면매복'을 했다가 실패하고 나자 크게 낙심하였다. 그리하여 이좌거를 불러 상의한다.

"항우가 워낙 만부부당萬夫不當의 맹장이어서, 우리는 그를 생포하는 데 실패하고 말았습니다. 그러나 지금이라도 전차戰車로 구리산을 포위하고 있으면, 항우가 다른 곳으로 달아나지는 못할 것입니다. 그러노라면 군량이 떨어지고 구원병은 오지 못해 결국은 항복을 아니 할 수가 없게 될 것입니다. 무리하게 싸워 희생자를 내느니보다는 그 편이 훨씬 상책일 것 같은데, 선생은 어떻게 생각하십니까?"

이좌거가 대답한다.

"항우의 영용英勇이 제아무리 뛰어나다 해도 그의 용맹은 필부의 만용에 지나지 않습니다. 다만 우리가 걱정하는 것은 계포·주란·종이매 등 몇몇 용장들과 항우가 거느리고 있는 8천여 명의 친위부대親衛部隊입니다. 비록 군량이 떨어졌다 하더라도 친위부대 8천여 명이 끝까지 항거하면, 우리는 그들을 이겨내기가 어렵습니다. 그러므로 굳게 뭉쳐 있는 친위부대를 어떻게 해야 흐트러뜨릴 수 있겠느냐 하는 것이 문제입니다. 만약 그들이 강동으로 이동하여 군비軍備를 새로 갖추게 되면, 그 때에는 항우를 영원히 정벌할 수 없을 것이니, 원수께서는 그 점을 각별히 고려하소서."

한신은 머리를 무겁게 끄덕이며 말한다.

"선생은 참으로 좋은 말씀을 들려주셨습니다. 그러나 저로서는 아무리 궁리해도 좋은 계략이 떠오르지 아니합니다. 장량 선생을 이 자리에 모셔다가 함께 논의해 보면 어떠하겠습니까?"

이좌거는 대번에 고개를 끄덕인다.

"그거 참 좋은 생각입니다. 장량 선생은 반드시 기계奇計를 말씀해 주실 것입니다."

한신은 즉석에서 육가를 보내 장량을 모셔 왔다. 그리하여 그간의 경과를 낱낱이 알려 주고 나서 말한다.

"항우에게는 계포·주란·종이매 등의 몇몇 충신과 8천여 명의 친위부대가 철통같이 뭉쳐 있어서 그들의 단결을 무너뜨리기 전에는 우리가 승리할 가망은 전연 없사옵니다. 어떻게 해야만 그들의 결속을 파괴할 수 있을지 좋은 지혜를 가르쳐 주소서."

장량은 즉석에서 이렇게 대답한다.

"그게 뭐가 어려운 일이라고 걱정하시오? 장수들의 충성심을 무너뜨리고, 친위대원을 뿔뿔이 이산離散시켜 놓기만 하면 항우를 열흘 안으로 생포할 수 있을 게 아니오?"

한신은 그 말을 듣고 뛸 듯이 기뻤다.

"무슨 수단을 써야 그들을 뿔뿔이 이산시켜 놓을 수 있을지, 구체적인 계획을 들려주소서."

장량은 아무것도 아니라는 듯,

"그들의 마음을 산산조각으로 분쇄하려면 옥퉁소 한 가락이면 충분할 것이오."

하고 지극히 간단하게 대답한다. 한신과 이좌거는 너무도 뜻밖의 대답에 어처구니가 없었다.

"옥퉁소 한 가락이면 적의 단결을 산산조각으로 분쇄할 수 있다니, 그게 무슨 말씀이시옵니까?"

장량은 너털웃음을 웃어 가며 말한다.

"두 분은 퉁소도 모르시오? 퉁소 한 곡조만 불면, 친위대원들의 결속을 산산조각으로 분쇄해 버릴 수가 있다는 말이오."

"그처럼 신기한 옥퉁소를 누가 분다는 말씀입니까?"

"누가 불기는······. 퉁소를 불 줄 아는 사람이 나밖에 누가 있겠소. 결국은 내가 불어야 하겠지요."

"엣······? 선생께서 퉁소를?"

한신은 장량의 대답에 또 한 번 놀라며,

"선생께서 퉁소를 잘 부신다는 말씀은 한 번도 들어 본 일이 없사온데, 선생은 퉁소를 그처럼이나 잘 부시옵니까?"

하고 물었다. 장량은 빙그레 웃으며 대답한다.

"내가 퉁소를 배우게 된 연유를 말씀드리지요. 그 옛날 젊었을 때, 나는 하비下邳라는 곳에 놀러 갔다가, 퉁소를 잘 부는 이인異人을 한 사람 만난 일이 있었지요. 그 사람은 퉁소를 기가 막히게 잘 불었는데, 그의 말에 의하면 '퉁소는 모든 고락古樂의 근원根源으로서, 황제黃帝께서 창시創始하신 악기'라는 거였소. 그 사람은 퉁소를 어떻게나 잘 부는지, 그 사람이 퉁소를 불기만 하면 사방에서 공작孔雀과 백학白鶴들이 모두들 춤을 추며 모여드는 거였소. 그러나 그뿐이오. 그 사람이 퉁소를 기쁘게 불면 그 소리를 들은 사람들은 모두가 기뻐하였고, 그 사람이 퉁소를 슬프게 불면 고향을 떠나 있던 사람들은 고향 그리움에 모두들 눈물을 짓더란 말이오. 그 사람이 퉁소를 그렇게도 잘 불기 때문에, 세상 사람들은 그를 '선인 소사선人簫史'라는 별명으로 불러 오고 있더군요. 나는 그 사람의 퉁소에 반해 며칠을 두고 퉁소 소리를 즐기다가, 결국은 그분에게서 퉁소를 배우기로 하였지요. 물론 '선인 소사'에게 비기면 나의 퉁소 기술은 문제가 안 되오. 그러나 나도 퉁소를 어느 정도는 불 수 있다오."

한신은 그 소리를 듣고 또 한 번 놀라며,

"그러면 선생께서 퉁소로써 항우의 친위부대의 결속을 산산조각으로 분쇄해 주시옵소서. 수고스러우시겠지만, 꼭 부탁드리옵니다."

하고 간곡히 부탁하였다. 장량이 웃으며 대답한다.

"나의 퉁소는 '선인 소사'처럼 신경神境에 도달해 있지는 못하오. 그러나 때마침 감상感傷에 잠기기 쉬운 가을철인지라, 내가 퉁소를 불어도 효과는 반드시 있을 것이오."

한신과 이좌거는 장량의 말을 듣고 머리를 수그려 간곡히 부탁한다.

"선생께서 그런 비술秘術을 가지고 계시면, 퉁소를 꼭 한 번 불어 주시옵소서. 그래 주셔야만 저희들이 쉽게 승리할 수 있을 것이 아니옵니까?"

장량이 대답한다.

"두 분께서 그처럼 부탁하신다면 내 어찌 거절할 수 있겠소. 그러나 퉁소를 불어 신효神效를 거두려면 거기에는 반드시 노래가 따라야 하는 법이오. 가사歌詞는 물론 내가 짓겠지만, 퉁소의 곡에 따라 그 노래를 불러 줄 가수歌手들도 백여 명 가량 연습을 시켜야 하오. 그러므로 아무리 빨라도 준비 기간이 4, 5일 걸릴 테니 원수는 그동안에 포진布陣을 단단히 쳐 놓고 기다리시오."

한신은 장량의 지시에 따라 군량을 풍부하게 비축하는 동시에, 번쾌를 산상에 매복시키고 관영을 초군 진지의 좌우에 매복시켜 놓앉다. 항우가 나타나기만 하면 대번에 생포해 버릴 태세로 물샐틈없이 갖춰 놓고 있었던 것이다.

한편, 항우는 성녀산聖女山 기슭에 진을 치고, 날마다 적의 움직임을 상세하게 탐색하고 있었다.

그러한 어느 날, 계포와 항백이 항우에게 달려와 아뢴다.

"지금 우리는 군량도 떨어지고 마초馬草도 떨어져 가고 있어서, 군사들의 사기가 말이 아니옵니다. 이런 때에 적이 쳐들어오면 우리는 적을 막아낼 길이 없사옵니다. 그러므로 목전의 위기를 모면하기 위해서는 이곳을 일단 철수하는 것이 상책일 것 같사옵니다."

항우는 그 보고를 받고 기가 막혔다.

"우리는 지금 적에게 포위되어 있는데, 어디로 철수를 하자는 말인가?"

"폐하께서는 친위대 8천 명을 거느리고 이곳을 먼저 떠나, 형주荊州·양양襄陽을 거쳐 강동江東으로 가시옵소서. 그러면 저희들도 뒤따라가, 강동에서 재기再起를 노리도록 하겠습니다."

"적의 포위망을 어떻게 돌파할 수 있을지, 그것이 문제가 아니오?"

항우의 입에서 그처럼 나약한 말이 나올 줄은 누구도 상상하지 못했던 일이다. 그러기에 계포는 내심 크게 낙심하며 대답한다.

"8천여 명의 친위부대만은 아직도 사기가 왕성하니까, 포위망을 뚫고 나가는 것은 문제가 없사옵니다. 폐하께서 포위망을 돌파하시면, 저희들도 우후虞后를 모시고 뒤따라 철수하겠습니다."

"그러면 내일 밤을 기해 철수하기로 합시다."

이리하여 항우는 전군에 철수 준비령을 내렸다.

때마침 고향이 그리워지는 가을철인지라, 초군 병사들은 고향으로 돌아간다는 바람에 마음이 몹시 산란하였다. 초군 병사들은 철수 준비를 서두르며, 저희끼리 다음과 같이 서글픈 말을 지껄여대고 있었다.

"고향을 떠난 지 이러구러 10여 년. 일별一別 이후에 소식 돈절頓絶하여 부모 처자식 생사조차 모르니, 가슴이 메어질 노릇이네그려."

"누가 아니래! 옷이 해져도 꿰매 줄 사람조차 없는 데다가, 군량은 떨어져 기아에 허덕이고 있으니, 이런 신세로 어떻게 한나라 군사들을 막아낼 수 있을 것인가?"

때마침 가을바람에 나뭇잎이 우수수 떨어지고, 달빛이 휘영청 밝아 고향 생각이 새삼스레 간절하였다. 그리하여 잠을 이루지 못하고 삼삼오오 짝을 지어 방황하며 고향 생각에 잠겨 있는데, 홀연 저 멀리 산 위에서 퉁소 소리가 바람을 타고 아득하게 들려오고 있었다.

"저게 웬 퉁소 소리야."

초군 병사들은 일제히 말을 멈추고 퉁소 소리에 귀를 기울였다. 폐부를 파고드는 듯이 애절한 퉁소 소리였다. 가만히 귀를 기울이고 있노라니, 눈에서는 눈물이 절로 솟아오를 지경이었다. 초군 병사들은 가슴이 메어 오는 슬픔을 느끼며, 퉁소 소리에 정신없이 귀를 기울이고 있었다.

이윽고 퉁소의 가락에 맞추어 여기저기서 노랫소리조차 들려오는데, 노래의 내용은 다음과 같았다.

　　구월의 가을은 깊어 들에는 서리가 날리고
　　九月深秋兮 四野飛霜
　　하늘은 높고 물은 말라 가는데 기러기떼 슬피 울어 예네
　　天高水涸兮 寒雁悲愴
　　싸움은 마냥 고달파 밤과 낮이 모두 괴로운데
　　最苦戍邊兮 日夜疆場

적은 세차게 몰아쳐 와서 모래 언덕에 백골을 쓰러뜨리네.

披堅執銳兮 骨立沙岡

고향을 떠나 어언 십여 년 부모와는 생이별을 나눴으니

離家十年兮 父母生別

처자식인들 얼마나 외로우랴 가도가도 독수 공방임을

妻子何堪兮 獨宿閨房

메말라 가는 고향의 밭은 그 누가 가꿀 것이며

故山腴土兮 孰與之守

이웃집엔 술이 익었으련만 누구와 더불어 마시랴

隣家酒熟兮 誰與之嘗

늙은 부모는 문간에 기대어 가을 달만 처량히 바라보고

白髮倚門兮 望穿秋月

어린것은 굶주림에 울어 간장이 끊어질 노릇이네

穉子啼飢兮 沮斷肝腸

말이 바람에 울부짖음도 또한 고향 그리움일지니

胡馬嘶風兮 尙知戀土

나그네 길이 아무리 오래기로 어찌 고향을 잊어버리랴.

人生客久兮 寧忘故鄕

    슬픈 노래는 끊길 듯 이어지며 한없이 계속되어, 초군 병사들의 마음을 갈기갈기 찢어 놓는다.
    말할 것도 없이 옥퉁소를 불고 노래를 부르는 사람은 장량과 그의 부하들이었다. 퉁소의 가락에 맞추어 슬픈 노래는 아직도 계속된다.

한번 싸우게 되면 창검에 휘말려 죽되
一旦交兵兮 蹈刃而死
뼈와 살은 곤죽이 되어 개천가의 풀을 덮을 뿐이니
骨肉爲泥兮 衰艸濠梁
혼백은 허공중에 떠돌 뿐 갈 곳조차 없으리로다
魂魄悠悠兮 罔知所倚
장하던 그 마음 마냥 쓸쓸하여 황당하기 이를 데 없으니
壯志寥寥兮 付之荒唐
기나긴 가을밤에 고향 생각뿐이로다
當此永夜兮 追思退省
급히 고향으로 달아나면 죽음을 면할 수 있으리라
急早散楚兮 免死殊方
이 노래는 너를 살리려 함이니 어찌 하늘의 소리가 아니랴
此歌豈誕兮 天譴告角
너 하늘의 뜻을 알았거든 주저할 바 아니로다
爾其知命兮 勿謂渺茫
한왕은 덕이 높아 도망가는 군사를 죽이지 않으리니
漢王有德兮 降軍不殺
고향에 돌아가겠다면 맘대로 보내 준다
哀告歸情兮 故爾翱翔
비어 있는 진영을 지키지 마라 군량은 이미 떨어졌도다
勿守空營兮 粮道旣絶
머지않아 포로가 되면 옥석이 함께 다치리로다.
指日摛羽兮 玉石俱傷

장량이 계명산을 오르락내리락하며 옥퉁소를 높고 낮게 붊에 따

라, 수백 명의 가수들은 숲 속에 숨어 이상과 같은 노래를 부르는데, 때로는 만학만학萬鶴이 구천九天에서 흐느껴 우는 것 같기도 하고 때로는 철석 간장을 속속들이 녹여 내는 것 같기도 하였다. 더구나 달빛은 밝고 바람은 차가워 퉁소 소리와 노랫소리는 오장육부를 자꾸만 파고들어, 초군 병사들은 고향 생각에 눈물을 흘리지 않는 사람이 없었다.

노랫소리에 심취한 초군 병사들은 눈물을 비 오듯 흘리며 저희끼리 중얼거린다.

"하느님은 우리를 살려 주시려고 신선을 보내 퉁소를 불게 하심이 분명하다. 우리가 굶주림을 참아 가며 비어 있는 군영을 지키고 있다가는, 한군이 몰아쳐 오기만 하면 모조리 죽어 버릴 것이 아닌가."

"그야 물론이지. 그렇게 되면 부모 처자를 영원히 못 만나게 될 것이 아닌가. 우리가 끝까지 버티는 것은 하늘의 뜻을 거역함과 다름없는 일이야. 때마침 달이 밝으니 모두들 고향으로 달아나 버리자."

그러자 누군가가 이렇게 외친다.

"그야말로 좋은 생각이야. 우리가 도망을 가다 붙잡히기로, 한왕은 우리들을 결코 죽이지는 않을 것이야. 그러니까 모두들 주저 말고 달아나기로 하자!"

사태가 그렇게 되니, 초군 병사들은 앞을 다투어 달아나고 있었다. 초군 병사들은 처음에는 남의 눈을 속여 가며 한 사람씩 두 사람씩 달아나기 시작하였다. 그러나 그 수효가 점점 불어나자, 나중에는 10명씩, 20명씩 공공연하게 떼를 지어 달아나고 있었다. 그리하여 밤이 삼경에 이르렀을 때에는, 그처럼 충성심이 강렬하던 친위대의 병사들조차 거의 달아나 버리고 말았다. 장량의 옥퉁소는 그렇게도 무서운 영향력을 주었던 것이다.

계포와 종이매, 항백 등은 그제야 그 사실을 알고 크게 당황하여 중군으로 달려왔다. 그러나 때는 야밤 삼경이어서, 항우는 우미인과 함께 깊은 꿈에 잠긴 채 아무리 문을 두드려도 대답조차 없었다.
항백은 한숨을 쉬며 계포·종이매와 상의한다.
"우리가 철석같이 믿고 있던 친위병들조차 뿔뿔이 달아나 버려서, 이제는 우리만이 남지 않았소. 만약 한나라 군사가 이런 때에 쳐들어오면 주공은 포로가 되어 생명을 유지할 수 있겠지만 우리들은 죽음을 면하기가 어려울 것이오. 그렇다면 우리도 군사들과 같이 도망을 갔다가 나중에 폐하의 원수를 갚도록 하는 것이 어떠하겠소?"
계포와 종이매도 즉석에서 찬동하며 말한다.
"아닌게아니라 모두가 여기서 함께 죽는 것은 그야말로 개죽음이오. 우리도 병사들과 함께 도망쳐서 후일을 기하기로 합시다."
이리하여 초나라의 대장들조차 자고 있는 항우를 그냥 내버려 둔 채, 제각기 보따리를 싸들고 뿔뿔이 도망을 치기 시작하였다.
"집이 가난하매 좋은 아내를 생각하게 되고〔家貧則思良妻〕 나라가 어지러우매 어진 재상을 생각하게 된다〔國亂則思賢相〕"고 하던가. 초나라가 망하게 되자 항우에게 충성하려는 신하는 한 사람도 없었으니, 그것은 항우가 잘못한 탓일까 혹은 신하들이 잘못한 탓일까.
아무튼 초나라 중신들은 항우를 내버려 두고 뿔뿔이 도망을 가다가, 항백은 도중에서 발길을 한나라로 돌렸다. 항백은 그 옛날 홍안천鴻雁川에서 장량의 목숨을 구해 준 인연도 있으려니와 한왕과는 동서지간인 까닭에, 한왕을 찾아가면 항우 대신에 초왕후楚王侯로 책봉되어 영화를 누릴 수가 있으리라고 생각했기 때문이었다.
그러나 주란周蘭과 환초桓楚 두 대장만은 도망가는 동료들을 눈물로 비웃으면서,
"명리에 눈이 어두워 의리를 배반하는 자는 개만도 못한 놈들이

다. 우리 두 사람은 어디까지나 주공과 생사를 같이하면서 최후까지 초나라를 지키자."
하고 말하며 남아 있는 군사 8백여 명을 규합하여 진중을 굳게 지켰다. 초패왕 항우는 이미 풍전등화風前燈火의 신세가 되어 버렸건만 주란과 환초만은 끝까지 남아 있었으니, 그런대로 불행 중 다행이었다.

## 최후의 비가悲歌

항우는 밤사이에 이변異變이 일어난 줄도 모르고 우미인과 함께 잠을 자다가 문득 잠결에 들으니 사방에서 초나라의 노랫소리가 아득하게 들려오고 있지 않은가.

"아니, 저게 웬 초나라의 노래냐. 내가 꿈에 고향에 돌아왔더란 말이냐."

항우는 소스라치게 놀라 잠자리에서 벌떡 일어나 앉으며,

"거기 누구 없느냐!"

하고 큰소리로 사람을 불렀다. 주란과 환초가 부리나케 달려와 울면서 아뢴다.

"폐하! 한신이란 놈이 간밤에 산상에서 퉁소로 초나라의 노래를 불러대는 바람에, 우리 군사들은 마음이 산란하여 모두 고향으로 달아나 버렸습니다. 8천여 명의 친위대 병사들과 계포 · 종이매조차도 달아나 버려서, 이제 남은 군사는 우리 두 사람과 8백여 명의 결사 대원들뿐이옵니다."

항우는 그 말을 듣고 기절 초풍을 할 듯이 놀란다.

"뭐야……? 계포와 종이매까지 달아나 버렸다구?"

"그러하옵니다. 폐하. 모두 달아나 버려서 이제는 적을 막아낼 수가 없사오니, 폐하께서도 도망을 가셔야 하겠습니다."

항우는 그 말을 듣고 몸을 사시나무처럼 떨며 하늘을 우러러 탄식한다.

"세상에 이럴 수가! 세상에 이럴 수가……. 오오, 하늘은 나를 버리셨단 말이냐?"

그 탄식성이 너무도 비장하여 듣는 사람들이 모두 흐느껴 울었다. 마침 그 때, 아무 사정도 모르는 우미인이 달려와 항우에게 묻는다.

"폐하께서는 무슨 일로 눈물까지 흘리시며 슬퍼하시옵나이까?"

항우가 눈물을 씹어 삼키며 대답한다.

"나의 병사들은 밤사이에 죄다 도망을 가버리고 한나라 군사들이 나를 이중 삼중으로 포위하고 있다니, 이를 어쩌면 좋다는 말인가?"

"……."

우미인은 너무도 놀라운 사실에 아무 대꾸도 못 하고, 입술을 깨물며 눈물만 씹어 삼켰다.

항우도 눈물을 씹어 삼키다가,

"나는 이제 그대와 헤어져 어딘가로 도망을 갈 수밖에 없게 되었다. 그대를 두고 떠나자니 가슴이 찢어질 것만 같구나. 그대와 더불어 부부의 정을 나누어 온 지 이러구러 7, 8년. 천군만마의 진중에서도 떨어지지 않았던 우리였건만 이제 기나긴 이별을 나누려니 가슴이 메어 오는구나!"

하고 말하며 땅을 치며 통곡하는 것이 아닌가.

나라가 망하게 된 것도 슬픈 일이었지만, 내 몸같이 사랑하는 아내와 영원히 헤어진다는 것은 더 한층 슬픈 일이었던 것이다. 우미인은 아무 대답도 못 하고 땅에 쓰러져 울기만 하였다.

숨막히는 슬픔이 오래 계속된 뒤였다. 항우는 우미인의 어깨를 두드려 주면서 말한다.

"나는 이미 죽음을 각오한 몸. 그대는 속히 일어나 그대의 살길을 찾아가거라!"

우미인은 정신없이 흐느껴 울다가, 문득 얼굴을 고즈넉이 들어 남편을 원망스럽게 바라보며 나무라듯 말한다.

"폐하! 지어미가 지아비를 내버리고 어디로 가라고 신첩더러 도망을 가라고 하시옵니까. 신첩은 폐하의 말씀이 너무도 원망스럽사옵나이다."

항우는 복받쳐 오르는 설움을 씹어 삼켜 가면서 우미인을 달랜다.

"그대는 아직도 젊은 몸, 어디를 간들 살 길이 없겠느냐. 나를 생각지 말고 빨리 이곳을 떠나도록 하거라."

우미인이 탄식하며 말한다.

"신첩은 오랫동안 폐하의 은총을 입어 오면서, 언제든지 폐하와 생사를 같이할 결심이었사옵나이다. 그런데 이제 와서 혼자만 살길을 찾아가라고 하시니, 그 무슨 무정한 말씀이시옵니까?"

항우는 가슴이 메어 와서 옷소매로 눈물을 훔치며 말한다.

"나라가 망했으니, 나는 어쩔 수 없이 죽어야 할 몸이다. 그러나 앞길이 구만 리 같은 너까지 나를 따라 죽을 필요는 없지 않느냐."

항우는 그 한 마디를 씹어 던지고 부랴부랴 밖으로 달려나와, 애마愛馬 오추烏騅의 등에 오르며 박차를 가했다. 우미인을 내버려 둔 채 자기만이 죽을 길을 찾아 나서려는 것이었다. 항우가 우미인을 내버려 두고 혼자만 도망가려는 것은, 어쩌면 우미인을 진심으로 사랑했기 때문인지 모른다.

그러나 항우가 말 위에 올라 아무리 박차를 가해도, 오추는 웬일인지 그 자리에 딱 멈춰 선 채 한 걸음도 움직이려고 하지 않았다. 마침 그 때, 우미인이 허둥지둥 쫓아 나와 항우의 옷소매를 움켜잡으며 애원하듯 말한다.

"폐하! 아무리 떠나시더라도 신첩의 이별주離別酒를 한 잔 드시고 떠나셔야 할 것이 아니옵니까?"

"오오, 그대가 주는 이별주라면 내 어찌 마다고 하겠느냐. 어서 술을 가져오너라."

우미인은 몸소 술상을 들고 나와 마상의 항우에게 이별주를 따라 주고 나서 말한다.

"폐하께서는 신첩의 선녀무仙女舞를 무척 좋아하셨으니, 마지막으로 선녀무를 한 가락 추어 올리겠나이다."

그리고 우미인은 눈물을 하염없이 흘려 가며 아리따운 몸매로 선녀무를 너울너울 추기 시작하였다. 우미인의 선녀무는 그야말로 천하 일품이었다. 사뿐사뿐 옮겨 놓는 발걸음에서는 삼현육각三絃六角이 소리 없이 울려 퍼지는 것 같았고, 기나긴 옷소매를 허공으로 높이 치켜 올릴 때에는 선녀가 바야흐로 우화등선羽化登仙하려는 것 같아서 그지없이 아름다웠다. 그러면서도 그 춤에서는 슬픔이 안개처럼 솟아올라 보여서, 손에 술잔을 든 채 우미인의 선녀무를 정신없이 바라보고 있는 항우의 눈에서는 구슬 같은 눈물이 연방 흘러내렸다. 우미인은 눈물을 흘려가며 '선녀무'를 언제까지나 추고 있었다. 대장부의 간장을 녹여 내는 아름다운 춤이면서도, 또한 슬퍼 보이기 그지없는 춤이기도 하였다.

항우는 하염없이 눈물을 흘려 가며 춤을 추고 있는 우미인을 정신없이 바라보다가 문득 자기도 모르게 춤에 맞춰 즉흥시를 읊기 시작하였다.

　　힘은 산을 뽑고 기개는 천하를 덮건만
　　力拔山兮 氣蓋世

시세가 불리함이여 말은 나가지 않네

時不利兮 騅弗逝

말이 나가지 않으니 이를 어쩔 것이냐

騅不逝兮 可奈何

우야 우야 이를 어쩔 것이냐.

虞兮 虞兮 可奈何

항우가 즉흥시를 슬프게 읊고 나자, 우미인은 춤을 추어 가며 즉석에서 화답和答을 보낸다.

한나라 군사가 쳐들어오니 사방이 노래뿐이로다

漢兵已略 四方楚歌聲

대왕께서 의기를 잃었으니 신첩인들 어찌 살기를 바라리오.

大王意氣盡 賤妾何聊生

항우와 우미인은 이별이 서러워 노래를 주고받으며 언제까지나 헤어질 줄을 몰랐다.

어느덧 해가 저물어 가니, 주란과 환초가 급히 달려와 항우에게 아뢴다.

"폐하! 적의 무리가 언제 덤벼올지 모르오니 빨리 떠나셔야 하시옵니다."

항우는 그제야 우미인을 달래듯 말한다.

"적의 무리가 몰려오기 전에 나는 어디론가 떠나가야만 하겠다. 너도 속히 피신하여 목숨을 보존토록 하라. 우리들의 운명이 다하지 않았으면, 언제 어디선가 다시 만날 날이 있을 것이다."

우미인은 항우의 옷소매를 부둥켜잡고 울면서 호소한다.

"낭군 혼자만 떠나시면, 저더러는 어디로 가라는 말씀이시옵니까?"
항우가 대답한다.
"너는 얼굴이 아름다워 유방도 너만은 결코 죽이지 않을 것이다. 죽을 걱정은 하지도 마라."
그러자 우미인은 몸부림을 치며 앙탈하듯 외친다.
"신첩은 폐하와 함께 도망을 가다가 적의 손에 붙잡히면 스스로 목숨을 끊을 결심이옵니다. 설사 육신은 진토가 돼도 혼백만은 폐하를 따라 초나라로 돌아가게 해 주시옵소서."
그러나 항우는 고개를 흔들었다.
"그것은 안 될 말이다. 아무 죄도 없는 너를 내 어찌 나와 함께 죽자고 할 수 있겠느냐. 나는 도망을 가다가 죽을 결심이지만, 너까지 죽게 할 수는 없는 일이다."
항우의 태도는 야속할 정도로 냉담하였다. 우미인은 항우의 옷소매를 움켜잡으며 다시금 애원하듯 말한다.
"정말로 그러시다면 신첩의 마지막 소원을 하나만 들어 주시옵소서."
항우도 '최후의 간청'만은 거절할 수가 없어서,
"이 판국에 무슨 소원이 있단 말이냐. 그것만은 들어 줄 테니, 어서 말해 보라."
하고 재촉하였다. 우미인이 말한다.
"바라옵건대 폐하의 보검寶劍을 신첩에게 기념으로 내려주시옵소서. 신첩은 어디를 가나 그 보검을 폐하로 알고 받들어 모시겠습니다."
눈물겹도록 슬픈 간청이었다.
아무러한 항우도 그것만은 거절할 도리가 없었다. 그리하여 허리에 차고 있던 보검을 아낌없이 내주면서 말한다.

"그런 소원이라면 어찌 들어 주지 않겠느냐. 어서 받아라."

우미인은 보검을 손에 넣고 나더니, 비장한 각오로 항우를 힘차게 부른다.

"폐하!"

"무슨 일이냐?"

"신첩이 폐하를 따라 나서면 폐하는 저 때문에 많은 고통을 겪게 되실 것이옵니다. 그러기에 신첩은 이 자리에서 죽기를 결심했으니, 폐하께서는 이 순간부터 신첩을 깨끗이 잊어버리시고 신속히 피신을 하시옵소서."

우미인은 그 한 마디를 남기고 즉석에서 보검으로 목숨을 끊어버리는 것이 아닌가. 기념으로 보검을 달라고 한 것은 자살을 하기 위한 방편이었던 것이다.

항우는 차마 못 볼 참극을 당하자 우미인의 시체를 부둥켜안고 통곡을 하였다. 주란이 급히 달려와 항우를 잡아 흔들며 간한다.

"폐하께서는 이 판국에 천하 대사를 망각하시고, 어찌하여 사소한 슬픔에만 잠겨 계시옵니까. 사태가 위급하오니 속히 떠나셔야 합니다."

항우는 그제야 우미인의 시체와 작별하고 8백여 기의 부하들과 함께 울면서 도망의 길에 올랐다. 일행을 두 패로 나눠 항우가 먼저 포위망을 뚫고 나가는데, 한나라의 대장 관영이 많은 군사들로 앞길을 가로막는다. 항우가 폭풍처럼 달려나와 관영과 싸우기를 10여 합, 관영이 힘에 부쳐 도망을 치기 시작하였다. 그러나 항우는 추격할 생각은 아니 하고 자기 길만 달려나갔다.

이때 번쾌가 산상에서 그 광경을 보고 붉은 깃발을 사방으로 휘두르니, 이번에는 한나라 군사들이 사면 팔방에서 일시에 들고일어난다.

한편, 주란과 환초도 항우를 따라가고 있는데, 적장 조참이 유가劉賈 · 왕수王邃 · 주종周從 · 이봉李封 등의 네 부장들과 함께 총공격을 퍼부어 오는 것이 아닌가. 주란과 환초는 결사적으로 싸워 적을 가까스로 물리칠 수가 있었다. 그러나 싸움을 끝내고 돌아와 보니, 이제 남아 있는 병력은 20여 기에 불과하지 않은가.

"이제 앞으로도 적을 수없이 만나게 될 터인데, 20여 기로서야 어찌 그들을 막아낼 수 있을 것인가. 그렇다면 적의 손에 죽느니 차라리 내 손으로 죽어 버리자!"

주란과 환초는 하늘을 우러러보며 탄식하다가, 스스로 목숨을 끊고 말았다. 항우는 주란과 환초가 자결한 사실도 모르고, 1백여 기의 부하들과 함께 앞으로 앞으로 달려갔다. 그리하여 회하淮河에 당도하니, 마침 물가에 나룻배 한 척이 있었다.

"모두들 이 배를 타고 강을 건너자!"

다행히 강은 무사히 건널 수 있었다. 그러나 거기서 10리를 더 달려 음릉陰陵이라는 곳에 당도하니, 산골길이 두 갈래로 갈려 있어서, 어느 길이 강동으로 가는 길인지 알 수 없었다. 사방을 둘러보니 마침 늙은 농부 하나가 밭에서 농사일을 하고 있었다. 항우는 농부 곁으로 달려가 다급하게 물었다.

"여보게! 강동으로 가려면 어디로 가야 하는가?"

"……"

농부는 아무 대답도 아니 하고 항우를 멀거니 바라보기만 한다. 문제의 농부는 맘속으로,

'이 사람은 비단 전포戰袍에 황금 투구를 쓴 것으로 보아 보통 사람이 아니로구나! 그렇다면 초패왕이 아닌가. 초패왕이라면 우리네 백성들을 무던히도 괴롭혀 온 인물이니, 이런 자를 구해 주었다가는 천벌을 받게 되리라.'

그런 생각이 들어 대답을 아니 하고 있었던 것이다. 항우는 다급한 어조로 다시 묻는다.

"이 사람아! 나는 초패왕일세. 한나라 군사들에게 쫓겨 강동으로 도망을 가는 길이니, 길을 빨리 알려 주게."

농부는 상대방이 항우임을 알자,

"강동으로 가려거든 왼쪽 길로 가시오."

하고 일부러 엉뚱한 길을 가리켜 보였다.

항우는 농부의 말을 믿고 그 길로 달려오다가 깊은 수렁 속에 빠져서 무진 애를 먹었다. 가까스로 수렁에서 빠져나와 얼마를 더 달려오다가 우연하게도 그 지방의 태수太守인 양희楊喜를 만났다. 양희는 한 무리의 군사를 거느리고 급히 달려오고 있었던 것이다. 항우는 크게 기뻐하며 양희에게 애원하듯 말한다.

"여보게 양희 장군! 그대는 과거에 나의 부하가 아니었던가. 나는 지금 강동으로 가는 길이니, 그대도 나와 함께 강동으로 가기로 하세. 내가 강동에서 재기再起하는 날에는 자네를 만호후萬戶侯에 봉해 주기로 하겠네."

양희가 냉소를 하면서 대답한다.

"당신은 현사賢士들의 충간忠諫을 듣지 않았다가 오늘날 이 꼴이 된 게 아니오? 당신이 강동으로 도망을 간들 어떻게 재기를 할 수 있단 말이오? 나는 이미 한왕에게 귀순하여 당신을 잡으러 나온 길이오. 그러나 옛날의 의리를 생각해 당신을 차마 내 손으로 잡아갈 수는 없구려. 당신도 나처럼 한왕에게 귀순하여 오래도록 부귀와 영화나 누리도록 합시다."

항우는 양희에게서 '항복 권고'를 듣는 순간, 모욕감이 열화같이 치밀어올랐다. 그리하여 장창을 번개같이 휘둘러 양희를 찔러 죽이려고 하니, 양희가 몸을 번개같이 피하며 정면으로 대들었다. 두 장수가 무섭게 싸우기를 20여 합. 항우가 양희의 머리 위에 최후의 철퇴를 내리갈기려는 바로 그 순간, 숲 속에 매복해 있던 양무楊武·왕익王翼·여승呂勝·여마통呂馬通 등의 맹장들이 일시에 함성을 올리며 항우에게 덤벼들었다.

항우는 그 많은 장수들을 상대로 단독으로 싸울밖에 없었다. 생사를 걸고 싸우는 무서운 싸움이었다. 항우의 용맹이 어떻게나 뛰어났던지 7, 8명의 명장들을 상대로 싸워도 오히려 항우가 유리해 보였다.

그러자 이번에는 영포·팽월·왕릉·주발 등이 한꺼번에 몰려나와 항우에게 덤벼드는 것이 아닌가. 항우는 그들을 상대로 10여 합을 더 싸우다가 승리할 가망이 없음을 깨닫자 별안간 말머리를 동쪽으로 돌려 비호같이 쫓기기 시작하였다. 항우가 타고 있는 '오추'는 천하의 명마인지라, 그를 따라잡을 장수는 아무도 없었다.

항우는 어디가 어디인지도 모르면서 깊은 숲 속을 한없이 달려나갔다. 그리하여 5, 60리쯤 쫓겨와 뒤를 돌아다보니, 그를 따라오는 부하는 겨우 28기에 지나지 않았다. 문득 깨닫고 보니, 어느덧 해는 서산에 저물어 가는데 모두들 배가 고파 견딜 수 없었다. 부하들이 항우에게 아뢴다.

"말도 말이지만, 저희들은 배가 고파 더 이상 달릴 수가 없사옵니다. 적이 여기까지는 쫓아오지 못할 것이니, 오늘 밤은 민가民家에서 자고 내일 아침에 떠나는 것이 어떻겠습니까. 야간 행군을 무리하게 계속하다가는 어떤 불행을 초래할지 모르옵니다."

항우는 그 말을 옳게 여겨 사방을 둘러보았다. 저 멀리 아득한 숲 속에 가냘픈 불빛이 하나 보인다.

"저기에 인가가 있는 모양이니, 저 집으로 가 보자."

일행이 말을 끌고 불빛을 찾아가 보니, 그 집은 여염집이 아니고 홍교원興教院이라는 고원古院이었다. 뜰 앞에는 맑은 시냇물이 흘러가고 있고, 마당가에는 기암괴석奇岩怪石들이 층층을 이루고 있었다. 안에서는 불빛이 새어 나오건만 인기척은 전연 없었다. 항우는 바위 위에 털썩 걸터앉으며 부하에게 명한다.

"칼이 많이 무뎌졌으니 여기서 내 칼을 갈아 다오!"

그러나 부하들은 일어날 생각도 아니 하고 주저앉은 채 대답한다.

"지금은 한 걸음도 움직일 기운이 없으니, 저녁이나 먹고 나서 칼을 갈기로 하겠습니다."

어명을 거역하는 것은 참형죄斬刑罪에 해당한다. 그러나 항우는 최후까지 자기를 따라온 그들의 충성이 너무나도 고마워, 어느 누구도 처벌할 생각은 없었다. 그렇다고 만일의 경우에 대비해 칼만은 미리 갈아 두지 않을 수가 없기에, 항우는 몸소 물가로 걸어와 자기 칼을 자기 손으로 갈기 시작하였다. 항우는 장군이 된 이후로 자기 손으로 칼을 갈아 보기는 그 때가 처음이었다. 항우는 칼을 다 갈고 나서, 애마 '오추'에게 물도 손수 먹여 주었다. 부하 장병들은 그렇게도 피로해 있었던 것이다(홍교원은 오강烏江에서 동쪽으로 75리쯤 떨어져 있는 고원으로, 그 때 항우가 칼을 직접 갈고 말에게 물을 손수 먹여 준 사실을 후세에 오래도록 전하기 위해, 지금도 그 원내에는 음마천飮馬泉이니 탁도천이니 하는 기념비가 고적으로 남아 있다).

항우는 말에게 물까지 먹여 주고 나서 홍교원 안으로 들어가 보았다. 후원으로 들어가 보니 4, 5명의 호호 백발 노인들이 화롯가에 둘러앉아 한담을 나누고 있었다.

"이 원에는 사람이 이렇게도 적으니 웬일이오?"

항우의 질문에 노인들이 대답한다.

"이곳에는 원생院生들이 20여 명이나 있었사오나, 전쟁이 일어나는 바람에 모두들 피난을 가버리고, 저희 같은 늙은이들만이 남아 있을 뿐이옵니다. 귀공은 이 밤중에 어디서 오신 누구시옵니까?"
 항우가 대답한다.
 "나는 초패왕이오. 싸움에 져서 도망을 치다가 길을 잘못 들어 이곳까지 오게 되었소."
 노인들은 그 소리를 듣고 일제히 땅에 엎드리며 말한다.
 "폐하이신 줄을 모르고 대죄를 지었습니다. 너그럽게 용서하시옵소서."
 항우는 그들을 일으켜 앉히며 말한다.
 "그대들은 속히 일어나 밥을 지어 주오. 그대들이 밥을 지어 주면, 나는 강동에 돌아가는 길로 한 섬에 백 배로 백 섬씩 갚아 주겠소."
 노인들 중에는 유식한 노인이 한 명 있는지라, 그 노인이 땅바닥에 머리를 조아리며 말한다.
 "이곳은 초나라의 경계 안에 있는 땅이옵니다. 저희들이 폐하에게 진지를 지어 올렸기로, 어찌 감히 황공 무비하게도 보상을 바랄 수 있으오리까. 진지를 넉넉히 지어 올릴 터이오니, 마음껏 드시옵소서."
 그리고 노인들은 온갖 정성을 다해 저녁상을 차려 왔는데, 식탁에는 온갖 산채山菜가 골고루 갖추어져 있었다.
 항우와 그 일행은 그 노인들 덕택에 여러 날 만에 밥을 배불리 먹고, 그날 밤을 편히 쉴 수 있게 되었다. 그러나 항우의 앞날의 운명이 과연 어떻게 될 것인지, 그것은 아무도 알 수 없는 일이었다.

## 영웅의 말로

항우는 홍교원 노인들한테서 저녁 대접을 받고 나자, 이내 잠자리에 들었다. 수많은 적장들과 진종일 싸우느라고 무척 피로했던 것이다. 그러나 잠은 이내 꿈으로 변해 버렸다.

꿈에…… 저 멀리 지평선으로부터 아침 해가 기운차게 솟아오르고 있었다. 눈이 부시도록 찬란한 태양이었다. 항우는 눈을 비비며 지평선 위로 솟아오르는 아침 해를 정신없이 바라보고 있었다. 그러다가 문득 깨닫고 보니, 홀연 한왕 유방이 오색이 영롱한 구름을 타고 나타나더니, 그 찬란한 태양을 가슴에 그득히 품어 안아 버리는 것이 아닌가.

그 광경을 목격하는 순간, 항우는 태양을 빼앗으려고 천방지축 유방한테로 정신없이 달려왔다. 그러나 항우가 유방을 따라잡는 그 순간, 유방은 항우를 발길로 걷어차 버리고 저 멀리 서쪽 하늘로 올라가 버리는 것이 아닌가.

그나 그뿐이랴. 유방이 태양을 안고 사라진 서쪽 하늘가에서는 상광祥光이 찬란하게 비쳐 오고 있었고, 별안간 하늘과 땅에서는 향기로운 향기조차 그윽하게 진동해 오고 있었다.

'아아, 나는 유방에게 태양을 빼앗기고 말았단 말인가.'

항우는 발을 구르며 하늘을 향하여 고함을 지르다가, 자기 고함 소리에 놀라 깨어 보니 남가일몽南柯一夢이었다. 항우는 잠자리에서 일어나 앉으며 비통하게 탄식하였다.

"아아, 나의 운수는 이제 그만인가 보구나!"

마침 그 때 어디선가 고각鼓角 소리가 나더니, 별안간 함성이 요란스럽게 들려오고 있었다. 알아보나마나 적에게 포위를 당하고 있음이 분명하였다.

항우는 무장을 갖추기가 무섭게 밖으로 달려나와 무작정 숲 속으로 말을 달렸다. 어느덧 먼동이 훤하게 터 오는데, 한나라 군사들은 가는 곳마다 들고일어나며 함성을 지른다. 항우는 적병들이 함성을 지르거나 말거나, 쏜살같이 달리고 달리고 또 달려나갔다. 그처럼 정신없이 달려나가고 있는데 문득 적장 관영이 앞을 가로막으며 큰 소리로 외친다.

"항우야! 어디로 가느냐. 너는 이미 독 안에 들어 있는 쥐다. 네 목을 나에게 맡겨라!"

항우는 말을 멈추며 관영을 노려보다가 다음 순간 결사적으로 관영에게 덤벼들었다. 그리하여 10합쯤 싸우고 있는데, 이번에는 양무 · 여승 · 자무 · 근흠 등 맹장들이 한꺼번에 이리처럼 덤벼드는 것이 아닌가.

항우는 세불리勢不利함을 깨닫고 다시 쫓기기 시작하였다. 만약 추격해 오는 놈이 있으면, 쫓겨가면서 한 놈씩 처치해 버릴 계획이었던 것이다. 그러나 적장들은 감히 한 놈도 추격을 해오지 않았다.

50리쯤 달려오니 오강烏江이 나온다. 항우는 그제서야 말을 멈추고 강물을 굽어보았다. 강물은 무심히 용용溶溶하게 흐르고 있건만, 항우의 심정은 처량하기만 하였다.

'이제부터 어디로 가야 할 것인가.'

행방을 찾으려고 사방을 두루 살펴보니, 산과 들에 우글거리는 것은 오직 적병뿐이 아닌가.

한때는 천군 만마를 거느리고 천하를 호령했던 항우였다. 그 때 그의 앞에서는 어느 누구도 감히 얼굴을 들지 못했다. 그 때에는 변방 제후邊方諸侯들을 비롯하여, 억조창생億兆蒼生의 생살여탈권生殺與奪權조차 한손에 장악하고 있던 만고의 영웅 항우였다. 그러나 그토록 많던 부하들과 그토록 많던 창생들은 모두 어디로 갔으며, 그토록 넓던 봉토는 어디로 가고 이제는 갈 곳조차 없는 신세가 되어 버렸단 말인가.

항우는 산과 들에 득실거리는 적병들을 눈물로 바라보며 혼자 탄식해 마지않았다.

'나에게 날개가 있다 한들 적의 포위망만은 벗어날 수가 없게 되었구나! 어젯밤의 꿈으로 보아, 나의 운명은 이미 끝장임이 분명하다!'

뒤를 돌아다보니, 자기를 따라온 부하는 겨우 28기에 지나지 않았다. 항우는 그들을 모아 놓고 말한다.

"나는 군사를 일으킨 지 8년 동안에 수백 번을 싸워 왔건만 패한 적은 한 번도 없었다. 나에게 굴복하지 않은 장수는 한 사람도 없었다. 그래서 나는 마침내 패왕의 자리를 차지했건만, 오늘날 내가 이 꼴이 된 것은 용기가 없기 때문이 아니라 하늘이 나를 버린 탓이다. 사태가 이미 여기에 이르렀으니, 내 마지막으로 세 번만 더 싸워 보겠다. 세 번 싸워서 지면, 하늘이 나를 버린 것이니, 나를 용기가 없는 놈이라고는 생각지 마라."

"……."

28기의 부하들은 머리를 숙연히 수그린 채 말이 없었다. 항우가 다시 말한다.

"나는 혼자서 적의 포위망을 뚫고 나갈 테니, 너희들은 뿔뿔이 잠행潛行하여 동산東山 밑에 먼저 가 숨어 있어라."

부하들은 그제야 머리를 조아리며 맹세한다.

"저희들은 최후까지 폐하의 명령에 따르겠습니다."

항우는 부하들이 눈앞에서 사라지기를 기다렸다가, 마지막으로 적진을 독살스럽게 노려보았다. 최후의 일전! 그야말로 생애의 운명을 걸고 싸우려는 최후의 일전이었다.

항우는 적진을 오랫동안 독살스럽게 노려보다가 마침내 '오추'에게 박차를 가하며 적진을 향하여 돌풍처럼 돌진하였다. 그리하여 마주 달려나오는 적의 대장을 우선 한 놈 베어 버리니, 뒤따라오던 군사들은 혼비 백산하여 뿔뿔이 흩어져 달아나 버린다.

항우가 최초의 포위망을 뚫고 달려나가니, 이번에는 제2의 포위망이 앞을 가로막는다. 그러나 포위망의 대장은 양희였다. 양희는 항우를 보기가 무섭게 제풀에 쫓겨가 버린다.

항우가 두 번째의 포위망을 뚫고 동산에 와 보니, 28기의 부하들은 그 곳에서 항우를 기다리고 있다가 감격의 눈물을 흘리며 환성을 올린다.

그러나 적은 어느 새 또다시 삼방三方으로부터 항우를 포위해 오고 있었다. 항우는 적진을 노려보며 부하들에게 비장한 명령을 내린다.

"이제부터는 우리들 모두가 죽음을 각오하고 닥치는 대로 적을 격파할밖에 없다. 너희들은 모두 나의 뒤를 따르라."

항우는 명령을 내리기가 무섭게 비호같이 달려나가 싸웠다. 그리하여 적장 이우李佑와 도위都尉·왕항王恒 등을 한칼에 베어 버리고 병사들도 수백 명을 때려잡았다.

그러자 이번에는 적장 여승과 양무가 수천 군사를 몰고 달려나온다. 그러나 그들은 상대가 되지 않았다. 여승과 양무는 10합도 채 싸워 보지 못하고 줄행랑을 놓아 버린다.

그러자 이번에는 또 다른 부대가 달려나왔다. 그러나 그들도 문제가 되지 않았다. 이날 항우는 연달아 아홉 번을 싸워 적장 아홉 명을 죽이고 병사들도 여러 천 명을 죽였건만 항우 자신은 상처 하나 입지 않았다.

날이 저물어 적이 모두들 종적을 감춰 버리니, 부하들은 땅에 엎드려 항우에게 감격의 큰절을 올리며 아뢴다.

"폐하께서는 세 번만 싸우시겠다고 말씀하셨는데, 오늘은 아홉 번 싸우셔서 적의 대장을 아홉 명이나 참살하시고 적병들도 수천 명이나 살해하셨습니다. 폐하야말로 사람이 아닌 천신天神이시옵니다."

항우는 쓸쓸하게 웃으며 대답한다.

"내가 아무리 용맹스럽기로 천운天運이 따르지 않아서 어쩔 수가 없구나. 우선 오늘 밤 잠잘 곳을 찾아가 보자."

일행이 오강 북쪽 강가에 도달해 보니, 동산 지방의 정장亭長이 강가에 배를 준비해 놓고 있다가 항우에게 말한다.

"강동이 비록 좁은 땅이라고는 하오나, 지광地廣은 천 리가 넘사옵니다. 그 곳에 가시면 수십만 군사를 쉽게 양성할 수 있사오니 폐하께서는 강을 속히 건너도록 하시옵소서. 만약 적의 눈에 띄면 오강을 영원히 건너지 못하게 되시옵니다."

그러나 항우는 배에 오를 생각을 아니 하고, 유유히 흘러가는 강물을 수연히 바라보며 탄식한다.

"하늘이 이미 나를 버리셨는데 강을 건너가 본들 무슨 소용이겠느냐. 그 옛날 강동에서는 8천 명의 친위대원들이 나를 따라왔건만, 이제는 한 사람도 남아 있지 않으니, 내 무슨 면목으로 강동 땅을 다시 밟을 것이냐."

그렇게 말하는 항우의 두 볼에서는 구슬 같은 눈물이 하염없이 흘러내리고 있었다. 정장이 머리를 조아리며 다시 간한다.

"폐하께서는 잘못 생각하고 계시옵니다. 자고로 승부勝負는 병가지상사兵家之常事라고 일러 옵니다. 그 옛날 유방은 수수 대전睢水大戰에서 폐하에게 대패하여 30만 군사를 송두리째 잃었습니다. 그로 인해 수수 대강은 군사들의 시체로 메워지기까지 했었습니다. 그러나 한왕은 끝까지 절망하지 않고 혼자서 산을 넘고 물을 건너갔다가 오늘날 다시 일어서게 된 것이옵니다. 폐하의 오늘날의 신세는 지난날 한왕의 신세와 다른 바가 없사옵는데 무슨 까닭으로 체념諦念하신다는 말씀이시옵니까. 옛글에 '큰일을 도모하는 자는 조그만 일에 구애되지 않는다〔圖大事者不矜細行〕'는 말이 있사옵니다. 조금 있으면 적군이 나타날 것이니 폐하께서는 빨리 강을 건너가도록 하십시오."

그러나 항우는 고개를 흔들었다.

"그대의 말이 옳다 하기로 나는 강동 땅에는 발을 들여놓지 못하겠네! 수다한 젊은이들을 죽게 만든 내가 무슨 면목으로 그들의 부형을 만날 수 있을 것인가."

정장은 그 이상 도강을 권할 수가 없어 망연히 서 있기만 하였다. 그러자 항우가 정장의 어깨를 정답게 두드려 주며 다시 말한다.

"그대의 후의厚意에 보답할 길이 없음이 안타깝구려."

그리고 애마 오추를 가리켜 보이며 말한다.

"이 말은 하루에 천 리를 달리는 명마일세. 나는 오랫동안 이 말을 타고 수백 번이나 싸움터를 달렸건만, 가는 곳마다 나를 당해 내는 적이 없었네. 이 말을 그냥 내버려 두면 반드시 유방의 손에 들어가게 될 것이므로, 그대의 후의에 보답하기 위해 이 말을 자네한테 주기로 하겠네. 이 말을 기쁜 마음으로 받아 주게."
 정장은 깜짝 놀라며 굳이 사양한다.
 "폐하께서는 무슨 말씀을 하시옵니까. 폐하의 애마를 어찌 감히 소신이 받을 수 있으오리까."
 "아니야. 나는 이미 이 말을 가질 자격이 없게 되었기에 그대에게 주려는 것이네. 사양 말고 어서 받아 주게."
 그러자 '오추'도 주인의 말을 알아들었는지 항우의 얼굴을 바라보며 큰 소리로 울어 대더니, 별안간 땅바닥에 쓰러지며 눈물을 흘리는 것이 아닌가. 항우는 부리나케 달려와 말고삐를 잡아 일으키며,
 "너와 나의 인연은 오늘로서 끝이 났는데, 우리가 이제 무슨 미련을 가질 것이냐. 그동안에 너는 나를 위해 너무도 수고가 많았다. 오늘부터는 새 주인을 따라가, 여생을 편히 보내도록 하거라. 나는 죽든 살든 간에 너의 공로만은 두고두고 잊지 않을 것이다."
하고 목덜미를 두드려 주며 눈물로 타이르니, 오추는 주인의 말을 알아들은 듯 얼굴을 푹 수그리고 눈물만 흘리고 있었다.
 항우는 오추의 눈물을 보는 순간 가슴이 찢어지는 듯 아팠다. 비록 말 못 하는 축생畜生이라고는 하지만, 전야에서 생사 고락을 같이해 오는 동안에 정신이 완전히 통해 있었던 것이다. 더구나 얼마 전에는 목숨같이 아끼던 우미인과 사별死別한 판국에, 이제 사랑하는 오추와도 생별生別을 하자니 항우의 비통이 어느 정도일까는 짐작하고도 남음이 있었다.
 항우는 목덜미를 정답게 두드려 주며 오추를 달랜다.
 "오추야! 너는 내 말대로 정장을 따라 오강을 건너가거라. 너와 나의 정의情誼가 남달리 깊은 것은 사실이지만, 그러나 회자정리會者定離라고 우리들은 이제 헤어질 때가 오게 된 것이다."

오추는 말없이 눈물만 흘리고 있었다.

"여보게 정장! 어서 오추를 데리고 강을 건너가게."

항우의 명령에 의하여 오추를 배에 태우려 해도, 오추는 한사코 움직이지를 않았다. 항우는 자기 자신이 고삐를 끌어당겨 주며,

"평소에는 내 말을 그렇게도 잘 듣던 네가 오늘따라 왜 이렇게도 애를 먹이느냐?"

하고 나무라니 오추는 그제야 배에 순순히 오른다.

오추는 배에 오르기가 무섭게 서 있는 방향을 항우에게로 돌린다. 이윽고 배가 떠나가자, 항우는 강가에 멈춰 서서 떠나가는 오추를 언제까지나 바라보고 있었다.

배와 항우의 거리가 갈수록 멀어져 갔다. 둘 사이가 자꾸만 멀어져서 마침내 서로를 알아보기가 어렵게 되었을 바로 그 때, 선상의 오추는 별안간 이상한 울음소리를 두세 번 지르더니, 그대로 강물 속으로 뛰어들어 죽어 버리는 것이 아닌가. 오추의 자살은 참으로 영묘靈妙하기 짝 없는 자살이었다.

항우는 먼빛으로 그 광경을 목격하고 가슴을 움켜잡고 울었다. 마침 그 때, 한나라 군사들이 또다시 대거하여 몰려오고 있었다. 항우는 26명밖에 남지 않은 부하들과 함께 이제는 단도를 들고 싸울 밖에 없었다. 목숨을 걸고 좌충 우돌로 싸워서 적병 수백 명을 쓰러뜨렸다. 그 바람에 항우 자신도 전신에 10여 군데의 상처를 입었다.

이제는 그만인가 보구나 하고 뒤를 돌아다보니, 적장 여마통이 한 무리의 군사를 몰고 덤벼 오는 것이 아닌가. 여마통은 지난날 항우의 부하였다. 그러기에 항우는 울화통이 치밀어 올라서 여마통을 향하여,

"네놈은 지난날에는 나의 부하가 아니었더냐! 네놈이 감히 나에게 이럴 수가 있느냐!"

하고 고함을 질렀는데, 그 고함소리가 얼마나 요란했던지 여마통이 타고 있는 말이 별안간 경풍을 하며 허공으로 떴다 내린다.

항우의 고함소리에 경풍을 한 것은 말만이 아니었다. 항우를 추격해 오던 여마통 자신도 질겁을 하는 듯 전신을 와들와들 떨며,

"대왕 전하! 신은 틀림없이 대왕의 부하였사옵니다. 대왕께서는 무슨 분부가 계시온지 어서 말씀을 하시옵소서."
하고 자기도 모르게 중얼거렸다. 항우는 두 손을 허리에 얹고 떡 버티고 서서 여마통에게 묻는다.

"너에게 한 가지만 묻겠다. 한왕은 너희들에게 '내 목을 잘라 오는 장수에게는 천금千金의 포상금을 주면서 만호후萬戶侯에 봉해 주겠다'고 했다는데, 그것이 사실이냐?"

여마통이 허리를 굽신거리며 대답한다.

"그런 분부를 내린 것은 사실이옵나이다."

"그렇다면 알았다. 나는 어차피 죽을 수밖에 없는 몸, 이왕 죽을 바에는 나의 목을 옛날의 부하였던 너에게 주고 싶구나. 너는 나의 목을 가지고 가서, 상금도 타고 만호후도 되도록 하거라."

그리고 항우는 자기 손으로 자기 목을 쳐서, 즉석에서 자살을 해 버리는 것이 아닌가. 그야말로 비장한 자살이었다.

항우는 진나라의 시황제 15년에 탄생한 기사생己巳生으로서, 30세 전에 중원을 통일하려고 동치서주東馳西走하다가 대한大漢 5년 기해년己亥年 12월에 스스로 목숨을 끊었으니, 그 때 그의 나이 31세였다.

비록 천하 통일의 웅지를 펴 보지 못하고 전야에서 비참하게 자문自刎은 했지만, 항우야말로 역발산力拔山 기개세氣蓋世하는 만고의 영웅임에는 틀림이 없었다.

그야 어쨌건, 여마통이 항우의 수급首級을 받들고 돌아가려고 하

는데 양희 · 양무 · 왕영 · 여승 등이 달려와 항우가 죽은 사실을 알고 한결같이 눈물을 흘렸다.

이윽고 유방이 항우의 수급을 검시하니, 은쟁반 위에 놓여 있는 항우의 수급은 마치 살아 있는 사람과 다름없어 보였다. 한왕은 눈물을 흘리며, 살아 있는 사람을 대하듯 말한다.

"나는 지난날 대왕과 형제의 의를 맺었건만, 그 후에 천하를 다툼으로써 원수가 되었습니다. 그 후에도 대왕은 태공太公과 여후呂后를 볼모로 잡아 두고 있으면서도 깍듯이 받들어 주셨으니, 그것은 만고의 열장부烈丈夫가 아니고서는 안 될 일이었습니다. 이제 대왕은 돌아가셨으니, 이처럼 슬픈 일이 어디 있으오리까."

그리고 목을 놓아 통곡하니, 만좌의 중신들도 한결같이 옷소매로 눈물을 씻었다.

아무튼 그로써 마지막 남았던 초나라까지 완전히 평정했으므로, 유방은 즉석에서 여마통을 '중수후中水侯'에 봉하고, 항우의 사당祠堂을 오강에 새로 지어 사계절의 제사를 융숭히 지내게 하였다. 그리고 항백은 항우와 지친至親이었음에도 불구하고, 비밀리에 유방을 도와주었던 덕택으로 후일에 '사양후射陽侯'로 책봉되어 영화를 누릴 수 있었으니, 세상에 믿지 못할 것이 인심인지 모른다.

## 황제로의 등극

유방은 초나라까지 평정하고 나자 곧 군사를 철수시켜, 하남河南에서 통일 국가를 세우려 하였다. 산동 지방에 노魯나라가 또 하나 있기는 했지만, 노나라 따위는 워낙 조그만 나라이기 때문에 전연 문제시하지 않았다. 그러나 장량이 출반주하면서 아뢴다.

"노나라가 비록 보잘것 없는 소국이기는 하오나, 그 나라를 그냥 내버려 두고 떠났다가는 후일에 또다시 전쟁을 겪게 됩니다. 그러므로 이 기회에 노나라도 우리 손에 완전히 넣어 버리셔야 합니다."

유방은 매우 의아스럽게 여기며 반문한다.

"노나라 따위는 문제가 안 되는 소국인데, 선생은 무엇 때문에 그런 걱정을 하시오?"

장량이 다시 대답한다.

"노나라가 보잘것 없는 소국임은 사실이옵니다. 그러나 노나라는 공자孔子가 태어나신 나라인 관계로, 예의禮義가 대단히 바른 나라입니다. 지난날 회왕懷王께서는 항우를 일시나마 노공魯公에 봉했던 일이 있는 까닭에, 노나라 백성들은 지금도 항우를 깍듯이 주공으로 모셔 오고 있는 형편입니다. 그들이 만약 항우의 원수를 갚기 위해 동오東吳의 호걸들과 결탁하여 의병義兵을 일으켜 온다면, 그 세력을 무엇으로 막아낼 수 있을 것이옵니까."

한왕은 그 말을 듣고 크게 놀랐다.

"선생께서 그런 말씀을 깨우쳐 주지 않으셨던들 나는 커다란 과오를 범할 뻔했습니다. 그러면 군사를 거느리고 가서 노나라까지 평정하기로 합시다."

그리하여 군사를 몰고 노나라로 와 보니 아니나다를까, 노나라에서는 성루마다 조기弔旗를 높이 올려 걸고 성문을 굳게 걸어 잠근 채 항우의 죽음을 슬퍼하고 있었다.

한왕은 성을 포위하고 나서 여러 차례 공격을 시도해 보았다. 그러나 노나라 백성들은 끄떡도 하지 않을 뿐만 아니라, 거문고를 타면서 항우의 죽음을 슬퍼하는 노래만 계속적으로 부르고 있는 것이 아닌가.

유방은 분노가 치밀어 올라, 철포鐵砲와 화전火箭으로 노성魯城을 단숨에 괴멸시켜 버리려고 하였다. 그러자 장량이 손을 붙잡고 말리며 간한다.

"노나라는 주왕周王의 후예後裔로서 공자의 덕화로 예의가 무척 바른 나라인 까닭에, 세상 사람들은 모두가 노나라를 존경합니다. 그런 나라를 어찌 단순한 무력으로 다스릴 수 있을 것이옵니까."

"그러면 노나라를 무엇으로 다스려야 한다는 말씀이오?"

"무력으로 굴복시켜서는 결코 심복心服하지 않을 것이오니, 오직 의리로써 설복하는 길이 있을 뿐이옵니다."

"의리로 설복해야 한다면, 어떤 방법을 써야 좋을지 선생께서 가르쳐 주소서."

유방은 장량에게 간곡히 부탁하였다. 유방의 질문에 장량은 심사묵고하다가 대답한다.

"노나라 백성들의 마음을 돌려 놓으려면, 항우의 수급을 성문 앞에 높이 걸어 놓는 방법밖에 없을 것 같사옵니다."

유방은 그 말을 듣고 적이 의아스러워하며 다시 묻는다.

"노나라 백성들은 지금도 항우의 죽음을 슬퍼하고 있는 중인데, 항우의 수급을 보여 주기까지 하면 마음이 돌아서기는커녕 오히려 우리를 더욱 미워하게 될 게 아니오?"

"물론 그런 우려도 노상 없는 것은 아니옵니다. 그러나 우리는 그 기회를 이용해 저들을 설득하면 됩니다."

"어떻게 설득을 한다는 말씀이오!"

"항우의 머리를 높이 걸어 놓으면 노부老夫들은 저마다 달려와 항우의 죽음을 애통해할 것입니다. 그러면 우리는 사람을 놓아서 우리가 왜 항우를 죽이지 않을 수 없었던가를 상세하게 설명해야 합니다. 항우는 의제義帝를 시해했을 뿐만 아니라 백성들을 너무도 잔학하게 압박해 왔기 때문에, 우리는 하늘을 대신하여 본의 아니게 항우를 죽였노라고 말하면, 노나라 백성들은 누가 옳고 누가 그르다는 것을 절로 깨닫게 될 것이니, 그렇게만 되면 대성공입니다."

유방은 장량의 계교를 듣고 무릎을 치며 감탄하였다.

"과연 선생의 계교는 신출 귀몰하십니다. 그러면 항우의 수급을 내걸고, 군사들을 시켜 노나라 백성들을 설득해 보기로 합시다."

성문 앞에 높다란 장대를 세워 놓고 그 위에 항우의 수급을 내걸었더니, 과연 노부들이 한 사람 두 사람씩 모여들어 항우의 수급을 올려다보며 저마다 애통하게 울고 있었다.

그러자 촌부村夫로 가장한 한나라의 세객說客들이 한두 사람씩 모여들어 울고 있는 노부들을 비웃듯이 나무란다.

"항우는 마땅히 죽어야 할 사람이 죽었는데, 노인장들은 무엇 때문에 항우의 죽음을 이토록 애통해하시오?"

그러자 노부들은 노골적으로 화를 내며 말한다.

"여보시오. 당신은 누구이길래 '항우는 마땅히 죽어야 할 사람'이라고 말씀하시오?"

"항우가 마땅히 죽어야 할 사람이라는 이유를 설명할 테니 잘 들어보시오. 항우는 자기가 제왕이 되기 위해 의제를 죽인 놈이오. 게다가 항우는 많은 백성들을 무고하게 죽여 버렸소. 그 때문에 한왕은 하늘을 대신하여 항우를 죽이지 않을 수가 없었던 것이오. 당신네들은 그런 사정도 모르고 항우의 죽음을 조상하고 있으니, 그것은 하늘의 뜻에 거역하는 일이오. 성인의 가르침을 받은 당신네들이 그런 것도 몰라 어떡하오."

노나라의 노부들은 그 말을 듣고 깜짝 놀라며 따져 묻는다.

"항우가 정말로 의제를 죽였단 말이오?"

세객이 다시 대답한다.

"항우가 의제를 시해하고 자기가 제위에 오른 것은 천하가 다 알고 있는 일인데, 당신네들은 그러한 사실을 아직도 모르고 있었더란 말이오?"

노나라의 노부들은 그 말을 듣고 저희끼리 얼굴을 마주 보며,

"원, 저럴 수가! 의제를 시해하고 자기가 제위에 올랐다면, 항우야말로 역적이 아닌가?"

하고 중얼거린다.

세객들은 그 기회를 이용해 다시 말을 건넨다.

"그렇소. 항우야말로 천하의 역적이었소. 한왕이 항우를 죽인 것도 바로 그 때문이었다오. 그러니까 당신네들도 하늘의 뜻에 따라 한왕을 반갑게 영접해 들여야 옳을 것이오."

노나라의 노부들은 그제야 저마다 고개를 끄덕이며,

"잘 알겠소이다. 항우가 그와 같은 역적이었다면, 우리도 조기弔旗

旗를 걷어치우고 한왕의 입성을 기쁘게 영접하겠소이다."
하고 성 안으로 들어가더니 조기를 모조리 철거하고 유방을 영접할 준비를 하였다.

이윽고 유방은 성 안으로 들어오자 국고國庫에 쌓여 있는 곡식을 백성들에게 골고루 나눠 주며 민심을 수습하였다.

그로써 천하를 완전히 평정하자, 한신을 비롯한 모든 장수들은 유방 앞으로 나와 축하의 하례를 올린다. 유방은 하례를 받고 나서 모든 장수들에게 말한다.

"전쟁은 끝났으니, 모든 장수들은 일단 낙양으로 돌아가기로 합시다. 각자에 대한 논공행상은 낙양에 돌아가서 거행하기로 하겠소."

그러나 전쟁이 일단 끝나고 보니, 유방은 한신이라는 존재가 새삼스레 마음에 걸렸다. 왜냐하면 만약 한신이 제왕齊王으로서 제나라의 70여 성을 점령하고 있게 되면 좀처럼 자기 말을 들어 줄 것 같지 않았기 때문이었다. 유방은 생각다 못해 한신을 단독으로 불러 이렇게 말했다.

"전쟁은 이미 끝났으니, 이제는 '원수의 직책'은 해임해야 하겠소. 그리고 장군은 항우를 정벌하는 데 각별히 공로가 많았으므로 장군을 특별히 초왕楚王에 봉하기로 하겠소."

한신을 제왕으로 눌러 있게 하기보다는 초나라로 보내는 편이 위험률이 훨씬 적으리라고 생각했기 때문이었다.

한신은 그 말을 듣고 깜짝 놀란다. 제왕의 자리보다 초왕의 자리는 너무도 나빴기 때문이었다. 그러기에 한신은 머리를 조아리며 아뢴다.

"대왕께서는 일찍이 신을 제왕으로 봉해 주셨습니다. 그런데 이제 와서 무슨 연고로 초왕으로 바꿔 주시옵니까. 바라옵건대, 신을 제왕의 자리에 그냥 눌러 있게 해 주시옵소서."

제나라의 풍부한 물산物産과 뛰어난 경치 등을 생각하면, 암만 해도 초나라에는 가고 싶지 않았던 것이다. 유방은 한신을 타이르듯이 말한다.

"장군은 무엇인가 잘못된 생각을 하고 계시는 것 같구려. 지난날 장군을 제왕에 봉한 것은, 제나라 사람들이 말을 들어먹지 않았기 때문에 특별히 장군으로 하여금 제나라를 진압하게 했던 것이오. 그러나 지금은 사정이 다르오. 만천하가 모두 평정되었으니, 이제는 어디를 가도 마찬가지요. 장군은 본시 회음淮陰 태생이 아니오? 게다가 초나라를 평정한 공로자도 장군이기 때문에, 장군을 초왕으로 봉해 금의환향錦衣還鄕을 하게 하려는 것이니, 다른 생각 말고 꼭 초왕으로 부임해 주시오."

한신은 그 이상 어쩔 수가 없어 그날로 초왕에 부임하였다.

초나라는 한신의 고향이었다. 그 옛날 회하淮下에서 낚시질을 하다가 배가 고파 표모에게 찬밥을 얻어먹던 일과 거리의 깡패들에게 수모를 당하던 일을 생각하며 거리를 돌아보고 있노라니까, 많은 사람들이 몰려와 축하를 올리는데, 그 중에는 한신에게 찬밥을 주었던 표모도 나와 있었다. 한신은 표모에게 황금 천 냥을 주면서,

"그 옛날 나는 아주머니한테서 찬밥을 얻어먹으며 '내가 만약 성공하거든 오늘의 은혜를 꼭 갚아 드리겠습니다' 하고 말한 일이 있었소. 그러자 아주머니는 노발 대발하시면서 '입에 풀칠도 못하고 거지처럼 떠돌아다니는 주제에 무슨 신세를 갚겠다고 큰소리를 치느냐' 하고 나를 몹시 꾸짖으셨던 것입니다. 그런데 오늘날 나에게서 이렇게 상금을 받게 되니 심정이 어떠하시오."

하고 물어 보았다.

표모는 대답을 못 하고 얼굴을 붉히며 달아나 버린다. 한신은 그 옛날 자기를 괴롭히던 깡패들을 일일이 불러 중위中尉의 벼슬을 내

려주니 그들은 얼굴을 붉히며,

"저희들이 무슨 면목으로 이런 벼슬을 받을 수 있겠습니까?"
하고 저마다 벼슬을 사양하였다.

그러나 한신은 그들을 달래며 말한다.

"내가 오늘날 이런 지위에 오를 수 있게 된 것은 오로지 그대들의 덕택이었네. 그만한 참을성이 없었던들 내가 어떻게 성공을 했겠는가. 아무 걱정 말고 나의 성의를 순순히 받아 주게."

한신이 그렇게 나오자, 옛날의 깡패들은 모두 감격의 눈물을 흘리며 한신의 말에 좇았다.

해가 바뀌고 나니 대한 6년 정월.

초왕 한신과 조왕趙王 장이張耳 이하 모든 왕후王侯들이 낙양으로 신년 하례를 와서 한왕에게 아뢴다.

"이미 천하 통일의 태평성대가 되었으니 대왕께서는 속히 제위帝位에 오르시도록 하시옵소서."

유방이 대답한다.

"내가 알기로는 현자賢者가 아닌 사람은 제위에 오를 수가 없다고 들었소. 나는 본시 미재 박덕微才薄德한 사람인데, 나 같은 사람이 어찌 제위에 오를 수 있으리오."

물은 아래로 아래로 흘러 바다를 이루듯, 유방은 겸허한 마음으로 제위에 오르기를 사양하였다. 중신들은 유방의 겸허한 대답을 듣고 다시금 머리를 조아리며 품한다.

"대왕께서는 정의의 군사를 일으키시와, 앞에서는 폭진暴秦을 멸망시켰고, 이번에는 초적楚賊까지 정벌하셨습니다. 그처럼 천하를 통일하시고 나서 모든 공신功臣들을 왕후로 봉해 주셨는데, 이제 대왕께서 제위에 오르지 않으시면, 누가 천하를 다스려 나갈 것이오니까. 천하를 올바로 다스리기 위해서도 대왕께서는 마땅히 제위에 오르셔야 하옵니다."

유방은 여러 차례 사양하다가,

"내가 제위에 오르는 것이 국가를 위해 이로운 일이라면, 경들의 말씀대로 제위에 오르기로 하겠소."

하고 마침내 제위에 오를 것을 수락하였다.

그리하여 그해 2월에 길일을 택하여 제위에 올랐는데, 그는 즉위식卽位式을 거행하는 대례석상大禮席上에서 만백성들에게 다음과 같은 조서를 내렸다.

짐朕은 본시 패현沛縣의 일개 서민庶民에 지나지 않았다. 우리나라는 주왕周王 이래로 뚜렷한 대통大統을 이어오고 있음에도 불구하고, 진황秦皇은 대통을 무시하고 육국을 병탄倂呑하여 세상을 몹시 어지럽게 해 왔었다. 이에 짐은 하늘의 뜻을 받들어 진을 멸하고 초를 정벌함으로써 천하를 새롭게 평정해 놓았다. 그리하여 군신들은 짐에게 제위에 오르기를 권하기에 짐은 만백성을 위해 황제가 되기를 수락하는 동시에, 형처荊妻 여씨呂氏를 황후皇后라 칭하고, 장자長子 유영劉盈을 황태자皇太子로 봉하는 바이다. 이제부터는 진초시대秦楚時代와 같은 학정은 일체 없을 것이니, 만백성들은 안심하고 생업에 전념해 주기를 바란다.

즉위식이 끝난 후에 남궁南宮에서 축하연을 성대하게 벌였는데, 황제 유방은 그 자리에서 만조 백관들에게 다음과 같은 유시를 내렸다.

짐은 만좌의 백관들에게 특별히 부탁하고 싶은 일이 하나 있소. 경들은 무슨 일이나 불평이 있거든 마음속에 숨겨 두지 말고 언제든지 짐에게 말해 주시오. 짐은 본시 사상泗上의 정장亭長에 지나지 않았건만, 이제 천하를 얻게 된 것은 오로지 경들의 덕택이었소. 초패왕 항우는 역발산 기개세의 만고의 영웅이었음에도 불구하고 결국은 천하를 잃어버리고 말았는데, 그 원인이 어디 있었는지 경들의 솔직한 의견을 들어보고 싶소이다."

대장 고기高起와 왕릉王陵이 머리를 조아리며 아뢴다.
"폐하께서 기탄없는 평을 듣고자 하신다면, 저희들이 한 말씀 아뢰고 싶사옵니다."
"오오, 어서 기탄없이 말해 보오. 경들의 솔직한 평을 듣는 것은, 후일을 위해 짐에게는 매우 유익한 말씀이 될 것이오."
고기와 왕릉이 머리를 조아리며 다시 아뢴다.
"매우 황공한 말씀이오나, 폐하께서는 성품이 항우보다도 도도하셔서 사람을 깔보시는 경향이 농후하시옵니다. 그러하심에도 불구하고 싸움에서 공로를 세운 사람에게는 그 때 그 때 중상重賞을 내려 주심으로써 이로움을 천하와 같이 하셨으니, 그 점이 바로 폐하께서 천하를 얻게 되신 원인이 아닌가 싶사옵니다. 항우는 인심人心이 좋아 추위에 떠는 사람에게는 옷을 벗어 주고, 굶주린 사람에게는 밥을 주면서도 전쟁에 승리한 사람에게 논공행상은 베풀어 줄 줄을 몰랐으니, 항우의 인仁이라는 것은 결국 '부녀자의 인(婦女子之仁)'에 지나지 않았던 것이옵니다. 항우가 천하를 잃게 된 근본 원인은 바로 그 점에 있지 않았는가 싶사옵니다."

유방은 그 말을 듣고 웃으면서 말한다.
"그대는 하나만 알고 둘은 모르네그려. 내가 천하를 얻은 것은 내가 잘났기 때문이 아니라, 세 분의 덕택이었다는 사실을 알아야 하네. 장중에 앉아서 천리 밖의 승리를 내다볼 수 있는 점에 있어서는 장량 선생을 따를 수가 없고, 백성들을 잘 다스리고 군량을 풍족하게 공급해 준 점에 있어서는 소하 승상을 따를 수가 없고, 백만 대군을 거느리고 승리를 쟁취하는 점에 있어서는 한신 장군을 따를 수가 없네. 이상 세 분은 모두가 천하의 인걸人傑들이야. 내가 천하를 얻을 수 있었던 것은 그 세 분의 인걸들을 얻었기 때문일세. 항우에게도 범증이라는 뛰어난 모사가 없은 것은 아니었으나, 항우는 그 사람조차 제대로 써먹지 못하고 죽게 만들었으니, 그리고서야 어찌 천하를 잃어버리지 않을 수 있었겠는가?"

한신은 그 말을 듣고 크게 탄복하였다.

"과연 폐하의 말씀은 금과 옥조와 같이 고귀하신 말씀이옵니다. 항우처럼 사람을 믿지 못해서야 어찌 나라를 제대로 다스려 나갈 수 있을 것이옵니까?"

유방은 웃으면서 한신에게 묻는다.

"한신 장군은 백만 대군을 거느릴 수 있다고 보는데, 장군 자신은 어떻게 생각하시오?"

한신이 웃으면서 대답한다.

"신의 경우는 백만 대군뿐이 아니옵고 다다익선多多益善이옵니다 (오늘날 우리가 흔히 사용하고 있는 다다익선이라는 말은 그 때에 생겨난 말이다)."

"음! 다다익선이라? 그러면 나의 경우에는 군사를 얼마나 거느릴 수 있다고 생각하시오?"

"매우 죄송한 말씀이오나, 폐하께서 거느리실 군사의 한도는 10만인 줄로 아뢰옵니다."

너무도 무엄한 한신의 대답에 좌중은 아연 긴장되었다. 한신 자신은 군사를 얼마든지 거느릴 능력이 있지만, 제왕인 유방은 10만 군사밖에 거느릴 능력이 없다고 공언했으니 그야말로 제왕을 모독하는 언사가 아니고 무엇인가. 아니나다를까, 유방의 얼굴에는 불현듯 불쾌한 빛이 솟구쳐 올랐다. 한신 자신은 군사를 얼마든지 거느릴 수 있어도, 유방은 10만 군사를 거느릴 능력밖에 없다고 단언한 한신의 말은, 제왕에 대한 방자스러운 언사임이 분명하였다. 제왕에 대한 불경不敬은 참형에 해당하는 죄악임은 누구나 다 알고 있는 일이다. 그러기에 좌중의 분위기는 무섭게 긴장되었다.

'한신 장군이 별안간 머리가 돌아 버렸단 말인가. 이 기쁜 날에 왜 저런 실언을 했을까.'

제왕 유방은 하도 어이가 없는지 일순간 눈을 감은 채 아무 말도 하지 않았다. 그러다가 눈을 다시 떴을 때에는, 유방의 얼굴에는 가벼운 미소조차 떠오르고 있었다. 유방은 미소를 지으면서 한신에게 조용히 묻는다.

"한신 장군은 군사를 얼마든지 거느릴 수 있어도, 나는 겨우 10만밖에 거느릴 능력이 없다면, 한신 장군은 어찌하여 나의 신하가 되었소?"

한신이 머리를 조아리며 대답한다.

"신은 '병사들의 장수〔兵之將〕'가 될 소질은 풍부하여도 '장수들의 장수〔將之將〕'가 될 소질은 전연 없사옵니다. 그러나 폐하께서는 '병지장兵之將'은 못 되셔도 '장지장將之將'이 되실 재질은 풍부하게 타고나셨습니다. 그러니 신이 어찌 폐하의 신하가 되지 않을 수 있으오리까."

한제는 그 대답을 듣고 무릎을 치며 감탄하였다.

"하하하, 장군은 싸움만 잘하시는 줄 알았는데, 이제 알고 보니 구변口辯도 대단하시구려. 자신은 '병지장'으로 자처하면서 나를 '장지장'으로 치켜 올린 것은 명담 중의 명담이시오."

그 바람에 극도로 긴장되었던 분위기가 별안간 화기애애하게 되었다. 그러나 유방은 소리를 크게 내어 웃기는 하면서도 마음속으로는 한신에게 형용하기 어려운 불안감을 금할 것이 없었다.

'한신이야말로 언제 무슨 일을 일으킬지 모르는 무서운 존재로구나. 이제 앞으로는 한신에게 대해서만은 배반을 못 하도록 각별한 견제를 해 나가야 하겠다.'

그날부터 유방은 한신에게 일종의 열등감을 떨쳐 버릴 수가 없었다.

이날 논공행상이 있게 되자 한신이 유방에게 아뢴다.

"일찍이 광무 대전廣武大戰에서 전사한 의사義士 신기辛奇 장군은 천하를 통일하는 데 공로가 많았습니다. 그러므로 그에게도 논공행상을 내리심이 좋겠습니다."

유방은 고개를 크게 끄덕이며 말한다.

"물론 그래야 할 것이오. 그러면 신기 장군의 경우는 연고지에 사당을 세워 사시로 제사를 지내게 함과 동시에, '건충후建忠侯'의 칭호를 추증追贈하고 자손들에게도 관록을 내리도록 하겠소."

그 밖에도 유방은 장량의 충고에 의하여 모든 장수들에게 골고루 논공행상을 베푸니, 만천하의 백성들은 저마다 유방을 성제聖帝로 우러러 받들게 되었다.

## 전횡田橫과 계포

한제 유방은 천하를 통일한 뒤에 논공행상을 공평하게 베풀어 주었다. 그러나 아무리 공평을 기해도 불평객이 전연 없을 수는 없었다.

즉위식을 거행한 지 며칠 후에 장량이 입조하여 유방에게 아뢴다.

"제왕齊王의 친척인 전횡田橫이라는 자가 지금 해도海島라는 섬에서 반란을 도모하고 있사옵니다. 지금 손을 쓰지 않으면 후일에 커다란 부담이 되겠습니다."

유방은 적이 놀라며 묻는다.

"손을 쓴다면 어떻게 하는 것이 좋겠소이까?"

장량이 대답한다.

"해도는 여기서 멀리 떨어진 바다 위의 섬인 까닭에, 군사를 보내 토벌할 수는 없사옵니다. 그러므로 조서詔書를 보내 회유할밖에 없으니, 전횡의 잘못을 너그럽게 용서하시고 제왕에 봉하도록 하시옵소서. 그러면 전횡은 성은聖恩에 감동하여 반드시 귀순해 올 것이옵니다."

유방은 장량의 말을 옳게 여겨 육가陸賈를 불러 말한다.

"내가 조서를 써 줄 테니, 그대가 해도에 가서 전횡을 귀순시키도록 하오."

육가는 망망 대해를 건너 해도에 도착하였다. 그러나 전횡이 어디 있는지를 알 길이 없었다. 그리하여 사방을 떠돌아다니며 전횡의 거처를 물어 보니 어느 어부가,

"그분은 여기서 150리쯤 떨어진 즉묵현卽墨縣이라는 섬에 계시옵니다."

하고 대답하는 것이 아닌가.

해도에서 즉묵현이라는 섬에 가려면, 파도가 몹시 거친 바다를 또 하나 건너가야만 하였다.

육가가 많은 배꾼들을 사서 즉묵현에 도착하니, 전횡은 유방의 사신이 왔다는 소식을 듣고 진문陣門을 굳게 닫고 경계를 삼엄하게 하고 있었다. 육가가 진문 밖에서 큰소리로 외친다.

"한제께서는 초나라를 평정시킴으로써 천하를 완전히 통일하셨소. 그러나 귀공만은 승복承服을 하지 않았기 때문에 한제께서는 귀공에게 특별히 조서를 보내셨으니, 속히 진문을 열고 나를 만나 주기 바라오."

전횡은 육가를 맞아들여 조서를 받아 보았는데, 조서의 내용은 다음과 같았다.

제왕의 후예인 전횡 장군에게 글월을 보내오. 짐은 이미 육국을 평정하고 천하를 통일하였소. 귀공이 비록 해도에 가 있다 하더라도, 해도 역시 한나라의 영토요. 귀공에게는 특별히 제왕의 자리를 주어 전씨 문중田氏門中의 종사宗祀를 길이 누리게 해줄 테니, 빨리 달려와 귀순하도록 하오. 만약 군사를 일으켜 엉뚱한 계획을 꾸민다면 전씨 일족을 전멸시켜 버리겠소. 그처럼 어리석은 일을 제발 하지 말도록 하시오.

전횡은 유방의 조서를 읽어 보고 크게 감동하며 곧 유방한테로 달려가 귀순하겠다고 말했다. 그러나 부하들이 즉석에서 반대하고 나온다. 부하들이 전횡의 귀순을 반대하는 이유는 다음과 같았다.

"유방은 겉으로 보기에는 무척 관대해 보여도, 실상인즉 몹시 가혹한 인간입니다. 그의 말을 믿고 섣불리 귀순했다가 배반을 당하면 어떡하시렵니까. 우리는 차라리 이 섬을 중심으로 새 나라를 이루어 편히 살아가는 편이 훨씬 유리할 것이옵니다."

그러나 전횡은 머리를 가로저었다.

"이 토박한 섬에서 나라를 이루어 본들 무엇을 먹고 살아가겠는가. 유방이 사신을 일부러 보내 나를 '제왕'으로 봉해 주겠다고 하셨는데, 내가 만약 그에 응하지 않으면 유방이 군사를 보내 우리들을 모조리 죽여 버리고 말 것이다. 그러므로 나는 그대들을 죽이지 않기 위해서도 귀순을 아니 할 수가 없는 형편이다."

부하들이 다시 말한다.

"대장님의 생각이 그러시다면 대장님 혼자만 가시옵소서. 저희들은 이 곳에 남아서 어부漁夫 노릇이나 하겠습니다."

전횡은 그 이상 어쩔 수가 없어, 부하들을 해도에 남겨 둔 채 육가와 함께 낙양을 향하여 떠났다.

부하들을 내버려 두고 낙양으로 떠나오는 전횡의 심정은 처량하기 그지없었다. 더구나 낙양이 가까워 올수록 전횡의 마음은 괴롭기 짝이 없었다.

'내가 유방을 배반하고 해도로 도망간 것은, 그 옛날 유방이 제왕 전광田廣을 죽여 버렸기 때문이 아니었던가. 그런데 나는 제왕의 원수를 갚아 드리지는 못하나마 유방의 휘하에 들어가 그를 주인으로 모신다는 것은 사람의 도리에 벗어나는 일이 아닌가.'

전횡은 생각이 거기에 미치자, 낙양으로 가는 도중에 스스로 목숨을 끊어 자결하고 말았다.

　육가가 낙양에 돌아와 그 일을 사실대로 보고하니, 유방은 크게 놀라며 말한다.

　"전횡이 자결을 했다면, 아직도 해도에 남아 있다는 5백여 명의 그의 부하들은 주인의 원수를 갚기 위해 무슨 짓을 할지 모를 일이 아니겠는가. 그런 일을 미연에 방지하기 위해 그들을 모두 낙양으로 불러다가 벼슬을 주게 하여라."

　육가는 어명을 받고 해도를 다시 찾아갔다. 그러나 5백여 명의 부하들은 전횡이 자결했다는 소식을 듣더니,

　"그 어른은 우리들을 살려 주기 위해 당신 혼자서만 자결하신 것이 분명하다. 그렇다면 어찌 그 어른을 희생시키고 우리들만 편히 살아갈 수 있을 것인가. 이제나마 우리들도 뜻을 모아 그 어른의 뒤를 따르자!"

하고 5백여 명이 한결같이 자결을 하고 말았다. 5백여 명이 주인의 뒤를 따르기 위해 한꺼번에 자결했다는 것은 어느 역사에서도 볼 수 없는 의거義擧였던 것이다.

　육가가 낙양에 돌아와 그 사실을 알리니 유방은 크게 감동하며,

　"그러면 이제부터는 해도를 '전횡도田橫島'라고 이름을 바꿔 부르게 하라."

하고 특명을 내렸다.

　전횡의 문제는 전횡 자신이 자결을 함으로써 자동적으로 해결되었다. 그러나 유방의 마음에 걸리는 문제가 또 하나 있었으니, 그것은 초나라의 대장 계포와 종이매의 문제였다. 그 두 사람은 지금 어디서 무슨 짓을 하고 있는지 생사조차 알 길이 없어 마음이 놓이지 않았던 것이다. 그리하여 유방은 마침내 다음과 같은 방문을 널리 써 붙이게 하였다.

"초장 계포와 종이매를 생포해 오는 사람에게는 황금 천 냥을 상금으로 준다. 만약 그를 숨겨 두고 신고하지 않는 자가 있으면 지위의 고하를 막론하고 극형에 처한다."

그러면 계포와 종이매는 과연 어디서 무엇을 하고 있는 것일까.

항우가 패망하자, 계포는 함양에 사는 주장周長이라는 사람의 집에 숨어서 살고 있었다. 그런데 어느 날 주장은 누각 위에 나붙은 방문을 읽어 보고 돌아와 계포에게 말했다.

"지금 한제는 장군을 찾아내려고 방방 곡곡에 무서운 방문을 내걸고 있습니다. 장군을 숨겨 두고 있는 사실이 탄로나는 날이면 우리 일가족은 모두 참형을 당하게 될 것입니다. 이 일을 어찌했으면 좋겠소이까?"

계포는 그 말을 듣고 고개를 끄덕이며 결연히 말한다.

"잘 알겠소이다. 그러면 나는 나대로 살아갈 길을 새로 도모하겠소."

그리하여 계포는 상투를 잘라 노예奴隷로 변장을 하고, 풍삼憑三이라는 이름으로 노魯나라에 있는 주씨 가문朱氏家門에 노예로 팔려가 버렸다. 주씨 가문에서는 풍삼을 진짜 노예인 줄로 알고 돈을 주고 사왔음은 말할 것도 없다. 그러나 풍삼의 행동거지가 결코 노예답지 않음을 알게 되자 주인은,

'이 사람은 혹시 초나라의 장수 계포가 살아남기 위해 변장을 하고 있는 것이 아닐까.'

하는 생각이 들었다. 그리하여 하루는 계포를 불러 묻는다.

"그대는 혹시 초나라의 대장 계포가 아닌가. 조정에서는 계포를 엄중하게 찾고 있는 중이다. 그대가 계포라면 당장 조정에 잡아다가 바쳐야 하겠으니 사실대로 말하라."

계포는 그 이상 속일 수가 없게 되었음을 깨닫고 체념하며 말한다.

"저는 틀림없는 초장 계포입니다. 살아남기 위해 노예로 변장을 하고 댁에 팔려 왔던 것입니다. 이제 모든 사실이 백일하에 탄로났으니, 선생은 나를 관가에 잡아 올려 상금을 타시도록 하소서."

그러자 주인은 머리를 가로저으며 말한다.

"내 어찌 상금을 타기 위해 사람을 죽게 할 수 있겠소. 천하의 갑부가 된다 해도 그런 것은 못 하오. 나에게는 좋은 친구가 한 사람 있소. 등공滕公 하후영夏侯嬰이라는 사람이 바로 내 친군데, 그 사람은 지금 낙양에서 한제의 중신으로 활약하고 있으니 내가 그 친구에게 부탁하여 당신을 살려 주도록 하겠소."

계포는 '하후영'이라는 이름을 듣고 소스라치게 놀랐다.

"옛! 하후영이오?"

계포가 놀라는 모양을 보고 주씨가 묻는다.

"왜 놀라시오? 내 친구인 하후영이라는 사람을 잘 알고 계시오?"

계포가 대답한다.

"잘 알다 뿐이오니까. 지난날 저는 하후영을 상대로 여러 차례 싸운 일이 있어서 그도 저를 잘 알고 있을 것이옵니다. 그 사람은 한제의 충신이니까, 그 사람이 저를 살려 줄 리가 만무합니다."

그러자 주씨는 고개를 가로저으며 말한다.

"하후영은 결코 편협한 사람이 아니오. 당신이 그처럼 불안스럽게 여긴다면 내가 하후영과 직접 타협을 해보고 오리다."

주씨는 그날로 집을 떠나 낙양으로 하후영을 찾아왔다. 하후영이 주씨를 반갑게 맞아 주연을 베풀자, 주씨는 술을 마셔 가며 하후영에게 묻는다.

"계포가 무슨 죄가 있다고 나라에서는 계포를 그처럼 엄중하게 찾고 계시오."

하후영이 대답한다.

"계포는 항우의 부하로 있을 때 금상今上과 싸울 때마다 한제에게 많은 욕을 퍼부었습니다. 주상께서는 그 원한으로 계포를 기어코 잡아 죽이려는 것이옵니다."

주씨는 그 말을 듣고 고개를 설레설레 저으며 말한다.

"무릇 남의 신하로 있는 사람이 주인을 위해 최선을 다하려는 것은 너무도 당연한 일이오. 그런 일이야 어찌 계포에게 국한된 일이겠소. 한제께서는 천하를 평정하신 지금에 와서도 사원私怨으로 사람을 함부로 죽이려고 하신다면 그런 편협한 생각이 어디 있단 말이오. 내가 보기에는 계포라는 사람은 좀처럼 만나 보기 어려운 호걸이었소. 만약 그런 장수를 용납하지 못한다면, 계포는 북호北胡나 남월南越로 달아나서 한제와 또다시 싸우려고 할 것이오. 그렇게 되면 국가적으로 얼마나 막대한 손실이겠소. 그러니까 귀공은 한제에게 간하여, 계포를 관대하게 포섭하도록 하시오. 중신들이 할 일이란 바로 그런 일일 것이오."

하후영은 주씨의 충고를 옳게 여겨, 곧 입궐하여 유방에게 아뢴다.

"폐하! 계포에게 무슨 죄가 있기에 그를 엄중하게 찾으시옵나이까?"

유방이 대답한다.

"계포라는 자는 싸울 때마다 나에게 참기 어려운 욕을 퍼부었소. 그것을 어찌 죄라고 아니 할 수 있으리오. 나는 원한을 풀기 위해 그자를 기어이 잡아 죽이려는 것이오."

하후영이 머리를 조아리며 다시 아뢴다.

"비단 계포뿐만 아니옵고 모든 장수는 주인을 위해 충성을 다하는 법이옵니다. 계포가 주상과 싸울 때에는 승리할 생각만 있었지, 한나라 같은 것은 염두에도 없었을 것이옵니다. 그 때에 그는 항우만 생각했지, 폐하는 안중에도 없었을 것이옵니다. 충성이란 바로 그런 것이옵니다. 그러므로 폐하께서는 계포에게 사원私怨을 품으실 게 아니라 그의 충성을 높이 사 주셔야 하옵니다."

유방은 하후영의 간언을 듣고 자기도 모르게 고개를 끄덕였다.

"경의 말씀은 참으로 옳은 말씀이오. 그러나 계포라는 자가 나에게 무참한 욕설을 너무도 많이 퍼부어서, 그를 용서해 줄 기분이 좀처럼 나지 않는구려."

이에 하후영이 다시 아뢴다.

"폐하! 우리나라의 신하들이 모두 계포처럼 충성스럽다면, 폐하께서는 가만 앉아 계셔도 천하가 잘 다스려질 것이옵니다. 계포는 지와 용을 겸비한 현인이옵니다. 폐하께서는 천하를 평정하고 만승의 지위〔萬乘之位〕에 오르신 이 마당에, 계포 한 사람쯤 어찌 용납을 못 하실 것이옵니까. 바라옵건댄, 계포를 너그럽게 용서해 주시옵소서."

유방은 그제야 자신이 너무도 편협했음을 진심으로 깨닫고,

"내가 잘못했소이다. 계포가 지금이라도 나를 찾아오기만 하면, 그의 과거를 불문에 붙일 뿐만 아니라 옛날에 그가 지니고 있던 지위를 그대로 수여하기로 하겠소."

하고 말했다.

하후영은 크게 기뻐하며 즉시 퇴궐하여 주씨에게 모든 것을 사실대로 알려 주었다. 주씨는 그날로 집에 돌아와 계포에서 교섭 경과를 상세히 알려 주면서,

"한제께서 당신을 기다리고 계시니, 낙양으로 빨리 올라가 한제를 만나 뵙도록 하시오."

하고 출발을 재촉하였다.

계포가 낙양으로 올라와 유방을 알현하니, 유방이 반갑게 맞아 주며 말한다.

"그대는 사해四海의 어디에도 몸을 의탁할 곳이 없을 텐데, 왜 일찌감치 나를 찾아오지 않았소?"

계포가 대답한다.

"항왕이 오강에서 자결하셨을 때, 신은 순사殉死하지 못한 것이 부끄럽기 그지없사옵니다."

유방이 웃으면서 계포에게 물어 본다.

"지난날 그대는 나와 싸울 때마다 욕설을 무섭게 퍼부었는데, 그것은 어찌 된 일이었소?"

계포가 태연하게 대답한다.

"그 때 폐하는 저의 적이었습니다. 적에게 이기기 위해서는 무슨 욕설인들 못 퍼붓겠습니까. 싸울 때에 욕을 퍼부은 점에 대해서는 저는 추호도 뉘우침이 없사옵니다."

유방은 그 말을 듣고 고개를 끄덕이며 말한다.

"과연 그대는 충렬지사忠烈之士임이 분명하오. 내, 그대에게 낭중郎中 벼슬을 내릴 테니 받아 주기 바라오."

계포는 머리를 좌우로 흔들며,

"저에게 죽음을 면하게 해 주신 것만으로도 성은이 망극하온데, 어찌 관작까지 받을 수 있으오리까."

하고 벼슬을 사양하였다.

유방이 다시 말한다.

"벼슬을 사양하다니, 아직도 항우를 잊지 못하고 있다는 말씀인가요? 과거지사를 깨끗이 잊어버리고 나를 위해 벼슬을 꼭 받아 주시오."

이에 계포는 유방에게 두 번 절하며 벼슬을 받고, 금후에는 유방에게 충성을 다할 것을 굳게 맹세하였다.

## 종이매 사건

유방이 계포를 포섭한 것은 사후 수습事後收拾으로서는 커다란 성공이었다. 그러나 종이매의 문제만은 아직도 해결을 보지 못했다. 유방은 그로 인해 걱정을 하다가, 어느 날은 중신들에게 다음과 같은 엄명을 내렸다.

"초장 종이매는 지모에 있어서는 범증보다도 뛰어난 장수요. 그가 지금쯤 어디서 무슨 음모를 꾸미고 있는지도 모르니, 경들은 종이매의 소재를 하루속히 탐색해 내도록 하오. 그자를 체포해야만 내가 마음을 놓을 수가 있겠소."

어명에 따라 나라에서는 계포의 경우와 마찬가지로, 종이매를 찾아내려고 방방 곡곡에 방문을 써 붙였다.

그로부터 얼마 후, 폐포파립幣袍破笠의 늙은이 하나가 성하城下의 거리를 떠돌아다니며 다음과 같은 말을 외쳐대고 있었다.

"종이매라는 자가 혼자의 힘으로 무슨 큰일을 도모할 수 있을 것이냐. 나에게 한제를 만나게 해 다오. 그러면 내가 중대한 진언을 할 것이다."

중신들이 그런 소문을 듣고 거리로 달려나와 문제의 노인을 만났다.

"도대체 노인장은 어떤 사람이기에 얼빠진 소리를 함부로 떠들어 대고 다니오?"

문제의 노인이 대답한다.

"나는 제나라 사람인데 성은 누婁요, 이름은 경敬이라고 하오. 나에게 한제를 만나게 해 주면, 한나라를 반석 위에 올려놓을 수 있는 좋은 충고를 올리겠는데, 누구도 나를 한제에게 소개해 주는 사람이 없구려. 나로서는 그것이 천추의 유한이오."

"노인장은 행색이 초라하기 짝이 없는데, 그런 몰골로 어떻게 황제 폐하를 만나겠다는 것이오?"

누경은 그 말을 듣고 앙천 대소한다.

"하하하, 이 옷은 내가 언제나 입고 다니는 옷이오. 이 옷이 뭐가 부족해 제왕을 못 만난다는 말이오. 제왕이라고 해서 무턱대고 두려워할 것은 없지 않소?"

떠들어 대는 품이 결코 범상치 아니하므로, 중신들은 누경 노인을 유방에게 소개하였다. 유방이 누경을 대궐로 불러들여 묻는다.

"그대가 나에게 중대사를 충고하고 싶다고 말했다는데, 무슨 얘기를 하려는 것이오?"

누경 노인이 대답한다.

"그 옛날 항우는 범증의 충고를 듣지 아니하고 도읍都邑을 관중關中에서 팽성彭城으로 옮겨 갔다가 나라가 망했습니다. 오늘날 폐하는 낙양을 서울로 정하고 계시오나, 낙양은 팽성과 마찬가지로 도읍지가 될 만한 곳이 아니옵니다. 그러므로 자손 만대에 이르기까지 한나라의 번영을 도모하시려거든, 도읍지를 다른 곳으로 옮겨 가도록 하시옵소서."

누경 노인은 항우가 망한 이유를 역설해 가면서 서울을 낙양에서 다른 곳으로 옮겨 가라고 역설하는 것이 아닌가. 어두운데 홍두깨 격으로 누경 노인이 느닷없이 천도 문제를 들고나오는 바람에 유방은 적이 놀랐다.

"낙양은 중원中原의 한복판이오. 낙양이 어째서 도읍지로서 적당하지 않다는 말씀이오?"

그러자 누경은,

"허어…… 폐하께서는 하나만 알고 둘을 모르시는군!"

하고 혼잣말로 중얼거리고 나더니 정색을 하며 다시 말한다.

"폐하는 일개의 평민으로서 풍패豊沛에서 궐기하여 진나라를 평정하고 항우를 토벌하여 이제 천하를 장악하게 되셨습니다. 지금은 세력이 워낙 막강하기 때문에, 어느 누구도 감히 침범을 못 할 것이옵니다. 그러나 폐하가 돌아가신 뒤에 세력이 조금이라도 약화弱化되면, 수많은 적수敵手들이 마구 침범해 올 것이니, 낙양 한복판에 있어 가지고서는 그들의 반란을 어떻게 막아낼 수 있을 것이옵니까. 그러니까 국가의 백년 대계를 위해 서울을 안전 지대로 옮겨 가셔야 한다는 말씀입니다."

누경의 말을 들어 보니 과연 일리가 없지 않았다.

"그러면 서울을 어디로 옮기는 것이 좋겠소?"

"서울을 함양咸陽으로 옮기면 가장 좋겠습니다. 함양은 그 자체가 옥야천리沃野千里인 데다가, 삼면이 무관武關·산관散關·함곡관函谷關 등으로 둘러싸여 있어서 외적外敵들의 침공을 불허하는 난공불락難攻不落의 요새要塞라는 것을 아셔야 합니다."

유방은 그 말에도 수긍되는 점이 없지 않았다. 그러나 의심스러운 생각이 문득 떠올라서,

"진시황은 함양을 서울로 삼았건만, 삼대를 못 가 망해 버리지 않았소?"

하고 반론을 제기해 보았다.
 누경은 머리를 설레설레 흔들며 말한다.
 "진나라가 망한 것은 외적 때문이 아니고, 내치內治를 잘 못했기 때문이었습니다. 이세 황제 호해胡亥는 술과 계집으로 세월을 보내면서 내정內政을 간신 조고趙高에게 맡겨 버렸으니, 그러고서야 나라가 어찌 망하지 않을 것이옵니까. 폐하가 걱정하셔야 할 일은 내정이 아니고 외적들의 침범입니다. 외적들의 침범을 미연에 막으려면 서울을 반드시 함양으로 옮겨 가셔야 합니다."
 "좋은 충고를 들려주셔서 고맙소이다. 중신들과 신중히 논의해 보겠소이다."
 그리고 유방은 고맙다는 뜻에서 누경 노인에게 특별히 '유씨劉氏'라는 사성賜姓까지 내려주었다.
 누경 노인이 돌아가자, 유방은 곧 중신 회의를 열고 천도 문제를 논의하였다. 그러자 중신들은 다음과 같은 이유로 모두들 천도를 반대하는 것이 아닌가.
 "낙양은 중원의 한복판인 데다가 동쪽에는 성고관成皐關이 있고, 서쪽에는 살승관殺繩關이 있어서 난공 불락의 요새입니다."
 중신들은 거의 전부가 낙양 출신인 까닭에, 함양 같은 변방으로는 가고 싶지 않았던 것이다. 중신들의 반대에 부닥치자 유방은 천도 문제로 일대 혼미에 빠져 버렸다. 누경 노인의 말을 듣지 않았으면 모를까, 그의 말을 들은 이상에는 국가의 장래를 위해 천도는 꼭 해야만 좋을 것 같았던 것이다.
 유방은 생각다 못해 하루는 장량의 의견을 물어 보았다. 장량이 대답한다.
 "국가의 백년 대계를 위해서는 누경 노인의 말씀대로 함양으로 천도하는 것이 좋을 줄로 아뢰옵니다. 왜냐하면 낙양은 외적들의 침해를 받을 위험성이 농후하지만, 함양은 그런 위험이 전연 없기 때문입니다."

유방은 장량의 말에 용기를 얻어 마침내 서울을 함양으로 옮기고야 말았다. 그로써 천도 문제는 일단락되었다.

그러나 아직도 해결되지 않은 문제가 하나 있었으니, 그것은 바로 종이매에 관한 문제였다. 어느 날 유방은 계포를 불러 종이매의 이야기를 슬며시 물어 보았다.

"종이매는 귀공과 친분이 두텁다는데, 귀공은 종이매의 행방을 모르시오?"

계포는 한동안 머뭇거리다가 용기를 내어 이렇게 대답한다.

"초나가가 몰락할 때, 종이매 장군과 저는 둘이 함께 도망을 치다가 헤어졌사옵는데, 그는 한신 장군과 친분이 두터운 관계로 한신 장군한테로 가겠노라고 말했습니다. 어쩌면 지금쯤 한신 장군한테 숨어 있을지도 모르옵니다."

한제는 그 말을 듣고 소스라치게 놀랐다.

"뭐요? 종이매가 한신 장군한테 숨어 있을 것이라고요?"

종이매가 한신과 결탁하여 엉뚱한 일을 도모한다면 그야말로 큰일이 아니겠는가. 유방은 걱정을 하다못해 진평을 불러 상의한다.

"한신 장군이 만약 오늘날까지 종이매를 숨겨 두고 있다면 그는 엉뚱한 생각을 하고 있기 때문이 아니겠소? 종이매를 신속히 생포하여 처치해 버리고 싶은데, 이 일을 어찌했으면 좋겠소."

진평이 심사숙고하다가 대답한다.

"이런 문제의 해결은 서둘러도 안 되겠지만, 그렇다고 시일을 너무 오래 끌어도 좋지 않사옵니다. 설불리 서두르면 종이매가 어디론가 도망을 가 버릴 것이고, 시일을 오래 끌다가는 호랑이 새끼를 키워 주는 것과 마찬가지 결과가 되기 때문입니다."

"그 점에는 나도 동감이오. 그러니까 어떻게 하는 것이 좋을지, 기발한 해결책을 강구해 보아 주시오."

진평이 머리를 조아리며 아뢴다.

"우선 폐하의 심복지인을 한신에게 보내, 종이매가 그곳에 있고 없는 것부터 알아내야 합니다. 그래서 만약 종이매가 그곳에 숨어 있다면, 한신에게 이러이러하게 말하여 한신 자신이 자기 손으로 종이매를 죽여 버리지 않을 수 없게 해야 합니다."

그리고 진평은 유방에게 놀라운 밀담을 들려주었다. 한제는 진평의 밀담을 듣고 감탄해 마지않으며 말한다.

"대부의 계략은 참으로 기막힌 묘안이오. 그러면 한신한테 누구를 보내 알아보는 것이 좋겠소?"

진평이 대답한다.

"구변이 능하기로는 수하隨何를 따를 사람이 없사옵니다. 수하를 보내는 것이 좋을 줄로 아뢰옵니다."

유방은 곧 수하를 불러 진평의 계략을 자세하게 알려 주고 나서,

"그대는 침주郴州에 있는 의제의 능陵을 보수하러 왔노라고 하면서, 한신을 찾아가 보도록 하오. 만약 종이매가 그곳에 숨어 있거든, 한신에게 이러이러하게 말하시오. 그러면 한신은 꼼짝 못 하고 종이매를 죽여 버리게 될 것이오."

하고 말했다.

그로부터 며칠 후 수하가 한신을 찾아가니, 한신은 깜짝 놀라며 묻는다.

"대부가 별안간 웬일로 여기까지 왕림하셨소이까?"

수하가 대답한다.

"침주에 있는 의제의 능을 보수하러 가는 길에 문안을 여쭈려고 들렀습니다."

"잘 오셨소이다. 오래간만에 우리 술이나 한잔씩 나누십시다."

수하는 술이 거나하게 취해 오자 문득 한신에게 이렇게 속삭였다.

"지금 세상에는 대왕(한신)에 대한 괴상한 풍문이 떠돌고 있습니다. 대왕은 그런 사실을 알고 계시는지요?"

한신은 그 말에 깜짝 놀란다.

"나에 대한 괴상한 풍문이 떠돌고 있다뇨? 어떤 풍문인지 어서 말씀을 해주시오."

수하가 대답한다.

"지난날 어떤 사람이 한제를 찾아와서 '초왕 한신은 지금 종이매를 숨겨 두고 있다'고 말한 일이 있었습니다. 주상께서는 그 말씀을 들으시자 그 사람을 크게 꾸짖으며 말씀하시기를, '그게 무슨 소린가! 한신 장군은 나의 심복일 뿐만 아니라, 그를 초왕으로 보내 준 사람도 바로 나다. 그런데 한신이 어찌 나의 원수인 종이매를 숨겨 두고 있겠는가. 그런 중상 모략은 행여 하지 마시오' 하고 그 사람을 당장 쫓아냈습니다. 말하자면 주상은 대왕을 절대로 믿고 계시는 셈이지요. 그러나 중신들은 아직도 대왕을 의심하고 있다오. 그런데 얼마 전에 귀순해 온 계포 장군도 종이매가 초왕한테 숨어 있을 것이라고 말했기 때문에, 주상께서도 이제는 반신반의半信半疑하고 계시는 중이랍니다. 저는 그러한 일이 있다는 사실을 알려 드리려고 일부러 들렀습니다. 그러니까 대왕께서는 일이 커지기 전에 미리 손을 써 두는 것이 상책이겠습니다."

아무러한 한신도 이때만은 얼굴에 근심이 그득해졌다. 그리하여 수하에게 솔직히 고백한다.

"종이매가 나한테 숨어 있는 것은 사실이오. 그러면 어떻게 해야 주상의 오해를 풀 수 있겠소?"

수하는 한신의 말을 듣고 고개를 이리저리 기울이다가 탄식하듯 말한다.

"그러면 종이매가 이곳에 숨어 있다는 말이 단순한 헛소문이 아니었군요. 그렇다면 문제가 매우 복잡하게 되겠는걸요."

한신은 그런 말을 들을수록 불안해하면서,

"이미 저질러 놓은 잘못은 어쩔 수 없지만, 이제부터라도 주상의 의심을 풀어 드릴 수 있는 방법을 좀 가르쳐 주시오."

하고 간곡히 부탁한다.

수하는 오랫동안 골똘한 궁리에 잠겨 있는 듯하다가 문득 고개를 들며 말한다.

"주상의 의심을 깨끗이 풀어 드릴 수 있는 방법이 꼭 하나 있기는 합니다."

"옛! 그런 방법이 있다고요? 그것이 어떤 방법인지 어서 말씀을 해주소서."

그 때서야 수하는 유방이 일러준 대로 이렇게 말했다.

"지금이라도 대왕이 종이매를 죽여 그의 수급을 주상에게 바치도록 하소서. 그러면 주상께서는 대왕에 대한 모든 의심을 깨끗이 풀어 버리실 것입니다."

한신은 한숨을 쉬며 대답한다.

"종이매와 나는 옛날부터 절친한 친구요. 나를 믿고 찾아온 친구를 어떻게 내 손으로 죽일 수 있겠소?"

이에 수하는 냉철하게 말한다.

"친구와의 의리를 생각해 국법을 어겼다가는 후일에 커다란 화를 입게 된다는 사실을 아셔야 합니다."

"잘 알겠소이다. 그러면 종이매를 내 손으로 죽여 그의 머리를 주상에게 바치기로 하겠소이다."

수하가 객사로 물러가자, 한신은 종이매를 죽이려고 후원 별당別

堂으로 들어와 보았다. 때마침 종이매는 혼자서 뜰을 거닐며 달구경을 하고 있었다. 한신은 친구를 차마 죽일 수가 없어 종이매에게 모든 것을 사실대로 고백하였다. 그러자 종이매가 한신에게 묻는다.

"그래서 대왕은 나를 어떻게 하실 작정이시오?"

한신이 대답한다.

"당신의 목을 잘라 함양에 보내면 나는 화를 면할 수 있을 것이오. 그러나……."

한신이 괴로운 얼굴로 말을 중단하자 종이매가 말한다.

"대왕(한신)은 다음과 같은 사실만은 분명히 알고 행동하셔야 합니다. 내가 만약 이곳에 그냥 살아 있으면, 한제는 우리들이 반항할 것이 두려워서 함부로 습격을 못 해 올 것입니다. 그러나 나를 죽여 수급을 한제에게 바치고 나면, 그 때에는 대왕 자신도 반역죄로 한제의 손에 죽게 될 것입니다. 내가 죽는 것은 조금도 두렵지 않지만, 나를 죽임으로써 대왕 자신에게 어떤 영향이 미치리라는 점은 신중히 고려해 보셔야 합니다."

듣고 보니 과연 옳은 말이었다. 그리하여 한신은 종이매를 죽이기를 단념하고 말았다.

한편 수하는 숙소에서 며칠 동안 기다려 보다가, 모든 일이 실패로 돌아갔음을 알자 아무 말도 없이 그곳을 떠나 버리고 말았다.

## 운몽을 순행

어느 날 유방이 중신들과 정사政事를 의논하고 있는데, 근시近侍가 급히 달려오더니,

"초나라에서 농부 한 사람이 폐하에게 아뢸 말씀이 있다고 찾아왔사옵니다."

하고 알리는 것이 아닌가.

유방은 '초나라에서 온 사람'이라는 소리에 불현듯 불길한 예감이 떠올라,

"그 사람을 이 자리에 불러들여라."

하고 즉석에서 말했다.

초나라에서 왔다는 농부가 땅에 엎드려 유방에게 고한다.

"새로 부임해 온 초왕 한신은 옛날에 항우의 심복이었던 종이매라는 장수를 숨겨 두고 있을 뿐만 아니라, 농민들에게서 많은 전지田地를 수탈하여 군사 훈련장으로 쓰고 있사옵니다. 이는 필시 반란을 도모하려는 의사임이 분명하오니, 폐하께서는 그를 신속히 다스려 백성들을 도탄에서 구출해 주시옵소서."

유방은 그 말을 듣고 크게 놀라며 중신들에게 묻는다.

"한신이 일찍이 제왕齊王으로 있을 때에 수상한 행동을 하기에 그의 반란을 방지하려고 초왕으로 보내 버렸더니, 이번에는 종이매와 결탁하여 반란을 도모하고 있는 모양이니, 이 일을 어찌했으면 좋겠소?"

중신들이 크게 분노하며 품한다.

"그것은 이만저만한 중대사가 아니옵니다. 당장 군사를 파견하여 철저하게 토벌해 버리셔야 하옵니다."

그러자 진평이 출반주하며 아뢴다.

"한신은 항우에게 비길 장수가 아니옵니다. 그러므로 군사를 파견하여 그를 무력으로 평정하시려다가는 큰일나시옵니다. 초나라 땅은 워낙 산악이 험악하기 때문에 군사를 1, 20만쯤 파견해 보았자 아무 쓸모가 없사옵니다."

유방은 숨을 크게 쉬며 진평에게 묻는다.

"그러면 어떻게 하는 것이 좋겠다는 말씀이오?"

진평이 대답한다.

"한신과 무력으로 싸워서는 안 될 것이니, 지략으로써 그를 생포해 버리셔야 합니다. 신에게 좋은 계책이 있사옵니다."

"무슨 계책인지 어서 말씀을 해보시오."

진평이 다시 아뢴다.

"옛날부터 성제聖帝는 각 지방의 민정을 살피기 위해 춘하 추동 사계절에 걸쳐 각 지방을 순행巡幸하시는 관례가 있사옵니다. 봄에는 동쪽 지방으로 순회하시고, 여름에는 남쪽 지방으로 순회하시고, 가을에는 서쪽 지방으로 순회하시고, 겨울에는 북쪽 지방으로 순행하시는 것이 바로 그것입니다. 그러므로 폐하께서는 이번에 운몽雲夢 지방으로 순행을 하시옵소서. 그러다가 만약 폐하를 영접하지 않는 후백侯伯이 단 한 사람이라도 있으면, 군사를 파견하여 그 사람의 목을 베어 버리도록 하시옵소서. 그러면 한신은 그 사실을 알고 폐하를 반드시 영접하러 오게 될 것이니, 그 기회에 역사力士들을 시켜 한신을 생포해 버리면 되실 것입니다."

진평의 지략은 절묘하기 짝이 없었다. 유방은 크게 기뻐하며 곧 운몽 지방으로 순행의 길에 올랐다.

유방이 문무 백관들을 거느리고 함양을 떠나 운몽 지방으로 순행의 길에 올라 진채陳蔡라는 곳에 도착하자, 영포와 팽월 등을 비롯하여 인근 각 고을의 후백들이 모두 영접을 나왔다.

그보다 조금 앞서 한신은 한제가 운몽 지방에 행차하신다는 통보를 받고 긴급 참모 회의를 열었다.

"지난번에 왔던 수하 대부의 말을 들어 보면, 폐하께서는 내가 종이매를 숨겨 두고 있는 사실을 이미 알고 계시다고 하오. 그러므로 이번에 영접을 나갈 때에는 종이매의 수급을 반드시 가지고 가야만 무사하겠는데, 친구를 차마 죽일 수가 없단 말이오. 그러나 황제는 나의 마음을 떠보시려고 순행이라는 명목으로 일부러 이곳에 오시는 것이 분명하니, 이 일을 어찌해야 좋을지 모르겠구려."

"……."

참모들은 꿀 먹은 벙어리처럼 묵묵 부답이었다. 아무 묘안도 없었던 것이다. 한신은 하도 답답하여 종이매를 직접 불러 솔직하게 말한다.

"황제께서 이번에 우리 지방으로 오시는 것은 나의 마음을 떠보시기 위해 오시는 것이 분명하오. 그대를 숨겨 둔 사실이 발각되는 날이면 나도 죽고 그대도 죽게 될 것이오. 그러니까 그대는 나를 위해 희생의 제물이 되어 줘야 하겠소."

종이매가 대답한다.

"대왕은 어찌하여 그릇된 생각을 하고 계시오. 지난번에도 말한

바와 같이, 나를 죽이고 나면 대왕 자신도 반드시 죽게 될 것이오. 내가 왜 대왕에게 그런 거짓말을 하겠소?"

"내가 비록 한제의 손에 죽는다 하더라도, 나에게는 두 마음이 없다는 사실만은 알려 드려야 할 게 아니오."

종이매는 그 소리를 듣고 어처구니가 없는지 화를 발칵 내며 한신을 여지없이 나무란다.

"이 비겁한 놈아! 너는 수십 년 이래의 친구와의 의리는 생각지 아니하고 자신의 영달만을 꾀한다는 말이냐. 너같이 비겁한 놈을 친구로 믿고 있었던 내가 너무도 어리석었다."

종이매는 그와 같은 욕설을 한바탕 퍼붓고 나더니, 즉석에서 자기 칼로 자기 목을 끊어 자결을 해 버렸다. 한신은 종이매의 수급을 가지고 와서 유방에게 바치며 이렇게 품했다.

"신이 그동안 숨겨 두고 있었던 종이매의 수급을 이제야 베어 왔사옵니다."

유방은 종이매의 수급을 확인하고 나서, 별안간 용안에 노기를 띠며 한신을 호되게 질책한다.

"그대는 종이매를 오랫동안 숨겨 두고 있다가, 내가 이곳에 오니까 이제서야 마지못해 종이매의 수급을 가져 왔겠다. 그대는 나에게 엉뚱한 생각을 품고 있음은 의심할 여지가 없다······. 여봐라! 이자를 당장 결박을 지어라!"

한신은 아차 하는 순간에 결박을 당하는 몸이 되었다. 모든 것은 진평의 지략대로 수행된 것이었다.

한신은 결박을 당하면서 큰소리로 외친다.

"신이 무슨 죄가 있다고 결박을 지우십니까?"

유방은 결박당한 한신을 굽어보며 큰소리로 꾸짖는다.

"무슨 죄로 결박을 당하게 되었는지 양심에 물어 보면 될 게 아니냐?"

한신이 대답한다.

"폐하의 개국 공신開國功臣을 무슨 까닭으로 포박하시는지, 신은 알 길이 없사옵니다."

"그대의 죄를 그대가 모르겠다고……? 그렇다면 내가 자세하게 일러 주리라. 그대는 초왕으로 부임해 가기가 무섭게 농민들에게서 땅을 빼앗아 부모의 산소를 요란하게 꾸며 놓음으로써 민원民怨을 크게 샀으니 그 죄가 하나요. 이제부터는 많은 군사가 필요치 않음에도 불구하고 그대는 농민들의 전지田地를 빼앗아 군사 훈련장으로 써 가면서 많은 군사들을 기르고 있었으니 그 죄가 둘이요. 종이매가 나의 원수인 줄을 알고 있으면서도 그대는 종이매를 오랫동안 숨겨 두고 있었으니 그 죄가 셋이다. 그대가 반란을 일으키려던 계획이 이미 백일하에 드러났으니, 포박을 받아야 할 것은 너무도 당연한 일이 아닌가."

유방의 꾸지람은 추상 같았다. 한신은 포박을 당한 채 머리를 조아리며 다시 아뢴다.

"그 세 가지 일에 대해 신의 해명을 들어 주시옵소서. 첫째는 부모님의 산소에 관한 일이온데, 신은 어렸을 때 너무도 가난하여 부모님이 돌아가셔도 저희 집 산에 묻지 못하고 남의 산에 가장假葬을 해 두었던 것이옵니다. 그러다가 초왕이 되어서야 비로소 정식으로 무덤을 모시게 되었는데, 백성들은 그 점을 모르고 저를 모함한 모양입니다."

변명을 듣고 보니 그것만은 이유가 그럴듯하였다.

"음."

유방은 고개를 끄덕이며 다시 묻는다.

"그 문제는 그렇다 치고, 연병장練兵場을 새로 만들어 군사를 많이 양성한 것은 무슨 까닭이었는가?"

한신이 다시 대답한다.

"폐하께서 천하를 통일하셨다고는 하오나, 초나라에는 아직도 항우의 잔당殘黨들이 가는 곳마다 들끓고 있사옵니다. 그러므로 그들을 진압하기 위해 군사를 부득이 양성했던 것이옵니다. 그것은 폐하를 보필하기 위한 일이었지, 결코 반란을 도모한 것은 아니옵니다. 그리고 마지막으로 종이매에 관한 일이온데, 종이매와 저는 수십 년래의 친구이옵니다. 종이매는 죽여 버리기에는 너무도 아까운 인물이기에, 그를 살려 두었다가 적당한 기회에 폐하에게 품고하여 귀하게 써 볼 생각이었습니다. 그런데 폐하께서는 간악한 무리들의 참소讒訴를 들으시고 신을 의심하신다고 들었기에 부득이 그의 목을 베어 가지고 온 것이옵니다. 그것이 무슨 죄가 되옵나이까. 폐하께서는 모든 점을 명철하게 통찰하시와 신의 포박을 너그럽게 풀어 주시옵소서."

듣고 보면 모두가 그럴듯하였다. 그러나 유방은 고개를 가로저었다. 지난날의 가지가지 의혹들이 아직도 마음속에 맺혀 있었던 것이다. 유방은 목소리를 가다듬어 한신을 다시 꾸짖는다.

"그대의 죄는 어찌 어제 오늘의 일뿐이겠는가. 지난날 그대가 제나라를 치러 갔을 때의 일을 생각해 보라. 그대가 제나라를 신속히 토벌하지 못하기에, 나는 여이기 노인을 보내 제나라를 말로써 귀순시켜 놓았었다. 그럼에도 불구하고 그대는 제왕이 되고 싶은 욕심에서 군사를 몰고 들어가 제나라를 무력으로 점령해 버렸으니, 그로 인해 여이기 노인은 제왕의 손에 죽음을 당하지 않았던가. 그나 그뿐이랴. 내가 성고성에서 항우에게 포위를 당하고 있었을 때에 그대는 구출하러 와 주지도 않았다. 게다가 지금은 초왕으로 책봉된 데 불만을 품고 모반을 기도하고 있었던 것이 아닌가. 그런 일들을 모두 종합해 보면, 그대에게 어찌 죄가 없다고 말할 수 있겠는가?"

유방이 아득한 옛날의 일까지 샅샅이 들춰 내는 바람에 한신은 숫제 입을 다물고 맘속으로 이렇게 탄식하였다.

'아아, 새 사냥이 끝나면 활은 자취를 감추고[高鳥盡良弓藏], 토끼를 다 잡고 나면 사냥개는 보신탕이 되어 버리고[狡兎死走狗烹], 적을 다 때려부수고 나면 공신은 죽게 된다[敵國破謀臣亡]는 옛말이 있더니, 그 말은 과연 천하의 진리였구나! 나 자신이 이런 신세가 될 줄이야 그 누가 알았으리오.'

한신이 아무 대꾸도 아니 하고 고개를 떨어뜨려 버리자, 유방이 근시에게 명한다.

"죄인을 수레에 태워 길을 떠나자. 여기서 운몽까지는 얼마나 되느냐?"

"운몽까지는 아직도 30리가 남았습니다. 여기서부터는 길이 험하여 수레를 타시기가 어렵사오니, 말로 바꿔 타시는 것이 편하실 것이옵니다."

유방이 말을 타고 숲 속으로 막 들어가려고 하는데, 말이 별안간 큰소리로 울어대며 뒷걸음질을 치는 것이 아닌가. 유방은 깜짝 놀라 말고삐를 바짝 움켜잡으며, 뒤따라오던 번쾌 장군에게 추상 같은 명령을 내린다.

"숲 속에 자객刺客이 숨어 있는 모양이니, 빨리 잡아 내도록 하오."

번쾌가 부리나케 숲 속으로 달려들어와 보니, 과연 숲 속에서 어떤 괴한이 손에 화살을 메워 들고 있었다. 번쾌가 그 괴한을 끌어내어 유방 앞에 꿇어앉히자, 유방이 그 괴한에게 국문한다.

"너는 어떤 놈이며, 누구를 쏘려고 이 숲 속에 숨어 있었느냐?"

괴한이 대답한다.

"나는 회음淮陰에 사는 사람이오. 황제가 죄 없는 초왕을 포박하여 함양으로 데려가려고 하기에, 나는 탈환해 가려고 여기서 기다리고 있었소."

유방은 그 말을 듣고 크게 노한다.

"이놈! 네놈은 한신을 빼앗아 가려는 것이 아니라, 나를 쏘아 죽이려는 것이 아니냐. 말이 너를 보고 놀라지 않았던들 나는 기필코 네 손에 죽었을 것이다. ……여봐라! 이놈을 당장 때려죽여라!"

수레에 실려 오던 한신은 그 광경을 보고 혼자 눈물을 흘렸다.

유방이 문제의 자객을 즉석에서 처치하고, 운몽과 적양翟陽을 거쳐 10여 일 후에 함양으로 돌아오니, 문무 백관들이 멀리까지 영접을 나와 주었다.

이윽고 대부 전긍田肯이 머리를 조아리며 유방에게 아뢴다.

"한신 장군은 천하를 통일하는 데 많은 공로를 세운 사람입니다. 폐하께서는 세인世人들의 말만 들으시고 운몽까지 행차하셔서 한신을 친히 체포해 오셨으니 이 어찌된 일이옵니까. 천하의 보고寶庫인 제나라를 평정한 사람이 바로 한신 장군이었으니 공로로 보아서는 한신 장군을 마땅히 제왕으로 봉했어야 옳을 일이옵니다. 그럼에도 불구하고 한신 장군을 초왕으로 강등했다가, 이제는 죄가 있다고 체포까지 해 오셨으니, 사후의 처리를 그처럼 그릇되게 하신다면 폐하의 성은聖恩을 어느 누가 믿으오리까. 폐하께서는 재삼 통촉해 주시옵소서."

대부 전긍의 직간直諫에 유방은 얼굴을 붉히며 대답한다.

"경의 말씀은 잘 알아들었소이다. 그러나 한신은 모반할 마음을 먹고 군사를 열심히 양성하고 있었으니, 그냥 내버려 둘 수는 없는 일이 아니오?"

전긍이 머리를 조아리며 다시 아뢴다.

"한신 장군이 그렇게도 의심스러우시면, 함양에서 조용히 살게 하면 아무 일도 없을 것이옵니다. 폐하의 성덕을 생각하시와, 한신 장군에게 처벌만은 거두어 주시옵소서."

"좋은 간언을 들려주어서 고맙소이다. 모든 일은 경의 충고대로 하겠소."

그로부터 며칠 후 유방은 한신을 어전으로 불러 위로하며 말한다.

"내가 장군의 공로를 모르는 바가 아니오. 장군이 없었던들 내가 어찌 천하를 통일할 수 있었겠소. 장군을 제왕으로 봉했다가 다시 초왕으로 이동시킨 것도 장군의 공로를 잘 알고 있었기 때문이었소. 그런데 장군은 종이매를 숨겨 두고 비밀리에 군사를 다량 양성하고 있었으니, 내 어찌 그런 일을 그냥 내버려 둘 수 있으리오. 그래서 장군을 생포해 오기는 했으나, 지난날의 공로를 생각해 어찌 죽일 수야 있겠소. 이제 '회음후淮陰侯'로 봉해 줄 테니, 당분간 함양에서 편히 쉬도록 하오. 기회를 보아 다시 왕작王爵을 내리기로 하겠소."

한신은 머리 숙여 사은숙배하며 말한다.

"황은이 망극하옵나이다. 모든 일은 폐하의 분부대로 거행하겠나이다."

그러나 천군 만마를 거느리고 천하를 호령하던 한신으로서는 처량하기 짝 없는 심정이었다. 그러기에 한신은 조회에 참석하기가 부끄러워 병을 핑계로 조정에는 일체 나타나지 않았다. 아무려나 그로써 세상은 일단 화평하게 된 셈이었다.

그런데 어느 날 유방이 정무를 마치고 내전으로 들어오고 있는데, 때마침 마당을 쓸고 있던 태공太公이 유방을 보자 별안간 큰절을 올리는 것이 아닌가. 아들이 비록 황제라 하기로, 아버지가 아들에게 절을 할 수는 없는 일이다. 그것은 분명히 삼강오륜三綱五倫에 벗어나는 일이다. 예전에는 없었던 일이기에 유방은 하도 어이가 없어 태공에게 물었다.

"부친께서는 오늘따라 소자에게 절을 하시니, 이 어이 된 일이옵니까?"

태공은 두 손을 마주 잡고 경건하게 읍하며,

"노신老臣이 예전에는 종사宗社의 예절을 몰라 폐하에게 결례缺禮가 막심했사옵니다."

하고 대답하는 것이 아닌가. 유방은 기가 막혔다. 그리하여 갑작스럽게 무슨 이유로 그러시냐고 물어 보았더니 태공은 이렇게 대답하는 것이었다.

"어제 어느 분이 노신老臣에게 충고하기를 '황제가 사사롭게는 태공의 아드님인 것이 사실이지만, 공적으로 만백성의 어버이이십니다. 그러므로 태공께서는 황제 폐하에게 마땅히 신하로서 행동하셔야 합니다' 하고 말해 주었습니다. 그래서 노신은 오늘부터 폐하에게 신하로서 큰절을 올리기로 한 것입니다."

듣고 보니 그 말에도 일리가 없지는 않았다. 그러나 아버지가 아들에게 절을 올린다는 것은 인륜에 어긋나는 일이기에 유방은 그 문제를 제도적制度的으로 시정하기 위해 중신 회의를 긴급히 열고 다음과 같은 조서를 내렸다.

"인륜의 지친至親은 부자父子보다도 더함이 없다. 아버지가 있기에 아들이 생겨난 것이므로, 비록 황제라 하더라도 최상의 존경을 아버님에 돌려야 하는 것은 인도人道의 기본인 것이다. 나는 이제 천하를 평정하고 제위帝位에 올랐으나, 아버님에게 대해서는 아직 아무런 존칭尊稱도 제정된 바 없기에, 오늘부터는 아버님을 '태상황太上皇'으로 받들어 모시기로 하노라."

그와 같은 제도를 새로 설정하고 군신들과 더불어 축하연을 베풀고 있는데, 홀연 비마가 달려와 놀라운 보고를 올리는 것이 아닌가.

"오랑캐의 대장 묵특이 한왕韓王 희신姬信과 결탁하여 반란을 일으키고 있사옵니다."

유방은 그 말을 듣고 소스라치게 놀랐다.

"뭐야? 희신은 장량 선생의 천거에 의하여 내가 한왕으로 임명한 사람이었다. 바로 그가 오랑캐와 결탁하여 반란을 도모하고 있다는 말이냐?"

"희신은 묵특의 압력에 못 이겨 마지못해 반란에 가담한 듯싶사오나, 어쨌든 그들이 한통속인 것만은 사실입니다. 게다가 조趙나라의 대장이었던 조리趙利도 오랑캐의 두목인 만구신曼丘信 · 왕황王黃 등과 어울려 반란 계획을 꾸미고 있는 중이옵니다."

유방은 크게 진노하며 말한다.

"육국을 모두 평정했기에 이제는 싸움이 없을 줄 알았는데, 난데없는 북방 오랑캐들이 준동을 한다는 말이냐. 그냥 내버려 두었다가는 후환이 두려우니, 내가 친히 출동하여 깨끗이 쳐부수기로 하겠다."

유방은 승상 소하에게 관중을 지키게 한 뒤에 자기 자신은 조참 · 번쾌 · 근흠 · 노관 등과 함께 2만 군사를 거느리고 또다시 장도에 올랐다.

때가 전국시대인 데다가 국토가 워낙 광활한지라, 하루도 평온할 날이 없었던 것이다.

## 뛰어난 기계奇計

유방이 백등성白登城으로 군사를 몰고 와 보니, 오랑캐의 대장 묵특은 대곡代谷에 진을 치고 있었고, 희신은 멀리 진양晉陽에 있었다. 유방은 적의 허실을 알아보려고 많은 세작細作을 적진 속에 밀파하였다.

묵특은 그러한 사실을 알고 나자 간첩의 눈을 속이려고 젊은 군사들은 모두 산속에 숨겨 두고, 늙어빠진 군사들만을 겉으로 내세웠다. 첩자들은 늙어빠진 군사들만 보고 돌아와 유방에게 이렇게 고했다.

"오랑캐 군사들은 모두가 늙어빠져서 싸울 기력이 없어 보였습니다."

유방은 그러한 보고를 받고 크게 기뻐하였다.

"그러면 그렇지! 오랑캐들이 뭐가 두려울 것이냐. 당장 출동하여 모조리 소탕해 버려야 하겠다."

그러자 진평이 간한다.

"오랑캐들은 워낙 속임수에 능하옵니다. 게다가 배후에는 희신까지 도사리고 있으니까, 좀더 정확하게 알아보고 나서 출동하는 것이 좋을 것 같사옵니다."

"희신이 제아무리 강하기로 어찌 항우에게야 비길 수 있으리오. 경은 무엇이 두려워서 그처럼 걱정이시오."

진평이 다시 아뢴다.

"자고로 적을 가볍게 여기다가는 반드시 패하는 법이옵니다. 북쪽 오랑캐들은 결코 약한 군사가 아니옵니다. 폐하께서는 부디 신중을 기하시옵소서."

진평이 하도 간곡하게 만류하니, 유방은 유경劉敬 노인을 불러 명한다.

"유경 노인은 이 지방 사정에 정통하시니, 수고스럽지만 노인장이 오랑캐의 실정을 좀더 정확하게 알아보아 주시오."

유경 노인은 4, 5일 동안 적정을 살펴보고 돌아와 유방에게 다음과 같이 보고하는 것이었다.

"눈에 보이는 오랑캐 군사들은 모두가 늙어빠진 노병老兵들뿐이었습니다. 그러나 진평 대부의 말씀대로 저들은 무슨 흉계를 꾸미고 있음이 분명하오니, 당분간 정세를 관망하는 것이 좋을 줄로 아뢰옵니다."

유방은 그 말을 듣고 크게 노한다.

"그 따위 보고나 하려면 무엇 때문에 적진에 갔다왔단 말이오. ……여봐라! 이 노인은 오랑캐들과 내통을 하고 있는 듯싶으니 당장 체포하여 옥에 가두어 버려라."

유방은 유경 노인을 옥에 가두고 번쾌 장군을 팽성平城에 파견하여 적의 정세를 좀더 정확하게 알아보고 오게 하였다.

번쾌가 적정을 살펴보고 돌아와 아뢴다.

"적은 소송산小松山에 진을 치고 있사온데, 병력은 4, 5만 명쯤 되오나 무기도 형편없고 모두가 늙어빠진 병사들뿐이었습니다."

유방은 그 말을 듣고 지극히 만족스럽게 웃으며 말한다.

"역시 유경 노인은 내가 말한 대로 오랑캐들과 내통을 하고 있음이 분명하다. 오랑캐들은 형편없는 무리들이니, 내일은 그들을 본격적으로 쳐부수어야 하겠다."

유방은 오랑캐 군사들을 가볍게 여기는 선입관을 가지고 있었다. 그러기에 다음날을 기하여 일거에 섬멸시켜 버릴 계획이었던 것이다.

그런데 바로 그날 저녁때의 일이었다. 유방이 수라水剌를 들고 있는데 비마가 급히 달려오더니,

"오랑캐 군사들이 지금 무서운 기세로 몰아쳐 오고 있사옵니다."
하고 아뢰는 것이 아닌가.

"오랑캐 군사들이 몰아쳐 온다고? 병력이 얼마나 되더냐?"

"자세한 수효는 알 길이 없사오나 3, 4만 명은 넘을 듯싶었습니다."

"뭐야? 병력이 3, 4만 명이나 된다고?"

유방은 크게 놀라며 망대望臺에 올라 관망하니, 오랑캐 군사들은 어느 새 성을 완전히 포위하고 있는데, 그 기세가 왕성하기 이를 데 없지 않은가.

'아차! 진평과 유경의 말대로 오랑캐 군사들은 결코 깔볼 존재가 아니었구나!'

유방은 자신의 경솔을 크게 뉘우치며 진평을 불러 상의한다.

"오랑캐들이 급작스럽게 몰려와 성을 포위하고 있으니, 이를 어찌했으면 좋겠소?"

진평이 대답한다.

"오랑캐들은 전투력이 맹렬하기 때문에, 무력으로 격퇴시키기는 어렵사옵니다. 그러므로 계교로써 쫓아 버리는 수밖에 없겠습니다."

"어떤 계교를 쓰는 것이 좋겠소?"

"신에게 기막힌 계교가 있사오니 들어 보시옵소서."

그리고 진평은 유방에게 다음과 같은 계교를 말한다. 오랑캐의 대장 묵특은 본디 여색을 좋아하는 편이어서, 여자라면 사족을 못 쓴다. 묵특에게는 알씨 부인閼氏夫人이라는 마누라가 있는데, 묵특은 여자를 좋아하면서도 마누라한테만은 꼼짝을 못 한다. 그러므로 화가에게 부탁하여 미인도美人圖를 한 장 그려 보내되, '이 그림과 같은 미인을 보내 줄 테니 싸우지 말고 화친을 하자' 는 편지를 함께 보내자는 것이었다. 그 편지를 묵특에게 보내지 말고 알씨 부인 한테로 보내면 반드시 좋은 반응이 있으리라는 것이었다.

유방은 진평의 말을 듣고 머리를 기울이며 반문한다.

"미인도를 보내 주려면 묵특에게 직접 보내 줄 일이지, 무슨 이유로 알씨 부인에게 보내자는 것이오?"

"알씨 부인이 그 미인도를 받아 보면 질투심으로 눈알이 뒤집힐 것이 아니옵니까? 그래서 남편이 그 미인을 손에 넣지 못하게 하려고, 알씨 부인은 군사를 당장 철수시키라는 명령을 내리게 될 것이옵니다. 우리가 노리는 점은 바로 그 점입니다."

유방은 진평의 계교를 듣고 무릎을 치며 감탄하였다.

"여자의 질투를 이용해 적이 자진 철수하게 만들자는 말씀이구려. 과연 기계 중의 기계요. 그러면 그 기계를 당장 쓰기로 합시다."

진평은 화가 이주李周를 불러 기막힌 미인도를 한 장 그리게 하였다. 그리하여 진평 자신이 그 미인도를 가지고 묵특의 마누라인 알씨 부인을 만나러 떠났다. 진평은 많은 뇌물을 써 가면서 오랑캐의 관문을 통과하자, 알씨 부인에게 금은 보화와 미인도를 뇌물로 바치면서 이렇게 말했다."

"저는 한제의 사신이옵니다. 묵특 두령께서 지금 백등성을 포위 중에 있사옵는데, 피차간에 싸움을 펴하고 화친을 도모하고자, 한제께서 이 선물을 보내셨습니다."

알씨 부인은 진귀한 금은 보화를 보고 크게 기뻐하였다. 그러나 난데없는 미인도가 곁들여 있는 것을 보고 적이 놀라며,

"화친을 하자고 금은 보화를 보내 주어서 고맙게 받겠소이다. 그런데 이 미인도는 어떻게 된 것이오?"

하고 묻는다. 진평이 대답한다.

"묵특 두령께서 여색을 각별히 좋아하신다 하옵기에, 그림과 같은 미인을 한 명 선사할 생각에서 우선 그림만 가지고 왔사옵니다. 두령께서 이런 미인이 마음에 드신다면, 곧 본인을 보내 드릴 것이오니, 두령 전에 그 점을 여쭤 보아 주시옵소서."

"음……. 금은 보화뿐만 아니라 미인까지 선사하겠다는 말씀인가요?"

그렇게 반문하는 알씨 부인의 얼굴에는 질투의 빛이 농후하게 떠올랐다. 알씨 부인은 미인도를 이모저모로 바라보았다. 보면 볼수록 아름다운 얼굴이기에, 알씨 부인의 얼굴에는 질투의 빛이 자꾸만 불타오르고 있었다. 알씨 부인은 미인도를 바라보며 혼자 생각해 본다.

'만약 한제가 나의 남편에게 이런 미인을 안겨 준다면, 내 남편은 이 미인에게 미쳐서 나 같은 것은 거들떠보려고도 하지 않을 것이 아닌가. 그렇게 되면 나는 완전히 신세를 망치게 될 것이 아닌가.'

알씨 부인은 생각이 거기에 미치자 진평에게 이렇게 말했다.

"당신에게 간곡한 부탁이 하나 있소이다."

"무슨 부탁인지 어서 말씀해 보시옵소서."

"지금 한성을 포위하고 있는 내 남편은 내가 책임지고 곧 철수시키도록 하겠소. 그 대신 당신은 내 남편에게 미인을 선사하는 것만은 못 하도록 막아 주시오. 만약 당신이 내 소원을 들어 주지 않으

면 나는 내 남편으로 하여금 백등성을 씨알머리도 없이 분쇄해 버리게 하겠소."

모든 것은 진평이 기대했던 그대로였다. 그러기에 진평은 짐짓 머리를 조아려 보이며 대답한다.

"부인의 말씀은 잘 알겠습니다. 만약 부인께서 포위중인 군사를 철수시키게 해 주신다면, 묵특 두령에게 미인을 제공하지 않을 뿐만 아니라 부인에게는 해마다 많은 공물貢物도 보내 드리기로 하겠습니다."

진평은 약속을 단단히 하고 돌아와 버렸다.

그러나 알씨 부인은 '미인도'를 바라볼수록 불안해 견딜 수가 없었다. 어쩌다 잘못되어 문제의 미인이 남편 눈에 띄는 날이면 큰일이기 때문이었다. 그리하여 알씨 부인은 남편을 급속히 철수시키기 위해 몸소 일선으로 달려나왔다.

오랑캐의 두령 묵특은 마누라가 일선에 나타난 것을 보고 깜짝 놀란다.

"당신이 여기까지 웬일이오. 집에 무슨 급한 일이라도 생겼소?"

알씨 부인은 요사스러운 웃음을 웃어 보이며 대답한다.

"당신이 보고 싶어 여기까지 찾아왔지 뭐예요."

"보고 싶기는 피차 마찬가지야. 그러나 아무리 보고 싶기로, 여기가 어디라고 찾아왔느냐 말야."

알씨 부인은 그제야 정색을 하며 말한다.

"실상인즉 당신한테 급히 알릴 일이 있어 달려왔어요."

"무슨 일인지 어서 말해 보라구!"

알씨 부인은 과장된 어조로 대답한다.

"당신이 백등성을 포위하고 있은 지 일주일이 넘었건만, 성 안에 갇혀 있는 한제는 끄덕도 아니 하고 있어요. 왜 그런지 그 이유를 모르시죠?"

"모르기는 왜 몰라. 우리와 싸워 보았자 승리할 가망이 없으니까 꼼짝 못 하고 갇혀 있을 뿐이야."

그러자 알씨 부인은 머리를 크게 흔들며 부인한다.

"그런 게 아니에요. 실상인즉 각 고을에서 제후諸侯들이 불일간에 군사를 10여 만 명씩 몰고 와서 우리 군사를 대번에 섬멸시켜 버리기로 되어 있대요. 그러니까 당신은 죽기 전에 빨리 철수하세요. 내가 여기까지 달려나온 것은 그 때문이에요."

"누가 그런 터무니없는 소리를 하던가?"

"누구는 누구겠어요. 나 자신이 정보망을 통해 직접 알아본걸요. 만약 당신이 이번 싸움에서 죽는 날이면 나는 한제의 노예가 될밖에 없어요. 그래도 철수를 안 할 생각이세요?"

알씨 부인은 남편을 철수시키려고 거짓말로 엄포를 놓았다. 묵특은 마누라의 명령에 마지못해 답한다.

"당신이 그렇게 생각한다면 철수를 해야겠구먼. 당신을 유방의 노예로 만들 수는 없는 일이 아닌가. 그렇다면 내일 아침에 철수하기로 하자구."

묵특은 군사를 철수시키기에 앞서 진양에 있는 한왕 희신에게 그 사실을 미리 알려 주었다. 희신은 그 소식을 듣고 즉시 묵특에게 달려왔다.

"유방이 꼼짝 못 하고 손을 들게 되어 있는데, 갑작스럽게 왜 철수를 한다는 것이오, 풍문에 듣건댄, 유방은 당신한테 미인도를 보내 주면서 화친을 하게 되면 그림과 같은 미인을 보내 주겠노라고 했다는데, 그게 사실이오? 미인을 보내 준다는 것은 새빨간 거짓말일 것이오. 싸움터에 무슨 미인이 있다고 당신에게 미인을 보내 주겠소. 그러니까 철수를 하기 전에, 미인이 있고 없는 것부터 미리 알아보도록 하시오. 만약 미인을 실지로 보여 주지 못하면, 그들의 제안은 속임수임이 분명하니, 그 때에는 철저하게 때려부수어야 하오."

묵특은 희신의 말을 듣고 뛸 듯이 기뻤다. 유방이 절세의 미인을 보내 주기만 한다면 그보다 더 좋은 전리품戰利品이 없기 때문이었다.

그날 밤 묵특은 미인을 갖고 싶은 마음에서 마누라도 모르게 일선으로 달려나왔다. 그리하여 적진을 향하여 큰소리로 외쳤다.

"군사를 철수시키면 그대들은 나에게 미인을 보내 주겠다고 했다는데, 그게 사실이냐. 그게 사실이라면 그 미인을 지금 나에게 보여라. 그러면 나는 곧 철수하리라. 만약 미인이 없으면서 그런 거짓말을 했다면, 나는 백등성을 씨알머리도 없이 때려부수기로 하겠다."

유방은 그 말을 전해 듣고 어안이 벙벙하여 곧 진평을 불렀다.

"미인이 없으면서 미인도만 그려 보냈는데, 묵특이 실물을 보여줘야만 철수하겠다고 하니, 이 일을 어찌했으면 좋겠소?"

진평이 웃으면서 대답한다.

"묵특이 그렇게 나올 줄 알고, 신은 인조 미인을 몇 사람 만들어 놓았습니다. 밤에 불빛에 비쳐 보이면 영락없이 살아 있는 미인으로 보일 것이오니, 우선 폐하께서 한번 검열을 해보아 주시옵소서."

그리고 진평이 보여 주는 인조 미인은, 나무로 만든 인형에다가 아름다운 여복女服을 입혀 놓아서 누가 보아도 살아 있는 미인이 틀림없었다. 유방은 인조 미인을 검사해 보고 나서 감탄해 마지않는다.

"과연! 이 여인들을 누가 인조 미인이라고 하겠소. 그러면 이 아이들을 묵특에게 보여 주어 빨리 철수하게 합시다."

그리하여 진평은 성루에 올라서서 묵특에게 큰소리로 외친다.

"묵특 두령은 잘 들으시오. 지금 우리한테는 다섯 명의 절세 미인이 있소. 그 미인들을 모두 성루에 불러 올려 불빛에 비쳐 보여 주겠소. 그 미인들을 잘 보아 두었다가, 철수를 하고 나거든 다섯 명 중에서 마음에 드는 미인을 맘대로 골라 가도록 하시오."

그리고 다섯 명의 미인을 성루에 나란히 세워 놓고 원광遠光으로 불빛에 비쳐 보이니, 그 섬세한 용모며 아름다운 자태가 흡사 선녀가 아닌 미인이 한 사람도 없었다.

묵특은 크게 기뻐하며 큰소리로 다시 외친다.

"미인들은 잘 보았소. 군대를 철수시키고 나서 미인을 받으러 다시 올 테니 그 때에는 미인을 틀림없이 내주도록 하오."

그렇게 해서 오랑캐 군사들이 철수하고 나자, 유방은 옥에 가두었던 유경 노인을 불러내어 사죄하며 말한다.

"내가 오랑캐들의 허실을 잘 몰라서 그대를 책망했던 불명을 용서하오. 이번에는 그대의 공로가 지대했기에 그대를 건신후建信侯에 봉하니, 차후에는 더욱 충성을 다해 주기 바라오."

그리고 유방은 묵특이 다시 찾아올까 두려워, 그날 밤으로 군사를 송두리째 거느리고 조성趙城으로 옮겨 가 버렸다. 묵특은 그런 줄도 모르고, 군사를 철수시키고 나서 미인을 인수해 가려고 백등성을 다시 찾아왔다. 그러나 백등성에는 미인은커녕 개새끼 한 마리도 없지 않은가.

"아차! 놈들에게 속았구나. 놈들은 조성으로 도망을 갔을 것이다. 왕광王壙 장군은 놈들을 맹렬히 추격하라."

묵특은 왕광에게 추상 같은 명령을 내렸다.

오랑캐의 장수 왕광은 1만여 군사를 거느리고 유방의 뒤를 맹렬히 추격해 왔다. 그리하여 30리쯤 달려와 유방의 군사들을 발견하자 무섭게 덤벼 오며 외친다.

"이놈들아! 너희놈들이 어디로 도망을 가느냐. 깨끗이 단념하고 내 칼을 받아라."

왕광이 돌풍처럼 덤벼 오자 번쾌는 조참·주발·왕릉 등과 함께 폭풍처럼 달려나와 왕광에게 반격을 가하였다. 그리하여 쫓고 쫓기며 맹렬히 싸우기를 무려 20여 합. 번쾌가 어느 순간에 하늘이 무너질 듯한 함성을 지르며 번개같이 덤벼들어 왕광의 머리를 한칼에 날려 버렸다. 왕광이 죽고 나자 졸개들은 뿔뿔이 흩어져서 저마다 도망을 치기에 바빠하였다. 그로써 오랑캐 군사들을 섬멸시켜 버리고, 유방은 조성에 무사히 도착할 수 있었다.

조성은 곡역현曲逆縣이라는 곳에 있었다. 곡역현은 워낙 산수가 빼어나기로 유명한 곳이다. 유방은 성 안의 풍경을 한 바퀴 돌아보고 나서 진평을 불러 말한다.

"내 일찍이 여러 지방을 돌아보았으되, 산수가 여기처럼 뛰어난 곳은 없었소. 경은 지금까지 나를 따라다니며 많은 공로를 세웠을 뿐만 아니라, 특히 백등성 싸움에서는 기계 중의 기계로써 오랑캐를 섬멸시킨 공로가 지대하오. 경을 곡역후曲逆侯에 봉할 테니, 경은 이곳에서 노후를 편히 지내도록 하오."

진평은 뜻밖의 은총에 기뻐해 마지않으며,

"성은이 망극하옵나이다. 신은 목숨이 다하는 날까지 오직 황제 폐하에게 충성을 다할 것이옵니다."

하고 새삼스레 충성을 맹세하였다.

그로부터 얼마 후에 유방이 장안으로 돌아오니, 승상 소하는 유방이 없는 사이에 대궐을 새로 짓기 시작했는데, 그 규모가 장엄하고 화려하기 이를 데 없었다. 유방은 그 광경을 보고 승상을 호되게 꾸짖는다.

"지금 천하의 인심이 흉흉하여 만백성들에게 근검 절약하는 모범을 보여 줘야 할 이 판국에, 승상은 어찌하여 국가의 재물을 이렇게도 낭비하시오?"

소하가 머리를 조아리며 품한다.

"아뢰옵기 황공하오나, 대궐을 새로 짓는 것은 결코 낭비가 아니옵니다. 본시 천자는 사해四海를 집으로 삼고 계시는 어른이시옵니다. 그러므로 천자가 계시는 대궐은 마땅히 화려해야만 위엄을 떨칠 수 있는 법이옵니다. 더구나 제위帝位를 자손 만대에까지 누려 나가시려면 대궐은 반드시 화려해야만 옳을 줄로 아뢰옵니다."

유방은 승상의 말을 듣고 고개를 거듭 끄덕이며 다시 말한다.

"나에게는 태상황太上皇 내외분이 계시오. 어찌 나 혼자만이 이런 호강을 누릴 수 있으리오."

소하가 머리를 조아리며 다시 아뢴다.

"신이 어찌 그 점을 모르오리까. 태상황께서 계실 궁전은 따로 짓고 있는 중이옵니다."

유방은 그 대답을 듣고 나서야 지극히 만족스러워하였다.

## 장량의 은퇴

어느 날…….

장량은 한왕 희신이 오랑캐들과 결탁하여 반란을 일으켰다는 소식을 듣고 소스라치게 놀랐다. 왜냐하면 희신을 한왕에 봉해 주도록 한제에게 천거한 사람은 장량 자신이었기 때문이다.

'희신이 반란을 일으키다니, 나를 보아서도 그럴 수가 있을까.'

장량은 정신적인 충격이 하도 심하여, 며칠 동안은 자리에서 일어나지도 못했다.

그러다가 어느 날은 가까스로 입궐하여 석고대죄席藁待罪하고 유방에게 이렇게 아뢰었다.

"희신이 오랑캐의 두령인 묵특과 결탁하여 반란을 일으켰다 하오니, 신은 몸둘 바를 모르겠사옵나이다. 희신을 한왕으로 천거한 사람은 바로 신이었사오니, 폐하께서는 신에게 엄벌을 내려주시옵소서."

유방이 웃으면서 대답한다.

"선생은 희신을 믿고서 천거했던 것이니, 선생에게야 무슨 죄가 있겠습니까. 나쁘다면 은혜를 원수로 갚으려는 희신이 나쁠 뿐이니, 선생은 너무 괘념치 마시옵소서."

그러나 장량은 머리를 조아리며 숙연한 자세로 다시 아뢴다.

"폐하께서는 오직 신을 믿고 희신을 한왕으로 봉해 주셨던 것이오니, 신에게 어찌 죄가 없다고 하겠습니까. 국가의 기강을 확립하시기 위해서도 신에게 반드시 벌을 내리셔야 하옵니다."

유방은 그 말을 듣고 더욱 크게 웃으며 말한다.

"선생은 자기 자신에게도 그처럼 준엄하시니, 진실로 감격스러운 말씀입니다. 그러나 오늘날 내가 천하를 통일한 것이 누구의 덕택인데 감히 선생에게 벌을 내릴 수 있으오리까. 희신의 반란 문제는 내가 적당히 처리를 할 것이니, 선생은 너무 걱정하지 마시옵소서."

장량은 너무도 우악優渥한 말에 감격의 눈물을 흘리며,

"성은이 망극할 따름이옵나이다. 그러나 신이 중죄를 범한 것만은 분명하오니, 차후로는 모든 공직公職을 사퇴할 것을 용납해 주시옵소서."

하고 말했다. 장량으로서는 당연한 심정이었다.

유방은 장량의 그와 같은 심정을 재빨리 알아채고 걱정스러운 얼굴로 이렇게 말한다.

"오늘날까지 선생은 오로지 나를 위해 중책을 맡아 주셨던 것이지, 영화가 탐이 나서 공직을 맡아 주셨던 것은 아니었습니다. 만약 공직을 사퇴하시는 것이 마음에 편하시다면, 선생께서 편하신 대로 해 드리겠습니다. 그러나 나라에 중대한 일이 생겼을 때에는 변함없이 도와주시옵소서. 그것만은 꼭 부탁드리겠습니다."

이리하여 장량은 그날부터 깊은 산 속으로 들어가 한가한 세월을 보내고 있었다. 깊은 산 속에서 자연을 상대로 한가한 시간을 보내며 생각해 보니, 인생이라는 것이 도무지 허무하기 짝이 없게 느껴졌다.

'공명은 무엇이며 부귀가 무엇이기에, 세상 사람들은 부귀와 공명을 위해 그렇게도 악착스럽게 싸우는 것일까?'

장량은 혼자서 산 속을 거닐며 지나간 몇 해 동안의 일들을 곰곰 회고해 보았다.

돌이켜보면, 지나간 몇 해 동안은 글자 그대로 파란 만장했던 풍진 세월이었다. 유방과 항우가 천하를 독점하려고 혈전血戰을 수백 번이나 반복해 온 것은 새삼스레 말할 것도 없고, 육국의 왕자들도 저마다 각축角逐을 계속하기에 여념이 없었다.

그러나 이제 와서 돌이켜보면, 그들이 그처럼 악착스럽게 싸워서 과연 얻은 것이 무엇이었더란 말인가. 유방과 항우만이 최후까지 남아 싸우다가, 결국은 항우도 죽고 유방만이 남았다. 천하를 통일했다는 점에서 유방은 최후의 승리자인지 모른다. 그러나 천하를 얻었다는 유방조차도 몇 해가 지나면 항우와 마찬가지로 죽어 버리고 말 것이 아닌가.

'아아, 와각지쟁蝸角之爭이라는 말이 있더니, 지나고 보면 세상 만사가 너무도 허무하구나!'

장량은 문득 그 옛날에 '적송자赤松子'라는 선인仙人이 있었던 것을 연상하였다. 적송자는 부귀와 영화를 뜬구름처럼 여기면서, 깊은 산 속에서 오로지 도道를 닦는 것을 즐거움으로 삼아 왔었다. 그러기에 장량 자신도 이제부터나마 적송자를 본받아 여생을 수도修道로 보낼 결심이었다.

그러한 어느 날 장량은 유방의 부름을 받고 오랜만에 조정으로 나왔다. 유방이 장량에게 말한다.

"천하를 통일하는 데 있어서 선생의 공로는 누구보다도 지대하셨기에, 선생에게 왕작王爵을 드리고자 합니다. 선생은 어느 나라의 왕위를 원하시는지 솔직히 말씀해 주시옵소서."

장량이 머리를 조아리며 아뢴다.

"모든 것이 천우天佑의 덕택이었지, 결코 신의 공로는 아니었사옵니다. 더구나 신은 이즈음에 와서, 인생 만사가 물거품같이 여겨져서 오직 옛날의 적송자와 같이 여생을 유유자적悠悠自適하며 보내고 싶은 생각뿐이옵니다. 더구나 나이를 먹음에 따라 몸이 점점 쇠약해져서 봉작封爵에는 전혀 생각이 없사오니, 너그럽게 용서해주시옵소서."

유방이 왕작을 아무리 권고해도 장량은 끝끝내 받으려고 하지 않았다.

장량이 왕작을 사양하고 집으로 돌아오니, 맏아들 장벽강張辟强이 아버지를 나무란다.

"아버님은 지금까지 왕사王師로서 누구보다도 커다란 공을 세우셨습니다. 그러므로 왕작을 받으셔서 여생을 편안하게 지내시다가, 그 자리를 저희들에게 물려주심이 옳을 줄로 아뢰옵니다. 그런데 어찌하여 그 좋은 자리를 마다하시고, 이런 산중에서 외롭게 지내시려는 것이옵니까. 저희 후손들로서는 아버님의 처사가 원망스럽기 짝이 없사옵니다."

아들로서는 당연한 불평인지 모른다. 장량은 아무 말도 아니 하고 잠시 아들의 얼굴을 바라보기만 하고 있었다. 장량은 아들의 얼굴을 오랫동안 바라보다가 조용히 입을 열어 말한다.

"벽강아! 너는 아직 나이가 어려 세상 물리物理를 잘 모르는 모양이니, 이제부터 애비가 일러주는 말을 명심해 들어라. 부귀와 공명은 세상 사람들이 다 바라는 것이다. 그래서 몸이 귀해지면 영화에 눈이 어두워 누구나가 처첩妻妾을 거느리고 환락과 풍악을 일삼게 되는 것이다. 그러나 세상 물리를 알고 보면, 높은 자리에 오르는 것처럼 위험한 일은 없다. 달[月]이 차[滿]면 반드시 기울게 되는 법이요, 높은 곳에 오르고 나면 반드시 떨어지게 되는 법이다. 그것이 바로 자연의 천리天理라는 것이다. 생각해 보라. 사람이 높은 자리에 올라앉으면 그를 헐뜯는 사람이 무수히 생겨나서 결국은 자기 몸을 망칠 뿐만 아니라, 처자식들조차 비복婢僕으로 만들게 되는 사실史實이 얼마든지 많았느니라. 높은 자리란 그처럼 비참한 대가를 치러야 하는 것인데, 너는 그러한 천리를 왜 아직도 깨닫지 못하고 있느냐?"

"……."

벽강은 머리를 수그린 채 대답이 없다. 장량이 다시 말을 계속한다.

"생각하면 부귀와 영화처럼 허망한 것은 없다. 나는 지금 조용한 산 속에서 아침 저녁으로 일월日月을 즐기고 밤과 낮으로 운수雲水를 벗 삼아 살고 있는데, 이보다 즐거운 일이 어디 있을 것이냐. 때로는 호숫가를 거닐며 공상에 잠겨 보기도 하고, 때로는 창가에 기대 앉아 책을 펴들고 노자老子의 현허 정신玄虛精神을 배우기도 하니, 그러한 즐거움이 어찌 부귀와 영화에 비길 것이겠느냐. 이 애비가 너희들에게 벼슬을 주어 영화를 누리게 하려면 결코 불가능한 일은 아니다. 그러나 벼슬 자리에는 반드시 흥망과 번뇌가 따르는 법이다. 그러기에 이 애비는 차라리 너희들이 평범하게 살아가기를 바라고 싶구나."

아들을 설득하는 장량의 변론에는 육친의 애정이 절절이 흘러넘치고 있었다. 벽강은 부친의 깊은 애정을 그제야 알아채고 머리를 수그리며 대답한다.

"아버님의 고매하신 정신을 소자는 이제야 깨달았사옵니다. 오늘부터는 심기일전心機一轉하여, 아버님의 고매하신 가르치심에 성심껏 좇기로 하겠습니다."

"오오 고맙다, 내 아들아! 나는 오늘로서 새로운 천하를 얻은 것만 같구나!"

장량은 크게 기뻐하며, 그날부터는 더욱 기쁜 마음으로 전원 생활을 즐기게 되었다. 그로부터 장량은 마치 선인처럼 날마다 산과 들을 거닐며, 때로는 들에 피어 있는 이름 없는 꽃을 즐겁게 감상하기도 하고, 때로는 호숫가에 머물러 서서 물 위에 떠돌아 가는 철새들과 함께 마음의 유희에 잠겨 보기도 하였다. 그런 때에는 장량은 사람이라기보다는 자연에 동화되어 버린 자연의 일부분 같기도 하였다.

하늘이 밝게 갠 어느 가을날……. 이날도 장량은 아침부터 산과 들을 소요하다가, 문득 옛날의 스승이었던 황석공黃石公 노인을 생각하였다.

'황석공 선생! 그렇다. 내가 오늘날 천하를 통일하는 데 많은 공을 세우고 나서 여생을 지금처럼 한가롭게 지낼 수 있게 된 것은, 그 옛날 이교圯橋라는 다리 위에서 황석공 선생을 만났던 덕택이 아니고 무엇인가. 그 어른은 지금 어떻게 되셨을까?'

장량은 생각이 거기에 미치자, 불현듯 천곡성天谷城이라는 곳을 찾아가 보고 싶은 생각이 간절하였다. 천곡성에 가면 황석공의 생사를 알 수 있을 것 같았기 때문이었다. 그리하여 장량은 그날로 천곡성을 향하여 나그네의 길에 올랐다.

천곡성은 옛날과 다름없이 쓸쓸하기 짝 없는 시골이었다. 장량은 거리를 한동안 배회하다가 '이교圯橋' 라는 다리를 찾아내었다.

그 옛날 황석공은 그 다리 위에 앉아 있다가 장량을 보자, 다리 아래에 떨어져 있는 신발을 세 번씩이나 집어다 달라고 하였다. 장량이 그 때마다 떨어뜨린 신발을 공손히 집어다 주었더니 황석공 노인은 크게 감동하여,

"자네는 열심히 공부하면, 먼 장래에는 제왕의 스승이 될 수 있는 상相일세. 내가 귀서貴書 세 권을 줄 테니, 자네는 이 책을 열심히 공부하게. 그러면 참다운 군주君主를 만나 명성을 만고에 떨치게 될 걸세."
하고 말하며 장량에게 병서 세 권을 주지 않았던가.

장량은 황석공 노인의 정성이 하도 고마워,

"제가 만약 성공하여 후일에 선생님을 찾아뵈려면 어디로 가야 하겠습니까?"
하고 묻자 황석공 노인은 소리를 크게 내어 웃으면서 이렇게 대답하지 않았던가.

"내가 거처하는 곳을 굳이 말하라고 한다면 행운유수行雲流水, 거주무심去住無心이라고나 할까. 운수승雲水僧인 나에게 무슨 일정한 거처가 있겠는가. 자네가 나를 굳이 만나고 싶거든, 지금부터 13년 후에 천곡성으로 찾아와 보게. 성문 동쪽으로 가면 누런 바위가 하나 있을 텐데, 그 바위가 바로 나라는 것을 알아 주게."

장량은 그 옛날 황석공 노인이 들려주던 말을 회상하며 이교 다리 부근을 아무리 배회해도 황석공은 그림자도 보이지 않았다.

'그렇다! 내가 황석공 노인을 만난 것은 이미 15년 전의 일이 아니었던가. 그러므로 이제는 이 다리 위에서 그를 찾으려고 애쓸 게 아니라, 천곡성 동쪽 문 밖으로 가서 누런 바위가 있는가 없는가를 알아봐야 할 것이다.'

장량은 이교를 떠나 천곡성으로 걸음을 옮겼다. 천곡성 동문을 나와 얼마쯤 걸어오니, 과연 조그만 언덕 위에 누런 바위 하나가 우뚝 서 있는 것이 아닌가.

"아! 이 바위가 바로 황석공 선생의 화신化身이란 말인가."

장량은 자기도 모르게 감격의 소리를 지르며, 그 앞에 큰절을 올렸다. 아무런 기록도 없이 언덕 위에 우뚝 서 있는 누런 바위 하나. 그것은 오직 빛깔만이 누르다 뿐이지, 아무데서나 흔히 찾아볼 수 있는 보통 바위와 다를 바가 없었다. 그러나 황석공은 장량에게 분명히 이렇게 말하지 않았던가.

"나를 굳이 만나고 싶거든 지금부터 13년 후에 천곡성으로 찾아와 보게. 동쪽 성문 밖에 누런 바위가 하나 있을 텐데, 그 바위가 바로 나라는 것을 알아 주게."

황석공은 자기 입으로 분명히 그렇게 말했기에, 장량은 눈앞에 있는 누런 바위를 황석공 선생의 화신이라고 믿을 수밖에 없었다. 누런 바위를 '황석공 선생의 화신'이라고 확신한 이상, 장량으로서는 그 바위를 소홀하게 다룰 수가 없었다. 그리하여 바위 앞에 온갖 제물祭物을 갖춰 놓고, 제사를 정성스럽게 지내 드렸다. 제자弟子로서 은사恩師에 대한 당연한 의무라고 생각했던 것이다.

그런데 냉정히 따지고 보면 황석공은 아무리 생각해도 보통 사람이 아니었다. 행운유수, 거주무심한 운수승으로 자처하는 그 생각만으로도 이미 온갖 번뇌를 해탈한 철인哲人이라고 볼 수밖에 없는데, 그는 병법에도 도통했을 뿐만 아니라 13년 후에는 자기 자신이 누런 바위로 화신할 것까지 알고 있었으니, 그는 삼라만상森羅萬象의 변화하는 모습조차 죄다 알고 있었던 '신인神人'이었다고 볼 수밖에 없었다.

'그렇다면 그처럼 위대했던 어른의 화신을 단순한 바위로 그냥 내버려 둘 수가 없는 일이다.'

장량은 문득 그런 생각이 들자, 그곳에 황석공의 사당祠堂을 짓기로 결심하였다. 그리하여 언덕 위에 사당을 지어 놓고 해마다 제사를 지내게 했는데, 지금도 천곡성 동문 밖 언덕 위에는 장량이 지어 놓은 그 사당이 고적으로 그냥 남아 있다.

장량은 황석공의 사당을 지어 놓고 집에 돌아오자, 돌연 유방의 부름을 받았다. 유방은 장량을 기꺼이 맞이하며 말한다.

"선생을 못 만난 지가 너무도 오래되었습니다. 이즈음 건강은 어떠하십니까?"

장량은 머리를 조아리며 아뢴다.

"성려聖慮를 베풀어 주신 덕택에 무양無恙하게 지내고 있사옵니다. 폐하께서는 국무國務에 얼마나 분망하시옵니까?"

유방은 이때다 싶어 새삼스레 정색을 하며 말한다.

"그렇잖아도 나라에 번거로운 일이 생겨서, 오늘은 선생의 가르치심을 받고자 일부러 모셨습니다."

"번거로운 일이란 어떤 일을 말씀하시는 것이옵니까?"

"선생께서도 알고 계시다시피 지난번에 묵특이 반란을 일으켜 온 것을 진평 장군이 미인계美人計로 교묘하게 쫓아 버렸는데, 묵특이 속임수에 넘어간 것에 크게 분개하여, 또다시 대군을 몰고 침범해 온다니 이를 어찌했으면 좋겠소이까. 선생께서 신묘한 계책을 가르쳐 주소서."

유방의 표정은 매우 심각하였다. 장량은 오랫동안 심사묵고하다가 머리를 정중하게 조아리며 대답한다.

"아뢰옵기 황공하오나, 신은 현직에서 물러난 그날부터 시국변화時局變化에 일체 관심이 없었기 때문에, 묵특의 반란을 어떻게 처리해야 좋을지 전연 알 길이 없사옵니다. 그 문제에 대해서는 진평 대부가 잘 알고 있을 것이오니, 진평 대부에게 하문下問해 주시옵소서. 진평 대부는 누구보다도 훌륭한 모사입니다."

유방은 그 말에 적이 섭섭한 빛을 보이며 말한다.

"물론 진평 대부와도 상의는 하겠소이다. 그러나 나는 누구보다도 선생의 말씀을 먼저 들어보고 싶어서 그러오."

장량은 다시 머리를 조아리며 아뢴다.

"과분하신 말씀, 성은이 망극하옵나이다. 그러나 신은 현직을 떠난 지가 오래 되어, 피아간彼我間의 정세에 너무도 어둡고 보니 어찌 좋은 계책을 꾸며 낼 수 있으오리까. 옛글에 '결자해지結者解之'라는 말이 있사옵니다. 묵특의 문제는 애초부터 진평 대부가 취급해 왔으니, 이번에도 진평 대부로 하여금 해결하게 하는 것이 상책일 줄로 아뢰옵니다. 북방 오랑캐 문제에 대해서는 유경劉敬 대부도 매우 정통한 분이오니, 그 두 분과 상의하시면 반드시 좋은 계책이 나올 것이옵니다."

유방은 그 이상 어쩔 수가 없어, 진평과 유경을 불러 상의하니 유경이 즉석에서 이렇게 아뢴다.

"우리는 천하를 평정하느라고 너무도 오랜 세월을 싸워 왔기 때문에, 이제 다시 묵특을 무력으로 정복한다는 것은 매우 어려운 일이옵니다. 그러므로 우리는 지략을 써서 묵특을 너그럽게 포섭하는 방법밖에 없을 것 같사옵니다."

"너그럽게 포섭하는 방법이란, 어떤 수법을 말하는 것이오?"

그러자 유경은 매우 난처한 기색을 보이며 말한다.

"폐하께서 진노震怒하실까 두려워 아뢰옵기 죄송하오나, 묵특을 포섭할 방법이 있기는 있사옵니다."

유방은 그 말을 듣고 머리를 힘차게 들면서 말한다.

"모두가 나라를 위하는 일인데, 내 어찌 경의 말에 노여워하리오. 아무 걱정 말고 어서 기탄없이 말해 보오."

유경은 그제서야 안심하고 아뢴다.

"묵특은 본시 여자라면 사족을 못 쓰는 위인입니다. 그가 진평 대부의 미인계 술책에 속아 넘어간 것도 바로 그 때문이었습니다. 그러므로 이번에는 '거짓 미인계'가 아닌 '참된 미인계'를 쓰면 원만하게 해결할 수 있으리라고 믿사옵니다."

"참된 미인계란 도대체 어떤 것을 말하는 것인지, 좀더 구체적으로 말해 주시오."

유경은 말하기가 몹시 거북한 듯 오랫동안 망설이다가 다음 순간 눈 딱 감고 이렇게 말했다.

"폐하께서 사랑하시는 미화 공주美華公主를 묵특에게 보내 주시면 만사는 쉽게 해결될 것이옵니다."

유방은 그 말을 듣고 소스라치게 놀랐다.

"뭐야? 내가 사랑하는 미화 공주를 묵특에게 보내 주라구?"

유방에게는 미화 공주라는 외동딸이 있었다. 딸이라고는 그것 하나뿐이기에, 눈에 넣어도 아픈 줄을 모를 정도로 사랑하는 열여섯 살의 절세 미인이었다. 그토록 사랑하는 미화 공주를 다른 사람도 아닌 오랑캐에게 보내 주라고 하니, 유방이 소스라치게 놀란 것도 무리는 아니었다.

유방은 하도 어처구니가 없어, 유경의 얼굴을 멀거니 바라보기만 하다가,

"경은 지금 자기 정신으로 말씀하고 있는 것이오? 나는 천하를 통일한 만승천자萬乘天子요, 미화 공주는 만승천자인 내가 금지옥엽金枝玉葉처럼 사랑하는 이 나라의 유일한 공주님이오. 그러한 미화 공주를 어떻게 오랑캐에게 내주라고 말씀하시오!"

하고 정색을 하며 나무랐다.

"……"

유경은 아무 대답도 못 하고 머리만 무겁게 수그린다. 그러자 이번에는 옆에서 듣고만 있던 진평이 머리를 조아리며 아뢴다.

"아뢰옵기 황공하오나, 유경 대부의 제안은 매우 신묘한 술책인 줄로 사료되옵니다. 폐하께서 미화 공주를 묵특에게 보내 주시기가

무척 괴로우실 줄은 알고 있사오나, 미화 공주를 어찌 국가의 흥망과 바꿀 수 있으오리까. 폐하께서는 각별히 통촉하시옵소서."

유방은 그 말을 듣고 땅이 꺼질 듯한 한숨을 쉬며 말한다.

"경도 유경 대부와 똑같은 생각을 하고 계시다는 말씀이오?"

진평이 결연히 대답한다.

"유경 대부께서 이미 말씀하신 바와 같이 북방 오랑캐들은 군사력이 워낙 막강하기 때문에, 지금 형편으로는 그들과 싸워 보았자, 우리가 승리할 가망은 매우 희박합니다. 설사 싸워 이긴다 하더라도, 그 때에는 우리나라의 국정이 말이 아닐 것이옵니다. 그러나 유경 대부의 말씀대로 묵특을 사위로 삼으시면, 우리는 통일 국가를 안전하게 보존해 가면서 북방 오랑캐의 광범위한 봉토까지 우리의 영토하에 넣게 될 것이니 그보다 더 좋은 술책이 어디 있으오리까."

진평의 말에 유방은 크게 수긍되는 점이 있었다. 그러나 아무리 그렇기로 사랑하는 공주를 오랑캐에게는 주고 싶지 않아서,

"만약 두 분 말씀대로 미화 공주를 오랑캐에게 내준다면 천하의 제후들이 나를 얼마나 비웃을 것이오. 미화 공주가 너무도 불쌍하게 여겨져서, 그것만은 절대로 안 되겠소이다."

하고 단호하게 거절해 버렸다.

그 바람에 방안에는 침통한 침묵이 오랫동안 흘렀다. 그러다가 유경이 돌연 고개를 힘있게 들며 큰소리로 외치듯 말한다.

"폐하! 미화 공주를 묵특에게 보내 주지 않고도 국난을 원만하게 타개해 나갈 수 있는 신묘한 방도가 지금 막 머리에 떠올랐사옵나이다."

유방은 유경의 말을 듣고 뛸 듯이 기뻐하며 즉석에서 반문한다.

"공주를 보내 주지 않고도 국난을 원만하게 해결할 수 있는 방도가 머리에 떠올랐다구요? 도대체 그게 어떤 방법인지 어서 말해

보오."

유경이 머리를 조아리며 아뢴다.

"묵특을 포섭하려면 미인을 보내 줘야 하는 것만은 변동할 수 없는 조건이옵니다. 그러나 미화 공주만은 절대로 보내 주실 수 없으시다면, 민가民家에서 미화 공주처럼 잘 생긴 규수를 한 명 구해 가지고, 그 규수를 공주라고 속여서 보내 주면 될 것이 아니옵니까. 묵특은 공주의 진짜와 가짜를 구별할 능력이 없으니까, 그런 방도를 써도 효과는 똑같을 것이옵니다."

유방은 그 말을 듣고 무릎을 치며 감탄하였다.

"과연, 경이 아니고서는 누구도 생각해 낼 수 없는 절묘한 방법이구려!"

그리고 진평을 돌아다보며 묻는다.

"진평 대부는 유경 대부의 말씀을 어떻게 생각하시오?"

진평이 머리를 조아리며 대답한다.

"유경 대부의 제안에는 신도 감탄해 마지않고 있는 중이옵니다."

그리하여 미화 공주 대신에 민가에서 아름다운 규수를 구하여 묵특에게 보내 주기로 결정하였다.

미화 공주처럼 생긴 처녀를 구하기는 그다지 어려운 일이 아니었다. 조정에서는 미인 선택이 끝나자, 유경으로 하여금 유방의 조서와 함께 그 미인을 데리고 태원太原으로 묵특을 찾아가게 하였다. 묵특에게 보내는 유방의 조서 내용은 다음과 같았다.

전일 백등성 전투 때에 그대를 속인 것은 크게 잘못된 일이었소. 이에 짐은 크게 깨달은 바 있어, 나의 공주를 보내 그대를 여서女婿로 삼고자 하는 바이니, 그대는 공주와 백년 가약을 맺음으로써 양국간의 평화를 길이 도모해 주기를 바라오.

묵특은 유방의 조서를 읽어 보고 크게 기뻐하며, 곧 문제의 '공주 아닌 공주'를 만나 보았다. 묵특은 본시 여자라면 사족을 못 쓰는 위인이었다. 게다가 상대방 여자는 보통 여자가 아닌 '공주'라는 바람에, 묵특은 입이 찢어지게 기뻐하며 유경에게 말한다.

"대한 황제께서 공주를 보내 주시며 나를 사위로 삼으시겠다고 하셨으니 내 이 영광을 어찌 사양하겠소이까. 나는 이제 황제 폐하의 사위가 됨으로써 우리 두 나라는 영원히 옹서지의翁壻之誼를 누리게 될 것이오. 대부께서는 돌아가거든 나의 이 맹세를 황제 폐하에게 분명하게 품고해 주시오."

그리고 길일을 택하여 혼례식을 성대하게 올렸다.

유경은 중대한 시정을 다하고 고국으로 돌아오자, 그간의 경위를 사실대로 고하니, 유방은 크게 기뻐하며 말한다.

"북방 오랑캐의 문제는 이로써 원만히 해결되었으니, 오늘 밤부터 나는 다리를 뻗고 잘 수 있게 되었소이다."

## 제위 계승자 문제

묵특의 문제를 해결하고 나자 유방은 이제야말로 태평성대太平聖代가 왔는가 싶었다.

그러나 태평성대는 결코 쉽게 오지는 않았다. 옛글에 '내우외환內憂外患'이라는 말이 있다. '외녕필유내우外寧必有內憂'라는 원전原典에서 나온 문자다. 대외적인 우환이 없어지면 반드시 내부적인 걱정이 생기게 된다는 뜻이다.

유방은 외환外患 문제가 일단락되자, 이번에는 '제위 계승자 문제'로 골머리를 앓게 되었다. 유방에게는 부인이 두 사람이 있는 것은 독자들도 다 알고 있는 일이다. 하나는 조강지처糟糠之妻라고 말할 수 있는 정실 부인正室夫人인 여 황후呂皇后요, 다른 하나는 수수 대전睢水大戰에 참패하고 도망을 치다가 척씨촌戚氏村이라는 마을에서 인연을 맺은 척씨 부인戚氏夫人이었다. 여 황후는 나이가 들어 늙고, 척씨 부인은 아직도 꽃다운 미인이었다. 따라서 유방은 여 황후보다도 척씨 부인을 더 많이 사랑했을 것은 새삼스레 말할 것도 없었다.

여 황후에게는 '영盈'이라는 아들이 있었고, 척씨 부인에게는

'여의如意'라는 아들이 있었다. 영은 맏아들이었고, 여의는 둘째아들이었다. 조정에서 정실 부인의 태생인 맏아들 영을 태자太子로 책봉한 것은 너무도 당연한 일이었다. 그러나 척씨 부인의 태생인 여의는 머리도 총명하거니와 무예에도 남달리 뛰어난 점이 있었다. 그러니까 유방은 맏아들 영보다도 둘째아들 여의를 더욱 사랑하였다. 게다가 척씨 부인이 밤마다 이부자리 속에서 간청을 하는 바람에 유방은 마침내 태자를 갈아 치울 결심을 먹고, 어느 날 그 문제로 중신 회의를 열었다.

"여러분은 어떻게 보고 계시는지 모르지만, 내가 보기에는 태자 영보다는 공자 여의가 훨씬 더 총명하고 유능한 것 같구려. 그러므로 국가의 백년 대계를 위해 태자를 여의로 바꿔 버렸으면 싶은데, 여러분은 어떻게 생각하시오?"

그러자 중신들은 마치 약속이나 한 듯이 일제히 머리를 조아리며 이구 동성으로 이렇게 간한다.

"폐하! 영 태자는 정실 황후의 태생이옵니다. 여의 공자는 부실 황후의 태생인 까닭에 태자로 책봉될 자격이 없는 분인 줄로 아뢰옵니다. 국가의 대위大位는 반드시 정실 원자正室元子라야만 계승할 자격이 있는 것이옵니다."

그러자 유방은 고개를 좌우로 흔들며 말한다.

"정실 태생이거나 부실 태생이거나 모두가 나의 아들임에는 틀림이 없지 않소. 태자란 먼 장래에는 이 나라를 이끌어 나갈 영도자이므로, 반드시 우수한 인물이라야 할 것이오. 내가 여의를 태자로 책봉하려는 뜻은 바로 그 점에 있는 것이오."

유방은 간밤에 척씨 부인의 간청도 있고 하여, 자신의 뜻을 좀처럼 굽히려고 하지 않았다.

궁중의 모든 행사는 법도法度에 따라 결정해야 하는 법이다. "태자는 반드시 정실 황후의 몸에서 태어난 원자元子로서 책봉해야 한다"는 것은 법도에 뚜렷하게 명기되어 있다. 그 법도에 따라서 영을 이미 태자로 결정한 것이 아니었던가. 그럼에도 불구하고 유방은 이미 책봉한 태자를 폐위시키고, 부실 소생인 여의를 태자로 책봉하겠다고 고집하고 나오니, 중신들은 아연할밖에 없었다.

중신들은 제각기 머리를 조아리며 다시 간한다.

"폐하! 궁중의 법도는 국가의 대강大綱이므로, 비록 폐하일지라도 범할 수가 없는 것이옵니다. 법도를 함부로 범하기 시작하면 국가의 기강을 무엇으로 유지할 수 있으오리까?"

"과연 그러하옵니다. 이미 책봉해 놓으신 태자를 폐위하고 자격도 없는 분을 태자로 바꿔 치우시면, 국가의 기틀이 송두리째 파괴될 것이니, 그럴 수는 없는 일이옵니다."

그러나 유방은 여의를 태자로 세우고 싶은 생각이 간절하여 반론을 이렇게 전개하였다.

"도대체 법도라는 것이 왜 필요한 것인지 한번 생각해 보기로 합시다. 법도라는 것은 국가의 발전을 위해 필요한 것이 아니고 무엇이겠소. 그렇다면 법도에 다소 어긋나는 점이 있다손 치더라도, 유능한 인물을 태자로 내세워야 할 일이 아니겠소. 영 태자를 폐위하고, 여의를 태자로 책봉하려는 나의 의도는 바로 그 점에 있다는 것을 양해해 주기 바라오."

유방의 고집은 완강하기 이를 데 없었다. 그러자 백발이 성성한 상대부上大夫 주창周昌이 벌떡 일어서더니 노기에 찬 어조로 외치듯이 말한다.

"태자를 바꿔 치운다는 것은 절대로 있을 수 없는 일이옵니다. 이미 정해 놓으신 태자를 아무 죄도 없이 어떻게 바꾸신다는 말씀이시옵니까. 만약 폐하께서 태자를 기어코 여의 공자로 바꾸시겠다면, 저희들 중신은 모두가 벼슬을 사퇴하고 물러갈 것이오니 폐하께서는 통촉해 주시옵소서."

조정의 원로 충신인 주창이 그렇게까지 완강하게 나오므로, 유방은 부득이 태자 교체를 보류하는 수밖에 없었다.

그러나 그러한 사실을 알고 나자, 이번에는 척씨 부인이 울면서 유방에게 대들었다.

"폐하가 여의 공자를 진심으로 사랑하신다면, 어찌하여 태자로 책봉을 못 하셨을 것이옵니까. 폐하가 여의를 사랑하신다는 말씀은 모두가 거짓 말씀이었음을 이제야 깨달았사옵니다."

유방은 입장이 난처하여 척씨 부인을 이렇게 달랬다.

"오늘은 뜻을 이루지 못했지만, 언젠가는 여의를 반드시 태자로 봉해 줄 것이니, 나를 믿고 조금만 더 기다려 주오."

두 마누라의 틈바구니에 끼여 시달리는 점에 있어서는 제왕이라고 해서 보통 남자들과 조금도 다를 것이 없었다.

'복불병행福不竝行이요, 화불단행禍不單行'이라는 말이 있다. '복은 함께 몰려오지 아니하지만, 화는 여럿이 한꺼번에 몰려다닌다'는 뜻이다. 유방은 태자 교체 문제로 가뜩이나 골머리를 앓고 있는 판인데, 이번에는 묵특이 아닌 또 다른 오랑캐들이 연燕나라와 조趙나라의 구령舊領을 마구 침범해 와서 백성들을 못 살게 군다는 기별이 들어온 것이었다. 대주代州에서 달려온 비마의 보고에 의하면,

"오랑캐의 무리들을 빨리 퇴치하지 않으면 대주는 머지않아 그들에게 빼앗기고 말게 될 것입니다."

하고 말하는 것이 아닌가.

그야말로 내우內憂에 외환外患까지 겸친 셈이었다. 유방은 진평을 불러 대책을 강구하니, 진평이 아뢴다.

"영포 장군과 팽월 장군은 멀리 떨어져 있어서 불러올 수가 없는 일이옵고, 한신 장군은 군직軍職에서 해임되었으니 그를 보낼 수도 없는 일이옵니다. 그러므로 결국은 지금 상국相國으로 계신 진희陳 豨 장군을 보내 토벌할 수밖에 없겠습니다. 오직 진희 장군만이 그들을 토벌할 수 있는 능력을 가지고 있기 때문이옵니다."

유방은 진평의 제안에 따라 진희를 불러 명한다.

"경에게 10만 군사를 줄 테니 대주로 달려가 오랑캐의 무리들을 깨끗이 소탕해 주시오. 이번에 공로를 세우면 경을 대왕代王으로 책봉하리다."

진희가 머리를 조아리며 품한다.

"많은 장수들 중에서 특별히 저에게 대임大任을 맡겨 주셔서 영광스럽기 그지없사옵니다. 신으로서는 국가를 위해 최선을 다하겠습니다. 그러나 오랑캐 군사들이 워낙 막강하기 때문에, 10만 군사만 가지고서는 깨끗이 소탕하기가 어려울 것 같사옵니다."

유방은 그 말을 듣고 고개를 끄덕이며 말한다.

"그렇다면 경을 원수元帥로 임명해 줄 테니, 군사가 부족하거든 현지現地에서 군사를 새로 모집해 쓰도록 하오."

진희는 원수로 임명되어, 10만 군사를 거느리고 대주로 출발하였다. 진희는 본디 한신의 그늘에서 자라난 인물이었다. 그러기에 그는 한신한테서 좋은 계략이라도 듣고 싶어서, 대주로 가는 길에 한신을 찾아갔다. 진희는 한신에게 문안을 드리고 나서,

"저는 지금 어명을 받고 대주로 오랑캐를 소탕하러 가는 길이옵니다. 한 원수께서 좋은 계략을 가르쳐 주시옵소서."

하고 부탁하였다.

한신은 우울한 세월을 보내고 있던 중인지라, 진희에게 술을 권하며 반문한다.

"장군은 지금 오랑캐를 소탕하러 가는 길이라고요?"
"예, 그러하옵니다. 그러니까 한 원수께서 기발하신 계략을 꼭 좀 가르쳐 주시옵소서."
그러자 한신은 고개를 이리 기웃 저리 기웃 하며 잠시 망설이다가,
"까딱 잘못 하다가는 이 친구도 나처럼 비참한 신세가 되지 않을까 매우 염려스러운걸!"
하고 혼잣말로 중얼거리는 것이 아닌가.
진희는 한신의 독백獨白을 듣고 소스라치게 놀랐다.
"아니…… 제가 비참한 신세가 될지 모르겠다니, 그게 무슨 말씀이옵니까?"
한신은 그제야 자기 정신으로 돌아온 듯 정색을 하며 진희에게 말한다.
"장군은 지금 오랑캐를 소탕하러 가는 길이라고 했는데, 장군이 만약 공을 세운다고 하면, 장군이 오랑캐를 소탕한 공로와 내가 초나라를 정벌한 공로 중 어느 편이 더 크다고 생각되시오?"
너무도 뜻밖의 질문에 진희는 잠시 어리둥절해하다가,
"한 원수께서는 지금 무슨 말씀을 하고 계시옵니까. 제가 오랑캐를 소탕했다 하기로, 그 정도의 공로로서 어떻게 초나라를 정벌하신 한 원수의 공로와 비교할 수 있으오리까?"
하고 말했다. 한신은 고개를 크게 끄덕이며 말한다.
"내가 장군에게 말하고 싶은 것은 바로 그 점이오. 장군이 만약 오랑캐를 소탕하는 데 성공하고 돌아오면 일시는 왕작王爵을 누릴 수도 있을 것이오. 그러나 장군도 언젠가는 나처럼 비참한 신세가 된다는 사실을 알아야 한다는 말이오. 왜냐하면 사냥이 끝나면 사냥개는 보신탕 신세를 면하기가 어렵기 때문이오."
진희는 그 말을 듣고 소스라치게 놀랐다. 한신의 경우를 생각하

면, 자기도 그와 같은 신세를 면하기가 어려울 것 같기 때문이었다. 그리하여 머리를 수그려 보이며 한신에게 묻는다.

"원수님! 그러면 저는 어떻게 해야 그와 같은 화를 면할 수가 있겠습니까?"

한신은 오랫동안 묵상에 잠겨 있다가 대답한다.

"장군은 지금 10만 군사를 가지고 있지 않소. 장군에게 원수의 직함을 주어 오랑캐를 소탕하게 한 것을 보면, 한제가 장군을 무척 신임하고 있는 것만은 의심할 여지가 없소. 그러나 장군이 진정으로 비참한 신세를 면하려거든, 오랑캐를 소탕하고 나서는 그곳에 그냥 머물러 있으면서 한제에게 반기를 드는 길밖에 없을 것이오. 그러면 한제는 장군을 토벌하려고 직접 나설밖에 없는데, 그 때에는 장군과 내가 공동 작전을 펴서 한제를 때려부수고 우리가 천하를 장악하기로 합시다. 그러나 어느 때에 반란을 일으켜야 좋을지, 그 시기時機가 매우 중요하오. 시기를 잘 택하면 성공할 것이로되, 시기를 잘못 택하면 역적의 누명을 피하기가 어렵다는 사실을 알아야 하오."

너무도 놀라운 음모 계획이었다. 그러나 진희는 자기도 한신처럼 '비참한 신세'가 되지 않으려면 한신과 공모하여 배반의 길을 택하지 않을 수가 없을 것 같았다. 만약 한신과 함께 천하를 얻게 되면, 자기 자신도 일약 천하의 영웅이 될 것이 분명했기 때문이었다.

그리하여 진희는 한신과 함께 밤을 새워 가며 반란 계획을 치밀하게 상의한 뒤에, 우선 군사를 거느리고 대주로 떠났다.

진희는 대주에 도착하자 많은 첩자들을 일선으로 파견하여, 우선 오랑캐 군사의 실태부터 염탐해 보았다. 며칠 후에 첩자들이 돌아와 진희에게 고한다.

"적은 네 부대로 나뉘어 있는데, 한 부대의 병력이 각각 5만 여명 가량 되었습니다. 그리고 만왕이라는 자는 대주성 근처에 진지를 따로 구축하고 있는데, 그의 직속 부하들도 3만 명이 넘었습니다."

"그러면 병력이 도합 20여 만이나 되더란 말이냐?"

"아니옵니다. 그들은 후방에도 예비 병력을 4, 50만 명 가량 가지고 있어서 결코 만만하게 여길 상대가 아니었습니다."

"음……."

진희는 매우 걱정스러운 빛을 보이다가,

"도대체 그들의 총대장은 누구라고 하더냐?"

하고 물어 보았다. 간첩이 대답한다.

"총대장은 합연적哈延赤이라는 자이옵니다. 그자는 큰 도끼〔大斧〕를 잘 쓰기로 소문난 만부부당萬夫不當의 맹장이라고 합니다. 만약 원수께서 그놈 하나만 때려잡으시면, 나머지 군사들은 제물에 도망을 가 버리게 될 것이라는 소문이었습니다."

진희는 그 말을 듣고 크게 기뻐하며 이덕李德 · 진산陳産 · 초초楚招 세 대장들과 함께 작전을 토의한다.

"적의 세력이 워낙 막강하여 무력으로 정복하기는 매우 어려울 것 같구려. 우리는 계략을 써서 승리하는 길밖에 없겠소. 세 분은 이제부터 내가 일러주는 계략을 잘 들어 두었다가 그대로 실천에 옮기도록 하오."

그리고 세 대장들에게 각각 별도의 군령을 내려 일선에 배치시켜 놓았다.

다음날 진희가 혼자서 일선으로 나와 보니, 만왕은 의기 양양한 자세로 달려나오며 진희에게 큰소리로 외친다.

"유방은 묵특에게 겁을 내어, 묵특에게 공주를 내어 줌으로써 화평을 도모했다고 들었다. 나하고도 화평을 도모하려거든 공주를 보내라고 유방에게 일러라. 너 같은 졸장부는 상대하고 싶지 않으니 빨리 돌아가 유방에게 내 말을 분명히 전하라."

진희는 화가 동하여 장검을 꼬나잡고 덤벼들며 외친다.

"한제는 대한국大漢國의 황제이시다. 그러한 어른께서 너 같은 오랑캐놈에게 어찌 공주를 보내 주실 것이냐?"

그리하여 두 사람은 맹렬하게 싸우게 되었는데, 만왕의 무술은 결코 대단치가 않았다. 10합이 넘으면서부터는 만왕이 점점 불리하게 되자, 이번에는 후방으로부터 어마어마하게 거창한 도끼를 번개치듯 휘두르며 달려나오는 장수 하나가 있었다. 그자가 바로 '합연적'이라는 총대장인 모양이었다.

합연적은 쏜살같이 달려나오며 벼락 같은 소리를 지른다.

"이놈아! 싸우려거든 나하고 싸우자!"

만왕이 쫓겨 들어가고 합연적이 달려나오자, 진희는 합연적을 상대로 싸우게 되었다. 합연적은 과연 맹장임에는 틀림이 없었다. 그러나 정작 싸워 보니, 소문으로 듣던 것처럼 맹장은 아니었다. 두 사람이 단 둘이 싸우기를 무려 30여 합, 진희는 짐짓 힘에 부친 듯 남쪽으로 도망을 치기 시작하였다. 그러자 합연적은 기세를 올리며 대군을 휘몰아쳐 맹렬하게 추격해 오고 있었다. 진희는 일부러 쫓기고 또 쫓겨 산과 산 사이에 있는 어느 강가에 이르렀다. 물은 그다지 깊지는 않지만, 폭이 좁은 데다가 물살이 강한 산골 강물이었다. 진희는 말에 채찍을 가하여 강을 재빨리 건너와 버렸다. 그러자 진희를 추격해 오던 합연적은 뒤를 돌아다보며,

"물이 깊지 않으니 모두들 빨리 강을 건너라."

하고 외치는 동시에 자기 자신부터 강을 건너오기 시작하였다.

그리하여 합연적과 그의 부하들이 강을 절반쯤 건너왔을 바로 그때, 별안간 상류에서 산더미같이 커다란 물이 폭포처럼 쏟아져 내려오며, 오랑캐 군사들을 한꺼번에 휩쓸어 가는 것이 아닌가. 말할

것도 없이 그것은 진희의 부하들이 상류에서 물을 막아 놓았다가 봇물을 일시에 흘려 보냈기 때문이었다.
 강을 건너오던 오랑캐 군사들은 수많은 물결에 휩쓸려 떠내려가며 아우성을 치고 있었다. 그러자 좌우 산골짜기에 매복해 있던 진희의 군사들은 그와 때를 같이하여 오랑캐 군사들에게 활을 빗발치듯 쏘아 갈겼다.
 오랑캐의 총대장인 합연적만은 그런대로 물결과 싸우며 육지로 기어오르려 했으나, 진희가 재빨리 달려와 합연적의 목을 장창으로 휘갈겨 버리고 말았다.
 만왕이 그 사실을 알고 현장으로 급히 달려왔지만, 물살이 너무도 세어 도저히 강을 건널 수가 없었다.
 "아아! 우리가 저놈들의 술책에 감쪽같이 걸려들었구나!"
 만왕이 발을 구르며 한탄하는 바로 그 때 부하들이 급히 달려오더니,
 "대왕마마! 우리가 진지를 비워 둔 사이에 적병들은 우리의 병량兵糧과 마초馬草를 송두리째 불태워 버렸습니다."
하고 알려 주는 것이 아닌가. 만왕은 그 보고를 받고 까무러칠 듯이 놀랐다.
 "뭐야? 우리의 본진本陣이 회신灰燼되었다고? 그러면 우리는 어디로 가야 할 것이냐. 그렇다면 눈물을 머금고 북방으로 도망을 갈 밖에 없구나."
 만왕은 어이없게도 4, 5만의 부하들을 일시에 잃어버린 채 본국으로 총퇴각을 아니 할 수가 없게 되었다.
 그로써 진희가 대승을 거두고 조성趙城에 입성하자, 축하연을 대대적으로 베풀었다. 그러나 진희는 이제부터 유방에 대한 태도를 어떻게 취해야 좋을지, 그로서는 커다란 과제가 아닐 수 없었다. 진

희는 술을 마셔 가며 맘 속으로 혼자 생각해 본다.

'한신 장군의 말에 의하면, 유방은 고난苦難은 같이할 수 있어도 즐거움은 같이할 수 없는 사람이라고 하지 않았던가. 유방은 천하를 통일하는 데 대공大功을 세운 한신조차 냉대冷待해 오는 것을 보면, 나 같은 것은 언제 죽게 될지 모를 일이 아닌가. 그렇다면 한신의 말대로 나는 이곳에 그냥 눌러앉아서 대왕代王 노릇이나 하기로 하자. 나중에 유방이 대노하여 군사를 일으켜 오면, 나는 한신 장군과 협동 작전을 펴서 유방을 때려부수고, 한신과 함께 천하를 차지해 버리면 될 게 아닌가.'

진희는 그런 생각이 들자, 휘하 장성들을 한자리에 모아 놓고 자기가 뜻하는 바를 솔직히 말한 뒤에,

"만약 그대들이 나를 도와주기만 하면, 먼 장래에는 그대들을 모두 후백에 봉해 줄 것이오."

하고 말했다.

이에 모든 장성들은 크게 기뻐하며 진희에게 충성을 다할 것을 굳게 맹세하였다.

그리하여 진희는 이 해 7월에 대주성代州城을 근거로 삼고 대왕代王에 즉위하여, 이웃에 있는 조성趙城까지 병합해 버렸다.

그러나 그와 같이 엄청난 비밀이 오래 유지될 수는 없었다. 이웃 나라의 서위왕西魏王이 그 사실을 유방에게 급히 알리니, 유방은 크게 놀라며 소하와 진평을 한자리에 불러 상의한다.

"나는 평소에 진희를 무척 아껴 왔었소. 그런데 진희가 무엇이 못마땅해 배반을 했는지, 도무지 알 길이 없구려."

승상 소하가 머리를 조아리며 대답한다.

"진희는 재주가 지나치게 비상하여 배반할 소질을 풍부하게 타고난 인물이옵니다. 지금 조정에 있는 장수들 중에서는 누구도 그를

당할 사람이 없사옵니다. 그러므로 회남淮南에 있는 영포 장군과 대량大梁에 있는 팽월 장군을 불러, 그를 토벌하게 하는 길밖에 없겠습니다."

유방은 그 말을 옳게 여겨, 멀리 있는 영포와 팽월을 급히 부르는 동시에 전국 각지의 요소요소에 경계망을 삼엄하게 펴 놓았다.

한신은 그러한 사실을 알자, 영포와 팽월에게 자기 나름대로 밀서를 급히 보냈는데, 한신이 두 사람에게 보낸 밀서의 내용은 다음과 같았다.

진희가 대주에서 모반을 했기 때문에, 한제는 지금 두 장군을 불러 진희를 토벌하려 하고 있소. 그러나 진희를 토벌하고 나면, 두 장군도 나와 같이 비참한 신세가 되고 말 것이오. 왜냐하면 한제는 고난은 같이할 수 있어도 즐거움은 같이할 수 없는 성품의 소유자이기 때문이오. 그러므로 두 장군은 회남과 대량에서 제각기 부귀를 누리며, 한제의 부름에는 결코 응하지 말도록 하시오. 만약 내 말대로 하지 않고 섣불리 달려와 진희를 토벌했다가는, 두 장군은 틀림없이 나처럼 비참한 신세가 되어 버릴 것이니, 거듭 명심하기 바라오.

영포와 팽월은 한신의 밀서를 받아 보고 크게 놀랐다.

'한신 장군은 한제에게 얼마나 많은 원한을 품었으면 우리한테 이런 밀서까지 보냈을까. 한제의 그러한 성품을 모르고 우리가 진희를 토벌해 버렸더라면, 그 때에는 우리 자신도 한신 장군과 똑같은 신세가 되고 말았을 것이 아니겠는가?'

그렇게 생각한 영포와 팽월은 '몸이 불편해 출병出兵을 못 하겠다'는 상주문上奏文을 유방에게 올려 버리고 말았다. 출병 불가능의 통고문을 받은 유방은 크게 노하여 소하와 진평을 다시 불러 상의한다.

"영포 장군과 팽월 장군이 모두들 신병으로 출병을 못 하겠다고 알려 왔으니 진희의 문제를 어떻게 처리해야 하겠소?"

진평이 대답한다.

"신이 생각하옵건댄, 진희가 모반할 결심을 먹게 된 데는 세 가지의 동기가 있는 줄로 생각되옵니다. 첫째는 한신 장군이 현직에서 물러난 것을 알고 있었기 때문입니다. 진희는 한신 장군을 누구보다도 두려워했었는데, 한신 장군이 무용지장無用之將이 되어 버렸기 때문에 이제는 자기를 당할 장수가 없다는 자신감에서 모반을 단행했을 것이옵니다."

유방은 수긍의 고개를 끄덕이며 말한다.

"음! 듣고 보니 그것은 수긍이 가는 이야기요. 두 번째의 동기는 무엇이라고 생각되오?"

"두 번째의 동기는, 폐하께서 이즈음 전쟁을 되도록 피하시려는 경향이 있었기 때문에 진희는 그런 낌새를 알고 모반을 결행했을 것이옵니다. 그리고 세 번째의 동기는, 조趙나라의 군사들은 옛날부터 강병强兵이기 때문에 그들을 믿고 모반을 결심했을 것이옵니다."

"음! 모두가 그럴듯한 이야기요. 그러면 우리는 거기에 대해 어떻게 대처해야 하겠소?"

진평이 다시 아뢴다.

"신이 생각하옵건댄, 진희를 토벌하기 위해서는 폐하 자신께서 직접 원정에 오르시는 길밖에 없을 것 같사옵니다. 모든 정사政事를 황후 폐하와 소하 승상에게 맡기시옵고, 폐하께서는 주발·왕릉·번쾌·관영·조참·하후영 등의 대장들을 모조리 거느리시고 몸소 친정親征에 나서시옵소서. 그러면 진희는 기가 질려 절로 손을 들게 될 것이옵니다."

유방은 진평의 말을 옳게 여겨 몸소 40만 군사를 거느리고 친정을 나서기로 하였다. 그리하여 주발과 왕릉에게는 10만 군사를 주어 선발대로 먼저 떠나게 하고, 유방 자신은 내전으로 들어와 여 황후에게 그 사실을 알리며 말한다.

"진희라는 자가 대주에서 반란을 일으켰기 때문에, 부득이 나 자신이 원정을 다녀와야 하겠소."

여 황후는 그 말을 듣고 깜짝 놀란다.

"한신 같은 유능한 장수를 내버려 두고 어찌하여 폐하께서 직접 원정을 나가신다는 말씀이시옵니까?"

유방과 한신 장군과의 미묘한 관계를 잘 모르는 여 황후는 유방의 친정을 반대하고 나왔다. 유방은 어쩔 수 없어, 한신에 대한 의구심疑懼心을 여 황후에 솔직히 말해 주는 수밖에 없었다.

"황후는 자세한 사정을 잘 모르셔서 그런 말씀을 하시지만, 한신이라는 자는 결코 믿을 사람이 못 되오. 진희를 토벌하려고 한신을 보냈다가는, 한신은 진희와 결탁하여 총부리를 나에게 돌려댈지도 모르오. 내가 한신에게서 일체의 병권兵權을 박탈해 버린 것도 그 때문이었소. 한신은 계략이 워낙 탁월하기 때문에, 기회만 있으면 어떤 변란을 일으킬지 모르는 인물이라는 사실을 꼭 알고 있어야 하오."

"한신 장군은 그렇게도 믿지 못할 장수였습니까?"

유방은 고개를 거듭 끄덕이며 말한다.

"한신은 나의 그늘에서만 살아가기에는 너무도 위대한 인물이오. 거듭 말하거니와, 그에게서 모든 병권을 빼앗아 버린 것은 그런 위험성이 있었기 때문이었소. 내가 이번에 원정을 나가고 없으면, 한신은 이번 기회를 이용해 어떤 일을 일으킬지도 모르오. 그러니까 내가 부재중에는 모든 국권國權을 황후 자신이 직접 장악해 주시오. 그래서 만약 무슨 불상사가 생기게 되거든 소하 승상 · 진평 대부 등과 직접 상의하여 처리하도록 하시오."

여 황후는 본시부터 권력에 대해서는 많은 관심을 가지고 있던 터인지라, 유방의 말을 듣고 크게 기뻐하였다.

"폐하께서 일시나마 '국권을 대행하라'는 분부를 내려주신다면, 신첩은 소하 · 진평 등과 상의하여 만전을 기하도록 하겠나이다."

유방은 만족스럽게 웃으며 다시 말한다.

"한신의 문제를 생각하면 일시나마 서울을 비워 두기가 불안스러워 견딜 수가 없구려. 하기는 제아무리 한신이라도 손과 발을 모두 잘라 버렸으니까 별일은 없겠지만. 그러나 만에 하나라도 한신이 의심스러운 태도로 나오거든, 그날로 체포하여 죄상을 엄중하게 다스리도록 하시오."

그리고 소하와 진평을 그 자리에 불러 간곡히 부탁한다.

"내가 없는 동안에는 황후에게 모든 국권을 대행하게 하였소. 소하 승상과 진평 대부는 국가의 개국 원훈開國元勳이시니, 황후를 성심껏 받들어 국정에 빈틈이 없도록 충성을 다해 주기를 간곡히 부탁하오."

소하와 진평은 머리를 조아리며 품한다.

"신등은 황후 폐하를 충성스럽게 받들어 모실 것이오니, 폐하께서는 만백성들의 소망대로 하루속히 개가를 올리도록 하시옵소서. 신등은 그날을 학수 고대하겠사옵나이다."

이리하여 유방은 만조 백관들의 환송을 받으며 원정의 길에 올랐고, 여 황후는 그날부터 국가의 대권을 한손에 장악하게 되었다.

국가의 대권! 그것은 천하 만사를 맘대로 할 수 있는 절대적인 권력이었다. 그러기에 여 황후는 권력을 장악한 그날부터 권력에 대해 형용하기 어려운 흥미와 환희를 느꼈다.

## 진희陣稀의 반란

유방은 대군을 거느리고 한단성邯鄲城에 도착하자, 우선 적의 실정부터 알아보려고 하였다. 그리하여 군령郡令과 고급 관리들을 한자리에 불러 묻는다.

"진희는 지금 어디에 진을 치고 있느냐?"

군령이 대답한다.

"진희는 곡양曲陽에 본부를 두고 여러 곳에 진을 치고 있사옵니다."

"병력은 얼마나 되며, 장수들은 몇 명이나 된다고 하더냐?"

"진희는 신병新兵들을 마구잡이로 긁어모아서 병력은 50만 명에 가깝사옵고, 장수들도 대장 유무劉武와 초초楚招를 비롯하여 20여 명 가량 있다고 들었습니다. 그런데 그들의 행패가 어떻게나 포악한지, 백성들이 들볶여서 못살 지경입니다. 그러므로 백성들은 폐하께서 그들을 하루속히 토벌해 주시기를 목이 빠지도록 기다리고 있사옵니다."

유방은 그 말을 듣고 휘하 장성들을 둘러보고 웃으면서 말한다.

"지금 우리가 있는 한단은 중주中州의 요해처要害處요. 그럼에도 불구하고 진희가 이곳에 본부를 두지 아니하고 곡양에 본부를 둔 것을 보면, 진희의 지모智謀가 대단치 않음을 알 수 있소. 더구나 진희는 신병들을 되는 대로 끌어 모았다고 하니, 훈련을 받지 않은 군사들이 제아무리 많기로 무엇이 두렵겠소. 우리는 진희를 일거에 섬멸시켜 버릴 자신이 있소이다."

그리고 대장 주창周昌을 불러 명한다.

"내가 진희를 직접 때려부수기로 할 테니, 그대는 시중에 나가 나의 길잡이가 되어 줄 똑똑한 사람을 네 명만 골라 오도록 하라."

주창은 시중으로 나가 길잡이가 되어 줄 네 명의 장사를 선발해 가지고 돌아왔다. 때마침 유방은 장중에서 술을 마시고 있다가, 네 명의 장사들에게 웃으면서 묻는다.

"그대들은 무슨 방법으로 나를 도와줄 수 있겠는가?"

네 명의 장사들이 입을 모아 대답한다.

"폐하께서는 막강한 군사를 거느리고 오셨습니다. 그러나 지금은 적정敵情을 잘 모르시기 때문에, 지금 당장 싸우기는 어려우실 것이옵니다. 저희들이 적의 허실을 소상하게 알아 올 테니, 적정을 잘 아시고 나서 공격을 퍼붓도록 하시옵소서."

유방은 껄껄껄 웃으면서 말한다.

"그대들은 그럴듯한 말로 나를 속이고 있는 것은 아닌가?"

그러자 네 명의 장사들은 정색을 하며 아뢴다.

"저희들이 황제 폐하에게 어찌 감히 거짓 말씀을 아뢸 수 있으오리까. 의심을 받는 것은 너무도 억울하옵니다."

유방은 다시금 파안 일소하며 말한다.

"하하하, 나의 말은 농담에 지나지 않았노라. 이 자리에서 그대들을 천호장千戶長으로 임명해 줄 테니, 적의 허실을 소상하게 알아 오도록 하라."

'천호장'이란 지금으로 치면 '면장'에 해당하는 관직이었다. 네 장사는 뛸 듯이 기뻐하며 적진으로 달려나갔다.

생면 부지生面不知의 네 장사에게 '천호장'의 벼슬을 내려주니, 좌우의 신하들이 크게 놀라며 유방에게 간한다.

"아무 공로도 없는 그들에게 무슨 이유로 '천호장'이라는 중직重職을 내려주시옵니까?"

한제가 웃으면서 대답한다.

"병서에 '중상지하 필유용부重賞之下 必有勇夫'라는 말이 있지 않은가. 그들이 설사 나를 속일 마음이 있었다 하더라도, 내가 이미 커다란 감투를 씌워 주었으니까, 이제는 나를 위해 최선을 다해 주게 될 것이오. 그들이 적의 허실을 정확하게 알아 오기만 한다면 우리는 진희를 간단히 쳐부술 수가 있을 게 아니오? 그러니까 그들에게 어찌 커다란 감투를 씌워 주지 않을 수 있겠소?"

여러 신하들은 그 말을 듣고 감탄해 마지않았다. 유방은 다시 입을 열어 말한다.

"내가 이곳에 와서 민심을 살펴보니, 일반 백성들은 진희의 보복이 두려워 우리에게 협조할 기미를 좀처럼 보여 주지 않고 있었소. 일반 정세가 그 모양이기에, 네 사람에게 대담한 감투를 씌워 줌으로써 민심까지 우리한테로 돌려놓으려는 것이오. 한 사람에게 중상을 내려 줌으로써 만인의 인심을 돌려놓으려는 것이 나의 정책이오."

신하들은 유방의 원대한 계략에 더욱 감탄하였다.

한편, 네 장사들은 곡양에 잠입하여 적정을 소상하게 알아 가지고 돌아와 유방에게 고한다.

"진희는 장수가 부족하여 시중의 장사꾼들을 대상으로 기용해 쓰고 있었습니다. 장사꾼이란 본디 이해利害에 밝은 사람들이오니, 폐하께서 그들을 돈으로 매수해 버리면 싸움을 간단히 끝낼 수 있을 것 같사옵니다."

유방은 그 말을 듣고 크게 기뻐하며 곧 중신 회의를 열었다.

"진희는 장수가 부족하여 장사꾼들을 대장으로 기용하고 있다고 하오. 그들을 돈으로 매수하여 내란內亂을 일으키게 하면, 싸움을 아니 하고도 자멸시킬 수 있을 것 같은데, 누가 적진으로 들어가 그들을 매수할 사람이 없겠소?"

그러자 열중列中에서 누가 손을 번쩍 들어 말한다.

"신을 보내 주시옵소서. 신이 내란을 일으키도록 유도해 보겠습니다."

사람을 바라보니, 중대부中大夫 수하隨何였다. 유방은 수하임을 알고 크게 기뻐하며 말한다.

"경은 천하의 세객說客이니, 누구보다도 적임자요. 경에게 황금 백 근을 줄 테니, 꼭 성공하고 돌아오시오."

수하는 어명을 받자 위조 조서僞造詔書 한 통을 꾸며 10여 명의 종자從者들과 함께 곡양으로 진희를 찾아갔다. 진희를 만나기 전에 종자들에게 부탁한다.

"내가 진희를 만나거든 면담 시간을 끌도록 할 테니, 그대들은 그 사이에 상인 출신 장수들을 모조리 돈으로 매수해 버리도록 하라!"

수하는 '적장敵將들을 매수해 놓을 것'을 부하들에게 지시해 놓고 나서 진희에게 면담을 요청하였다.

그리하여 진희를 만나게 되자, 어전에 나왔을 때처럼 두 손을 읍하고 서서 진희를 군신지례君臣之禮로 깍듯이 받들어 올렸다. 진희는 오히려 어색한 듯 수하를 나무라며 말한다.

"수하 대부와 나는 다 같은 한조漢朝의 신하였는데, 무슨 까닭으로 나를 군신지례로 대해 주시오?"

수하가 머리를 조아리며 대답한다.

"장군께서는 백만 대군을 거느리고 한제를 상대로 천하를 겨루신다고 들었습니다. 제가 만약 결례缺禮를 했다가는, 장군의 칼에 목숨이 달아나게 될 것이 아니오니까?"

진희가 소리 내어 웃으며 말한다.

"대부는 무엇인가 오해를 하고 계시오. 내가 모반한 것은 본심에서 한 일이 아니라, 죽지 않기 위해 어쩔 수 없이 하게 된 것이오."

"어쩔 수 없이 모반하게 되셨다는 것은 무슨 말씀이시옵니까?"

"수하 대부는 나의 말을 잘 들어 보시오. 한제는 워낙 천성天性이 가혹하여 '고생은 같이할 수 있어도 즐거움은 같이할 수 없는 사람'이오. 워낙 의구심이 많아서 대공을 세운 사람에게는 상을 주는 대신에, 지위를 박탈하거나 숫제 죽여 버리는 습성이 있다는 것을 알아야 하오. 한신 장군의 경우를 보시오. 한신 장군은 천하를 통일하는 데 얼마나 공로가 많았소. 그러나 한제는 천하를 통일하고 나자, 한신 장군에게 상을 내리기는커녕 원수의 직위를 박탈하고 나서 손과 발까지 모조리 묶어 버리고 말지 않았소. 그래서 나는 어쩔 수 없이 모반을 하게 된 것이오. 대부는 나의 그와 같은 심정을 이해해 주기를 바라오."

수하가 머리를 수그려 보이며 대답한다.

"실상인즉 저는 장군을 설득하여 귀순하게 하라는 어명을 받고 찾아온 것입니다. 제가 가져 온 조서에 자세한 내용이 기록되어 있으리라고 믿습니다마는, 만약 장군께서 순순히 귀순하시면, 한제는 장군을 반드시 대왕代王에 봉해 주실 줄로 알고 있습니다."

진희는 한제의 조서(실상인즉 수하가 거짓으로 꾸며 쓴 것)를 읽어 보았다. 과연 그 조서 속에는 '귀순해 오기만 하면 대왕으로 임명해 주겠다'는 구절이 분명히 들어 있었다.

그러나 진희는 조서를 읽고 나서 고개를 좌우로 흔든다.

"이 조서는 나를 속이기 위한 새빨간 거짓말 조서요. 한제가 대군을 몰고 와서 이런 조서를 보낸 것은 나를 생포하기 위한 수단이 아니고 뭐란 말이오?"

수하가 손을 내저으며 대답한다.

"주상께서는 장군과 싸우기 위해 군사를 몰고 오신 것은 사실입니다. 그러나 중신들이 '싸우지 말고 원만하게 해결하는 것이 좋겠다'는 간곡한 간언을 올렸기 때문에, 주상은 원만하게 해결하기 위해 이런 조서를 보내게 된 것입니다. 만약 장군께서 타협을 원하지 않으신다면 저는 한제에게 사실대로 보고하는 길밖에 없겠습니다."

진희는 오랫동안 심사묵고하다가 다시 입을 열어 말한다.

"나는 암만해도 귀순은 못 하겠소이다. 한제는 국가에 공로가 많은 한신 장군조차 권력의 자리에서 쫓아내 버렸는데, 한번 배반했던 나 같은 놈이 귀순한다고 살려 줄 리가 없지 않소?"

수하는 짐짓 한숨을 쉬며,

"장군께서 끝까지 귀순할 생각이 없으시다면, 저는 주상에게 그대로 보고하는 길밖에 없겠습니다."

하고 진희의 앞을 물러나와 버렸다. 그리하여 영문 밖으로 나오니 대기중이던 종자從者들이 부리나케 달려와 고한다.

"유무와 초초 등 중요한 장수들을 모두 매수해 놓았습니다. 그들에게 황금 덩어리를 몇 개씩 안겨 주었더니 그들은 떨 듯이 기뻐하면서, 이제부터 우리와는 싸우지 않겠노라고 맹세까지 했습니다."

수하는 회심의 미소를 지으며 본영으로 돌아와 유방에게 모든 경과를 사실대로 보고하였다. 이에 유방은 자신이 생겨 다음날 일선으로 대군을 몰아쳐 나갔다. 그러자 진희가 말을 달려나와 마상에서 유방에게 큰절을 올리며 말한다.

"폐하께서는 무슨 까닭으로 대군을 여기까지 몰고 오셨사옵니까?"

유방은 소리를 높여 꾸짖듯 말한다.

"나는 그대를 무척 아껴 왔거늘, 그대는 무슨 까닭으로 모반을 하는가. 그대가 모반을 했기에 나는 그대를 토벌하려고 왔노라."

진희가 맞받아 대답한다.

"폐하는 진시황이나 초패왕과 마찬가지로 공신들을 모조리 죽여 버리옵기에, 저는 부득이 모반을 하게 된 것입니다."

유방은 크게 노하여 뒤를 돌아다보며,

"누군가가 달려나가 저 역적놈을 당장에 주살誅殺해 버리지 못할까!"

하고 추상 같은 호령을 내렸다.

그러자 번쾌와 주발이 쏜살같이 달려나와 진희를 엄습하였다. 그러나 진희의 무예는 대단하였다. 진희는 1대 2로 싸우기를 20여 합, 그래도 승부가 나지 않자 이번에는 왕릉과 주창까지 달려나와 1대 4로 대격전이 벌어졌다.

진희는 마침내 불리함을 깨닫고 남쪽으로 쫓기기 시작하였다. 남쪽으로 가면 유무와 초초 두 대장이 대군을 이끌고 나와 도와주리라고 믿었기 때문이었다. 그러나 아무리 남쪽으로 달려와도 유무와 초초의 군사는 그림자도 보이지 않았다. 그도 그럴 것이 유무와 초초는 이미 황금에 매수되었기 때문에, 한군과 싸우지 않으려고 군사를 엉뚱한 곳으로 이동시켜 버렸던 것이다.

유방은 그러한 사실을 이미 알고 있었기 때문에 마음놓고 진희를 추격하게 하였다. 그러나 30리쯤 추격을 하다 보니 거기에는 네 개의 진문陣門이 있는데, 진문 저쪽에는 많은 군기軍旗가 바람에 펄럭이고 있는 것이 아닌가. 한나라의 대장 번쾌·주발·왕릉·주창 등은 진희를 대번에 때려잡을 욕심에서 적진 속으로 무작정 쳐들어갔다. 대장들을 미리 매수해 놓았기 때문에 안심하고 덤벼들었던 것이다. 그러나 정작 공격을 개시해 보니 그게 아니었다. 진희의 기마 부대가 사방에서 구름떼처럼 몰려 나오며 한나라 군사들을 닥치는 대로 쳐부수는데, 그들은 모두가 일기당천一騎當千의 용사들이었던 것이다. 기마 부대에게 기습을 당한 한군 병사들은 칼에 맞아 죽고 말발굽에 밟혀 죽고 하는 바람에, 삽시간에 시체로 화해 버렸다.

"이거 안 되겠다. 모두들 급히 후퇴하라!"

한군이 퇴각을 하게 되자, 진희의 군사들은 더욱 기세를 올려 추격해 오며 닥치는 대로 때려죽인다. 만약 그 때 날이 어둡지 않았던들, 한군은 재기가 불가능할 정도로 막대한 병력을 손실했을지도 모를 일이었다. 그러나 천만 다행하게도 날이 어두웠기 때문에 진희는 멀리까지는 추격해 오지 않았다.

유방은 눈물을 머금고 안전지대까지 퇴각해 오자, 대오隊伍를 새롭게 가다듬으며 전군에 새로운 군령을 내린다.

"적이 밤에 야습을 감행해 올지 모르니, 모든 부대는 진문을 철통같이 수비하라. ……적장들을 모두 매수해 놓았다고 했는데, 적의 위세가 놀랄 만큼 막강하니 도대체 어떻게 된 것이냐?"

그러자 왕릉이 앞으로 나서며 아뢴다.

"유무와 초초는 매수되었기 때문에, 오늘의 싸움에는 가담하지 않았습니다."

"뭐야? 유무와 초초가 가담하지 않았는데도 불구하고, 진희의 군사들이 그렇게도 강하단 말이냐?"

"그러하옵니다. 오늘의 전투에서 진희의 용병술用兵術을 보니 그는 한신의 병법에 매우 정통하였습니다. 진희를 업신여기고 함부로 덤볐다가는 큰일날 것 같사옵니다."

마침 그 때 대장 주발이 급히 달려오더니,

"폐하! 우리가 싸우고 있는 사이에 적병들이 우리의 양초糧草를 모조리 훔쳐가 버렸습니다."

하고 알려 주는 것이 아닌가.

유방은 그 보고를 받고 대경 실색하였다.

"적에게 양초를 도적맞다니, 그러면 우리는 무엇을 먹고 싸울 것이냐?"

"양초가 없기 때문에 부득이 한단까지 긴급 후퇴를 해야 하겠습니다. 일단 한단으로 돌아가 군비를 재정비해 가지고 다시 와도 늦지는 않을 것이옵니다."

유방은 기가 막혔다. 진희의 병법이 그렇게도 탁월할 줄은 정말 몰랐던 것이다. 더구나 왕릉의 말대로 진희가 한신의 병법과 방불하다면, 그를 토벌하기란 결코 쉬운 일이 아닐 것 같았다. 유방은 한숨을 쉬며 말한다.

"우리가 한단으로 후퇴하기 시작하면, 진희는 그 낌새를 알고 야습을 감행해 올 게 아닌가?"

유방은 평소부터 한신의 병법을 무척 두렵게 여기고 있었다. 그러기에 '진희는 한신과 흡사하다'는 말을 듣고 나서부터는 진희에게도 은근히 겁을 먹게 되었다. 그러나 왕릉은 자신을 가지고 말한다.

"우리가 군사를 몇 부대로 나눠 가지고, 제각기 분리하여 이동하면 아무런 위험도 없이 한단까지 후퇴할 수 있을 것이옵니다."

"그럴까?"

"그렇습니다. 폐하께서는 진희의 야습을 두려워하지만, 저는 그와 반대로 그가 병법에 정통하기 때문에 오히려 무모한 야간 기습은 하지 않으리라고 믿사옵니다."

"그 이유는?"

"어떤 군사를 막론하고 부대가 이동할 때에는 적의 기습에 대한 태세를 완전히 갖추고 나서야 이동하기 때문입니다. 그와 같은 기본 병법을 모를 리 없는 진희가 무엇 때문에 무리한 야습을 감행하겠습니까?"

유방은 그 말을 듣고 고개를 크게 끄덕이며 감탄하듯 말한다.

"장군의 말을 들어 보니 과연 그렇구려! 나도 옛날에는 그렇지 않았는데, 지금은 나이를 먹은 탓인지 쓸데없는 겁을 내게 되거든. 그러면 오늘 밤에 한단으로 옮겨 가기로 하세."

유방은 그날 밤 한탄으로 옮겨 갔으나, 적의 기습은 받지 않았다.

한편, 진희는 한군을 멋지게 격퇴시켜 버리고 나서 유무와 초초를 불러 놓고 호되게 꾸짖는다.

"오늘 싸움에서 그대들은 나를 도와줄 생각은 아니 하고 도망을 쳐버린 것은 크게 잘못된 일이었다. 이번만은 특별히 눈감아 주겠지만, 차후에 또다시 그런 일이 있으면 군법에 회부하여 엄중 처단할 테니 재삼 명심하라."

"차후에는 깊이 명심하겠습니다."

유무와 초초는 적에게서 뇌물을 받아먹은 죄가 있는지라, 얼굴을 들지 못하고 씨부려대고 있었다.

마침 그 때 비마가 달려오더니,

"적은 지금 한단으로 이동해 가고 있는 중이옵니다."

하고 알리는 것이 아닌가. 모든 장수들은 그 말을 듣기가 무섭게 이구 동성으로 진희에게 품한다.

"적이 지금 이동을 하고 있다면, 이 기회에 야간 기습을 감행하여 철저하게 쳐부수면 어떠하겠습니까?"

"그렇습니다. 이 기회야말로 우리가 적을 전멸시킬 수 있는 절호의 기회입니다."

장수들은 제각기 야습을 주장하고 나온다. 그러나 진희는 고개를 좌우로 흔들며 일언지하에 거절해 버린다.

"그것은 안 될 말이다. 어떤 군사를 막론하고, 무릇 부대가 이동할 때에는 반드시 철통 같은 대비책을 세워 놓고 나서야 움직이는 법이다. 그런 것을 모르고 섣불리 야습을 감행한다는 것은 섶을 지고 불 속으로 뛰어드는 것과 무엇이 다르단 말인가."

이미 왕릉이 예언한 대로 진희는 병법에 정통하기 때문에 그런 기습은 안 했던 것이다.

그리하여 양군은 잠시 소강 상태를 유지하게 되었다.

## 한신의 운명

한신은 진희가 반란을 일으켰다는 소식을 듣고 속으로 크게 기뻐하였다. 그리하여 형세를 보아 자기는 내부에서 들고일어나 유방을 일거에 거꾸러뜨리고, 천하를 대번에 장악해 버릴 엄청난 꿈을 꾸고 있었다.

그러나 유방은 진희의 반란을 진압하려고 대군을 거느리고 이미 원정의 길에 오르지 않았는가.

한신이 비밀리에 사람을 놓아 양군兩軍의 동태를 알아보니 진희는 곡양에 진을 쳤는데, 유방은 한단에 진을 치고 대치對峙중이라는 것이 아닌가. 한신은 그 소식을 듣고 혼자 탄식한다.

'진희가 장강漳江을 앞에 두고 한단에 진을 쳤다면 진희가 반드시 이길 것이다. 그러나 실지는 그와 반대로 한제가 한단에 진을 치고, 진희는 곡양에 진을 치고 있다니, 그렇다면 진희가 불리할 것이 확실하다.'

지리地理와 병법에 정통한 한신은 양군이 대치하고 있는 장소만 보고도 승부를 예측할 수가 있었다. 이에 한신은 초조한 나머지 진희에게 다음과 같은 밀서를 보냈다.

한제가 지금 귀공을 정벌하려고 대군을 이끌고 그곳으로 달려갔지만 귀공은 한제와 싸울 생각을 하지 말고 장안으로 직접 쳐들어오도록 하오. 그러면 내가 내부에서 들고일어나, 우리는 한나라를 일거에 뒤집어 엎을 수가 있을 것이오.

한신은 이상과 같은 밀서를 심복 부하인 호상胡祥에게 써 주면서 진희에게 급히 전하라고 일렀다. 호상은 밀서를 품고 집을 나오다가 한신의 부하인 사공저謝公著를 길에서 만났다. 두 사람은 단짝 술친구이므로, 사공저는 호상을 만나기가 무섭게 대뜸 술집으로 잡아끌었다.

"이 사람아! 오래간만에 한잔 하세. 오늘은 내가 한잔 냄세."

호상은 손을 내저으며 말한다.

"아니야! 지금 한신 장군의 급한 심부름을 가는 길이어서 말야."

그러나 사공저는 호상의 손을 한사코 끌어당기며 말한다.

"예끼 이 사람! 아무리 급한 심부름이기로 술 한 잔 마실 시간이야 없겠는가. 꼭 한 잔만 마시고 보내 줄 테니 어서 들어가세."

이리하여 두 사람은 마침내 행길가의 술집에서 술을 마시기 시작하였다. 두 사람은 모두가 고주망태인지라, 술을 일단 입에 댄 이상 한잔으로는 끝날 리가 없었다. 한 잔이 두 잔 되고 두 잔이 열 잔 되어, 마침내 곤드레만드레가 될 때까지 술을 계속 마시고 있었다.

한편, 한신은 호상을 밀사로 보내 놓고 나서 또 다른 심부름을 시키려고 사공저를 불렀다. 그러나 아무리 찾아보아도 사공저는 행방이 묘연하였다. 어떤 사람이 말하기를,

"사공저가 오늘 낮에 어떤 주막에서 호상과 함께 술 마시는 것을 보았습니다."

하고 알려 주는 것이 아닌가. 한신은 그 말을 듣고 소스라치게 놀

랐다.

'사공저는 혹시 나의 비밀을 알고, 호상에게서 나의 밀서를 빼앗아 내려고 호상에게 계획적으로 술을 먹이고 있는 것은 아닐까.'

한신은 비밀이 탄로되었는가 싶어, 사공저가 돌아오기를 눈알이 빠지도록 기다리고 있었다. 그러나 사공저는 날이 저물어도 돌아오지 않았다. 한신은 시간이 갈수록 마음이 초조하였다.

'만약 진희와 내통한 사실이 탄로나면 그야말로 큰일이 아닌가.'

한신은 마침내 마당으로 나와서 이리 왔다 저리 갔다 하며 가슴을 죄고 있노라니까, 사공저는 밤이 깊어서야 돌아왔다. 그런데 사공저는 술이 억병으로 취해 있는 것이 아닌가. 한신은 화가 치밀어 올라 자기도 모르게 벼락 같은 소리를 질렀다.

"이놈아! 아침에 나간 놈이 어디서 무슨 짓을 하다가 이제야 돌아왔느냐?"

사공저가 만약 술이 취해 있지 않았다면, 한신에게 감히 말대꾸를 못 했을 것이다. 그러나 그는 억병으로 취해 있었기 때문에 세상에 두려울 것이 없었다. 그리하여 그는 한신에게 대들 듯 큰소리로 이렇게 외쳤다.

"술을 마시다가 좀 늦었기로 왜 야단이시오. 내가 무슨 역적모의라도 하다가 돌아왔단 말이오?"

말할 것도 없이 사공저로서는 취중에 되는 대로 씨부려댄 말대답이었다. 그러자 한신은 '역적모의'라는 말에 가슴이 철렁하였다. '역적모의'라는 말이 취중에 불쑥 튀어나온 말이기에, 한신으로서는 사공저가 자신의 비밀을 다 알고 있다는 것을 의심할 여지가 없었다. 그렇다고 맞대 놓고 물어 볼 수는 없는 일이기에, 한신은 하인을 불러 이렇게 얼버무릴 수밖에 없었다.

"저놈이 술에 취해 미친 소리를 하고 있다. 자기 집으로 끌어다가 잠을 재우게 하여라!"
 한신은 그렇게 둘러대면서도 맘속으로는,
 '저놈을 살려 두었다가는 큰일나겠구나. 오늘 밤 안으로 숫제 저 놈을 죽여 버려야 하겠다.'
하고 결심하였다.
 사공저를 집으로 쫓아 보내고 내실로 들어오니 마누라 소씨 부인 蘇氏夫人이 달려나오며 걱정스럽게 묻는다.
 "사공저가 무슨 잘못을 저질렀기에 한밤중에 그렇게도 야단을 치셨습니까?"
 한신은 지금까지의 경위를 마누라에게 상세하게 알려 주고 나서,
 "그놈을 살려 두었다가는 큰일나겠으니, 오늘 밤 안으로 숫제 죽여 버려야 하겠소."
하고 말했다. 그러자 소씨 부인이 머리를 흔들며 말한다.
 "죽여도 오늘 밤에는 죽이지 마시옵소서. 아무리 감쪽같이 죽여도 오늘 밤에 죽이면, 세상 사람들은 당신이 죽였다고 생각할 것이기 때문입니다."
 한신은 마누라의 충고를 옳게 여겨, 사공저를 며칠 후에 죽이기로 마음을 고쳐먹었다.
 그런데 그 일이 후에 가서 한신의 운명에 커다란 변화를 가져올 줄이야 그 누가 알았을 것인가.
 한편, 사공저는 집으로 돌아와 한잠 늘어지게 자고 깨어나니, 마누라가 수심이 가득한 얼굴로 남편을 나무란다.
 "어젯밤 당신이 한신 장군한테 술주정을 무섭게 했기 때문에, 한 장군이 당신을 그냥 내버려 두지는 않을 것이오. 오늘은 당신한테 어떤 벌을 내릴지 모르니 이 일을 어찌했으면 좋겠소?"
 사공저는 그 말을 듣고 어리둥절해 하면서 말한다.

"내가 한신 장군한테 술주정을 하다니, 그게 무슨 소리야. 나는 전연 기억이 없는걸."

"아무리 취중이기로 한 장군에게 '역적모의'를 했으니 어쩌니 하고 마구 대들었으니, 한 장군이 당신을 그냥 내버려 둘 리가 없지 않아요?"

"뭐야? 내가 한 장군을 역적으로 몰아붙였다구? 아무리 취중이기로 내가 감히 그런 주정을 했을 리가 없지 않은가?"

"당신은 취중에 함부로 씨부려댄 말이었겠지만, '역적' 운운이라는 말을 큰소리로 외친 것만은 사실이에요. 그렇잖아도 한 장군은 어제따라 아침부터 당신을 찾고 계셨는데, 당신이 밤늦게 돌아와서 그런 주정을 했으니 오늘은 당신을 그냥 내버려 두실 리가 없지 않아요. 봉변을 당하지 않으려거든 지금이라도 급히 손을 써두세요. 그렇잖으면 당신은 한 장군의 손에 죽게 될지도 몰라요."

이에 사공저는 크게 당황하였다.

"그렇다면 앉아서 죽을 수는 없는 일이 아냐. 도망이라도 가야지."

사공저는 부랴부랴 보따리를 싸들고 도망을 치려 하였다. 그러나 도망을 친들 어디로 갈 것이며, 도망을 치게 되면 처자식들은 영영 못 만나게 될 것이 아닌가. 사공저는 보따리를 싸들고 이리저리 궁리하다가 한 생각이 떠올랐다.

'그렇다! 무턱대고 도망을 갈 게 아니라, 소하 승상에게 부탁하여 한신 장군에게 용서를 빌기로 하자. 승상께서 중간에 나서 주시면, 한신 장군인들 설마 죽이지는 않을 게 아닌가.'

죽지 않으려고 그런 방도를 써 보기로 하였다. 다행히 승상 댁에는 전에도 심부름을 여러 차례 갔던 일이 있었기에, 사공저는 부랴부랴 소하를 찾아갔다. 승상 소하는 사공저의 말을 듣고 내심 크게 놀랐다. 그러잖아도 유방은 원정을 떠나기 전에 승상에게,

"내가 없는 사이에 한신이 무슨 짓을 할지 모르니, 그의 동태를 엄격히 감시하오."

하는 특별 지시까지 내리지 않았던가. 소하가 사공저에게 묻는다.

"아무리 취중이기로 네 입에서 '역적모의' 운운 하는 말이 나온 것은 이만저만한 실언이 아니었구나. 이는 평소에 한신 장군한테 그럴 만한 무슨 의혹이라도 품고 있었던 게 아니냐."

사공저는 머리를 좌우로 갸웃거리며 한동안 생각해 보다가, 자기 변호를 위해 이렇게 대답하였다.

"특별히 의혹을 살 만한 일은 없었사옵니다. 그러나 곰곰 생각해 보면, 의혹을 살 만한 일이 노상 없지도 않사옵니다."

"의혹을 살 만한 일이 노상 없지는 않다니? 그게 무슨 소리냐?"

소하는 눈을 커다랗게 뜨며 반문하였다. 사공저는 내친김에 모든 것을 사실대로 고백하는 수밖에 없었다.

"실은, 한신 장군은 '호상'이라는 심복 부하를 진희에게 밀사로 보내고 있었습니다. 황제 폐하께서 원정의 길에 오르신 이 판국에, 다른 사람도 아닌 진희에게 밀사를 보냈다는 것은 중대사가 아니고 무엇이겠습니까?"

사공저는 취중에 호상에게 무심코 들었던 말을 그대로 고해 버렸다. 그 말을 들은 소하는 속으로 크게 놀랐다.

'한신이 진희에게 밀사를 보낼 정도라면, 두 사람은 이미 오래전부터 내통을 해온 것이 확실하지 않은가.'

소하가 대궐로 달려들어와 여 황후呂皇后에게 사실대로 품고하니, 여 황후가 크게 노하여 다음과 같이 말한다.

"주상께서 원정의 길에 오르실 때에, 승상과 나를 은밀히 불러 '한신의 동태를 각별히 감시하라'고 엄명을 내리신 일이 있지 않소. 한신이 진희에게 밀사를 보낼 정도로 모의謀議가 분명하다면 승상은 한신을 신속히 처치해 주시오."

"분부대로 거행하겠사옵나이다."

소하는 그로부터 며칠 후 아무도 모르게 옥중에서 진희와 얼굴이 비슷하게 생긴 죄수 한 명을 끌어내다가 목을 잘랐다. 그리하여 그의 머리를 나무 상자에 넣어 일반에게 공개하면서,

"황제께서는 진희를 완전히 정벌하시고, 진희의 수급을 서울로 보내오셨다. 이로써 전쟁은 완전히 끝났기에, 내일 아침에는 승상부에서 경축식을 거행할 테니, 만조 백관들은 빠짐없이 참석하도록 하오."

하는 통고문을 군신들에게 모조리 돌려놓았다. 한신에게도 통고문을 보냈음은 말할 것도 없다. 한신은 그 통고문을 받아 보고 크게 실망하였다. 진희가 그렇게도 어이없게 패망할 줄은 몰랐던 것이다. 경축식에 참석할 경황이 없어서 집에 눌러 있노라니까, 소하가 특사를 시켜 편지를 보내 왔다.

오늘 같은 경축 행사에 국가의 원로인 장군이 참석을 아니 하시면 되겠습니까. 폐하께서는 돌아오시는 대로 장군에게 특별 포상을 내리시겠다는 기별이 왔으니, 몸이 불편하시더라도 오늘의 경축 행사에는 꼭 참석을 해 주소서.

소하

한신은 소하의 편지를 받아 보고 우선 마음을 놓았다. 비밀이 탄로나지 않은 것이 분명해 보였기 때문이었다. 더구나 승상 소하는 평소에도 자기를 무척 아껴 주던 사람이 아니었던가. 소하가 그처럼 호의를 보여 주는데 끝까지 참석을 아니 하면 오히려 의심을 살 것 같아, 한신은 내실로 들어와 부인에게 말한다.

"입궐을 해야 하겠으니 새 옷을 내주시오."

소씨 부인은 그 소리를 듣고 눈을 커다랗게 뜨며 놀란다.

"일전에 황제가 원정을 떠나실 때에도 병을 빙자하여 전송조차 안 가셨던 당신이, 오늘은 무슨 까닭으로 입궐하시겠다는 것이옵니까?"

소씨 부인은 예감이 좋지 않았던지, 남편의 입궐을 적극 반대하면서 이렇게도 말했다.

"여 황후가 섭정攝政의 자리에 올랐을 때에도 당신은 병을 빙자로 찾아뵙지도 않았습니다. 그러던 당신이 왜 오늘따라 갑작스럽게 입궐하시겠다는 것이옵니까?"

한신은 고개를 가로저으며 대답한다.

"승상이 '오늘의 경축 행사에는 꼭 참석해 달라'고 간곡한 친서를 보내 왔으니, 승상의 체면을 보아서도 아니 갈 수가 없는 일이 아니오. 더구나 황제는 돌아오는 길로 나에게 특별 포상을 내리겠다는 전지傳旨까지 보내 왔다고 하니 암만해도 오늘은 입궐을 해야만 좋을 것 같구려."

지혜롭기 그지없는 한신도 '특별 포상'이라는 미끼에 마음이 크게 흐려졌던 것이다. 그러나 소씨 부인은 예감이 너무도 불길하여 또다시 반대하고 나온다.

"저는 어쩐지 불길한 예감이 들어, 오늘만은 입궐을 아니 하셨으면 싶사옵니다. 당신이 입궐하셔도 여 황후가 별로 반가워하지도 않으실 텐데 무엇 때문에 입궐하시겠다는 것이옵니까?"

한신은 웃으면서 마누라를 달랜다.

"여 황후가 나를 못마땅하게 여기기로서니 그게 무슨 대수요. 여 황후는 일개의 아녀자에 지나지 않는 사람이오. 그가 나를 감히 어쩔 수가 있겠소. 매사에는 기회라는 것이 있는 법이오. 황제가 돌아오시면 나는 다시 득세得勢를 하게 될 판인데, 이 기회를 어찌 놓쳐 버릴 수가 있겠소?"

한신은 어떡하든지 세상을 또다시 휘둘러보고 싶은 욕망이 간절하였다. 그리하여 마누라의 반대를 무릅쓰고 기어코 경축 행사에 참석을 하고야 말았다.

이윽고 축하식이 끝나자, 여 황후는 내전으로 들어가며 승상에게 명한다.

"내가 두 분과 긴히 상의하고 싶은 일이 있으니, 승상은 회음후 (淮陰侯:韓信)와 함께 곧 편전으로 들어와 주시오."

한신은 그 때까지도 별다른 낌새를 채지 못하고 소하와 함께 편전으로 들어가고 있었다. 그리하여 장락전長樂殿 내문內門으로 막 들어섰을 바로 그 순간, 대문 뒤에 숨어 있던 4, 50여 명의 장사들이 벼락같이 덤벼들어 한신에게 결박을 지어 버리는 것이 아닌가. 한신은 몸부림을 치며 항거하였다.

"내가 무슨 죄를 지었다고 너희놈들이 나를 포박하느냐!"

그러나 아무리 항거해도 때는 이미 늦었다. 소하는 한신을 굽어보며 추상같이 꾸짖었다.

"장군이 무슨 죄를 지었는지는 장군 자신이 누구보다도 잘 알고 계실 것이오. ……여봐라! 황후 폐하께서 특별 분부가 계실 것이니, 죄인을 장락전 계하에 꿇어앉혀 놓아라."

승상 소하는 이미 한신이 믿고 있던 소하가 아니었다. 한신은 소하에게 감쪽같이 속은 것을 그제야 깨닫고 눈앞이 캄캄해 왔다.

이윽고 한신은 결박을 당한 채 장락전 계하에 꿇어앉는 몸이 되었다. 한때에는 천군 만마를 질타하며 유방조차도 우습게 여겨 왔던 천하의 명장 한신이었다. 유방은 10만 군사를 거느릴 능력밖에 없지만, 자기는 군사를 얼마든지 거느릴 능력이 있다고 '다다익선'

이라는 말까지 써 가면서 호언장담豪言壯談했던 불세출의 명장 한신이었다. 그처럼 자신이 만만했던 한신이기에, 장락전 계하에 결박을 당하고 꿇어앉아 있는 지금, 그의 머릿속에서는 오만 가지 회한悔恨이 먹구름처럼 뭉개고 있었다.

'마누라가 그처럼 만류했건만 내가 왜 고집을 부려 가며 입궐했던가.'

'괴철蒯徹은 삼국 분립三國分立을 그처럼 권고했건만, 나는 왜 그의 말을 듣지 않고 유방의 그늘로 다시 돌아와 버렸던가.'

그러나 아무리 뉘우쳐도 후회는 막급이었다.

이윽고 여 황후가 대청 마루에 나타나더니, 한신을 굽어보며 추상같이 호령을 내린다.

"죄인 한신은 들거라. 주상께서는 그대를 극진히 사랑하시어 무명 지사인 그대를 원수로 발탁하셨고, 그대의 공로에 따라 제왕齊王에 봉했다가 초왕楚王으로 전임시켰다. 그럼에도 불구하고 그대가 모반謀反을 기도했으므로 황제는 운몽雲夢까지 몸소 가셔서 그대를 생포해 오신 일도 있었다. 그 때에 그대를 마땅히 죽여 버렸어야 옳을 것이로되, 관인후덕하신 황제는 그대를 죽이지 않으셨을 뿐만 아니라, 회음후淮陰侯라는 관작까지 내려주셨다. 주상은 그대를 그처럼 사랑하셨건만, 그대는 성은을 배반하고 진희와 결탁하여 또다시 모반을 기도했으니 세상에 그럴 수가 있느냐."

여 황후의 규탄은 준열하기 그지없었다. 한신으로서는 모두가 부인할 수 없는 사실이었다. 그러나 어떤 죄인을 막론하고 자신의 죄를 처음부터 인정하는 사람은 없는 법이다. 한신은 머리를 들며 아뢴다.

"신은 진희와 결탁하여 모반을 기도한 일이 전연 없사옵니다. 증거가 있거든 보여 주시옵소서."

여 황후는 한신을 노려보며 다시 꾸짖는다.

"그대가 아무리 죄상을 부인해도 소용없는 일이다. 그대는 '호상'이라는 심복 부하를 시켜, 진희에게 밀서를 보낸 사실이 있지 않느냐?"

한신은 끝까지 부인할 생각에서 말한다.

"누구한테서 그런 말씀을 들으셨는지 모르오나, 신은 진희에게 밀서를 보낸 일이 전연 없사옵니다. 누가 그런 말씀을 했는지, 그 사람의 이름을 말씀해 주시옵소서."

"그렇다면 그 사람의 이름을 분명히 밝혀 주리라. 나에게 그 사실을 밀고한 사람은 그대의 심복 부하인 '사공저'였다. 그래도 부인하겠느냐?"

한신은 사공저의 밀고로 비밀이 탄로난 것을 그제야 알았다. 한신은 밀고자가 사공저임을 알자, 죄상을 부인할 여지는 아직도 있다고 생각되었다. 왜냐하면 사공저는 밀서의 내용까지는 알고 있을 턱이 없다고 생각되었기 때문이었다. 그리하여 여 황후에게 이렇게 항의하였다.

"사공저가 신의 부하임엔 틀림이 없사옵니다. 그러나 그자는 고주망태일 뿐만 아니라, 거짓말을 밥 먹듯 하기로 유명한 놈이옵니다. 여후呂后께서는 하속배下屬輩들이 무책임하게 지껄인 말을 믿으시고, 국가의 동량인 신을 어쩌면 이렇게도 가혹하게 다루시옵나이까?"

그러자 여 황후는 크게 노하며 별안간 불호령을 지른다.

"이 역적놈아! 아가리 닥쳐라. 황제께서는 진희를 살해한 뒤에 네가 진희에게 보낸 밀서도 이미 압수하고 계시다. 그 밀서의 내용에 의하면, 진희가 장안으로 쳐들어오기만 하면 너는 내부에서 들고일어나 한나라를 일거에 뒤집어엎겠다고 했다는데, 네놈은 그래도 죄상을 부인할 생각이냐?"

그것은 한신에게서 자백을 받기 위해 소하가 꾸며 낸 거짓말 심문이었다. 그러나 한신은 여후의 입에서 그 말을 듣는 순간, 자기도 모르게 얼굴을 푹 떨구었다. 자신의 밀서가 한제의 손에 들어간 것이 분명하다고 믿었기 때문이었다.

여후는 한신의 모반을 그 이상 의심할 여지가 없으므로, 측근에게 추상 같은 명령을 내린다.

"여봐라! 저놈을 당장 끌어내어 목을 베어라. 그리고 저놈의 삼족三族도 한 놈도 남기지 말고 모조리 주살하여라."

한신은 형장으로 끌려가며 하늘을 우러러 탄식하였다.

'아아, 나는 삼국 분립하라는 괴철의 충고를 듣지 않았다가 오늘날 형장의 이슬로 사라지는 몸이 되었구나. 이것도 나의 운명이던가. 천명이 그렇다면 어쩔 수 없는 일이지.'

천하의 영웅이었던 한신은 회한의 눈물을 뿌리며 마침내 형장의 이슬로 사라졌으니, 그날은 대한大漢 11년 9월 11일이었다.

한신이 형장에서 이슬로 사라지는 그날, 일월은 광채를 잃듯 천지가 갑자기 어두워 왔고, 산과 들에는 검은 안개가 짙게 드리워 있었다.

한신이 주살되었다는 사실이 널리 알려지자 백성들은 저마다 눈물을 흘리며,

"한신 장군은 천하를 통일하는 데 영원 불멸의 공로를 세웠건만 소하 승상은 그 점을 생각해서라도 여 황후에게 왜 특사를 내리도록 품고하지 않았던가?"

하고 승상 소하를 은근히 나무라기까지 했던 것이다.

아무러나 전야에서 천군 만마를 맘대로 주름잡던 천하의 명장 한신이 다른 사람도 아닌 일개의 여자에 불과한 여 황후의 손에 죽었

다는 것은 참으로 웃지 못할 희비극이었다.
 한신이 주살되었다는 소식을 전해 들은 한제는 안도와 비통으로 얼룩진 눈물을 뿌리며 혼자 이렇게 탄식하였다.
 "아아, 아까운 명장이 죽었구나. 한신 같은 명장은 전고에도 없었거니와 차후에도 다시는 나오지 못하리로다."

## 괴철蒯徹의 충성심

이번에는 진희의 반란 사건의 경과를 한번 알아보기로 하자. 진희는 한신의 밀서를 받아 보고 크게 기뻐하였다. 그리하여 장안으로 직접 쳐들어갈 준비를 서두르고 있었다. 자기는 외부로부터 쳐들어가고 한신은 내부로부터 들고일어나면, 한나라를 거꾸러뜨리기가 결코 불가능한 일이 아니라고 믿었던 것이다.

그처럼 커다란 야망을 품고 군사를 막 발동시키려고 하는데, 참모 하나가 급히 달려오더니,

"큰일났습니다. 한신 장군이 여 황후의 손에 주살되어, 그의 수급이 지금 적의 원문轅門에 높이 걸려 있다고 하옵니다."

하고 알려 주는 것이 아닌가.

"뭐야? 누가 그런 소리를 하더냐?"

진희는 기절 초풍을 할 듯이 놀랐다.

"우리 편 군사들이 지금 한신의 수급을 직접 목격하고 돌아왔사옵니다. 떠도는 소문에 의하면, 육가라는 자가 한신의 수급을 장안에서 한단으로 가지고 와서 우리들에게 보여 주려고 원문에 높이 내걸었다고 하옵니다."

진희는 그 말을 듣고 대성 통곡하며 탄식한다.

"한신 장군과 나는 굳게 언약한 바가 있었거늘, 한 장군께서 돌아가셨다면 이제는 만사휴의萬事休矣가 아니냐."

바로 그 때 비마가 급히 달려와 아뢴다.

"한나라 군사들이 총동원하여 진격해 오고 있사옵니다. 지금 백리 밖에까지 접근해 왔으니, 우리는 방비책을 시급히 서둘러야 하겠습니다."

이에 진희는 눈물을 거두고 방비 태세를 갖추기에 정신이 없었다. 모든 대장들이 진희에게 진언한다.

"모든 군사가 한 덩어리가 되어 돌격전을 퍼붓는 것이 유리할 것 같사옵니다."

진희가 고개를 좌우로 흔들며 대답한다.

"한 덩어리가 되어 돌격하기보다는, 전군이 두 부대로 나뉘어 좌우에서 협공을 하는 편이 훨씬 유리할 것이다."

진희는 부대를 좌우로 배치해 놓고 적이 나타나기를 기다리고 있었다.

한편, 유방은 한신이 주살되었음을 알고 나자 전군에 긴급 동원령을 내리며 말한다.

"한신이 죽었으므로 진희는 의기가 소침해져서, 이제부터는 공격보다도 수비에만 주력할 것이다. 우리는 차제에 진희를 철저하게 때려부숴야 한다."

유방은 전군을 곡양까지 몰고 와서 대장들에게 새로운 군령을 내린다.

"이제부터 적에게 총공격을 퍼붓기로 하겠다. 그에 앞서 번쾌와 왕릉은 군사 1만 명씩을 거느리고 곡양 북쪽에 매복해 있다가, 진희가 그쪽으로 도망가거든 번개같이 들고일어나 진희를 생포해 버려라. 그리고 주발과 주창은 1만 명씩을 거느리고 그보다 전방에 매복해 있다가, 적의 후속 부대가 오거든 가차없이 때려부숴라. 그러한 군사 배치가 끝나거든 관영으로 하여금 적진으로 직접 쳐들어가게 하겠다."

바로 그 다음날. 관영이 적진으로 쳐들어가니, 진희가 말을 달려 나오며 큰소리로 외친다.

"한군은 지난날 나에게 크게 패한 바 있거늘, 아직도 항복할 생각을 아니 하고 또 덤벼 왔느냐?"

관영은 다짜고짜 덤벼들며 말한다.

"이 역적놈아! 잔소리 말고 나와서 칼을 받아라!"

그러나 호락호락 굴복할 진희가 아니어서 싸움은 본격적으로 어울리게 되었다. 두 장수가 혈전에 혈전을 거듭하기를 무려 30여 합. 마침내 진희는 북방으로 거짓 쫓기기 시작하였다. 왜냐하면 유무劉武와 초초楚招 등이 양곡 북쪽에 진을 치고 있었기에, 관영을 그리로 유인해 갔던 것이다. 그러나 정작 양곡에 달려와 보니 우군友軍은 그림자도 보이지 않았다. 그들은 한군에게 이미 매수되어 버린 데다가, 한신이 죽었다는 소식을 들었기 때문에 숫제 도망을 쳐버리고 말았던 것이다. 진희는 그러한 사정도 모르고 우군을 찾느라고 우왕좌왕하고 있노라니까, 돌연 깊은 숲 속에서 번쾌와 왕릉의 군사가 벌떼처럼 일어나 총공격을 퍼부어 오는 것이 아닌가.

진희는 혼비백산하여 다시 뒤로 도망을 치기 시작하였다. 그러나 얼마를 도망치다 보니, 이번에는 길가에 매복해 있던 주발과 주창의 군사가 들고일어나 앞을 가로막는 것이 아닌가. 그야말로 나갈 수도 없고 물러갈 수도 없는 진퇴 유곡이었다.

그리하여 갈팡질팡하며 살아날 길을 찾고 있노라니까 번쾌가 별안간,

"이놈아! 마지막 칼을 받아라."
하고 우레같이 외치며 달려들어 진희의 목을 한칼에 날려 버리는 것이었다.

진희의 목이 날아가자, 그를 따르던 군사들은 마치 약속이나 한 듯이 저마다 두 손을 번쩍 들며 땅바닥에 주저앉아 버린다. 그로써 진희의 반란은 완전히 평정된 셈이었다.

유방은 크게 기뻐하며 진희의 수급을 성문 위에 높이 매달아 놓고 백성들을 따뜻하게 위무해 주었다. 민심을 수습하는 데 있어서는 누구보다도 뛰어난 유방이었던 것이다.

그로부터 며칠 후, 유방은 개선군을 거느리고 장안으로 돌아오니 여 황후가 만조 백관들과 함께 멀리까지 영접을 나왔다. 유방은 개선의 축하를 받으며 여 황후에게 묻는다.

"한신이 죽을 때에 어떤 얘기를 합디까?"

여 황후가 대답한다.

"형리형리(刑吏)들의 보고에 의하면, 한신은 처형되기 직전에 '나는 괴철의 말을 듣지 않았다가 오늘날 이런 꼴로 죽게 되는구나!' 하고 개탄해 마지않았다고 하옵니다."

"괴철……?"

괴철이란 처음 들어 보는 이름이기에 유방은 어리둥절해 하다가 주위를 둘러보며 묻는다.

"괴철이란 자가 도대체 누구냐?"

그러나 괴철의 정체를 아는 사람은 아무도 없었다. 유방은 대궐로 돌아오자 괴철의 정체를 알아보려고 만조 백관들을 모조리 불렀다.

"한신은 처형되기 직전에 '괴철의 말을 듣지 않았다가 죽게 되었다'고 개탄했다고 하는데, 도대체 괴철이라는 자가 어떤 사람인지 누구 모르시오?"

그러자 진평이 출반주하며 아뢴다.

"괴철은 본시 제齊나라 태생으로, 기변機變이 능란한 천하의 기인 奇人입니다. 한신은 지난날 연燕나라를 정복했을 때, 괴철과 친교를 맺게 되었습니다. 그 때 괴철은 한신에게 독립獨立할 것을 여러 차례 권고한 일이 있었습니다. 괴철이 한신에게 모반을 권고한 이론은 '삼국 분립론'이었습니다. 다시 말하면, 주상을 위해 천하를 통일하려고 애쓸 게 아니라 항우와 주상, 한신 세 사람이 천하를 셋으로 나눠 갖도록 하라는 주장이었습니다. 그러나 한신은 괴철의 말을 듣지 않고 주상한테로 돌아왔기 때문에, 괴철은 그 때부터 미친 사람으로 가장하고 정처 없이 떠돌아다니고 있다고 들었습니다."

유방은 그 말을 듣고 크게 놀랐다.

"그렇다면 괴철이라는 사람은 지략이 출중한 현인이 아니오? 진평 대부는 그 사람을 나에게 직접 만나게 해줄 수 없겠소?"

진평이 머리를 조아리며 아뢴다.

"구름처럼 정처 없이 떠돌아다니는 그를 찾아내기는 매우 어려운 일일 것이옵니다. 그러나 폐하께서 기어이 만나 보고 싶으시다면 사람을 놓아 한번 찾아보도록 하시옵소서."

그러자 유방은 지혜롭기로 소문난 육가를 돌아다보며 말한다.

"이런 일에는 대부를 당할 사람이 없지 않소. 대부가 한번 나서 주시오."

육가가 머리를 조아리며 대답한다.

"어명이시라면 신이 최선을 다해 찾아보도록 하겠습니다."

육가는 그날로 종자 10여 명을 데리고 제나라로 괴철을 찾아 나섰다. 우선 그 지방의 군수인 이현李顯을 만나 괴철의 소재를 물어보니, 이현이 대답한다.

"괴철은 미친 사람입니다. 그는 정처 없이 떠돌아다니기 때문에 괴철을 찾아낸다는 것은 불가능한 일이옵니다. 언젠가는 집을 제공해 주면서 정착定着을 시켜 보려고 했지만, 그는 그것조차 일언지하에 거절하고, 지금도 구름처럼 떠돌아다니고 있습니다. 괴철이야말로 어찌할 수 없는 미치광이입니다."

육가가 군수에게 다시 말한다.

"나는 어명에 의해 괴철을 찾아 나선 사람이오. 그러니까 군수께서 어떻게 하든지 그 사람을 만날 수 있게 협력해 주셔야 하겠소."

이현은 눈을 커다랗게 떠서 놀라며 말한다.

"폐하께서는 그런 미친 사람을 무엇에 쓰시려고 육 대부를 일부러 보내셨다는 말씀입니까. 저더러 말하라면, 괴철은 아무데도 쓸모없는 미친 사람일 뿐이옵니다."

이현은 괴철을 어디까지나 미친 사람으로 여기고 있었다. 육가는 웃으면서 이현에게 말한다.

"군수는 괴철을 정말 미친 사람으로 알고 계시는 모양이구려. 그러나 괴철은 계획적으로 미치광이 행세를 하고 있을 뿐이지, 진짜 미치광이가 아니라는 사실을 아셔야 하오."

그러자 이현은 깜짝 놀라며 묻는다.

"옛? 괴철이 미치광이가 아니라는 말씀입니까. 미치지 않은 사람이 무엇 때문에 미친 사람 행세를 하고 돌아다닌다는 말씀입니까?"

"거기에는 그럴 만한 이유가 있으나, 그 점은 차차 알게 될 것이오. 아무려나 나는 어명에 의해 그 사람을 꼭 만나야만 하겠으니, 군수가 협력을 해 주시오."

"알겠습니다. 그러면 관리들을 놓아 괴철을 찾아내도록 하겠습니다. 괴철은 술이 취하면 노래를 부르며 거리를 떠돌아다니는 버릇이 있으므로, 어디선가 반드시 찾아낼 수 있기는 합니다."

이현은 그날부터 관리들을 사방으로 파견하여 괴철을 찾기 시작하였다.

  그로부터 10여 일 후, 옷이 남루하고 머리가 봉두난발蓬頭亂髮인 40객 미치광이 하나가 술이 거나하게 취해 시골 거리를 돌아다니며 노래를 부르는 것을 발견할 수 있었다. 물어 보나마나 그가 바로 괴철임에 틀림없었다. 그는 슬픈 가락으로 노래를 씨부려대며 거리를 거닐고 있었는데, 노래의 내용은 다음과 같았다.

    육국을 병합함이여 진나라가 삼켜 버렸도다
    六國兼倂兮 爲秦所呑
    나라에 호걸이 없음이여 뒤를 이어가지 못했도다
    內無豪傑兮 罔遺後昆
    진시황이 자실함이여 초나라에 멸망했도다
    泰始自失兮 滅絶於楚
    초가 잘 다스리지 못함이여 한나라 임금 손에 넘어갔도다
    楚罔脩正兮 屬之漢君
    항우를 오강에서 몰아쳤음은 그 누구의 힘이었던가
    烏江逼項兮 伊誰之力
    세상에 좋은 수가 있었으니 천하를 어찌 독점할 수 있으리오
    下天奇謀兮 豈客獨存
    한신은 그 점을 깨닫지 못함이여 작은 감투에만 눈이 어두웠도다
    乃不自悟兮 尙思國爵
    하루아침에 죽음을 당함이여 화와 복이 모두 끝났도다
    一朝遭烹兮 禍福無門
    술에 취해 거짓 미치광이질을 하자니 세상은 어둡고도 어둡구나.
    伴狂沈醉兮 且自昏昏

괴철은 혼자 웃고 울며 노래를 불러대고 있었다. 그를 찾아 헤매던 관리는 얼른 괴철의 손을 붙잡고 그 역시 미친 사람인 것처럼 크게 웃으며 말한다.

"나도 미쳤거니와 그대도 미쳤는가. 우리 미친 사람끼리 주막에 들어앉아 술이나 한잔씩 나누세."

괴철은 크게 기뻐하며 말한다.

"미친 사람끼리 술을 나누자니, 내 어찌 사양하리오. 그대 돈을 가졌거든 마음껏 취해 보세."

관리들은 괴철을 술집으로 데리고 들어와 술을 마시기 시작하였다. 그리하여 술이 거나하게 취하자 사람을 확인하기 위해 정색을 하고 괴철에게 이런 수작을 걸었다.

"우리 두 사람은 부귀와 영화에는 뜻이 없어, 며칠 후에는 머나먼 나라로 나그네의 길을 떠날 생각입니다."

괴철은 그 말을 듣고 그들이 보통 사람이 아님을 느꼈다. 그래서 괴철도 정색을 하며 이렇게 반문한다.

"나는 깊은 사연이 있어 미치광이 짓을 하며 떠돌아다니거니와, 당신네들은 무슨 이유로 부귀와 영화를 마다하고 방랑의 길을 떠나려고 하시오?"

관리들이 대답한다.

"우리가 미치광이 노릇을 하며 방랑의 길에 오르려 하는 것도 깊은 사연이 있기 때문이라오. 그러나 누가 알면 큰일이니까, 그 사연만은 말하지 않겠소이다."

괴철은 그런 말을 들을수록 두 사람의 정체가 궁금해 견딜 수 없었다. 그리하여 옷깃을 바로잡고 애원하듯 말한다.

"두 분이 어떤 분인지, 이름이나 알고 헤어집시다."

이에 관리들이 대답한다.

"우리 두 사람은 본시 조趙나라 태생으로 회음후 한신을 진심으로 사모해 오던 사람들이라오. 회음후가 초왕으로 계실 때에는, 심복 부하로서 많은 총애를 받아 왔었지요. 그런데 회음후가 무고誣告로 여 황후의 손에 주살되고, 삼족三族까지 절멸絶滅되었으니, 세상에 그런 비참한 일이 어디 있단 말이오. 회음후께서는 처형을 당하는 최후의 순간에 '아아, 나는 괴철의 간언을 듣지 않은 죄로 오늘날 이 꼴이 되는구나' 하고 탄식하시더라는 말도 들었소. 회음후가 돌아가셨는데도 불구하고 우리들은 따라 죽지를 못했으니 얼마나 부끄러운 일이오. 그래서 이제나마 온갖 명리를 다 버리고, 무작정 방랑의 길을 떠나려는 것이오."

괴철은 그 말을 듣자 눈물을 흘리며 말이 없었다. 두 관리가 다시 입을 열어 말한다.

"실상인즉, 우리들은 길을 가다가 선생의 노래를 듣고, 혹시나 선생이 괴철 선생이 아니신가 싶어 선생을 이렇게 술집으로 모시게 된 것이오. 생각건댄, 한신 장군은 영원 불멸의 공적을 수없이 세우신 영웅이시오. 그런 어른이 일개 여자의 손에 어이없게 돌아가신 일을 생각하면 가슴이 찢어지는 것만 같아 견딜 수가 없구려."

그리고 두 관리는 짐짓 눈물을 뿌리며 주먹으로 가슴을 두드려 보였다. 어시호 괴철도 슬픔을 참고 견딜 수가 없는지, 자기도 모르게 주먹으로 가슴을 두드리며 오열嗚咽하듯 말한다.

"한후韓侯께서 그런 일을 왜 진작 깨닫지 못하고 어이없게도 여자의 손에 돌아가셨는지 철천지한이오. 나 역시 주인을 잃었으니 누구를 믿고 살아가리오."

괴철은 무심중에 자신의 정체를 드러내고 말았다. 그러자 바로 그 순간, 방문이 '탕!' 하고 열리며 나타나는 사람이 있었으니, 그는 괴철을 진작부터 끈질기게 추적해 오던 육가였다. 육가는 방안에 들어서기가 무섭게 괴철의 손목을 덥석 움켜잡으며 호통을 친다.

"혹세무민惑世誣民하던 괴철이란 놈을 이제야 붙잡았구나. 그대는 미친 사람으로 가장하고 요사스러운 노래를 부르며 떠돌아다니는 괴철이란 자가 틀림이 없으렷다!"

아무러한 괴철도 이때만은 무척 당황하는 빛을 보이며,

"도대체 당신은 어떤 사람이기에 남의 술자리에 뛰어들어 난동을 부리오?"

하고 시비조로 나왔다. 육가는 더욱 위엄을 보이며 다시 호통을 친다.

"나는 황제의 어명으로 그대를 체포하러 온 한나라의 대부 육가다."

육가의 입에서 그 말이 떨어지기가 무섭게 문 밖에 대기중이던 군수가 형리들을 몰고 들어와 괴철에게 다짜고짜로 결박을 짓는 것이 아닌가. 사태가 그렇게 되고 보니, 괴철은 변명할 여지가 없었다. 그리하여 바깥으로 끌려 나오자 육가가 형리들에게 명한다.

"이 사람의 포승捕繩을 당장 풀어 주어라!"

그리고 이번에는 괴철에게 정중한 어조로 말한다.

"선생은 미친 사람 행세를 그만 하고, 이제부터 장안으로 폐하를 만나 뵈러 가야 하겠소."

괴철은 아무런 반항도 아니 하고 육가가 하라는 대로 하였다. 이윽고 수레를 타고 장안으로 떠나게 되자, 육가는 수레 위에서 괴철을 설득하기 시작한다.

"옛날부터 지혜로운 사람은 시세時勢를 알고, 어진 사람은 주인을 잘 택한다고 하였소. 한제는 천명을 타고나신 천하의 주인이시오. 그러기에 한韓나라에서 재상 벼슬까지 지낸 장량 선생조차도 지금은 한제에게 충성을 다하고 계시다오. 천하의 대세가 이미 한제에게 기울어졌거늘 선생만이 고집을 부려 본들 무슨 소용이란 말이오. 지금이라도 마음을 돌려, 이름을 후세에 길이 남기도록 하시오."

괴철은 오랫동안 침묵을 지키고 있다가 고요히 입을 열어 말한다.

"나는 오랫동안 미치광이 행세를 하다가 마침내 대부의 손에 발각되었으니, 이것도 천운인지 모르겠소이다. 아무튼 일이 이렇게 되었으니, 한제를 기쁜 마음으로 만나 뵙도록 하겠소."

이윽고 유방은 괴철을 만나자 단도직입적으로 묻는다.

"그대가 한신에게 모반할 것을 부추겼다고 들었는데, 그게 사실인가?"

그런 식으로 단도직입으로 물어 오면 괴철은 응당 공포에 떨게 되리라고 생각하고 있었다. 그러나 괴철의 태도는 그게 아니었다. 괴철은 두려워하는 기색은 추호도 없이 당당한 어조로 대답한다.

"나는 한신 장군에게 '천하의 주인이 되라'고 충고한 일은 있어도, 누구를 모반하라고 권고한 일은 없었습니다. 폐하는 무엇인가를 크게 오해하고 계시는 게 아닌가 싶사옵니다."

유방은 괴철의 말을 얼른 알아듣지 못해 다시 묻는다.

"모반을 권고한 것이 아니라 '천하의 주인'이 되라고 충고했다는 말은 무슨 뜻이냐. 좀더 구체적으로 설명해 보아라!"

괴철이 다시 대답한다.

"지난날 진秦이라는 '한 마리의 사슴'을 놓고 천하의 영웅들이 저마다 탐욕을 내며 싸운 일이 있지 않았습니까. 그 때 저는 한신 장군이야말로 천하의 주인이 될 수 있는 인물이라고 생각하고, 몇 차례나 궐기하기를 충고했던 것이옵니다. 그 때만 해도 저는 한신 장군이 위대한 인물인 줄만 알았지, 폐하같이 훌륭하신 어른이 계신 줄을 미처 몰랐습니다. 그러니 그것을 어찌 배반이라고 말할 수 있으오리까. 만약 그 때 한신 장군이 저의 충고를 과하게 받아들였더라면, 오늘날 저는 이처럼 초라한 신세는 되지 않았을 것이옵니다. 한신 장군은 이미 돌아가시고 이제는 저만 남았으니, 이 이상 괴롭히지 마시고 저를 속히 죽여 주시옵소서."

괴철의 태도는 초연하기 이를 데 없었다. 유방은 괴철이 모반을 기도한 사실이 없었던 것을 알고 크게 기뻤다.

"그러면 한 가지만 더 묻겠다. 한신더러 천하의 주인이 되어 달라고 부탁한 것이 나를 알기 이전의 일이었다면, 나를 만나 보고 난 지금의 생각은 어떠하냐?"

괴철은 머리를 조아리며 아뢴다.

"장량 선생처럼 지혜로우신 어른께서도 폐하에게 충성을 다하고 계시다니, 한신 장군이 천하의 주인이 될 수 없었던 원인을 이제야 분명하게 깨달았습니다."

유방은 그 말을 듣고 크게 웃었다.

"하하하, 모든 사물에는 주인이 따로 있는 법이니라. 이러나저러나 그대가 한신의 충신인 것만은 틀림이 없구나."

괴철은 머리를 깊이 수그리며 말한다.

"충신이라면 매우 부끄러운 충신이옵나이다."

유방은 괴철의 충성심이 무척 갸륵하게 여겨져서,

"그대의 죄를 묻지 않고 관작을 내려주고 싶은데, 그대는 이제부터나마 나를 도와줄 수 있겠느냐?"

하고 물어 보았다. 그러자 괴철은 머리를 좌우로 흔들며 단호하게 대답한다.

"저는 관작에는 뜻이 없는 몸이옵니다. 바라옵건댄, 폐하께서는 한신 장군의 공로를 생각하시와, 그의 유해를 저에게 내려주시옵소서. 그러면 저는 한신 장군을 그의 고향에 장사지내 드리고, 여생을 무덤지기로 보내고 싶사옵니다."

유방은 괴철의 충성심에 깊이 감동되어, 한신의 수급을 그에게 내려줌과 동시에 국고를 차출하여 무덤도 성대하게 조축해 주었다. 그리고 일단 박탈했던 초왕楚王의 칭호도 '추증追贈' 하여 만백성이 한신을 다시금 우러러 받들게 하였다.

천하의 명장이었던 한신은 무덤조차 없을 뻔했다가 다행하게도 괴철의 덕택에 그의 고향에 무덤을 남겨 놓을 수 있게 되었던 것이다.

## 무고誣告의 여파

한신과 진희의 모반 사건을 깨끗이 수습하고 난 유방은, '천하의 명장이었던 한신조차도 내 앞에서는 맥을 추지 못했으니, 이제는 어느 누구도 감히 모반할 생각을 못 하게 되리라' 하고 마음을 완전히 놓았다.

그리하여 어느 날은 문무 백관들을 한자리에 모아 놓고 경축연慶祝宴을 크게 베풀고 있는데 근시가 달려오더니,

"폐하! 양梁나라에서 어떤 사람이 찾아와, 폐하께 급히 아뢸 기밀機密이 있다고 하옵니다."

하고 아뢰는 것이 아닌가.

"양나라에서 나를 만나러 사람이 왔다고……? 양나라라면 팽월 장군이 있는 지방이 아니냐!"

"예, 그러하옵니다."

"그 사람이 무슨 일로 나를 만나러 왔노라고 하던고?"

"자세히는 모르겠사오나, 양나라에서 모반 사건이 일어났는가 보옵니다."

"뭐야? 모반 사건이 양나라에서 일어났다고? 그렇다면 그 사람

을 빨리 불러들여라!"

 양나라에서 왔다는 사람을 외딴 방으로 불러들이니, 그는 어전에 큰절을 올리며 아뢴다.

 "저는 양나라에 사는 태복太僕이라는 벼슬아치로서, 양왕 팽월과는 동문수학同門修學한 친구이옵니다. 팽월이 모반을 기도하고 있기에, 어전에 급히 아뢰고자 왔사옵니다."

 유방은 그 말을 듣고 크게 분노하며 반문한다.

 "팽월이 모반을 기도하고 있다는 사실을 그대는 어떻게 알았는가?"

 태복이 대답한다.

 "다음과 같은 세 가지 점에서 그의 모반을 알 수 있었습니다. 첫째는 팽월이 근간에 와서 군사를 급작스럽게 강화하고 있다는 점이옵고, 둘째는 폐하께서 진희를 토벌하시면서 팽월 장군에게 응원군을 보내 달라고 명령하셨건만, 팽월은 병중이라는 핑계로 군사를 보내지 않았습니다. 셋째는 한신 장군이 주살되었다는 소식을 들은 그날부터 팽월은 오늘날까지 울분과 비통을 금치 못하고 있는 중이옵니다. 이상과 같은 세 가지 조건으로 보아, 팽월은 모반을 기도하고 있음이 분명하옵니다."

 실상인즉 태복의 말은 모두가 무고에 지나지 않았다. 천하의 불량배인 태복은 팽월과 죽마고우竹馬故友인 것을 기화로 갖은 행패를 부리고 돌아다니므로 한번은 팽월이 그를 불러다가 단단히 혼을 내 주었더니, 태복은 그 일에 앙심을 품고 일부러 유방을 찾아와 무시무시한 무고를 했던 것이다.

 그러나 그러한 내막을 알 턱 없는 유방은 크게 걱정스러웠다. 태복이라는 자의 말을 들어 보면 팽월의 모반은 의심할 여지가 없었기 때문이었다. 그리하여 유방은 진평을 불러 묻는다.

 "팽월이 모반을 기도하고 있다는데, 이 일을 어찌했으면 좋겠소?"

진평은 유방의 질문을 받고 오랫동안 침묵을 지키다가 말한다.

"한신이 주살된 다음부터 신은 팽월의 향배向背에 많은 관심을 기울여 왔사옵니다. 그 두 사람은 특별히 가까운 사이였기 때문입니다. 그러나 아직까지는 확실한 증거가 없으니까, 폐하께서는 팽월을 장안으로 직접 소환해 보시면 어떠하겠습니까. 팽월이 순순히 달려오면 이심異心이 없다고 봐야 할 것입니다. 그러나 만약 소환에 응하지 않으면 반역을 계획하고 있음이 분명하니, 그 때에는 무력으로 정복할밖에 없을 것이옵니다."

유방은 진평의 말을 옳게 여겨 육가를 보내 팽월을 불러오도록 명했다. 육가가 찾아가니 팽월이 묻는다.

"대부는 무슨 용무로 오셨소이까?"

육가가 대답한다.

"며칠 전에 태복이라는 자가 폐하를 찾아와 '양왕(梁王:팽월)이 지금 모반을 기도하고 있는 중'이라고 밀고를 한 일이 있었습니다. 그자의 말이 허실상몽虛實相蒙하기 때문에, 폐하께서는 단순한 중상 모략인 줄로 알고 계시기는 합니다. 그러나 그런 말을 일단 들은 이상, 폐하께서는 오해를 깨끗이 풀기 위해서도 대왕을 한번 만나고 싶어하시옵니다. 대왕은 폐하를 한번 찾아뵙는 것이 어떠하겠습니까?"

팽월은 그 말을 듣고 크게 놀라며 대답한다.

"태복이라는 자는 워낙 천하의 깡패입니다. 그자가 나와 죽마고우인 것을 이용해 갖은 행패를 부리며 돌아다니기에, 얼마 전에 나는 그자를 호출하여 혼을 단단히 내준 일이 있었습니다. 그자가 그 일에 앙심을 품고 폐하에게 무서운 무고를 품고한 모양이구려. 그렇다면 나는 대부와 함께 상경하여, 불미스러운 누명을 깨끗이 풀어 버리도록 하겠소이다."

그날 밤 팽월은 육가를 융숭하게 대접하고 다음날 아침에 길을 떠나려고 하였다. 그러자 대부 호철扈徹이 육가가 듣는 앞에서 팽월에게 이렇게 간한다.

"대왕께서는 장안으로 가셔서는 아니 되시옵니다. 만약 이번 길을 떠나시면, 대왕께서도 한신 장군과 똑같은 신세가 되시옵니다."

팽월은 너무도 뜻밖의 충고에 적이 놀랐다.

"한신 장군과 똑같은 신세가 되다뇨? 그게 무슨 소리요?"

대부 호철이 대답한다.

"한제라는 분은, 환난患難은 같이할 수 있어도 부귀만은 같이 누릴 수 없는 인품人品이기 때문입니다. 한신 장군의 경우를 생각해 보시옵소서. 한신 장군은 많은 공로를 세웠건만 결국은 한제의 손에 주살되지 않았습니까?"

"그것은 잘못된 생각이오. 한신은 죄가 분명했기 때문에 처벌을 받았을 뿐이오. 내가 무슨 죄가 있다고 처벌을 당한단 말이오. 만약 내가 가지 않아 보시오. 그 때야말로 태복의 무고대로 나는 응당 처벌을 받게 될 것이오."

팽월의 입장으로서는 당연한 사고 방식이었다. 호철은 고개를 좌우로 저어 보이며 팽월에게 다시 아뢴다.

"태복이라는 자의 무고가 두려워서 이런 간언을 올리는 것은 아니옵니다. 자고로 '공이 많은 사람은 시기猜忌를 받게 마련이고 지위가 높은 사람은 윗사람으로부터 의심을 받게 마련이다'라는 말이 있사옵니다. 대왕께서는 공로도 많으시거니와 지위도 높으시옵니다. 항차 황제에게 의심을 사고 계시는 이 마당에 황제를 뵈러 가면, 비록 아무 죄가 없다 하기로 어찌 무사하기를 바랄 수 있으오리까. 그러므로 어떤 일이 있어도 이번만은 상경을 아니 하셔야 합니다."

팽월은 그 말을 듣고 출발을 무척 주저하였다. 그러자 옆에서 듣고 있던 육가가 호철을 꾸짖듯 나무란다.

"호 대부는 하나만 알고 둘은 모르시는구려. 양왕이 만약 어명을 무시하고 상경을 아니 해 보시오. 그러면 폐하께서 50만 대군을 친히 몰고 원정을 오시게 될 터인데, 그래도 좋다는 말씀이오? 그렇게 되면 양왕은 완전히 파멸하게 될 판인데 그 점을 왜 생각지 못하시오?"

팽월은 육가의 말을 듣고 크게 당황해하며,

"호 대부가 아무리 만류해도 상경할 결심이니, 어서 떠나십시다."
하고 출발을 서둘렀다.

호철이 울면서 팽월에게 간한다.

"주공께서 오늘날 이 길을 떠나시면, 한신 장군이 괴철의 충고를 듣지 않았다가 후회한 것과 똑같은 후회를 하시게 될 것입니다."

팽월은 눈물을 삼키며 말한다.

"대부의 충고는 고맙기 그지없소이다. 그러나 나의 입장으로서는 아니 떠날 수도 없는 형편이니, 무사히 돌아오기만 빌어 주시오."

이윽고 팽월이 육가와 함께 낙양에 도착하여 유방을 뵙자, 유방은 크게 노하며 팽월에게 소리를 지른다.

"내가 진희를 토벌할 때에, 그대는 어찌하여 나를 도우러 와 주지 않았느냐?"

팽월이 머리를 조아리며 아뢴다.

"그 당시 신은 신병으로 부득이 출병을 못 했던 것이옵니다."

"그런 변명은 말도 안 되는 소리다. 그대의 부하로 있던 태복이라는 자가 이미 그대의 모반을 세밀하게 밀고해 왔다. 그대는 주살을 면하기가 어려우리라."

팽월은 크게 당황해 하며 다시 아뢴다.

"태복이라는 자는 천하의 불량배이옵니다. 그자는 제게 사원私怨을 풀기 위해 폐하에게 무고를 올린 것이오니, 총명하신 폐하께서는 소인배들의 중상 모략에 속지 마시기를 바라옵니다."

그러나 분노에 넘친 유방은 팽월의 말을 들으려고 하지 않았다.

"여봐라! 저놈이 거짓말을 늘어놓고 있으니, 저놈을 당장 끌어내어 고문拷問을 하라!"

유방이 명령을 내리는 바로 그 순간 근시가 급히 달려와 아뢴다.

"폐하? 어떤 사람이 폐하를 급히 뵙겠다고 찾아왔사옵니다."

"어떤 사람이 무슨 일로 왔는지, 어서 불러들여라!"

잠시 후에 불청객은 방 안으로 들어서더니, 유방에게 큰절을 올리며 아뢴다.

"폐하! 신은 양나라의 대부 호철이라고 하옵니다."

호철은 팽월의 상경을 만류하다 못해, 마침내 주인의 불행을 미연에 방지하려고 유방을 직접 찾아왔던 것이다. 유방은 호철을 괴이쩍게 바라보며 반문한다.

"양나라의 대부가 무슨 용무로 나를 만나러 왔는가?"

호철은 당당한 어조로 항의한다.

"팽월 장군으로 말씀드리면, 폐하가 영양성에 포위되어 계실 때에 적의 양도糧道를 끊어 항우를 패망하게 만든 일등 공신이옵니다. 그런데 폐하께서는 불량배의 참소를 들으시고 어찌 그런 공신을 죽이려고 하시옵니까. 만약 이런 일이 세상에 알려지면 폐하의 권위는 여지없이 실추되실 것이옵니다. 폐하가 팽월 장군을 기어코 죽이려고 하신다면, 신은 죽음을 각오하고 이 자리에서 물러가지 아니하겠습니다."

유방은 그 말을 듣고 호철의 충심에 크게 감동되었다. 그리하여 이렇게 말했다.

"나는 팽월을 죽여 버릴 생각이었다. 그러나 그대의 충성심에 감동되어 죽이지는 않기로 하겠다. 그러나 왕의 권한만은 박탈하여, 서천西天으로 정배를 보내 버리기로 하리라. 그리고 그대에게만은 대부의 벼슬을 새로 주고 싶으니, 그대는 나의 곁에서 나를 끝까지 도와주기 바란다."

그러자 호철은 즉석에서 머리를 가로저으며 대답한다.

"주인이 왕위를 박탈당하는 이 판국에, 신이 새로운 벼슬자리를 받으면 개나 돼지만도 못한 인간이 되어 버릴 것이옵니다. 어떤 일이 있어도 벼슬만은 사양하겠습니다. 바라옵건댄 소생에게 옛 주인을 모시고 전원으로 함께 돌아갈 수 있게 해 주시옵소서."

유방은 호철의 충성심을 더욱 가상하게 여겨 즉석에서 허락을 내려주었다.

그리하여 팽월과 호철은 그날로 서천으로 정배의 길을 떠나게 되었는데, 그들은 도중에서 공교롭게도 여 황후의 행차를 만났다. 여 황후는 시녀들을 거느리고 동관潼關으로 봄놀이를 갔다 오는 길이었던 것이다. 팽월은 자신의 몰락이 너무도 억울하여, 여 황후를 보자 이렇게 호소하였다.

"아무 죄도 없는 저를 왕위에서 무자비하게 쫓아내시니, 세상에 이런 억울한 일이 어디 있사옵니까. 황후 폐하께서는 소생을 불쌍하게 여기시와, 다시 복직할 수 있도록 특별한 배려를 베풀어 주시면 고맙겠습니다."

"음……."

여 황후는 무엇을 생각하는지 한동안 말이 없다가,

"내가 폐하에게 말씀드려 특사를 내리도록 할 테니, 나를 따라오시오."

하고 말하는 것이 아닌가.

팽월은 이제야 구출이 되는가 싶어, 기쁜 마음으로 여 황후의 뒤를 따라왔다. 팽월은 여 황후가 자기를 구출해 주리라고 철석같이 믿고 따라왔었다. 그러나 사실을 알고 보면 그게 아니었다. 정치에 대한 야망이 남달리 강렬한 여 황후는 전연 엉뚱한 생각을 먹고 팽월을 데리고 돌아왔던 것이다. 그러기에 여 황후는 대궐에 돌아오자 유방에게 이렇게 말했다.

"폐하! 팽월은 언제 반란을 일으킬지 모르는 위험 인물이옵니다. 그런 인물을 지금 제거해 버리지 않고 그냥 살려 두시면 언제 무슨 환난을 당하게 될지 모르옵니다. 그러기에 서천으로 정배 가는 팽월을 신첩이 다시 꾀어 돌아왔사오니, 팽월을 오늘로 당장 죽여 버리도록 하시옵소서."

유방은 그 말을 듣고 적이 놀랐다.

"정배를 보내 버렸으면 그만이지, 죽일 것은 없지 않소."

"아니올시다. 그자를 살려 두었다가는 큰일나시옵니다. 나라가 무사하려면 그자를 당장 죽여 버리셔야 합니다."

여 황후가 워낙 강경하게 나오므로, 유방은 어쩔 수 없이 마누라의 소원대로 "팽월과 호철을 모두 죽여 버리라"는 명령을 내리고야 말았다.

팽월은 호철과 함께 죽임을 당하게 되는 것을 알고는 발을 구르며 탄식해 마지않았다.

"아아, 한신 장군이 괴철의 간언을 듣지 않았다가 참살을 당한 것처럼, 나는 호철의 간언을 듣지 않았다가 오늘날 이 꼴이 되는구나."

팽월이 주살되었다는 사실이 알려지자, 80객 노인 하나가 통곡을 하며 형장刑場으로 달려왔다.

형리들이 문제의 노인을 붙잡아다 유방에게 바치니, 유방이 크게 노하며 묻는다.

"그대는 어떤 자이기에 난동을 치느냐?"

노인이 대답한다.

"신은 일찍이 양나라에서 대부 벼슬을 지내던 난포欒布라는 늙은 이옵니다. 팽월 장군이 억울하게 주살되었다는 소문을 듣고, 신도 따라 죽으려고 달려온 길이옵니다."

"팽월은 역적 모의를 하다가 죽었는데, 그를 따라 죽겠다는 것은 무슨 소리냐?"

그러자 난포 노인은 정면으로 항의하며 말한다.

"팽월 장군이 무슨 역적 모의를 했다고 그런 말씀을 하시옵니까. 팽월 장군이야말로 폐하를 위해서는 둘도 없는 충신이셨습니다. 그런 충신을 소인배들의 참소로 인해 함부로 죽이셨으니, 이제 백성들은 누구를 믿고 살아갈 것이옵니까?"

난포 노인이 그렇게 대들며 대성 통곡을 하는 바람에 현장에 있던 중신들이 모두들 눈물을 흘렸다. 유방은 그제야 자신의 잘못을 깨닫고 난포 노인을 회유하여 벼슬을 주려 하였다. 그러나 난포 노인은 벼슬을 굳게 사양하며 말한다.

"벼슬은 싫사오니, 팽월 장군을 고향에 장사지내게 유해나 내려 주시옵소서."

유방은 팽월의 유해를 난포 노인에게 내주어 고향에서 장사지내도록 허락해 주었다.

## 영포英布의 반란

대한大漢 11년 10월 어느 날.

회남왕淮南王 영포英布는 문무 제신文武諸臣들과 함께 망강루望江樓에서 술을 마시고 있었다. 그리하여 술이 거나하게 취했을 무렵에 양나라에서 난포欒布라는 사람이 찾아와,

"대왕마마! 양왕 팽월 장군께서 역적으로 몰려 한제의 손에 무참하게 돌아가셨다고 하옵니다."

하고 알리는 것이 아닌가.

영포는 그 말을 듣고 소스라치게 놀랐다.

"뭐요? 팽월 장군이 역적으로 몰려 참살을 당했다고? 그게 무슨 소리요?"

난포는 팽월이 죽게 된 연유를 자상하게 알려 주고 나서, 끝으로 이런 경고를 주었다.

"대왕은 한신 장군이나 팽월 장군과 함께 한제가 천하를 통일할 때의 삼대 공신三大功臣이옵니다. 그런데 한신 장군과 팽월 장군은 역적이라는 누명을 쓰고 이미 참살되었습니다. 그러고 보면 이번에는 대왕이 화를 입으실 차례이니, 각별히 경계를 하셔야 하겠습니다."

영포는 그 말을 듣고 분노가 머리끝까지 치밀어 올랐다.

"한제가 공신들을 주살했다는 것은 있을 수 없는 일이오. 한신 장군과 팽월 장군이 무슨 역모를 했다고 공신들을 무자비하게 죽여 버린단 말이오. 유방이 그렇게 나온다면 나는 친구들의 원한을 풀어 주기 위해서라도 결코 가만히 있지는 않겠소."

영포는 크게 노하여 20만 예하 부대에 긴급 출동령을 내렸다. 그러자 대부 비혁費赫이 출반주하며 아뢴다.

"대왕마마! 군사를 발동시키려면 천시天時와 지리地利의 묘를 얻어야 하는 법이옵니다. 기어코 군사를 발동시키려거든, 조趙나라와 연燕나라에도 격문을 보내시와 산동山東을 근거로 하고 협동 작전을 펴도록 하시옵소서. 그렇지 아니하고 단독으로 출병했다가는 반드시 패하게 되시옵니다."

"아무리 그렇기로 한신과 팽월을 역적으로 몰아 죽였다면, 유방을 그냥 내버려 둘 수는 없는 일이 아닌가!"

비혁이 머리를 조아리며 다시 아뢴다.

"대왕마마! 유방은 백만 대군을 가지고 있는 데다가, 장량과 진평 같은 모사도 많고, 번쾌와 관영 같은 용장들도 수두룩합니다. 우리가 단독으로 싸워서 그들을 어떻게 이겨낼 수 있을 것이옵니까?"

영포는 비혁의 말이 비위에 거슬렸던지 벼락 같은 호통을 친다.

"이 비겁한 놈아! 너는 무슨 잔소리가 그렇게도 많으냐. 유방은 이미 늙어서 맥을 못 쓰게 된 인간이다. 한신과 팽월이 없어진 이 판국에, 나를 당해 낼 자가 누가 있다고 그런 못난 소리를 하느냐 말이다. 나 혼자서도 능히 유방을 때려눕힐 자신이 있으니 두고 보아라!"

영포는 비혁을 여지없이 매도하고 나서, 20만 군사를 기어코 출동시키고야 말았다. 영포는 반란을 결심하고 군사를 일으키자, 유방의 영토를 가까운 지방에서부터 모조리 빼앗아 버릴 생각에서, 우선 이웃에 있는 초楚나라부터 쳐들어가기 시작하였다. 그리하여 대장 유가劉賈를 죽이고, 초왕 유교劉交를 사로잡아 버렸다.

그 다음에는 동쪽으로 방향을 돌려 오吳나라를 점령해 버리고 다시 채蔡나라로 진격하니, 모든 나라들이 소란해지기 이를 데 없었다. 유방은 그러한 소식을 듣고 긴급 대책 회의를 열었다.

"회남왕 영포가 반란을 일으켜 오고 있다니, 이를 어찌했으면 좋겠소."

중신들은 입을 모아 대답한다.

"영포가 제아무리 반란을 일으켰기로, 폐하께서 직접 정벌에 나가시면 별로 문제가 없을 것이옵니다."

그러나 유방은 상대가 영포인지라 마음이 놓이지 않았다. 그러자 여음후汝陰侯 등공滕公이 출반주하며 아뢴다.

"지금 신의 집에는 설공薛公이라는 손님이 한 분 와 있사온데, 그는 일찍이 초나라에서 영윤슈尹 벼슬까지 지낸 사람으로, 지혜도 많고 지략도 풍부한 사람입니다. 그는 영포가 반란을 일으켰다는 소식을 듣더니, 혼잣말로 '흥! 풀벌레 같은 친구가 반란을 일으켰다고?' 하고 중얼거리는 소리를 들었습니다. 그로 미루어 보면 설공은 영포의 사람됨을 잘 알고 있음이 분명하니, 폐하께서는 그 사람을 한번 만나 보심이 어떠하시겠습니까?"

"그렇다면 설공이라는 사람을 지금 곧 이리로 모셔 오도록 하오."

설공은 어전으로 불려 나오자 유방에게 이렇게 말하였다.

"영포가 만약 상계上計를 쓴다면 산동 지방만은 영포에게 빼앗기지 않을 수가 없게 될 것이옵니다. 그러나 그가 중계中計를 쓰면 승부가 어떻게 될지 예측하기가 어렵습니다. 그리고 그가 만약 하계

下計下計를 쓰고 있다면 조금도 염려할 바가 없사오니, 그 때에는 마음 놓고 낮잠이나 주무시도록 하시옵소서."

너무도 추상적이어서 유방으로서는 하나도 알아들을 수가 없었다.

"귀공의 말씀은 도무지 알아들을 수가 없구려. 좀더 구체적으로 설명을 해 주시죠."

그러자 설공이 다시 입을 열어 말한다.

"영포가 만약 오吳나라 · 초楚나라 · 제齊나라 · 노魯나라 등을 점령하고 나서 연燕나라 · 조趙나라 등과 불가침 조약不可侵條約을 맺는다면, 산동 지방은 영포에게 빼앗기지 않을 수가 없을 것입니다. 영포의 입장으로서는 그것을 상계上計라고 하겠습니다."

"음……. 그러면 '중계'는……?"

유방의 질문에 설공이 다시 대답한다.

"만약 영포가 오吳 · 초楚 · 한韓 · 위魏 등을 점령하고 나서 성고성成皐城과의 통로를 튼튼하게 막아 버리면, 그 후의 승부가 어떻게 될지 그것은 누구도 예측할 수 없는 일이온데, 그것이 바로 중계이옵니다."

유방은 자신도 모르게 침울하게 고개를 끄덕이며 다시 묻는다.

"하계라는 것은 어떤 것을 말씀하시는 것이오?"

설공이 다시 대답한다.

"영포가 만약 오나라와 채나라만을 점령하고, 월越나라를 소중하게 여겨 군사를 장사長沙로 돌려 버린다면, 그 때에는 폐하께서는 아무 걱정을 아니 하셔도 됩니다. 그것이 바로 하계인 것이옵니다."

"귀공이 생각하기에는, 영포가 어떤 계략을 채택할 것 같소이까?"

설공은 한동안 생각해 보다가 대답한다.

"제가 짐작하기에는, 영포는 모르면 모르되 반드시 하계를 채택하지 않을까 싶사옵니다."

"그 이유는……?"

"영포는 본시 여산驪山의 산적山賊 출신으로서, 심모원계深謀遠計라는 것을 전연 모르는 인간입니다. 그런 인간이 어쩌다 운수가 좋아 왕위에 올라 가지고, 이제는 눈에 보이는 것이 없어 함부로 날뛰는 것이옵니다. 그런 자가 어찌 그 복잡한 '상계'나 '중계'를 쓸 수 있으오리까?"

유방은 그 말을 듣고 크게 기뻐하며, 즉석에서 설공에게 '천호장千戶長'의 벼슬을 내렸다. 그리고 몸소 삼군을 거느리고 정복의 길에 올랐다.

그리하여 기서蘄西라는 곳에 일단 진을 치고 적정을 알아보니, 영포는 오나라와 채나라를 점령하고 나서 지금은 50리쯤 떨어져 있는 옹산甕山에 머물러 있다는 것이 아닌가. 설공이 예언한 대로 영포는 '하계'를 쓰고 있음이 분명하므로, 유방은 크게 기뻤다. 그리하여 왕릉을 선봉장으로 삼고, 관영과 주발은 뒤에서 따라오며 진격하게 하였다.

영포가 그 사실을 알고 마주 달려나온다. 왕릉은 영포 앞으로 가까이 다가와 큰소리로 외친다.

"영포는 들거라. 그대는 본디 여산의 산적이 아니었더냐. 어쩌다가 왕위에 올라 부귀와 영화를 마음껏 누렸으면 그것으로 만족할 일이지, 어쩌자고 반란을 일으켜서 나의 칼을 더럽히려고 하느냐."

영포는 크게 노하여 욕설을 마구 퍼붓는다.

"이놈아! 너는 본시 패현에서 술이나 퍼먹던 불한당이 아니었더냐. 나는 내 힘으로 오늘의 지위를 쌓아올린 대왕이로다. 유방은 간악하기 짝이 없어 한신과 팽월 같은 공신들을 모조리 잡아 죽였으니, 이번에는 내 차례가 아니겠느냐. 너도 유방의 손에 죽고 싶지 않거든 나와 힘을 합해 유방을 때려부수자. 그 길만이 너도 살고 나도 살아날 길이라는 것을 알아라!"

왕릉은 영포를 설득해 보다 못해 마침내 장검을 휘두르며. 공격을 개시하였다. 그러자 영포도 철퇴鐵槌를 바람개비처럼 휘두르며 마구 덤벼들어 싸움은 정면으로 전개되었다. 두 장수는 글자 그대로 용호상박龍虎相搏이었다. 장검과 철퇴가 불꽃을 튀기며 일진일퇴하기를 무려 30여 합. 마침내 왕릉이 힘에 부쳐 칼 쓰는 속도가 둔화鈍化되어 오자, 이번에는 주발과 관영이 달려나와 좌우에서 협공으로 가세하였다. 그러자 영포의 진영에서도 난포가 많은 군사들을 몰고 나와 영포를 돕는 것이 아닌가. 싸움은 한없이 계속되었다. 그러는 동안에 영포의 기운이 점점 쇠진해 옴을 보자 이번에는 유방이 백마를 타고 많은 군사를 몰아쳐 나오며 파상 공격波狀攻擊을 퍼부어대었다. 영포는 그제야 마지못해 난포와 함께 말머리를 돌려 쫓기기 시작한다.

"저놈들을 한 놈도 남기지 말고 모조리 몰살시켜라!"

유방은 벼락 같은 소리를 지르며 맹렬히 추격하였다. 난포는 쫓겨 달아나면서도 팽월 장군이 유방의 손에 죽은 것을 원통하게 생각하고 이를 갈았다.

'팽월 장군이 누명을 쓰고 유방의 손에 억울하게 돌아가셨으니 나는 이 기회에 유방에게 주인의 원수를 갚아 드려야 할 게 아닌가.'

그렇게 생각한 난포는 쫓기다 말고 나무 그늘에 숨어서, 활을 메워 들고 유방이 나타나기를 기다리고 있었다. 이윽고 유방이 눈앞에 나타나자, 난포는 유방을 향하여 화살을 사정없이 쏘아 갈겼다. 유방은 바른편 어깨에 화살을 맞고 말에서 떨어졌다. 그러자 대장들이 추격을 멈추고 부리나케 달려와 유방을 일으켜 세운다. 부랴부랴 진중으로 모시고 돌아와 의사의 진찰을 받아 보니, 불행 중 다행하게도 중상은 아니었다.

다음날 아침, 유방은 이를 갈며 장수들에게 말한다.

"영포란 놈은 내가 중상을 입은 줄 알고 안심하고 있을 것이다. 그러나 그대들은 이 기회에 영포를 철저하게 때려부수도록 하라."

그러나 진평이 출반주하여 아뢴다.

"당장 공격을 퍼부어서는 안 되옵니다. 우리가 며칠 동안 잠자코 있으면 영포는 폐하께서 중태에 빠지신 줄 알고 자기편에서 먼저 공격해 오게 될 것입니다. 그러면 우리는 그 기회를 이용해 철저하게 때려부숴야 합니다."

유방은 진평의 계교에 감탄해 마지않으며 새로운 명령을 내린다.

"그러면 영포가 공격해 오기를 기다리고 있는 동안에 조참은 3만 군사를 거느리고 장사長沙로 가서 적의 양도糧道를 차단해 버리라. 그리고 관영은 2만 군사를 거느리고 육안陸安으로 가서 영포의 가족들을 납치해 오고, 기통紀通과 주발은 3만 군사를 거느리고 회강淮江으로 가서 적의 도강渡江에 대비하고 있으라!"

한편, 영포는 유방이 필연코 보복전報復戰을 전개해 오리라고 확신하고 있었다. 그러기에 방비 태세를 물샐틈없이 갖춰 놓고 은근히 기다리고 있었다. 그런데 유방은 며칠이 지나도 싸움을 걸어 오지 아니하므로, 영포는 문득 이런 생각이 들었다.

'적이 보복전을 걸어 오지 않는 것을 보면, 유방은 어쩌면 전상戰傷으로 중태에 빠져 있기 때문인지 모른다. 그렇다면 차제에 저들을 철저히 때려부숴야 할 게 아닌가.'

영포는 그런 생각이 들자 삼군에 부랴부랴 동원령을 내렸다. 그러자 난포가 아뢴다.

"유방에게 활을 쏜 사람은 저 자신이온데, 유방은 결코 중상을 입은 것이 아니옵니다. 그럼에도 불구하고 적이 침묵을 지키고 있는 것을 보면, 저들은 필시 엉뚱한 계략을 쓰고 있는 듯싶사옵니다. 그러므로 저들의 계략을 모르고 함부로 덤비는 것은 크게 경계해야 할 일이옵니다."

영포는 난포의 충고를 옳게 여겨, 적의 동태를 알아보려고 군사들을 보내 일부러 집적대어 보았다. 그러나 아무리 집적거려도 한군은 죽은 듯이 조용하기만 할 뿐 대항하려는 기색은 전연 보이지 않았다. 며칠을 두고 집적거려도 아무 반응이 없으므로, 영포는 마침내 자신이 생겼다.

"이렇듯 반응이 없는 것을 보면 유방은 병석에 누워 있음이 분명하다. 우리는 오늘 밤을 기해 총공격을 퍼부어 적을 일거에 괴멸시켜 버리자."

그러나 난포가 머리를 좌우로 흔들며 다시 간한다.

"유방의 모사인 진평은 위계가 귀신 같은 사람입니다. 그들이 무슨 꿍꿍이를 하고 있는지 전연 알 길이 없으니, 시간을 두고 좀더 정확한 정보를 알아내야 합니다."

난포의 입에서 그 말이 채 끝나기도 전에 비마가 숨을 헐떡거리며 달려오더니,

"대왕마마! 큰일났사옵니다."

하고 아뢰는 것이 아닌가. 영포는 눈을 커다랗게 뜨며 말한다.

"이놈아! 뭐가 어째서 큰일이 났다는 말이냐. 허둥거리지만 말고 분명하게 알려라."

비마는 몸을 벌벌 떨며 아뢴다.

"대왕마마! 적장 기통이 후방으로 우회하여 우리의 본진本陣을 점령해 버렸습니다."

영포는 소스라치게 놀라며 다급하게 묻는다.

"뭐야? 적이 우리의 본진을 점령했다구? 그게 사실이냐?"

"그뿐이 아니옵니다. 적장 주발은 회강淮江을 점령하였고, 적장

관영은 육안陸安으로 달려가, 대왕의 가족들을 송두리째 납치해 갔 사옵니다."

가족들이 납치되었다는 소리에 영포는 전신을 와들와들 떨었다.
"뭐야? 놈들이 나의 가족을 송두리째 납치해 갔다구?"
"그뿐만이 아니옵니다. 또 있사옵니다."
"이놈아! 뭐가 또 있다는 말이냐. 지체 말고 어서 알려라!"
영포는 이미 제정신이 아니었다. 비마가 몸을 떨며 다시 아뢴다.
"적장 조참이 장사長沙에 진출하여 우리의 양도糧道를 차단해 버 렸기 때문에 이제는 싸우고 싶어도 군량軍糧이 없어 싸울 수가 없 게 되었습니다."

영포는 너무도 놀라운 소식에 눈앞이 캄캄해 왔다. 가족들이 납 치를 당하고 본진本陣을 빼앗겨 버리고, 게다가 군량미를 운반해 오는 도로까지 차단되어 버렸다면 무슨 힘으로 싸울 수 있을 것인 가. 적은 그와 같이 엄청난 공작을 비밀리에 수행하느라고 꾸준히 침묵을 지켜 왔건만, 영포는 그런 사실도 모르고 "유방이 중태에 빠져 있다"고 추측해 왔으니, 착각도 이만저만한 착각이 아니었다.

이러나저러나 사태가 그 꼴이 되었으니, 이제는 군사를 전면적으 로 철수시키는 수밖에 없었다. 영포가 눈물을 머금고 후퇴하기 시 작하는데, 별안간 저 멀리 숲 속에서 번쾌가 군사들을 질풍같이 몰 아쳐 나오며,

"영포는 듣거라. 너는 지금이라도 깨끗이 항복하여, 주상에게 용서를 받도록 하거라. 그렇지 않으면 네 목숨이 남아나지 못할 것이다."
하고 벼락 같은 호통을 치는 것이 아닌가.

영포는 분노가 머리끝까지 치밀어 올랐다. 어차피 이판사판. 가 족까지 납치된 이 판국에 항복이란 있을 수 없는 일이기에, 영포는

죽음을 각오하고 번쾌에게 덤벼들었다.

두 장수가 불을 뿜는 혈전을 거듭하기를 무려 50여 합. 싸움을 끝없이 반복하고 있는데, 그동안에 한나라 군사들은 사방에서 자꾸만 모여들고 있었다. 영포는 마침내 1백여 기의 부하들만을 거느리고 강을 건너 오吳나라로 쫓기기 시작하였다. 오나라의 성주城主 오예吳芮와는 친분이 두터웠기 때문이었다. 그러나 오예는 사냥을 나가고 집에 없었다. 오예의 조카 오성吳成이 영포를 사랑방으로 맞아 들여 묻는다.

"대왕께서는 아무 예고도 없이 별안간 무슨 일로 내림하셨습니까?"

영포는 유방과 싸우다가 쫓겨 오게 된 사유를 솔직히 말해 주고 나서,

"나는 당분간 이곳에 피신해 있다가, 자네 아저씨와 힘을 합하여 유방을 때려부수기로 할 테니, 자네는 그리 알고 있게."
하고 말했다. 오성은 그 말을 듣고 내심 크게 놀랐다.

'역적놈을 집에 숨겨 두었다가 유방에게 발각되는 날이면 우리 일가족도 역적으로 몰려 죽게 될 것이 아닌가. 역적으로 몰려 죽느니, 차라리 영포를 죽여 그의 수급을 유방에게 갖다 바치면 우리 가문에 커다란 영광이 돌아오게 될 것이 아닌가.'

오성은 생각이 거기에 미치자, 아저씨가 돌아오기 전에 영포를 숫제 죽여 버릴 결심을 먹었다. 그리하여 영포에게 술을 권하면서 이렇게 말했다.

"아저씨는 내일이나 돌아오시게 될 테니, 오늘 밤은 술을 드시고 편히 주무시도록 하시옵소서."

영포는 워낙 두주斗酒를 불사不辭하는 주호酒豪였다. 게다가 마음이 몹시 울적한 판인지라, 오성이 권하는 대로 술을 사양하지 않고 마셨다. 영포는 술이 몹시 취해 오자, 납치되어 간 가족들 생각이

새삼스레 간절하여 울면서 술주정을 하였다.

"유방이란 놈, 어디 두고 보자. 네놈이 내 가족을 납치해 갔으니, 나도 언젠가는 네놈의 가족을 납치해다가 모조리 죽여 버리리라."

오성은 그럴수록 위로하는 말을 들려주며 자꾸만 술을 권했다.

이윽고 밤이 삼경이 되자, 영포는 곤죽이 되어 옆으로 고꾸라지더니 정신없이 코를 골기 시작하는 것이 아닌가. 오성은 이때다 싶어, 40여 명의 역사力士들을 동원하여 영포의 경호병들부터 모조리 죽이게 하였다. 그러고 나서 자기는 방으로 뛰어들어가 영포의 목을 한칼에 베어 버렸다.

일세를 풍미하던 효장 영포였다. 일찍이 산적에서 몸을 일으켜 왕위에까지 올랐던 영포였다. 싸움을 하면 반드시 이기고, 한번 호령하면 천군 만마가 두려움에 떨던 영웅 호걸 영포 장군이었다. 그러나 그토록 영웅 호걸이었던 영포가 섣불리 반란을 일으켰다가 무명 지사인 오성의 손에 어이없게 죽게 될 줄이야 누가 알았으리오.

오성은 영포의 수급을 손에 넣자, 곧 한진漢陣으로 달려와 유방에게 면회를 요청하였다.

"본인이 역적 영포의 수급을 가지고 왔으니, 황제께 직접 헌상하게 해 주소서."

유방은 그 소식을 전해 듣고 오성을 곧 만나려 하였다. 그러자 진평이 간한다.

"영포의 수급은 신이 검증할 터이오니, 폐하께서는 영포의 수급을 직접 보지는 마시옵소서."

유방은 매우 못마땅하게 여기며 말한다.

"왜 영포의 수급을 못 보게 하는 것이오?"

"영포는 워낙 당세의 효장으로서, 깊은 원한을 품고 죽었기 때문에 그의 수급에는 반드시 독기毒氣가 서려 있을 것이옵니다. 그러므로 폐하께서 직접 보시면 신기神氣를 상하기 쉬우시옵니다."

"나를 생각해 주는 마음은 매우 고맙소이다. 그러나 역적의 수급을 확인하고 싶으니 내 눈으로 꼭 보아야 하겠소."

유방은 끝끝내 고집을 부리며 영포의 수급을 직접 보고야 말았다. 두 눈을 부릅뜨고 입으로 피를 흘리고 있는 영포의 수급이 얼마나 험상궂었던지, 유방은 그로부터 사흘 동안은 아무 음식도 먹지 못했다.

아무려나 유방은 오성의 공로를 크게 찬양하여, 즉석에서 오성에게 '건충후建忠侯'라는 파격적인 관작을 내려주었다. 그리고 오성의 숙부인 오예를 강하수江夏守로 영전시키고, 자신의 친척인 유비劉鼻를 오왕吳王에 봉하여 강동 일대를 견고하게 수비하게 하였다.

## 상산商山에 사는 4명의 현인

유방은 영포의 반란을 깨끗이 평정하고 나자 안도의 가슴을 내리 쓸며 진평에게 말한다.

"천하를 통일한다는 것이 이렇게도 어려운 일인 줄은 미처 몰랐소이다. 처음에는 육국六國만 평정하면 천하 통일이 절로 이루어질 줄로 알고 있었는데, 정작 육국을 평정하고 나자 그 때부터는 내부 內部에서 반란이 연달아 일어나고 있으니, 그야말로 골치가 아플 지경이구려."

진평이 머리를 조아리며 아뢴다.

"산모産母가 옥동자를 낳으려면 진통을 겪어야 하듯이 천하를 통일하는 데 그만한 고통이 어찌 없을 수 있으오리까. 그러나 모든 고난은 다 지나갔고, 이제야말로 천하가 통일되었으니 폐하께서는 안심하시옵소서."

"언제 어디서 누가 또다시 반란을 일으킬지 모르는데, 무엇을 믿고 안심하라는 말이오?"

진평은 손을 설레설레 내저으며 대답한다.

"이제는 반란을 일으킬 만한 인물이 아무도 없사옵니다. 전횡田橫

을 비롯하여 한신·진희·영포 등등 당대의 영웅 호걸들이 모두들 반란을 일으켰다가 한결같이 실패했는데, 이제 누가 무슨 용기를 가지고 폐하에게 반기를 들 수 있으오리까. 태평성대太平聖代가 이제야말로 눈앞에 전개되었사옵니다."

유방은 그 말을 듣고 적이 마음이 놓였다. 이제야말로 명실상부名實相符한 만승천자萬乘天子가 되었다는 실감이 절실했던 것이다. 그리하여 유방은 마음에 여유를 가지고 진평에게 말했다.

"회군回軍할 때에는 지방 순찰을 겸해 노魯나라에 들러 공자孔子의 묘당廟堂에 제사를 지내 드리고, 나의 고향인 풍패豊沛에도 잠깐 들러 보기로 합시다."

통일천하의 대업을 완수하고 나니 이제는 백성들에 대한 교화敎化에도 힘을 기울이고 싶었고, 또 고향에 들러 금의환향錦衣還鄕의 기쁨도 마음껏 누려 보고 싶었던 것이다.

유방은 노나라에 들러 공자의 제사를 성대하게 거행하고, 그의 후손들에게 관작官爵도 내려주었다. 그러고 나서 고향에 들르니, 풍패에서는 관민官民이 총동원하여 삼현 육각三絃六角을 맞춰 가며 유방을 진심으로 환영해 주었다. 유방은 환영연 석상에서 술잔을 높이 들고 감격의 눈물을 흘리며 말한다.

"이곳은 나의 고향인 관계로 여기에는 나의 죽마고우竹馬故友가 수없이 많다. 이 기쁜 자리에 그들을 모두 모셔 오도록 하라!"

유방의 명령에 따라, 어렸을 때 유방과 같이 놀던 옛 친구들이 모두 연락장에 몰려왔다. 어떤 친구는 백발이 성성한 파파할아버지가 되어 있었고, 또 어떤 친구는 너무도 늙어서 알아보기조차 어려울 지경이었다.

유방은 그들한테서 축하의 배례를 받을 때마다 손을 정답게 잡아 일으키면서 이렇게 말했다.

"오늘은 군신지례君臣之禮로서 대할 게 아니라, 다 같은 죽마고우로서 어렸을 때의 회고담이나 마음껏 즐겨 보기로 하세. 나도 늙었지만, 그대들은 왜 이다지도 늙었는가?"

유방이 그런 태도로 나오니, 환영연의 술자리에는 기쁨이 넘쳐나고 있었다. 이윽고 취흥이 도도해 오자, 유방은 음률에 맞춰 춤을 덩실덩실 추면서 즉흥시를 부르기 시작하였다.

바람이 크게 일어남이여 구름이 높이 솟아오르도다
大風起兮 雲飛揚
위세가 천하에 떨침이여 고향에 돌아오도다
威加海內兮 歸故鄕
맹장을 어떻게 많이 얻어 사방을 튼튼하게 지킬 것인가.
安得猛士兮 守四方

유방이 춤을 추며 노래를 부르자, 죽마고우들도 다같이 손뼉을 치며 노래를 합창하였다.

이윽고 연락이 끝나자 유방은 좌중을 둘러보며 감격 어린 어조로 말한다.

"내 비록 지금은 귀한 몸이 되었다고 하나 언젠가는 고향에 돌아와 그대들과 같이 고향 땅에 묻히게 될 것이오. 그러므로 고향 사람들에게는 특별히 조세租稅를 면제해 주도록 하겠소."

그 바람에 좌중에는 환희의 박수가 요란스럽게 울려 퍼졌다.

고향에서 즐거운 사흘을 보내고 장안으로 다시 돌아오니 여 황후, 태자太子, 척비戚妃, 여의 공자如意公子를 비롯하여 문무 백관들이 모두들 멀리까지 마중을 나와 주었다.

싸움이 없어졌으니, 세상은 화평하였다. 세상이 화평함에 따라 유방은 늙은 마누라인 여 황후보다도 젊고 아름다운 척비의 궁전으로 자주 찾아가게 된 것은 너무도 당연한 일이었다.

여 황후는 워낙 성품이 고집스럽고 질투심이 강한 여성이었다. 그러기에 유방이 척씨 부인을 찾아가는 밤이면 이를 갈며,

'내 어떡하든지 그년을 내 손으로 죽여 버리고야 말리라!'

하고 무서운 앙심을 품었다. 척씨 부인이 여 황후의 무서운 질투를 모를 리가 없었다. 그러기에 그녀는 어느 날 밤 눈물을 흘리며 유방에게 이렇게 호소하였다.

"외람된 말씀이오나, 폐하께서는 이미 춘추가 높으신 데다가 근자에는 건강도 무척 약해지셨습니다. 만약 폐하께서 돌아가시는 날이면 저희들 두 모자母子는 그날로 여후의 손에 살해되고 말 것이니, 이 일을 어찌했으면 좋겠나이까."

사랑하는 여인의 눈물을 본다는 것은 어떤 남성에게나 가슴 아픈 일이 아닐 수 없다. 유방은 척씨 부인의 눈물을 손으로 닦아주며 말한다.

"그 일에 대해서는 내가 생각하는 바 있으니, 아무 걱정도 하지 마라."

"폐하께서는 저희들 모자에게 무엇을 어떻게 해 주시겠다는 말씀이시옵니까."

"네가 원하는 대로 지금의 태자를 폐위廢位시키고, 여의如意를 태자로 책봉해 주면 될 게 아니냐. 그 일에 대해서는 아무 걱정 말고 술이나 가져오너라."

척씨 부인은 크게 기뻐하며 술상을 올렸다. 주색에는 누구보다도 강한 유방이었다. 그러나 제아무리 영웅 호걸이라도 나이만은 감당할 수 없는지 유방은 술이 거나하게 취해오자, 척씨 부인의 무릎을 베고 옆으로 눕기가 무섭게 코를 골기 시작하였다. 오랫동안 쌓이

고 쌓였던 피로가 한꺼번에 몰려온 탓인지, 정신없이 코를 골고 있었던 것이다. 척씨 부인은 유방이 잠에서 깨어날까 두려워 꼼짝을 못 하고 앉아 있었다.

바로 그 무렵, 본궁에 있는 여 황후는 "황제께서 오늘 밤도 서궁西宮으로 행차하셨다"는 소식을 듣고 질투심이 머리끝까지 치밀어 올랐다. 그리하여 비밀리에 사람을 보내어 염탐해 보니,

"폐하께서는 지금 서궁에서 척씨 부인과 단둘이 정답게 술을 드시고 계시옵니다."

하고 알려 주는 것이 아닌가.

그 말을 들은 여 황후는 불길같이 솟구쳐 오르는 질투심을 억제할 길이 없어 가마를 타고 서궁으로 직접 쳐들어갔다. 서궁 문지기들이 크게 놀라며 안으로 달려들어와 척씨 부인에게 알린다.

"지금 문 밖에는 황후마마께서 와 계시옵니다."

척씨 부인은 소스라치게 놀랐다. 황후가 오셨다면 그녀로서는 응당 영접을 나가야 옳을 일이다. 그러나 황제가 지금 무릎을 베고 곤히 잠이 들어 계시니, 영접을 나가려고 황제의 잠을 깨울 수는 없는 일이 아닌가. 척씨 부인은 부득이 방 안에 눌러앉은 채로,

"황후께서 납셨거든 방 안으로 들어오시게 하여라."

하고 말하는 수밖에 없었다.

여 황후는 황제가 척씨 부인의 무릎을 베고 행복스럽게 자고 있는 꼴을 보자 눈에서 불꽃이 튀어 올랐다. 그리하여 척씨 부인을 노려보며 앙칼지게 쏘아붙인다.

"너는 내가 방 안에 들어와도 일어설 줄조차 모르니, 세상에 이런 무례스러운 행실이 어디 있느냐."

척씨 부인은 전신을 바들바들 떨면서도 황제가 잠에서 깨어날까 두려워 견딜 수 없었다.

"황후께서 오신 줄은 알고 있사오나, 폐하께서 잠에서 깨어나실까 두려워 몸소 영접을 나가지 못한 죄를 너그럽게 용서해 주시옵소서."

여 황후는 척씨 부인이 죽이고 싶도록 미웠다. 마음 같아서는 당장 죽여 버리고 싶기도 하였다. 그러나 황제의 잠을 깨워 진노震怒를 사게 되면 오히려 역효과가 날까 두려워 여 황후는 이를 바드득 갈며,

"네년은 건건사사에 황제를 내세워 발뺌을 하고 있으니, 어디 두고 보자. 언젠가는 네년의 오장 육부를 갈기갈기 찢어 가루를 만들어 버리리라."

하고 방에서 나가 버린다.

황제는 그 때까지도 곤히 잠을 자고 있었다. 척씨 부인은 너무도 무서운 악담에 하염없이 울기만 하였다. 그러다가 어쩌다 잘못하여 용안에 눈물이 한 방울 떨어졌다. 황제가 깜짝 놀라 눈을 떠보니, 척씨 부인이 울고 있는 것이 아닌가. 황제는 부리나케 일어나 앉으며 묻는다.

"네가 울기는 왜 우느냐?"

척씨 부인은 눈물을 닦고 조금 전에 있었던 일을 소상하게 알린 뒤에,

"신첩의 실수로 용안에 눈물을 떨어뜨렸음을 용서하시옵소서. 폐하께서 안 계시는 날에는, 신첩은 황후의 손에 가루가 되어 죽을 것이오니, 어찌했으면 좋겠나이까."

하고 다시금 울면서 호소하는데, 그 자태가 아침 이슬을 머금고 피어난 복사꽃처럼 아름답기 그지없었다. 유방은 척씨 부인이 가련하기 짝이 없어, 등허리를 정답게 두드려 주며 위로한다.

"내일 아침에 조회朝會에서 중신들과 상의하여 너를 황후로 바꾸

고, 여의를 태자로 책봉할 테니 아무 걱정 말거라. 네가 황후가 되면 누가 감히 너를 죽일 수 있겠느냐."

다음날 유방은 조회 때에 군신들에게 이렇게 말했다.

"전에 한 번 거론한 적이 있듯이 태자를 여의로 바꾸기로 하겠으니, 경들은 이 기회에 그 일에 결말을 지어 주기 바라오. 나는 이미 결심을 굳게 했으니, 경들은 나의 뜻에 어긋남이 없도록 의결해 주기를 바라오."

유방은 그 한마디를 남기고 숫제 조회에서 퇴장해 버리고 말았다. 그로 인해 중신들 간에는 의론이 분분하였다.

그런데 여 황후가 그 사실을 알고 크게 놀라며, 친정 오빠인 여택 呂澤을 궁중으로 급히 불러들여 호소한다.

"황제가 척비년에게 미쳐 태자를 폐위시키고 그년의 몸에서 태어난 여의를 태자로 책립하려고 한다니, 이를 어찌했으면 좋겠소."

여택이 대답한다.

"제가 워낙 지혜가 부족하여, 이런 중대한 일을 올바르게 처리할 자신이 없사옵니다. 장량 선생은 지혜가 많은 어른이시니, 비밀리에 그 어른을 찾아뵙고 상의해 보는 것이 어떠하겠습니까. 그 어른이라면 우리에게 좋은 지혜를 베풀어 주실 것이옵니다."

여 황후는 고개를 기울이며 말한다.

"장량 선생이 나를 도와주시기만 한다면 얼마나 고맙겠소. 그러나 그 어른은 세상을 등지고 산 속에 파묻혀서 수도修道나 하고 계시니, 이런 일에 관여할 리가 없지 않소."

여택이 다시 품한다.

"장량 선생은 세상을 완전히 등진 어른이니까, 좀처럼 관여하려고 하지 않으실지 모르옵니다. 그러나 장량 선생에게는 장벽강張辟强이라는 아들이 있사온데, 장벽강과 저는 둘도 없는 친구입니다.

그러므로 제가 장벽강을 끌고 가서, 장량 선생에게 부탁해 볼 생각입니다."

여 황후는 그 말을 듣고 크게 기뻐하였다.

"그렇다면 장벽강을 끌고 가서 장량 선생을 꼭 만나 뵙도록 하오."

여택은 장벽강을 앞장 세워 장량을 만날 수가 있었다. 그러나 장량은 태자 문제에 대한 이야기를 다 듣고 나서도 일체 말이 없었다. 그는 고작 한다는 소리가,

"나는 이미 세상을 버린 지 오래 된 사람이어서, 세상사에 대해서는 아무것도 모르오."

하고 대답할 뿐이었다.

여택은 등이 후끈 달았다. 그리하여 떼를 쓰듯 이렇게 말했다.

"저는 여 황후의 어명을 받들고 선생을 찾아온 몸이옵니다. 만약 선생께서 아무 계책도 말씀해 주지 않으신다면, 저는 죽어도 이 자리를 떠나지 못하겠습니다."

장량은 그래도 오랫동안 말이 없었다. 그러다가 문득 혼잣말 비슷이 이렇게 중얼거리는 것이었다.

"황제께서는 평소에 '상산商山의 사호四皓'를 무척 흠모하셨으니까, 그들을 찾아가 보면 해결할 길이 있기는 있을 것이다."

여택은 그 말을 듣고 뛸 듯이 기뻐하며 다급스럽게 물었다.

"선생님! '상산의 사호'란 어떤 분들이며, 그분들은 지금 어디에 계시옵니까?"

장량은 조용히 대답한다.

"여기서 깊은 산 속으로 3백 리쯤 들어가면 '상산'이라는 산이 있소. 그 산 속에는 네 분의 현자賢者가 계시오. 그들은 영지靈芝라는 버섯만 따먹고 살아가는 신선神仙들이오. 그러기에 세상 사람들은 그들을 '상산의 사호'라고 부르오. 한제께서는 일찍부터 그들을

흠모하신 나머지, 예우禮遇를 다해 그들을 모셔 오려고 하셨지만 결국은 뜻을 이루지 못하고 말았소. 만약 그들의 도움을 받을 수만 있다면, 태자 문제는 원만하게 해결할 수 있을 것이오. 지금이라도 그들을 찾아가 보시오. 그러나 그들이 과연 움직여 줄는지, 그것은 그들을 직접 만나 보기 전에는 아무도 모를 일이오."

"선생님! 좋은 길을 가르쳐 주셔서 고맙습니다. 그런데 '상산의 사호'라고 부르는 그분들의 성명은 어떻게 되시옵니까?"

장량은 입으로 대답하는 대신에 네 명의 이름을 다음과 같이 붓으로 적어 주었다.

동원공東園公 : 성은 중重, 명은 선명宣明, 한단 태생.
서원공西園公 : 성은 기倚, 명은 이수里秀, 제국齊國 태생.
하황공夏黃公 : 성은 최崔, 명은 소통少通, 제국 태생.
각리공角里公 : 성은 주周, 명은 술術, 하내河內 태생.

장량은 이상과 같은 명단을 여택에게 적어 주며 다음과 같이 말하였다.

"귀공은 이 명단을 가지고 여 황후한테 돌아가, 이분들에게 사신을 보내도록 하시오. 이분들의 도움을 받을 수만 있다면, 태자께서는 오래도록 복을 누릴 수 있을 것이오."

여택이 대궐로 급히 돌아와 그 사실을 알리니, 여 황후는 크게 기뻐하며 이공李恭에게 비단 4천 필과 황금 4천 냥, 명마名馬 4필을 선물로 내 주면서 상산으로 곧 떠나게 하였다.

상산은 험난하기 짝 없는 산이었다. 이공은 험악한 산 속을 아무리 헤매어도 '상산의 사호'를 찾을 길이 없었다. 10여 일을 두고 헤매다가 우연히 영지를 따먹고 있는 네 명의 백발 노인들을 어느 숲

에서 만날 수 있었다. 옷이 남루하고, 머리가 봉두난발蓬頭亂髮인 것이 물어보나마나 그들이야말로 '상산의 사호'임이 틀림없어 보이므로, 이공은 그들에게 덮어놓고 큰절을 올리며 이렇게 말했다.

"네 분 선생님을 이렇게 만나 뵙게 되어 영광스럽기 그지없사옵니다. 소생은 유영劉盈 황태자皇太子의 분부를 받들고 네 분 선생님을 찾아뵈러 온 몸이옵니다."

'상산의 사호'들은 일순간 어리둥절해하며 서로의 얼굴을 마주보다가,

"황태자의 사신이 우리 같은 기세인棄世人을 무엇 때문에 찾아오셨다는 말씀이오?"

하고 묻는다. 이공이 대답했다.

"황태자께서는 진작부터 네 분 선생님을 진심으로 사모하시와, 장차 보위에 오르시면 네 분 선생님의 지도를 받아 태평성세를 기필코 이루어 놓고자, 네 분 선생님을 꼭 모셔 오라는 분부가 계셨습니다. 그래서 소생은 선생님들을 모시러 왔사옵니다. 바라옵건댄, 선생님들께서는 억조창생億兆蒼生의 복지를 위해 부디 하산해 주시옵소서."

그러나 상산의 사호들은 약속이나 한 듯 고개를 가로젓는다.

"황태자의 뜻은 매우 갸륵하시오. 그러나 우리 넷은 세상을 등진 지 이미 오래 된 사람들이오. 황태자께서 장차 왕위에 오르신다 하기로, 세상 물정을 모르는 우리가 무슨 보필을 할 수 있겠소. 황태자께서는 우리를 잘못 알고 계신 모양이오. 귀공은 섭섭한 대로 그냥 돌아가서 황태자에게 우리의 말을 그대로 전해 주시오."

이공은 기가 막혔다. 그들을 설득하기가 지극히 어려울 것 같기 때문이었다. 그러나 중대한 사명을 띠고 천신 만고 끝에 찾아온 이공으로서는 그냥 돌아설 수가 없었다. 이공은 생각다 못해 '상산의

사호'에게 새삼스레 큰절을 올리며 이렇게 애원하였다.

"실상인즉, 소생은 황태자께서 네 분 어르신네에게 드리는 예물禮物로 비단과 황금을 가지고 왔사옵니다. 그리고 네 분께서 장안에 오실 때에 타고 오시라고 말도 네 필을 가지고 왔사옵니다. 그런데 네 분께서 황태자의 요청을 끝까지 거절하신다면, 소생이 무슨 면목으로 혼자 돌아갈 수 있을 것이옵니까."

'상산의 사호'는 황태자가 예물을 보내 왔다는 소리를 듣고 적이 놀란다.

"허어……. 황태자가 우리한테 예물을 보내 왔다구요? 예물을 보내 온 것을 보면, 황태자가 사람 대접을 제대로 할 줄 아시는구먼. 그러나 산 속에 살고 있는 우리한테는 비단과 황금 따위는 필요치 않은 것이오. 다시 말해서 우리들은 재물에 매수될 속물은 아니란 말이오."

이공은 입장이 점점 난처해졌다. 그리하여 나중에는 이렇게 공박하였다 .

"네 어르신네께서는 황태자가 예물로 보내 드린 것을 어찌하여 '뇌물'이라고 고깝게 생각하시옵니까. 존경하는 어른을 찾아뵈러 올 때에 예물을 가지고 오는 것은 당연한 예의가 아니고 무엇이겠습니까. 황태자가 네 어르신네를 모셔 가고 싶어 하는 것은 오로지 나라를 위하는 일이옵니다. 황태자는 억조창생을 잘 살게 해 주려고 네 분을 모셔 가고 싶어하는데, 여러분이 황태자의 요청을 끝까지 거절하신다면, 여러분은 억조창생이 잘 살아가는 것을 원하지 않으신다는 말씀입니까. 저로서는 황태자의 초청을 거절하는 여러분의 심정을 도저히 이해할 수가 없사옵니다."

이공이 정면으로 공박하고 나오자, '상산의 사호'들은 고개를 끄덕이며 돌연 태도를 바꾼다.

"귀공의 말을 듣고 보니 과연 우리가 너무도 고집을 부린 것 같구려. 황태자가 우리를 그처럼 만나고 싶어 하신다면, 우리 다같이 황태자를 만나러 하산하기로 합시다."

이리하여 '상산의 사호'들은 이공과 함께 산을 내려오게 되었다.

여 황후는 그 사실을 알고, 황태자와 함께 마중을 나와 '상산의 사호'들을 극진히 맞아들이며 간곡히 부탁한다.

"황태자는 장차 이 나라를 통치할 분이오니, 네 어르신네께서는 황태자가 영명한 군주가 될 수 있도록 통치학統治學을 철저하게 가르쳐 주시옵소서."

이에 '상산의 사호'는 진심으로 기뻐하며 황태자에게 성학聖學을 꾸준히 가르쳐 주고 있었다.

한편, 황제 유방은 여 황후가 비밀리에 그와 같은 공작을 하고 있는 줄도 모르고, 어느 날 숙손통叔孫通과 주창周昌 두 대부를 불러 이렇게 따졌다.

"나는 전일에 경들에게 '태자의 폐립 문제廢立問題'로 특별 지시를 내린 바 있었소. 그런데 그 후에 중신 회의에서 그 문제를 어떻게 결의했는지 아무 소식이 없으니 어떻게 된 것이오?"

유방은 태자 유영을 폐위시키고 척비의 태생인 여의를 태자로 책봉할 결심이었던 것이다. 숙손통과 주창은 머리를 조아리며 유방에게 간한다.

"폐하! 유영 태자는 매우 영명하신 분이므로, 그분을 폐위시키는 것은 옳지 못한 일인 줄로 아뢰옵니다. 그 옛날 진晋나라의 헌왕獻王은 여희驪姬를 총애한 나머지 그녀의 소생인 해제奚齊를 태자로 바꾸었다가, 40년간이나 나라를 어지럽힌 일이 있사옵니다. 그리고 진秦나라의 시황제始皇帝도 간신 조고趙高의 말을 믿고 태자를 부소扶蘇에서 호해胡亥로 바꾸었다가 나라가 망해 버렸습니다. 폐하께서도 알고 계시다시피, 지금의 황태자는 누구보다도 영명하신 분이옵니다. 폐하께서 만약 적자嫡子를 폐위하시고 서자庶子인 여의 공자를 태자로 바꾸신다면, 저희들은 태자를 위해 스스로 목숨을 끊을밖에 없겠습니다."

중신들이 그렇게까지 강경하게 나오니, 유방은 불쾌하기 짝이 없었다. 그러나 중신들의 의견을 무시하고 태자를 억지로 바꿔치울 수도 없는 일이 아니던가.

유방은 불쾌한 나날을 보내다가, 어느 날 장신궁長信宮을 가려니까 태자 유영이 문덕전文德殿을 나오는데, 태자의 뒤에는 네 명의 노인들이 따라오고 있었다.

"저 늙은이들은 웬 늙은이들이냐?"

그러자 네 명의 늙은이가 유방에게 큰절을 올리며 아뢴다.

"저희들은 상산에서 내려온 '사호' 늙은이들이옵니다."

유방은 '상산의 사호'라는 말을 듣고 크게 놀라며 반문한다.

"아니, 당신네들이 '상산의 사호'라면, 내가 불렀을 때에는 오지 않았던 사람들이 지금은 어떤 연고로 태자를 모시고 다니오?"

'상산의 사호'가 입을 모아 대답한다.

"폐하는 오만하기 짝이 없어 현사들을 우습게 여겼기 때문에, 우리들은 불러도 오지 않았던 것입니다. 그러나 황태자는 인효 공경仁孝恭敬한 데다가 현사를 소중히 여길 줄 아시기 때문에, 우리들은 태자를 도와 드리기 위해 모두들 산에서 내려온 것이옵니다. 장차 태자께서 보위에 오르시면, 그 때야말로 요순시대堯舜時代와 같은 태평성대가 도래할 것이옵니다."

유방은 그 말을 듣고 나자, 태자를 바꿔치울 생각을 깨끗이 단념하는 수밖에 없었다. 왜냐하면 '상산의 사호'들이 유영을 '성군聖君'으로 인정해 준다면, 국가의 백년 대계를 위해 그처럼 다행한 일이 없기 때문이었다.

그리하여 유방은 장신궁으로 찾아와 척씨 부인에게 모든 것을 사실대로 알려 주니, 척비는 눈물을 흘리며 탄식한다.

"그렇다면 우리 모자는 언젠가는 황후의 손에 죽게 될 것이 아니옵니까?"

유방은 등을 두드려 주며 위로한다.

"여의가 비록 태자는 못 되어도, 어느 큼직한 나라의 왕으로 보내 주도록 할 테니 조금도 염려 마라."

"저희들 모자는 오직 폐하의 은총만 믿겠습니다."

척씨 부인은 말은 그렇게 하면서도 장차 그들에게 닥쳐올 비참한 운명에 공포감을 금할 길이 없었다.

## 산으로 들어가는 장량

척씨 부인은 여의를 태자로 책봉하는 데 실패하고 나자 날마다 눈물로 세월을 보내고 있었다. 그도 그럴 것이, 유방이 죽고 나면 자기네 모자는 여 황후의 손에 그날로 학살될 것이 분명했기 때문이었다. 척씨 부인의 그러한 심정을 유방이 모를 리가 없었다. 유방은 마음 속으로 그에 대한 대책에 부심하다가, 어느 날은 척씨 부인에게 다음과 같은 제안을 하였다.

"전에 내가 한단邯鄲에 주둔했던 일이 있는데 한단은 풍경도 수려하거니와 인심이 매우 순박한 곳이었다. 더구나 한단은 장안에서 멀리 떨어져 있는 곳이어서, 여의를 조왕趙王에 봉해 한단으로 보내 버렸으면 싶은데, 그대는 어떻게 생각하는가. 조왕으로 가 있으면 부귀도 마음껏 누릴 수 있으려니와, 여 황후의 박해도 미연에 방지할 수 있을 것이 아니겠는가."

척씨 부인은 그 말을 듣고 크게 기뻐하였다.

"폐하께서 여의를 조왕으로 보내 주신다면 그처럼 다행한 일은 없겠사옵니다. 다만 한 가지 걱정되옵는 것은, 여의가 아직 나이가 어려 나라를 제대로 다스려 나갈 능력이 있을지 그것이 걱정이옵니다."

"그런 일이라면 조금도 걱정 마라. 그 일은 유능한 보필자補弼者 한 사람만 딸려 보내면 간단히 해결할 수 있을 것이다."

다음날 유방은 조회에 나와 중신들에게 이렇게 말했다.

"나는 경들의 의견에 따라 태자를 바꾸지 않기로 하였소. 그 대신 여의를 조왕에 봉하여 한단으로 보내 버렸으면 싶은데, 경들은 어떻게 생각하시오."

중신들은 머리를 조아리며 아뢴다.

"여의 공자를 조왕에 봉하신다는데 누가 무슨 이론異論이 있으오리까."

"그런데 한 가지 문제가 있소. 여의는 아직 나이가 어리므로, 왕으로 보내려면 노성老成한 보필자를 한 사람 딸려 보내야만 하겠소. 누구를 보내는 것이 좋겠소?"

그러자 승상 소하가 대답한다.

"어사대부御史大夫 주창周昌을 보내심이 좋을 줄로 아뢰옵니다. 주창 대부는 매사를 공정하게 처리하는 현사이므로, 그 이상의 좋은 보필자가 없을 것이옵니다."

유방은 크게 기뻐하며 말한다.

"주창 대부를 보필자로 보낸다면 그 이상 다행한 일은 없을 것이오."

그리고 이번에는 그 자리에 참석해 있는 주창에게 부탁한다.

"수고스럽지만, 경이 꼭 따라가 주기를 바라오."

주창이 머리를 조아리며 아뢴다.

"신이 영광스럽게도 어명을 받들기는 했사오나, 경솔하게 수납收納하기가 매우 어렵사옵니다."

유방은 적이 의아스럽게 여기며 묻는다.

"수납하기가 어렵다는 것은 무슨 뜻이오?"

주창은 다시금 머리를 조아리며 아뢴다.

"매우 외람된 말씀이오나, 신이 보필자로서의 중책을 완수하려면 세 가지의 전제 조건前提條件이 있사온데, 폐하께서 그러한 조건들을 미리 응낙해 주셔야만 하겠습니다."

유방은 빙그레 미소를 지으며 말한다.

"세 가지의 전제 조건이란 어떤 것들이오? 어서 말씀해 보시오. 내가 들어 보아서 가능한 말이라면 응낙을 해 주리다."

이에 주창은 다음과 같은 세 가지 조건을 내세웠다. 첫째, 조왕은 어떤 일에 있어서나 보필자인 자신의 말을 반드시 들어 줄 것. 둘째, 조왕은 일단 임지로 부임해 간 뒤에는 친어머니인 척씨 부인과도 서신 왕래書信往來조차 일체 단절해 버릴 것(모자간에 서신 왕래가 잦으면, 세상 사람들의 의혹을 사게 되어 결국은 모자에게 해롭기 때문이다). 셋째, 자기가 보필자로 부임해 가면 그쪽 일이 바빠서 자리를 비우기가 어려울 테니, 조정에서는 어떤 일이 일어나도 자기를 불러 올리지 말 것.

"이상과 같은 세 가지 조건을 폐하께서 응낙해 주시되 그냥 말씀으로만 응낙해 주실 게 아니라 반드시 친필 문서親筆文書로써 응낙을 해 주시옵소서."

유방은 그 말을 듣고 즉석에서 고개를 끄덕였다.

"그건 조금도 어려운 일이 아니오. 그러면 여의를 이 자리에 불러다 놓고, 본인 앞에서 문서를 작성해 주리다."

유방은 여의를 어전으로 불러다 놓고 주창에게 문서를 작성해 주면서,

"이제는 모든 준비가 다 되었으니, 여의는 오늘 당장 조왕으로 부임하라."

하고 명했다. 그리하여 열두 살짜리 조왕 여의가 궁중으로 들어와 척씨 부인에게 작별 인사를 고하니, 척씨 부인은 아들을 부둥켜안고 흐느껴 울면서,

"네가 조왕으로 떠나가 버리면 우리 모자가 언제나 또다시 만날 기회가 있겠느냐."
하고 좀처럼 헤어지려고 하지 않았다.

이윽고 여의가 길을 떠나게 되자, 유방은 척씨 부인과 함께 성문 밖까지 전송을 나오며 눈물을 한없이 흘리는 것이 아닌가. 주창은 그 광경을 보다 못해 유방에게 냉철하게 간한다.

"폐하! 천자는 만민의 부모이시옵니다. 사해의 창생蒼生들은 폐하의 적자赤子가 아닌 사람이 한 사람도 없사옵는데, 폐하께서는 어찌하여 조왕 한 사람만을 편애偏愛하시어, 아녀자처럼 눈물을 흘리고 계시옵니까. 눈물을 거두시고 속히 환궁하시옵소서."

유방은 그제야 눈물을 거두고 대궐로 돌아오는데, 문득 백성 하나가 달려오더니 땅에 엎드리며 다음과 같은 호소를 하는 것이 아닌가.

"폐하 전에 긴히 여쭐 말씀이 있사옵니다."

"무슨 말이냐. 어서 말해 보아라."

"폐하! 소하 승상으로 말하면, 폐하 다음 가는 이 나라의 최고 어른이시옵니다. 그런데 그러한 어른이 상림원上林苑의 공지를 백성들로 하여금 개간하게 하여 자기가 농사를 지어 먹을 뿐만 아니라, 백성들에게서 많은 뇌물을 받아 부귀를 한없이 누리고 있으니, 승상이라는 사람이 그래 가지고서야 이 나라가 장차 어떻게 될 것이옵니까."

유방은 너무도 놀라운 고발에 아연 실색하였다. 유방은 소하가 불의不義를 저질렀다는 말이 도저히 믿어지지 않았다. 그리하여 고

발자를 큰소리로 이렇게 꾸짖어 주었다.

"너는 무슨 무고誣告를 함부로 지껄이고 있느냐. 소하 승상은 백성들을 동원해 사리私利를 도모하거나, 아랫사람들에게서 뇌물을 받아먹을 어른이 아니다."

그러자 고발자는 화를 벌컥 내며 아뢴다.

"폐하께서는 정당한 고발을 무슨 이유로 무고라고 말씀하시옵니까. 만약 소인의 말이 믿어지지 않으신다면, 상림원에 직접 가 보시면 될 것이 아니옵니까. 상림원의 공지를 개간하여 곡식을 심기까지에는 여러 천 명의 백성들이 동원되었던 것이옵니다."

"알았다. 그러면 내가 상림원에 가서 사실 여부를 직접 알아보기로 하겠다."

유방은 대궐로 돌아오다 말고 상림원에 직접 가보았다. 그랬더니 과연 여러 만 평이나 되는 상림원 공지가 송두리째 개간되었을 뿐만 아니라, 거기에는 곡식이 무성하게 자라고 있었다.

'명재상이라고 철석같이 믿어 왔던 소하가 원 이럴 수가 있을까.'

유방은 분노가 극도에 달했다. 그리하여 대궐에 돌아오자 정위廷尉를 불러 서릿발 같은 명령을 내렸다.

"승상 소하를 당장 체포하여 옥에 가두라!"

군령여산君令如山. 승상 소하는 영문도 모르고 벼락같이 옥에 갇히는 몸이 되었다.

그러자 전옥典獄 왕위王衛가 급히 달려와 유방에게 묻는다.

"소하 승상을 무슨 죄로 하옥시키셨사옵나이까."

유방이 대답한다.

"소하는 백성들을 동원하여 상림원의 공지를 개간해 곡식을 심어 사리私利를 도모하였다. 아무리 승상이기로 그런 자를 어찌 그냥 내버려 둘 수 있느냐?"

왕위는 천부당만부당하다는 듯 고개를 내저으며 아뢴다.

"누가 어떤 고자질을 했는지 모르오나, 소하 승상이 공지를 개간하여 사리를 도모했다는 것은 커다란 오해이시옵니다. 실상인즉, 폐하께서 진희의 반란과 영포의 반란을 평정하시기 위해 대군을 거느리고 출정하였을 때, 소하 승상은 군량을 풍족하게 공급해 드리기 위해 백성들을 총동원하여 공지를 대대적으로 개간했던 것이옵니다. 상림원의 공지도 그 때 개간하여 곡식을 심은 것이옵니다. 소하 승상께서는 거기서 나온 곡식을 한 톨도 사유私有한 일은 없었사옵니다. 국가를 위해 백성들을 동원하여 공지를 개간하여 곡식을 심게 한 것은 승상의 임무인 줄로 아뢰옵니다. 그것을 어찌 죄라고 말씀할 수 있으오리까."

유방은 그 말을 듣고 부끄러워 얼굴을 들 수가 없었다.

"소인의 말을 듣고 승상을 의심한 것은 내가 너무도 불민한 탓이었구나. 승상을 직접 찾아가서 사과해야겠으니 나를 옥으로 인도하여라."

황제가 몸소 감옥에 납신다는 것은 법도상으로는 있을 수 없는 일이다. 그러나 유방은 승상을 함부로 하옥시킨 죄책이 너무도 심하여, 친히 감옥으로 찾아가 사과의 말을 하고 싶었던 것이다. 그리하여 유방은 소하를 직접 석방시켜 주면서 말한다.

"내가 워낙 불명하여, 승상을 일시나마 하옥시켰던 과오를 너그럽게 용서해 주시오. 경은 죄도 없이 하옥당하면서 어찌하여 한마디의 변명조차 아니 하셨소."

소하가 국궁 배례하며 아뢴다.

"성은이 망극하옵니다. 신이 조금만 참고 견디면 주상께서 반드시 알아주실 일이온데, 구차스럽게 무슨 변명이 필요하겠나이까."

유방은 그 말에 더욱 감격하며 말한다.

"진실로 현명하신 재상이시오. 경같이 어질고 너그러운 분을 참소한 소인이 있었으니, 내 그런 놈을 그냥 둘 수는 없소이다."

그리고 유방은 소하를 무고했던 자를 당장 잡아다가 목을 베어 버리라는 명령을 내리고야 말았다.

한편, 소하가 아무 죄도 없이 투옥되었다는 소식을 듣고 누구보다도 놀란 사람은 장량이었다. 장량은 한숨을 쉬며 혼자 탄식해 마지않았다.

'소하 같은 명재상을 투옥시킨다는 것은 말이 안 되는 소리다. 주상은 제위帝位에 오르고 나자 한신·영포·팽월 같은 공신들을 모조리 죽여 버리더니, 이제는 소하 승상도 처치해 버릴 생각이란 말인가. 그렇다면 나 역시 무사하기가 어려울 것이 아니겠는가.'

장량은 문득 태자의 계승 문제를 자기가 배후에서 조종해 왔음을 깨닫고 가슴이 철렁하였다. 만약 '상산의 사호'를 가지고 배후에서 조종하지 않았던들 지금쯤은 유방의 뜻대로 '여의如意'가 태자로 책봉되었을 것이 분명했기 때문이었다. 그런 비밀이 지금이라도 유방에게 탄로나는 날이면 목숨이 무사할 것 같지 않았다. 그리하여 장량은 '상산의 사호'들에게 모든 것을 사실대로 고백하고 나서,

"나는 아무래도 종남산으로 들어가 수도나 하는 것이 좋을 것 같소이다."

하고 말했다. '상산의 사호'들은 즉석에서 찬동을 하며 말한다.

"태자 책봉 문제는 이미 지나간 일이니까, 별일은 없을 것이옵니다. 그러나저러나 선생께서 종남산으로 들어가신다면 저희들도 선생을 따라 산으로 들어가겠습니다."

"나를 따라가겠다는 말씀이 고맙기는 하오. 그러나 우리가 한꺼번에 죄다 떠나 버리면 주상께서 오해를 하실지 모르니, 그 점도 생각하셔야 하오."

무슨 일에 대해서나 용의 주도하기 이를 데 없는 장량이었다. 장량의 말에 '상산의 사호'들은 고개를 끄덕이며 말한다.

"선생의 말씀을 듣고 보니 그렇기도 합니다. 그러면 저희들은 나중에 떠나기로 할 테니 선생은 주상의 윤허를 받아 종남산으로 먼저 떠나십시오."

그리하여 장량은 유방에게 작별 인사를 고하려고 오랜만에 입궐하였다. 장량이 입궐하니 유방은 크게 기뻐하며 말한다.

"선생을 오래간만에 만나 뵙게 되어 이렇게도 기쁜 일이 없소이다. 그간 건강은 어떠하시옵니까?"

장량은 머리를 조아리며 대답한다.

"신이 그동안 신병으로 인해 자주 문후를 드리지 못해 죄송스럽기 그지없사옵니다."

유방은 '신병'이라는 말을 듣고 깜짝 놀라며 묻는다.

"신병이라구요……? 어디가 어떻게 불편하시다는 말씀이시옵니까."

"매우 외람된 말씀이오나, 이제는 신도 나이가 많아 심신이 모두 노쇠해졌사옵니다. 앞으로는 산수 좋은 종남산으로 들어가 여생을 한가롭게 보내고 싶사오니 폐하께서는 윤허를 내려주시옵소서."

유방은 그 말을 듣고 크게 낙심하며 말한다.

"선생께서 내 곁을 떠나시다뇨? 그게 무슨 말씀이시옵니까. 선생은 그동안 공로가 너무도 많으셨기에 나는 선생에게 관작을 수여한 바 있었지만, 선생은 굳게 사양하시며 관작을 받지 않으셨습니다. 그런데 갑작스럽게 내 곁을 떠나겠다고 하시니, 혹시 내게 무슨 불만이라도 계신 것은 아니옵니까? 만약 나에게 무슨 잘못이 있다면 솔직하게 말씀해 주시옵소서."

장량은 머리를 거듭 조아리며 아뢴다.

"성은이 망극하옵니다. 관후인덕하신 폐하에게 신이 어찌 불만이 있을 수 있으오리까. 신이 관작을 사양한 것은 다만 신의 신념일 따름이었습니다. 신이 종남산으로 들어가고 싶어하는 것은 오로지 몸이 쇠약해진 때문이오니, 폐하께서는 쾌히 윤허해 주시옵소서."

"다른 일도 아닌 건강을 위해 종남산으로 들어가시겠다면 어찌 무리하게 붙잡을 수 있으오리까. 그렇다면 선생의 뜻대로 떠나도록 하시옵소서. 그러나 나 역시 몸이 자꾸만 쇠약해 와서 우리가 지금 작별하면 차후에 다시 만나게 되는지 그 일을 생각하면 단장斷腸의 비애를 금할 길이 없구려."

그렇게 말하며 유방은 짜장 옷소매로 눈물을 닦기까지 하는 것이었다. 유방은 장량과 한번 작별하면 다시 만날 기회가 영영 없을 것을 잘 알고 있었다. 그러나 차마 그 얘기만은 입 밖에 낼 수 없어 소리 없이 눈물을 흘리며,

'회자정리會者定離, 생자필멸生者必滅!'
하고 엉뚱한 말을 입 속으로 혼자 외고 있을 뿐이었다.

장량이 종남산으로 들어간 지 월여月餘 후에 '상산의 사호'들은 유방을 찾아와 머리를 조아리며 아뢴다.

"이제 천하는 통일되어 사해가 안정되었사옵고, 태자 또한 영명하기 그지없사와, 이로써 한나라의 국기國基는 튼튼하게 다져졌사옵니다. 저희들은 이미 팔십을 넘어 기동이 자유롭지 못하게 되었사오니, 이제는 자연으로 돌아가 여생을 조용히 보내게 해 주시옵소서."

장량과 약속한 대로 그들도 장량의 뒤를 따라 종남산으로 들어가 버릴 생각이었던 것이다. 유방은 '상산의 사호'들을 서글픈 시선으로 바라보며 만류한다.

"장량 선생이 내 곁을 떠나신 것이 바로 엊그제의 일이오. 장량

선생이 떠나셔서 가뜩이나 마음이 서글픈데 선생들조차 왜 내 곁을 떠나시겠다고 하시오. 태자가 아직 나이가 어리니, 선생들은 이왕 하산하신 김에 끝까지 보살펴 주소서."

그러나 '상산의 사호'들은 장량과의 약속을 거역할 수는 없었다. 그들은 머리를 조아리며 다시 아뢴다.

"지금 조정에는 현신들이 가득 차 있어서, 이미 늙어 버린 저희들로서는 이 이상 할 일이 없사옵니다. 비록 산으로 들어가더라도 성은은 죽을 때까지 잊지 않겠사옵니다."

유방은 그 이상 붙잡아 둘 수가 없음을 알자 많은 금백金帛을 내려주며 '상산의 사호'들도 산으로 보내 주기로 하였다. 장량을 비롯하여 '상산의 사호'까지 떠나 보내고 나니, 유방은 심정이 처량하기 이를 데 없었다.

그리하여 어느 날은 태자 영을 불러 말한다.

"나는 포의布衣의 몸으로 군사를 일으켜, 강대국 진나라와 초나라를 모두 평정하고 드디어 천하를 통일하였다. 그간에 나를 배반하고 돌아선 자들도 많았지만, 기모 묘산奇謀妙算으로 나를 도와준 공신들도 한두 사람이 아니었었다. 천하를 통일하고 나니, 지난날의 공신들 생각이 새삼스레 간절하구나. 이제 그들을 추모하는 마음에서 이미 작고한 공신들의 초상화肖像畵를 그려 공신각功臣閣에 모셔 놓고, 후손들에게 길이 전해 내려가도록 해야 하겠다."

유방은 그날로 화공畵工을 불러 공신들의 초상화를 그리게 하고, 목수들을 불러 공신각을 대규모로 짓게 하였다.

그로부터 몇 달 후에 공신들의 초상화를 공신각에 모시게 되자, 유방은 공신들의 초상화를 일일이 돌아보며 그들의 내력과 공적을 태자에게 자세하게 설명해 주었다. 태자는 기신紀信의 초상화 앞에 이르자,

"영양성榮陽城 싸움 때에 만약 기신 장군께서 목숨을 걸고 저를 구출해 주시지 않으셨다면, 저의 오늘은 없었을 것이옵니다."
하고 말했고, 또 하후영夏侯嬰의 초상화 앞에서도 발을 멈추고,
"만약 하후영 장군께서 초나라에 볼모로 잡혀 갔던 저를 빼앗아 오지 않으셨다면, 저는 오늘날 태자가 되지 못했을 것이옵니다."
하고 말하자 유방은 매우 기뻐하면서 이렇게 칭찬하였다.
"네가 은혜의 근본을 잊지 않고 있으니, 세상에 이렇게도 기쁜 일이 없구나."
그러나 그 공신각에는 초나라의 대사마大司馬였던 항백項伯의 초상화는 걸려 있지 않았다.
항백의 아들 항동項東이 그 사실을 알고,
"홍문연鴻門宴 잔치 때에 폐하를 도와 드린 사람은 저의 아버지셨는데, 제 아버님의 초상화는 어찌하여 걸려 있지 아니하옵니까?"
하고 항의하니 유방은 즉석에서,
"그것은 나의 실수였노라. 너의 아버지의 초상화를 새로 그려 걸고, 너는 내 사위로 삼으리로다."
하고 말하며 소화 공주小華公主를 항동에게 주기로 하였다.

## 장락궁長樂宮의 곡성

유방은 장량이 종남산 속으로 들어가 버린 다음부터는 마음이 쓸쓸하기 이를 데 없었다. 그것은 마치 마음의 지주支柱를 잃어버린 것과 같아, 매사가 불안스럽기 짝 없는 심정이었다. 마음이 그토록 허전하고 보니, 건강도 제대로 유지될 턱이 없었다.

유방은 일찍이 영포를 정벌하러 나갔다가 적에게 화살을 맞은 일이 있었다. 그 당시에는 치료를 잘한 덕택에 완전히 치유治癒된 줄로 알고 있었다. 그러나 겨울이 가고 봄이 오자, 옛날의 상처가 되살아나기 시작하였다. 게다가 마음까지 공허하여 몸은 날이 갈수록 쇠약해 오고 있었다.

몸이 불편할 때면 따뜻한 간호의 손길이 그리워지는 법이다. 유방은 몸이 괴로워 오자 여 황후가 있는 장락궁長樂宮에는 일체 들르지 아니하고, 숫제 척비戚妃가 거처하는 서궁西宮에만 머물러 있었다. 그러니까 여 황후의 마음이 편할 리가 없었다. 여 황후는 궁녀宮女들을 모아 놓고 상의한다.

"황제가 몸이 불편하시다고 들었는데, 서궁에만 머물러 계시니 자세한 사정을 알 길이 없구나. 그러다가 별안간 돌아가시는 날이면 뒷처리를 어떻게 해야 좋을지 걱정스럽기 짝이 없구나."

뒷처리도 문제이지만, 여 황후로서는 남편이 척씨 부인의 치마폭에만 감싸여 있는 것이 괘씸하고도 미워서 견딜 수가 없었던 것이다. 궁녀들이 입을 모아 대답한다.

"병중에 계신 폐하께서 본궁을 버리고 서궁에만 머물러 계시다는 것은 있을 수 없는 일이옵니다. 마마께서는 특별 분부를 내리시와 태자로 하여금 관영·주발 등의 원로 대부를 대동하고 서궁을 방문케 하여 황제 폐하를 장락궁으로 모셔 오도록 하시옵소서. 법도상으로 보아도, 황제께서 장락궁을 버리고 서궁에서 치료를 하는 것은 말이 안 되는 일이옵니다."

시앗 싸움을 구경하는 것은 누구에게나 흥미로운 일인지라, 궁녀들은 열을 올려 가며 여 황후를 부추겨 대었다. 여 황후는 궁녀들의 말을 옳게 여겨, 태자로 하여금 관영과 주발을 거느리고 서궁으로 가서 황제를 장락궁으로 모셔 오게 하였다.

그러나 유방은 태자와 원근 대부들의 말을 좀처럼 들어 주려고 하지 않았다.

"장락궁보다는 여기에 있는 것이 마음이 훨씬 편하다. 당분간은 여기서 병 치료를 하기로 하겠다. 병이란 무엇보다도 마음이 편해야 속히 나을 것이 아니겠느냐."

태자가 황제를 모셔 오는데 실패하고 돌아와 여 황후에게 사실대로 고하니, 성미가 사나운 여 황후는 길길이 날뛰며 큰소리로 외친다.

"황제가 계집년에게 정신이 빠져도 분수가 있지, 그년의 치마폭에 언제까지나 머물러 있겠다는 것이 말이 되는 소리냐. 어떤 일이 있어도 황제를 기어이 장락궁으로 모셔 와야만 한다."

여 황후는 입술을 깨물며 오랫동안 대책을 강구하다가, 문득 태자를 비롯하여 여택呂澤 · 심이기審食其 · 번쾌 등 세 측근들을 불러 다음과 같은 명령을 내렸다.

"당신네들은 지금부터 서궁으로 가서, 어떤 수단을 써서라도 황제를 장락궁으로 모셔 오도록 하오. 만약 황제가 환궁을 거절하시거든 당신네들은 황제를 모셔 올 때까지는 서궁에서 한 걸음도 물러나오지 마시오. 나의 명령을 거역하는 사람이 있으면 누구도 용서하지 않겠소."

여 황후의 분노는 그처럼 극도에 달했던 것이다. 네 사람은 서궁에 당도하자 복순문福順門 밖에서 알현을 신청하였다. 유방은 태자 일행이 또 찾아왔다는 전갈을 듣고 눈살을 찌푸리며 혼잣말로 중얼거린다.

"나를 장락궁으로 데려가기 위해 여후呂后가 배후에서 이런 장난을 치고 있음이 분명하구나!"

그러자 옆에 있던 척비가 울면서 호소한다.

"폐하께서 신첩을 버리고 장락궁으로 돌아가시면, 신첩은 여후의 손에 죽게 되어 천안天顔을 다시는 뵈올 수가 없을 것이옵니다."

유방은 척씨 부인의 등을 두드려 주며 위로한다.

"어떤 일이 있어도 너만은 내가 책임지고 보호해 줄 테니 조금도 걱정 마라."

그리고 태자 일행을 병실로 불러들여 만났는데, 그 때 유방은 몸이 몹시 수척해져 있었다. 처남인 여택이 유방에게 큰절을 올리며 아뢴다.

"성상께서는 몸이 너무도 쇠약해지셨사옵니다. 젊은 부궁副宮과 오랫동안 같이 계셔서 건강이 악화된 것이 분명하오니, 하루속히 장락궁으로 환궁하시와 조용하게 정양을 하도록 하시옵소서."

병이 악화된 책임을 노골적으로 척씨 부인에게 뒤집어씌우는 말투였다. 척비는 너무도 억울하여 울화통이 치밀어 올랐다. 실상인즉 유방이 병석에 누운 이후로는 잠자리를 한 번도 같이한 일이 없는 그녀였다. 유방은 워낙 색을 좋아하는 편이어서, 병석에 누워 있으면서도 가끔 몸을 요구한 일이 있었다. 그러나 척씨 부인은 남편의 건강을 생각해 그런 요구에 한 번도 응해 준 일이 없지 않았던가. 자기 딴에는 남편의 건강을 위해 그처럼 충성을 다해 왔건만, 모든 죄를 자기한테 뒤집어씌우니, 척부인으로서는 억울할밖에 없었다.

그러나 반박은 할 수 없어서 이를 악물고 참고 있노라니까, 이번에는 모사 심이기가 머리를 조아리며 아뢴다.

"폐하! 효성이 극진하신 태자를 비롯하여, 만조 백관들이 한결같이 폐하의 환궁을 고대하고 있는 중이옵니다. 폐하께서는 하루속히 환궁하시와, 건강을 빨리 회복시키셔야 하옵니다."

심이기 역시 유방의 병이 악화된 책임을 은연중에 척씨 부인에게 뒤집어씌우는 말투였다.

유방은 여택과 심이기의 충고가 모두 역겹게만 들렸다. 척씨 부인에게는 아무 죄가 없다는 것을 유방 자신은 잘 알고 있었기 때문이었다. 그러기에 유방은 눈살을 찌푸리며 변명한다.

"내 몸이 이렇게 약해진 것은 과색을 했기 때문은 아니오. 여러 십 년 동안 전쟁을 계속해 오다 보니 피로가 쌓이고 쌓여 있다가 한꺼번에 몰아쳐 왔기 때문에 병이 된 것이오. 그러나 그동안 척비의 따뜻한 간호를 받아 오며 섭생을 잘한 덕택에 이제는 기운이 알아보게 회복되어 오고 있는 중이오. 중요한 시기에 거처를 다른 데로 옮기면 병이 또다시 도지게 될 우려가 있으니 당분간은 이대로 편히 있게 해 주시오."

유방은 장락궁으로 가서 보기 싫은 여 황후에게 들볶이기보다는 서궁에서 척씨 부인의 따뜻한 간호를 받고 싶었던 것이다.

그러자 지금까지 잠자코 있던 번쾌가 별안간 얼굴을 실룩거리더니, 문득 담판이라도 하듯 이렇게 따지고 들었다.

"폐하! 신이 한 말씀 여쭙겠습니다. 폐하께서는 필부로 몸을 일으키셔서 진나라와 초나라를 모두 정벌하시고, 이제는 만승천자가 되셨습니다. 그와 같은 대업을 완수하시는 동안 여 황후는 폐하와 생사 고락을 같이해 오셨던 것이옵니다. 조강지처불하당糟糠之妻不下堂이라는 말이 옛글에 있다고 들었습니다. 폐하께서는 어찌하여 여 황후와의 의리를 저버리시고, 척씨 부인과의 애정만을 연연해 하시옵니까. 만약 폐하께서 그처럼 근본을 망각하시고 환궁을 아니 하신다면, 그로 인해 부부간夫婦間의 정리도 상하게 될 것이옵고, 군신간君臣間의 의리도 땅에 떨어질 것이옵니다. 사태가 그렇게 되면 이 나라의 법도를 무엇으로 지탱해 나갈 수 있겠습니까. 폐하께서 저희들의 간언을 끝끝내 들어 주지 않으신다면, 저희들은 폐하께서 환궁하실 때까지 이 자리에서 한 걸음도 물러가지 못하겠습니다."

번쾌가 그토록 강경하게 나오니, 유방도 그 이상은 고집을 부리기가 어렵게 되었다.

"음……. 경들이 나의 환궁을 갈망한다면 내 어찌 끝까지 고집을 부리리오. 그러면 여기서 하룻밤만 더 자고 내일 환궁하기로 할 테니, 오늘은 일단 물러들 가오."

유방은 어쩔 수 없어 환궁을 승낙했지만, 여후의 곁으로 돌아가면 반드시 죽을 것만 같은 예감이 들었다. 태자 일행이 일단 돌아가고 나자, 유방은 척씨 부인을 가까이 불러 얼굴을 쓰다듬어 주며 고백하듯 말한다.

"내 일찍부터 색을 좋아하여 수많은 계집들과 살을 섞어 왔건만 내가 진심으로 사랑해 온 여인은 오직 너 한 사람뿐이었다. 여후呂后는 조강지처로서 정궁正宮임에는 틀림이 없지만, 그녀는 성품이 워낙 강맹强猛하여 따뜻한 애정을 느낄 수가 전연 없었느니라. 그러다가 양같이 온순하고 진실한 너를 만났으니, 내 어찌 너를 진심으로 사랑하지 않을 수 있었겠느냐."

유방의 고백은 거짓 없는 사실이었다. 그는 지금까지 여러 백 명의 계집들과 살을 섞어 왔으나, 정작 진심으로 사랑해 온 여인은 오직 척씨 부인 한 사람뿐이었던 것이다. 유방은 척씨 부인을 그토록 사랑해 왔었고, 척씨 부인 역시 유방을 일편 단심으로 사랑해 왔다. 유방을 위해 자신을 희생시키는 것을 다시없는 영광으로 여겨 왔던 그녀였다.

그런데 마지막 만남이 될지도 모르는 이 판국에 와서 유방이 느닷없이 사랑을 고백해 왔으므로 척씨 부인은,

'이 어른이 혹시 돌아가시려고 유언遺言을 하시려는 것은 아닌가.'

하는 예감이 들어 가슴이 에어오는 것만 같았다.

"폐하! 신첩이 어찌 폐하의 각별하신 은총을 모르오리까. 내일은 장락궁으로 환궁하실 날이오니, 오늘 밤은 아무 생각도 마시고 편히 주무시도록 하시옵소서. 신첩은 오직 그 일만이 모든 소망이옵나이다."

척씨 부인은 그렇게 말하며 유방의 이마를 짚어 보기도 하고, 이불을 감싸 주기도 하였다. 북받쳐 오르는 슬픔을 보이지 않으려고 일부러 그런 행동을 하고 있었던 것이다. 유방은 땅이 꺼질 듯 큰 한숨을 쉬고 나서 말한다.

"오오, 고마운 말이로다. 네가 아니면 나를 이렇게 위로해 주는 사람이 천상천하天上天下에 누가 있겠느냐. 내 비록 천하를 얻었다고는 하되, 죽고 나면 천하가 무슨 소용이겠느냐. 그러기에 나는 죽

을 때까지 네 곁에만 있고 싶다. 그러나 조정의 의론議論이 하도 분분하여, 내일은 어쩔 수 없이 환궁을 해야 하겠다."

척씨 부인은 이를 악물어 슬픔을 씹어삼키고 나서 대답한다.

"폐하! 신첩은 폐하의 신금宸襟을 다 알고 있사오니, 아무 말씀도 마시고 편히 주무시도록 하시옵소서."

"고마운 말이로다. 그러나 네 곁을 떠나기 전에 꼭 한 가지 당부를 해둬야 할 일이 있다."

'당부'라는 소리에 척씨 부인은 눈을 커다랗게 뜨며 반문한다.

"무슨 말씀이신지 지금 들려주시옵소서."

유방은 한동안 숨을 가다듬다가 속삭이듯 이렇게 말한다.

"너는 내 말을 똑똑히 들어라. 내가 죽고 나면, 황후가 너를 가만히 내버려 두지는 않을 것이다. 그러므로 내가 여기를 떠나거든 너는 아무도 모르게 여의如意가 있는 한단邯鄲으로 피신을 가도록 하거라. 그렇잖으면 네 신변에 어떤 참변慘變이 일어날지 모른다. 그러니까 너는 내 말을 명심하여 민첩하게 행동하도록 하거라."

유방으로서는 최후의 애정이었다. 그 말을 듣는 순간, 척씨 부인은 사무쳐 오르는 슬픔을 억제할 길이 없어 유방의 이불 위에 얼굴을 파묻고 이렇게 울부짖었다.

"폐하께서 생존해 계시는 한, 신첩은 장안에서 한 걸음도 떠나지 않을 생각이옵나이다."

사실 척씨 부인은 자기가 살아남기 위해, 살아 있는 남편을 내버려 두고 피신할 수는 없었던 것이다. 유방은 척씨 부인의 알뜰한 정성에 가슴이 뭉클해 왔다. 그러나 그는 고개를 좌우로 흔들며 다시 말한다.

"네 심정을 내가 모르는 바는 아니로다. 그러나 일단 장락궁으로 돌아가면, 너를 다시 만나 보기는 어려울 것 같구나. 서로 만나 보지도 못할 바에야 장안에 남아 있은들 무슨 소용이겠느냐. 내가 죽기 전에 여의한테로 피신을 하라는 말이다."

그러나 척씨 부인은 울면서 도리질을 하였다.

"설사 폐하를 직접 만나 뵙지는 못해도, 신첩은 폐하와 같은 하늘 아래 있는 것만으로도 행복스럽사오니, 피신하라는 말씀만은 하지 말아 주시옵소서."

유방은 그런 말을 들을수록 척씨 부인의 운명이 점점 걱정스러워졌다. 그리하여 나중에는 차마 입 밖에 내기 어려운 말을 이렇게 말했다.

"지금이라면 너는 피신을 할 수 있을 것이다. 그러나 내가 죽고 나면, 너는 피신조차 못 하게 된다는 사실을 알아야 한다. 여후가 무서운 계집인 것은 너도 잘 알고 있지 않느냐."

"폐하의 하해 같으신 은총에 가슴이 메어 오는 것만 같사옵니다. 그러나 이 몸이 설사 황후의 손에 천 갈래 만 갈래로 찢겨 죽는 한이 있더라도, 폐하께서 생존해 계시는 동안만은 장안을 한 걸음도 떠나지 아니하겠사옵니다."

유방은 그 이상 어쩔 수 없는지, 땅이 꺼질 듯한 한숨을 쉬었다.

"네 결심이 그처럼 확고 부동하다니, 이것도 인력으로는 어찌할 수 없는 천운인가 보구나. 그러면 그 얘기는 그만하자. ……내 가슴이 답답하니, 네 손으로 내 가슴을 좀 쓸어 다오."

척씨 부인이 가슴을 쓸어 주자, 유방은 몹시 지쳐 있는 듯 이내 잠이 들었다.

'이것이 남편에 대한 나의 마지막 봉사가 될지도 모르겠구나.'

문득 그런 생각이 들자, 척씨 부인은 설움이 복받쳐 올라 뜬눈으로 밤을 새워 가며 남편의 가슴을 마냥 쓸고 있었다.

다음날 유방은 만조 백관들의 호위를 받으며 봉련鳳輦 위에 누워 장락궁으로 향하였다. 많은 시의侍醫들이 그의 뒤를 따랐다. 그러나 척씨 부인만은 따라갈 수가 없어, 서궁 담장 밖에 몸을 기대고 서서 멀어져 가는 봉련을 눈물로 전송할 수밖에 없었다.

이윽고 유방이 장락궁 내전에 자리 보존하고 눕자, 여 황후는 신바람이 나는 듯 시종들을 별실에 불러 다음과 같은 지시를 내린다.

"황제께서 환궁하셨으므로 척녀戚女가 이제는 아들한테로 도망을 갈지 모른다. 그년이 도망을 가지 못하게 엄격한 감시를 하라. 그리고 서궁에서 많은 의원醫員들이 황제를 따라온 모양인데, 그자들을 모조리 쫓아내라. 명의를 따로 불러 와야 하겠다."

유방이 중태에 빠지게 된 원인이 척씨 부인에게 있는 듯한 말투였다. 여 황후가 진평에게 묻는다.

"명의가 어디 있는지, 진평 대부는 명의를 빨리 불러 오시오."

진평이 머리를 조아리며 아뢴다.

"여기서 산 속으로 2백 리쯤 들어가면, 역양櫟陽이라는 명의가 있사옵니다. 그 사람을 불러다가 치료하시면 반드시 신효神效가 있을 줄로 아뢰옵니다."

여 황후는 사람을 급히 보내 역양을 불러 오게 하였다. 역양은 진찰을 신중히 해보고 나서 유방에게 품한다.

"폐하의 병은 결코 못 고칠 병이 아니옵니다. 소생의 약을 한달만 잡수시면 완전히 회복하실 수 있사옵니다."

유방은 그러잖아도 자기가 데리고 온 의사들을 모조리 쫓아 보낸 여 황후의 처사가 몹시 비위에 거슬렸던 판인지라, 역양의 말을 듣기가 무섭게 벼락 같은 소리를 지른다.

"너는 어느 산골에서 굴러먹던 돌팔이 놈이냐. 나는 한 자루의 검劍으로 천하를 얻을 만큼 천명天命을 타고난 사람이다. 따라서 나의 목숨은 하늘에 달려 있거늘, 너 같은 돌팔이가 감히 어느 앞이라고 병을 고치느니 어쩌니 하고 돼먹지 않은 수작을 하고 있느냐. 꼴도 보기 싫다. 썩 물러가거라."

역양은 혼비 백산하여 어전에서 사라져 버렸다.

유방은 이미 각오한 바가 있는지, 그날부터는 약도 먹지 않았다. 그는 서궁에서 억지로 끌려온 것이 그렇게도 가슴에 사무쳤던 것이다.

유방의 병세가 심상치 않음을 알자, 여 황후는 만일의 경우에는 대권大權을 자기가 장악할 욕심이 생겼다. 그리하여 유방에게 슬쩍 이렇게 물어 보았다.

"소하 승상이 건강이 좋지 않아 하야下野하겠다는 말이 있사옵는데, 만약 소하가 사임하면 승상의 자리를 누구에게 맡기는 것이 좋겠습니까?"

유방은 눈을 감은 채 한동안 말이 없다가,

"소하가 기어코 승상의 자리를 내놓겠다면, 조참曹參을 승상에 임명하도록 하오."

하고 대답한다. 여 황후가 다시 묻는다.

"조참 이외에 승상이 될 만한 인물로 또 누가 있사옵니까?"

유방이 다시 대답한다.

"그 다음의 적임자는 왕릉王陵이오. 그러나 왕릉은 지혜가 다소 부족한 편이므로, 왕릉을 승상으로 등용하려면 진평을 보필자輔弼者로 곁들여 줘야 하오."

"그렇다면 진평을 직접 승상으로 등용하면 어떠하겠습니까?"

"진평은 지혜롭기는 하나 나라를 혼자서 다스려 나갈 만한 도량은 없는 사람이라는 것을 알아야 하오."

유방은 수많은 인물들을 수족처럼 써 오며 천하를 통일하는 데 성공한 위인인지라, 사람을 보는 눈이 탁월하기 이를 데 없었다. 여 황후는 유방의 말을 듣고 크게 기뻤다. 남편이 죽고 나서 대권大權을 장악하게 되면, 유방의 의견이 많은 도움이 되겠기 때문이었다.

이왕이면 좀더 많은 것을 알고 싶어서 여 황후는 다시 묻는다.

"주발周勃은 어느 정도의 사람이옵니까?"

유방이 대답한다.

"주발은 믿음직스럽기는 하지만, 학식이 없는 사람이오. 그러나 우리 유씨 일가劉氏一家를 위해서는 주발처럼 충성스러운 사람은 없을 것이오."

"그 다음에 믿을 만한 사람은 또 누구누구가 있사옵니까."

여 황후가 끈질기게 물어 보니, 유방은 그제야 무슨 눈치를 챘는지 별안간 짜증스럽게 이렇게 쏘아붙인다.

"그 다음은 당신이 알 바가 아니오. 내가 죽으면 태자가 나의 뒤를 이어 나갈 것인데, 당신이 무엇 때문에 그런 데 관심을 가지오?"

여 황후는 그제야 입을 다물어 버렸다.

그로부터 며칠이 지난 뒤였다. 황태자 영盈이 병문안을 오자, 유방은 아들의 손을 꼭 붙잡고 유언처럼 말했다.

"나는 이번에는 암만해도 살아날 것 같지 않다. 그러나 태자인 네가 워낙 인후仁厚하여 나라를 잘 다스려 나갈 것이니, 그 점은 마음이 든든하구나. 마지막으로 너에게 부탁이 하나 있다."

태자는 아버지의 손을 두 손으로 감싸 잡고 설움을 씹어삼키며 아뢴다.

"아바마마의 말씀이라면 무슨 일이라도 분부대로 거행하겠습니다. 어서 분부를 내려주시옵소서."

"음……. 고마운 말이로다."

유방은 눈을 감은 채 한동안 말이 없다가, 아들의 손을 새삼스레 잡아 흔들며 조용히 말한다.

"네게는 여의如意라는 이복 동생異腹同生이 있지 않느냐. 내가 죽고 나면 그들 모자의 운명은 순전히 네 손에 달려 있게 된다. 너의 어머니는 그들을 몹시 미워하지만, 나로서는 그들 역시 사랑하는 아들이요, 사랑하는 마누라로다. 애비가 사랑하는 사람을 아들이 소중히 여겨야 하는 것은 아들의 도리가 아니겠느냐. 너는 그 점에 각별히 유념하여 조왕趙王 모자母子를 끝까지 잘 보살펴 주기를 바란다."

임종이 눈앞에 다가온 마지막 순간에도 유방은 여의와 척씨 부인의 운명이 그렇게도 걱정스러웠던 것이다. 태자는 유방의 손을 움켜잡고 맹세하듯 말한다.

"아바마마! 소자가 아바마마의 은혜와 동기간의 정의를 어찌 소홀히 할 수 있으오리까. 그 점은 아무 걱정 마시고, 속히 병이나 치료하도록 하시옵소서."

"아니로다. 나는 이미 천명이 다 된 사람이야. 너는 나의 유언을 꼭 지켜 주기 바란다."

유방은 그 한마디를 남기고 마지막 숨을 거두어 버리니, 때는 대한大漢 12년 4월 갑진일甲辰日이었고, 보령寶令은 63세였다. 그리고 새로 보위에 오른 혜제惠帝는 유방을 '한고조漢高祖'라는 존호尊號로 부르게 하였다.

## 처절한 보복

　이 소설의 양대 주역主役이었던 초패왕楚霸王 항우項羽와 한고조 漢高祖 유방劉邦이 모두 죽어 버렸으므로, 나는 여기서 응당 붓을 놓아 버려야 옳을 일이다. 그러나 작자인 나로서는 독자들의 궁금증을 풀어 줘야 할 것이 아직도 하나 남아 있다. 그것은 '여 황후와 척씨 부인과의 피비린내 나는 시앗 싸움의 결과' 인 것이다.
　여 황후는 이팔 청춘 꽃다운 나이로 무명 청년이었던 유방과 결혼하여 평생을 오로지 유방과 더불어 생사 고락을 같이해 왔었다.
　유방은 천하를 얻어 보려는 대야심을 품고 군사를 일으켜 전선戰線에서 전선으로 동분서주하기를 장장 30여 년, 그간에 여후는 젊은 나이로 얼마나 많은 공규空閨의 고독에 시달려야 했던가. 그러나 여후는 성품이 남달리 강의剛毅한 여성이어서, 남편이 대업을 성취시키는 데 아낌없는 협력을 다해 왔었다. 그러므로 유방이 천하를 통일하는 데 있어서, 여 황후의 내조의 공은 실로 지대한 바가 있었다.
　천하만 통일하고 나면, 여 황후는 일국의 국모國母로서 유방과 더불어 여생을 행복스럽게 살아가게 되리라고 믿고 있었다. 그러나 정작 천하 통일의 날이 오고 보니, 현실은 그렇지가 않았다. 유방은 천하를 통일한 뒤에는, 여 황후에게는 오직 '황후皇后'라는 명칭 하나만을 남겨 주었을 뿐 하룻밤도 따뜻한 애정을 베풀어 주지 않았다. 여 황후가 너무도 늙어 버렸기 때문에 유방은 꽃다운 척씨 부인에게만 애정을 쏟아 오고 있었던 것이다. 사태가 그렇게 되고 보니, 여 황후는 남편을 빼앗아 간 척씨 부인에게 이를 갈지 않을 수가 없게 되었다.

'오냐! 어디 두고 보자. 나는 이 원수를 언젠가는 반드시 갚고야 말리라!'

그러면서도 유방이 살아 있는 동안에는 남편의 위세에 눌려 감히 어찌할 도리가 없었다. 밤마다 치밀어 오르는 정염情炎을 억제하며 살아가자니 척씨 부인에 대한 복수심은 뼈에 사무칠 지경이었다.

문제는 거기에서만 끝나지 않았다.

여 황후의 아들인 영盈을 이미 태자로 책립해 놓았음에도 불구하고 척씨 부인은 남편을 이불 속에서 구워삶아 자기 아들인 여의如意를 태자로 바꿔 치우려는 책동까지 하지 않았던가. 만약 여의가 태자로 책봉되었다면 여 황후는 '황후의 자리'까지 척씨 부인에게 빼앗겨 버렸을 것이 아니겠는가.

다행히 황태자를 바꿔 치우는 문제만은 조정 대신들의 적극적인 반대와 장량 선생의 도움을 얻어 원만하게 해결되기는 했지만, 이런 일 저런 일들이 겹치고 겹쳐서, 여 황후는 척씨 부인을 불구대천不俱戴天의 원수라고 생각하게 되었다. 남편을 빼앗긴 것만도 가슴을 치며 통곡할 노릇인데, 황후의 자리까지 빼앗아 가려고 했으니, 여 황후가 이를 갈며 복수심에 불타오르는 것은 여자로서는 오히려 당연한 감정이었으리라.

마누라를 두 명씩이나 거느렸다면 세상 남자들은 누구나 부럽게 여길지 모른다. 그러나 그것은 양가兩家 살림을 경험해 보지 못한 사람의 선망羨望일 뿐이지, 정작 경험자들의 말을 들어보면 그처럼 고통스러운 일은 없다는 것이다.

조금만 생각해 보면 '그 고충'은 충분히 이해할 수 있는 일이다. '애정'이란 감정은 감정이 아니라던가. 하나밖에 없는 사람을 둘이서 독점하려 드니, 중간에 있는 남자의 고충이 심한 것은 당연한 일이 아니겠는가.

무릇 세상에는 시앗 싸움처럼 심각한 싸움은 없다. '시앗을 보면 돌부처도 돌아앉는다'는 속담이 있거니와, 무릇 시앗 싸움에는 인정도 사정도 없는 법이다.

유방은 오랫동안 두 여인을 거느리고 살아온 관계로, 시앗 싸움의 심각성을 몸소 체험해 왔었다. 따라서 여 황후와 척씨 부인은 공존共存하기 어려운 존재임을 잘 알고 있는 까닭에, 그는 임종에 즈음하여 태자를 불러 그 문제를 슬기롭게 처리해 주도록 간곡한 유언까지 남겨 놓았다. 그러나 시앗 싸움이란 유언 하나로서 간단히 해결될 문제가 아니었다. 거듭 말하거니와, 시앗 싸움이란 그처럼 간단하게 해결될 수 있는 성질의 싸움은 아니었던 것이다.

유방이 죽었을 때 여 황후는 60고개를 눈앞에 바라보는 노파였다. 게다가 남편이 죽고 태자가 제위에 오르자, 그녀는 태후太后라는 칭호로 불리게 되었다.

60이 다 된 일국의 태후라면 누가 보아도 점잖아야 할 것이었다. 그러나 시앗 싸움의 감정에는 연령도 체면도 없었다. 남편이 죽고 나자 그녀의 머릿속에 대뜸 떠오른 생각은,

'그년을 그렇게도 알뜰살뜰하게 감싸 주던 영감이 죽었으니, 이제야말로 그년과 그년의 아들을 내 손으로 죽여 버릴 때가 왔구나.'

하는 복수심뿐이었다.

여 태후의 가슴속에는 척씨 부인 모자에 대한 원한이 그렇게도 사무쳐 왔었던 것이다. 그리하여 남편이 숨을 거두기가 무섭게 여 태후는 조카뻘 되는 여수呂須를 불러 이렇게 명했다.

"주상께서 돌아가셨으니까 척녀戚女가 아들한테로 도망을 갈지 모른다. 너는 서궁으로 관헌官憲들을 데리고 가서 그년을 당장 영항(永巷:宮女들을 가두는 監獄)에 가두어 놓고 감시를 엄격하게 하라."

여수는 어리둥절해 하는 표정으로 반문한다.

"폐하께서 그처럼 총애하시던 '서궁西宮마마'를 무슨 까닭으로 영항에 감금시키라고 분부하시옵니까."

그러자 여 태후는 화를 발칵 내며 말한다.

"백 번 죽여도 시원치 않을 그년을, 너는 어찌하여 '서궁마마'라는 존칭으로 부르고 있느냐. 아무튼 당장 달려가 그년을 하옥시키라. 만약 나의 명령에 복종하지 않으면 너 자신도 무사하지 못하리라."

서릿발같이 무서운 명령이었다. 태후의 명령이고 보니 여수는 감히 거역을 할 수 없었다. 그러나 여수는 생각이 깊은 사람이었다. 아무 까닭도 없이 '척비를 하옥시키라'는 태후의 명령이 너무도 무모하게 여겨져서 여수는 머리를 조아리며 다시 아뢴다.

"마마의 분부대로 그분을 하옥은 시키겠습니다. 그러나 그분을 하옥시키면 매우 복잡한 사건이 발생할 것 같사오니, 그 점을 아울러 생각해 주시옵소서."

"그년을 하옥시킨다고 무슨 복잡한 사건이 발생한다는 말이냐?"

여수가 추측한 대로, 태후는 앞뒤를 전연 생각지 않고 무작정 명령을 내린 것이 분명하였다. 여수는 조용히 이렇게 대답하였다.

"마마께서도 알고 계시다시피, 그분에게는 '여의'라는 아드님이 있사옵니다. 지금 '조왕趙王'으로 있는 아드님이 그 사실을 알면 절대로 가만 있지 않을 것이옵니다. 조왕 자신은 아직 나이가 어려 별로 두려워할 존재가 못 되오나, 그의 곁에는 주창周昌이라는 명모사名謀士가 있사옵니다. 만약 주창이 조왕모趙王母를 구출하기 위해 대군을 일으켜 온다면, 그들을 어떻게 막아 낼 수 있을 것이옵니까."

태후는 전연 생각조차 못 했던 말에 크게 당황하였다. 지금 나라가 상중喪中에 있는 이 판국에, 주창이 '그년'을 구출하기 위해 대군을 몰아쳐 온다면 그야말로 큰일이 아닐 수 없었다. 그렇다고 '그년'을 그냥 내버려 두었다가 도망이라도 치는 날이면, 영원히 복수를 못 하게 될 것이 아니겠는가.

태후는 입술을 깨물며 오랫동안 심사숙고하다가 문득 고개를 들며 결연히 말한다.

"나중에야 어찌 되든 간에 그년을 우선 하옥시켜라. 그러고 나서 여의를 좋은 말로 꾀어다가, 그놈까지 죽여 없애면 될 게 아니겠느냐."

무서운 복수심이었다.

"그렇게까지 하실 바에는 그분을 옥에 가두어 나쁜 소문이 퍼지게 할 게 아니라, 숫제 쥐도 새도 모르게 죽여 없애는 편이 훨씬 유리할 것 같사옵니다."

그러자 태후는 고개를 힘차게 흔들며 말한다.

"그건 안 될 말이다. 나는 그년 때문에 수십 년 간 간장을 태워 왔었다. 그년을 죽이기는 죽이되, 두고두고 애를 태워 주다가 몇 년 후에나 죽일 생각이로다. 그래야만 나의 한이 풀릴 것이다."

악독하기 짝 없는 말이었다. 여자들의 원한에는 오뉴월에도 서리가 내린다고 했던가. 태후의 말에는 무서운 독기毒氣가 서려 있었던 것이다.

태후는 척씨 부인을 하옥시키고 나자, 이번에는 조왕 여의를 죽여 버릴 계획을 추진시켰다. 그리하여 유방이 사망했음을 알리는 동시에, 신제新帝의 이름으로 위조 조서僞造詔書를 작성하여 환관宦官 양운楊雲을 조왕에게 보냈다. 조서의 내용인즉,

　　선제先帝가 돌아가신 뒤에, 너의 생모生母께서 병이 위독하시니 빨리 오너라.

하는 사연이었다.
　조왕 여의는 나이가 이제 겨우 13살! 어려서 어머니의 슬하를 떠나 모정母情에 굶주리며 살아온 까닭에 지금도 어린아이처럼 어머니를 그리워하는 습성이 있었다. 그러기에 여의는 조서를 받아보고 눈물을 흘리며 즉석에서 재상 주창을 불러 상의한다.
　"아바마마가 돌아가시자 어머니께서 병이 위독하다고 알려 왔으니, 나는 장안으로 빨리 가 봐야 하겠소."
　주창은 문제의 조서를 면밀히 검토해 보고 나서 조용하게 아뢴다.
　"이 조서는 위조 조서이오니, 대왕께서는 조금도 염려하지 마시옵소서. 황제께서 붕어하신 것은 사실이오나 대왕모大王母께서 병중이라는 말은 전연 거짓말이옵니다."
　여의는 적이 놀라며 말한다.
　"이 조서가 위조 조서라니, 그게 무슨 말씀이오. 어머님이 병중이 아니라면 신제인 형님께서 무엇 때문에 나에게 이런 조서를 보내셨겠소."
　주창이 다시 대답한다.
　"신제께서 대왕 앞으로 조서를 보내시려면 반드시 친필 조서를 보내셨을텐데, 이 조서의 글씨는 신제의 필적이 아니옵니다. 필적이 다른 것을 어찌 진짜 조서로 믿을 수 있겠습니까?"
　"그러면 누가 무엇 때문에 이런 거짓 조서를 보냈단 말씀이오."

주창은 오랫동안 주저하는 빛을 보이다가, 결연히 입을 열어 대답한다.

"황실皇室의 내분지사內紛之事이므로 아뢰옵기 황공하오나, 여 황후께서는 옛날부터 대왕을 살해殺害하려는 뜻을 품고 계셨습니다. 그러나 이곳은 장안에서 멀리 떨어져 있어서 뜻을 이룰 수가 없었습니다. 그러니까 선제께서 돌아가시고 나자, 이번에는 대왕을 장안으로 불러 올려 살해하려고 거짓 조서를 보냈음이 분명합니다."

그러나 나이 어린 여의는 그 말을 얼른 믿으려고 하지 않았다.

"경은 이 조서를 거짓 조서라고 하지만, 그 말씀을 믿고 상경하지 않았다가, 어머님이 돌아가시기라도 하면 그런 불효不孝가 어디 있겠소이까."

주창은 머리를 흔들며 다시 말한다.

"이 조서는 절대로 진짜 조서가 아니옵니다. 그것만은 신이 목숨을 걸고 단언할 수 있사옵니다."

"어디다 근거를 두고 그런 장담을 하시오."

"필적도 신제의 필적이 아님이 분명하지만, 조서에 찍혀 있는 어인御印도 황제께서 쓰시는 신인信印이 아니옵니다. 게다가 폐하께서 조서를 보낼 때에는 어엿한 사신使臣을 보내는 법이온데, 이 조서를 가지고 온 양운이라는 자는 여 황후의 측근인 일개 환관에 지나지 아니하옵니다. 그러므로 이런 조서를 믿고 상경하셨다가는, 대왕의 신변에 커다란 재앙이 일어날 것이옵니다."

"음……. 정말로 그럴까요?"

"그렇습니다. 이 문제에 대해서는 신이 양운을 적당히 수습해 돌려보낼 터이오니, 대왕께서는 신을 믿어 주시옵소서."

주창은 어린 조왕을 가까스로 달래 놓고, 이번에는 양운을 만나 이렇게 말했다.

"황제께서 내리신 조서는 잘 받아 보았소이다. 대왕은 생모께서 중병이라는 말씀을 들으시고 걱정이 이만저만이 아니시오. 자식 된 도리로서는 당장 문병을 가셔야 옳을 것이오. 그러나 공교롭게도 대왕 자신이 지금 신병으로 자리 보존하고 누워 계시기 때문에 도저히 문병을 가실 형편이 못 되는구려. 귀공은 그리 알고 오늘은 돌아가셔서 이곳 사정을 사실대로 여쭤 주시오."

주창은 양운을 돌려보낸 뒤에 조왕을 찾아와서 아뢴다.

"양운이라는 자를 듣기 좋은 말로 얼버무려 돌려보냈습니다. 그러나 두고 보십시오. 그자가 헛물을 켜고 돌아갔으니까, 여 태후는 다른 사신을 또 보내올 것이옵니다. 그러나 저들이 사신을 제아무리 여러 번 보내 와도, 대왕께서는 저들의 독수毒手에 걸려드셔서는 아니 되시옵니다."

"알겠소이다. 모든 것을 경의 말씀대로 하겠소이다."

이리하여 조왕 여의는 우선 죽음을 모면할 수가 있었다.

한편, 여 태후는 양운이 헛물을 켜고 돌아오자 길길이 분노하며 양운에게 따져 묻는다.

"조서를 보냈는데도 불구하고 병을 핑계로 오지 않는다는 것이 말이 되는 소리냐. 여의가 병 때문에 못 오겠다고 했다는데, 네가 보기에 그게 사실인 것 같더냐?"

"조왕을 직접 만나 보지는 못하고 주창을 통해 말만 들었을 뿐입니다. 짐작건댄 조왕은 병이 들지 않았지만, 주창이 앞을 가로막고 못 오게 하는 것 같았습니다."

그 말에 여 태후는 더 한층 분노를 금치 못했다.

"저런 죽일 놈이 있나. 주창이라는 자가 중간에서 그런 농간을 부린다면, 그놈부터 죽여 없애야 하겠구나!"

한번 결심하면 주저할 줄을 모르는 것이 여 태후의 성품이었다.

태후는 즉석에서 번쾌의 아들 번항樊亢을 불러 추상 같은 명령을 내린다.

"그대에게 정병 5백 명을 줄 테니, 그대는 지금부터 한단으로 달려가 주창이라는 자를 데려오도록 하라. 만약 그자가 부름에 응하지 않거든 목을 잘라 와도 무방하다."

번항은 명령을 받고 곧 한단을 향해 떠났다.

주창은 첩자들을 통해 그런 소식을 전해 듣고 크게 웃으며 말한다.

"대왕을 보내라면 못 보내겠지만, 나야 무엇이 두려워 못 가겠느냐. 나는 언제든지 소환에 응할 용의가 있다."

주창은 그만큼 자신이 있었던 것이다. 그러나 조왕 여의는 크게 걱정하며 만류한다.

"여 태후가 군사를 보내 경을 부른다니, 무슨 까닭인지 알 길이 없구려. 함부로 가셨다가는 무슨 변을 당할지 모르니, 경은 가셔서는 아니 되시옵니다."

주창이 조왕에게 아뢴다.

"신은 태후의 손에 죽지는 않을 것이오니, 신에 대한 걱정은 조금도 하지 마시옵소서. 다만 신에게는 걱정스러운 일이 하나 있사옵니다. 그것은 다름이 아니오라, 신이 없는 동안에 누가 대왕을 보필해 드릴까 하는 것이옵니다."

여의는 그 말을 듣고 어처구니가 없는 듯 가볍게 웃으면서 말한다.

"나는 편히 앉아 있는 몸인데, 무슨 그런 걱정까지 하시오."

그러나 주창은 머리를 좌우로 흔들며 진지한 얼굴로 아뢴다.

"이번 일을 그처럼 안일하게 생각하셨다가는 큰일나시옵니다. 신이 이곳을 떠나고 나면, 태후는 대왕을 장안으로 불러 올리려고 사신을 또다시 보내게 될 것입니다. 그러나 대왕께서는 어떤 경우에도 장안으로 가셔서는 아니 되시옵니다. 그 점만은 거듭 명심해 주시옵소서."

"알겠소이다. 경은 빨리 돌아오셔서, 나를 끝까지 도와주시기를 바라오."

주창은 조왕과 눈물로 작별하고 집으로 돌아오자 아우 주선周宣을 불러 말한다.

"나는 번항에게 붙잡혀서 내일 장안으로 떠나가겠는데, 황제에게 올릴 표문表文을 지금 써 줄 테니, 너는 나보다 먼저 장안으로 달려가 나의 표문을 황제에게 빨리 올리도록 하거라. 그래야만 조왕의 일이 잘 되어갈 것이다."

이때 주창이 혜제惠帝에게 올린 표문의 사연은 다음과 같았다.

……선제先帝께서는 태후가 여의 공자를 살해할 뜻을 품고 있음을 진작부터 알고 계셨기 때문에, 그런 불상사를 미연에 방지하시려고 여의 공자를 머나먼 곳에 조왕으로 보내셨던 것이옵니다. 그리고 신에게는 '여의 공자를 최선을 다해 도와주라'는 특별 분부가 계셨기 때문에, 신은 오늘날까지 전력을 기울여 조왕을 보필해 왔사옵니다. 그러나 선제께서 돌아가시자 사정은 크게 달라졌습니다. 태후께서는 사신을 한단으로 내려보내 조왕을 장안으로 빨리 올라오라고 성화같이 재촉하고 계시니, 그렇게 되면 어떤 참변이 일어날지 전연 예측하기가 어려운 형편입니다. 폐하께서는 옛날부터 여의 공자를 각별히 사랑하시는 줄로 알고 있사옵니다. 그러므로 폐하께서는 조왕의 신변에 아무런 불상사도 일어나지 않도록 각별히 도와주시옵기를 간곡히 부탁드리옵니다.

신하 주창 올림

새로 등극한 혜제와 여의는 비록 이복 형제이지만 혜제가 여의를 무척 사랑하는 줄 알고 있었기에, 주창은 만일의 경우를 고려하여 이상과 같은 비밀 표문을 혜제에게 손수 써 올렸던 것이다.

그 모양으로 주창은 혜제에게 예방선을 쳐놓고 나서, 번항과 함께 장안으로 길을 떠났다. 그런데 주창이 동관潼關이라는 곳에 도착해 보니, 관영 장군이 혜제의 명령을 받고 동관까지 마중을 나와 있었다. 관영과 주창은 막역한 친구인지라, 주창은 크게 반가워하며 관영에게 묻는다.

"아니, 자네는 내가 오는 줄을 어떻게 알고 여기까지 마중을 나왔는가?"

관영은 번항이 들으라는 듯, 주창에게 손짓을 해보이며 큰소리로 말한다.

"태후께서 사신을 보내 조왕을 상경하도록 부르셨음에도 불구하고 자네가 번번이 앞에 나서 방해를 놓았다면서? 주상께서는 그 소식을 들으시고 크게 노하시면서, 자네를 당장 체포해 오라는 분부가 계셨기 때문에 나는 지금 자네를 체포하러 오는 길일세. 자네는 두말 말고 폐하한테로 가세."

그리고 번항에게는 이렇게 말했다.

"이 사람은 내가 책임지고 주상한테로 체포해 갈 테니, 자네는 태후궁으로 가서 태후마마에게 사실대로 여쭙게."

관영은 번항을 쫓아 보내고 나서 주창에게 다시 말한다.

"주상께서는 자네가 올린 표문을 보시고 크게 걱정하시면서, 자네를 태후 앞으로 보내지 말고 어전으로 직접 데려 오라고 하셨네. 그 때문에 내가 마중을 나왔으니까, 자네는 주상을 만나 뵙거든 고맙다는 인사를 잊지 말도록 하게."

이윽고 주창이 입궐하자, 혜제는 무척 반가워하면서 말한다.

"내 아우 여의 때문에 경이 많은 애를 써오신 모양이니 고맙기가 한량없소이다. 문중에 불상사가 있어서는 안 될 일이니, 내 아우 여의는 내가 온갖 힘을 다해 보호해 주도록 하겠소. 그러나 태후께서는 경을 몹시 못마땅하게 여기시는 모양이니, 무슨 일로 노여워하시는지 태후를 이 자리에 모셔다가 이유를 문의해 보도록 하겠소."

이윽고 여 태후가 들어와 상좌에 앉자, 혜제는 머리를 조아리며 문의한다.

"태후께서는 한단에 있는 조왕에게 장안으로 올라오라고 명령을 내리셨다고 하옵는데, 어린 조왕을 무슨 용무로 부르셨사옵니까."

태후는 주창을 증오의 눈으로 노려보다가 혜제에게 이렇게 대답한다.

"조왕의 생모인 척녀가 지난번에 병석에 누워 있으면서 아들을 꼭 한 번 보고 싶다고 하기에, 내가 조왕을 불러 올리려고 했던 것이오. 그러나 주창이라는 저자가 그 때마다 조왕의 상경을 훼방한다기에 나는 저놈의 행실이 너무도 괘씸하게 여겨져서, 번항을 보내 저놈을 붙잡아 오라고 했던 것이오."

태후로서는 주창을 죽이기 위해 장안으로 불렀다고는 차마 말할 수가 없었다.

혜제는 태후의 마음속 비밀을 잘 알고 있었다. 그러나 그는 시치미를 떼고 이렇게 품했다.

"선제께서 여의를 조왕으로 보내실 때에 주창을 보필자로 따라 보내시면서, 설사 조정에서 조서가 내려가더라도 조왕은 임지를 떠나지 말도록 하라는 분부가 계셨던 줄로 알고 있사옵니다. 그러므로 조왕을 장안으로 올려 보내지 않은 것은 선제의 명령을 충실하게 실천했을 뿐이지, 태후마마의 명령을 거역한 죄는 아닌 줄로 아뢰옵니다. 그러니까 그 일은 특별히 용서해 주시옵소서."

그러나 태후는 혜제가 두둔할수록 주창이 더욱 미웠다. 태후는 주창을 잡아오는 길로 곧장 죽여 버릴 결심이었다. 그런데 다른 사람도 아닌 황제가 중간에서 주창을 두둔하고 나서는 바람에, 태후는 입장이 매우 난처하게 되었다. 그렇다고 그냥 물러설 수는 없는 일이기에, 이제는 생트집을 잡고 늘어지는 수밖에 없었다.

"주창은 잘 듣거라. 조왕과 나는 모자지간母子之間이 아니냐. 그런데 그대가 중간에 나서서 조왕과 나와의 모자지정을 갈라놓았다. 그런 나쁜 짓을 하는 그대를 조나라에 다시는 보내 줄 수 없는 일이다. 그러니까 그대는 언제까지나 장안에만 머물러 있도록 하거라. 나의 명령을 또다시 거역했다가는 결단코 용서하지 않으리로다."

태후는 주창을 장안에 억류시켜 놓고, 그 사이에 조왕을 불러 올려 죽여 버릴 계획이었던 것이다.

"……."

주창은 머리를 수그린 채 아무 대답도 하지 않았다.

이윽고 태후가 돌아가 버리자, 황제가 걱정해 마지않으며 주창에게 말한다.

"경도 잘 알고 계시다시피, 태후는 조왕 모자를 어떡하든지 죽여 없애려고 하고 계시오. 지난번에도 경이 중간에서 상경하지 못하도록 훼방을 놓지 않았던들 조왕은 이미 태후의 손에 죽고 말았을 것이오. 그러니까 태후는 경에게 원한을 품고 한단에 다시는 돌아가지 못하게 하고 계시니, 앞으로의 일이 매우 딱하게 되었구려. 그렇다고 태후의 명령을 무시하고 억지로 한단에 돌아가면, 조왕 모자의 장래가 점점 불리하게 될 것이오. 아무튼 당분간 나와 함께 있으면서 사태의 추이를 정관하기로 합시다."

주창은 감격의 눈물을 흘리며 말한다.

"이번 일에 대해서는 성상께서 특별히 도와주지 않으시면 황실에 처절한 참극이 벌어질 것이옵니다. 신이 죽는 것은 조금도 두렵지 아니하오나, 신이 한단으로 돌아가지 않으면 어린 조왕을 누가 도와 드릴 것이옵니까. 보나마나 태후는 제가 없는 틈을 타서 한단으로 사신을 다시 보내 조왕을 반드시 불러 올릴 것이옵니다. 조왕이 멋모르고 장안으로 올라오시는 날이면, 그날은 참변을 당하시게 됩니다. 그러므로 주상께서는 그런 참변이 일어나지 않도록 최대의 노력을 기울여 주시옵소서."

황제는 생각할수록 골머리가 아팠다.

"만약 조왕이 태후의 부르심을 받아 멋 모르고 상경하게 되면, 어떤 방법으로 참변을 방지할 수 있겠소?"

주창은 눈을 감고 오랫동안 생각해 보았다. 그러다가 문득 고개를 들며 이렇게 말한다.

"만약 조왕께서 멋모르고 상경하시게 되면, 매우 외람된 말씀이오나 주상께서 패상霸上까지 몸소 마중을 나가 주시옵소서. 그리하여 조왕을 곧바로 대궐로 모시고 오시옵소서. 조왕을 참극에서 구출할 수 있는 길은 오직 그 길이 있을 뿐이옵니다."

혜제는 주창의 말을 듣고 크게 기뻤다.

"경의 의견은 참으로 묘안이시오. 조왕이 언제 누구의 꾐을 받아 상경하게 될지 모르니까, 몇 사람의 장수를 중도에 파견하여 조왕이 상경하거든 우리가 먼저 알아내도록 합시다."

혜제는 즉석에서 다섯 명의 대장들을 불러 장륭張隆·이보李保·축통祝通 등은 한산에서 오는 대로大路를 경부하게 하고, 기통紀通·유범劉範 등은 한단에서 오는 소로小路를 지키고 있게 하였다. 황제는 그처럼 전력을 기울여 황실의 참극을 막아내려고 애를 썼던 것이다.

한편, 태후는 태후궁에 돌아오자 심이기審食其와 여수呂須 두 심복 부하를 불러 상의한다.

"주창이란 놈을 한단에 다시는 돌아가지 못하도록 엄명을 내려놓았다. 이제는 어떻게 해야 여의를 장안으로 불러 올릴 수 있겠느냐. 좋은 의견이 있거든 말해 보아라."

심이기가 머리를 조아리며 대답한다.

"주창과 척씨 부인의 이름으로 조왕에게 '빨리 상경하라' 는 거짓 편지를 보내도록 하시옵소서. 그와 같은 편지를 보내면, 조왕은 틀림없이 상경할 것이옵니다."

태후는 그 말을 옳게 여겨, 즉시 조왕에게 주창과 척씨 부인의 이름으로 두 통의 편지를 동시에 보냈다.

다른 한편, 조왕 여의는 주창이 장안에서 빨리 돌아오기를 고대하고 있는 중이었는데, 하루는 근시近侍가 두 통의 편지를 가지고 들어와 이렇게 아뢰는 것이 아닌가.

"장안에서 사신이 두 통의 편지를 가지고 왔사옵는데, 한 통은 대왕모마마께서 보내신 친서이옵고, 다른 한 통은 주창 대부께서 보내신 친서이옵니다."

조왕은 그 말을 듣고 뛸 듯이 기뻐하며 두 통의 편지를 즉석에서 읽어 보았다. 생모가 보낸 편지에는,

······나는 병이 위독하여 언제 죽을지 모를 형편이로다. 죽기 전에 네 얼굴을 한 번만이라도 보고 싶구나. 에미의 마지막 소원이니 너는 빨리 올라와 이 에미를 만나다오.

하는 사연이 씌어 있었고 대부 주창의 편지에는,

대왕모마마의 신병이 그렇게도 위독하신 줄은 미처 몰랐습니다. 지금 형편으로는 언제 돌아가시게 될지 모를 형편이오니, 대왕께서는 제만사除萬事하시고 빨리 상경하시와 최후의 효공孝供을 드리도록 하시옵소서.

신은 대왕께서 속히 상경하시기를 학수 고대하고 있겠습니다.

하는 사연이 씌어 있었다. 어린 조왕은 두 통의 편지를 읽어 보고 울음을 터뜨리며 말한다.

"어머님이 세상을 떠나시기 전에 빨리 상경해야 하겠으니, 길 떠날 준비를 급히 차려 주오."

중신들은 입을 모아 떠나기를 만류하였다. 그러나 조왕은 누구의 만류도 듣지 않고 그날로 길을 떠났다.

한편, 여 태후는 조왕이 위조 편지를 받아 보고 장안을 향하여 한단을 떠났다는 소식을 듣자 크게 기뻐하며 심복 부하들에게 다음과 같은 명령을 내렸다.

"조왕이 상경하는 사실을 황제가 알면 반드시 대궐로 데려가려고 할 것이니, 그렇게 못 하도록 사람을 놓아 조왕을 반드시 나한테로 데려오도록 하거라."

태후는 이번 기회에 무슨 수단을 써서라도 조왕을 기어코 죽여 버릴 계획이었다. 그리하여 여 태후는 많은 역사力士들을 보내, 여의치 않을 경우에는 조왕을 강제로라도 납치해 오게 했던 것이다.

그러나 실제의 사정은 그렇지가 못했다. 조왕이 회경懷慶이라는 곳에 도착하자 대장 장릉·이보·축통 등이 조왕에게 큰절을 올리며 말한다.

"어명에 의하여 신 등은 대왕을 영접하러 나왔사옵니다."

그나 그뿐이랴. 그로부터 이틀 후에 조왕이 패상에 도착했을 때에는, 황제가 친히 마중을 나와 반갑게 맞아 주며 이렇게 물어 보았다.

"현제賢弟는 무슨 일로 이렇게 갑작스럽게 상경하는가?"

조왕이 머리를 조아리며 대답한다.

"태후께서 상경하라는 분부가 여러 차례 계셨을 뿐만 아니라, 이번에는 병중에 계신 어마마마와 주창 대부께서도 급히 상경하라는 편지를 보내 주셨기 때문에 급히 상경하는 중이옵니다."

황제는 그 말을 듣고 크게 놀랐다.

"내가 직접 마중을 나오지 않았더라면 큰일날 뻔했구나. 그런 거짓 편지를 받고 함부로 나다니다가는 신변에 참화慘禍가 일어날 것이니, 현제는 아무도 만나지 말고 금후에는 대궐에서 나와 함께 기거하기로 하자."

황제가 그렇게 말하고 조왕을 대궐로 직접 데리고 가는 바람에 태후가 보낸 역사들은 납치해 가기를 체념하는 수밖에 없었다.

태후는 납치에 실패하고 나자 또다시 이를 갈며 심복 부하들에게 새로운 명령을 내린다.

"황제가 제아무리 조왕과 숙식을 같이하고 있더라도, 조왕을 납치해 올 기회가 노상 없지는 않을 것이다. 너희들은 궁중의 동태를 엄밀히 감시해 오다가, 기회가 있는 대로 조왕을 나한테 잡아오도록 하라."

한편, 주창은 조왕을 비밀리 만나 자기 이름으로 보낸 편지가 위조 편지였음을 알려 주면서, 어떤 일이 있어도 태후를 만나지 말 것을 누누이 경고해 두었다. 조왕은 그제야 태후가 무서운 흉계를 꾸미고 있음을 알고 몸을 떨었다. 그리하여 그 때부터는 황제의 곁을 잠시도 떠나려고 하지 않았다.

여 태후는 그럴수록 분노와 증오의 감정이 치밀어 올라, 그 때부터는 대궐의 궁녀들을 매수하여 조왕의 일거 일동을 상세하게 보고하게 하였다.

황제는 성품이 워낙 인자한 데다가 정의감이 누구보다도 강한 편이었다. 그러기에 조왕을 죽이려는 태후의 흉계를 매우 못마땅하게 여겨 왔었다. 더구나 그는 선제先帝로부터 '너는 어린 동생인 조왕의 신변에 불행한 일이 발생하지 않도록 각별히 잘 보살펴 주라'는 유언까지 듣지 않았던가. 그러나 황제는 성품이 너무도 내성적이어서 태후의 흉계를 적극적으로 분쇄하지는 못하고, 조왕의 신변을 보호하는 소극적인 방도만을 써 오고 있었던 것이다.

어느 가을날이었다. 황제는 조왕과 함께 사냥을 가기로 약속한 일이 있었다. 그날이 오자, 황제는 새벽같이 만반 준비를 갖추고 나왔으나, 조왕은 그날따라 몸이 불편하여 사냥을 같이 갈 수가 없게 되었다. 황제는 매우 섭섭하게 여기며 말한다.

"그러면 오늘은 나만 혼자 다녀올 테니 현제는 편히 쉬고 있으라."

황제가 조왕을 혼자 남겨 두고 사냥을 나가 버리자, 궁녀들은 그러한 사실을 즉각 태후에게 알렸다. 그러자 태후는 환관 한 사람을 보내 조왕을 이렇게 꾀어 오게 하였다.

"소인은 척후戚后마마께서 보내신 환관이옵니다. 척후마마께서는 대왕이 상경하신 지 10여 일이 지나도록 한 번도 찾아오시지 않으시므로 무척 섭섭하게 생각하고 계시옵니다. 마마의 소원이 그러하오니, 대왕께서는 오늘은 척후마마를 꼭 찾아뵙도록 하시옵소서. 마마께서는 대왕의 내림을 무척 기다리고 계시옵니다."

말할 것도 없이 그 환관은 여 태후가 조왕을 꾀어 가기 위해 보낸 사람이었다. 조왕은 그러잖아도 생모가 보고 싶어 미칠 것만 같던 판이었다. 그러나 근본을 모르는 사람의 말을 함부로 믿을 수가 없어서, 즉석에서 이렇게 물어 보았다.

"그대의 말은 알았네. 도대체 그대는 어떤 사람이기에 이런 심부름을 왔는가?"

문제의 환관은 머리를 조아리며 다시 아뢴다.

"소인은 선제를 옛날부터 오랫동안 모셔 왔을 뿐만 아니라 척후마마에게도 총애를 받아 오고 있는 장록張祿이라는 환관이옵니다. 선제께서 돌아가신 뒤에는 줄곧 서궁西宮에서 척후마마의 심부름을 들고 있는 몸이옵니다."

"아 그래? 나의 어머님을 그처럼 도와 드리고 있다니 매우 고맙네그려. 지금 어머님의 병환은 어떠하신가?"

"병환은 별로 대단치 아니하시옵니다마는, 대왕마마를 뵙고 싶으셔서 날마다 눈물로 세월을 보내고 계신 형편입니다."

조왕은 그 말을 듣고 나자 자기도 모르게 눈물을 흘리며 자리에서 벌떡 일어났다.

"나는 어떤 일이 있어도 어머님을 만나 뵈러 가야 하겠네. 어머님이 계신 곳으로 지금 당장 나를 데려가 주게."

이리하여 조왕은 마침내 여 태후의 독수毒手에 걸려들게 되었다.

이윽고 여의가 장록에게 끌려 온 곳은 서궁이 아니라, 여 태후가 거처하는 미앙궁未央宮이었다. 여의는 그제야 속은 것을 알고 소스라치게 놀라며 도망이라도 치려고 하였다.

그러나 때는 이미 늦었다. 여 태후가 만면에 웃음을 지으며 중문中門까지 마중을 나오더니, 여의를 부둥켜안으며 이렇게 말하는 것이 아닌가.

"오오, 사랑하는 내 아들아! 네가 에미를 만나러 와 주니, 세상에 이런 기쁨이 어디 있겠느냐. 에미는 그동안 네가 무던히도 보고 싶었느니라. 어서 들어가자."

여의는 공포감에 전신이 떨려 왔건만, 이제 와서는 어찌할 도리가 없었다. 그리하여 태후에게 큰절을 올렸다.

"어마마마! 소자는 멀리 떨어져 있는 관계로 자주 문안을 드리지 못하와 불효 막급하옵니다."

태후는 손을 설레설레 흔들며 말한다.

"네가 효성이 아무리 극진하기로, 멀리 떨어져 있어서는 어쩔 수가 없었을 것이 아니겠느냐. 우리는 너무도 오랫동안 만나지 못해 그리운 정이 태산 같구나. 오늘은 피차간에 쌓이고 쌓였던 회포를 마음껏 풀어 보기로 하자."

말만 들어서는 애정이 폭폭 쏟아지는 모정이었다. 여 태후는 그렇게 수다를 떨며 여의를 내전으로 데리고 들어서더니,

"여봐라! 오늘은 그립고 보고 싶던 내 아들이 멀리서 찾아왔으니, 잔치를 성대하게 베풀어야 하겠다. 우선 주안상을 빨리 올려라."
하고 궁녀들에게 명하는 것이었다.

이윽고 주안상이 들어오자, 태후는 여의에게 손수 술을 따라 주며 말한다.

"오늘은 너를 하도 오래간만에 만났으니, 네 술잔만은 내가 따라 줘야 하겠다. 어서 이 술잔을 받아라."

여 태후가 지금 여의에게 따라 주려는 술은, 한 모금만 마시면 그 자리에서 즉사하는 '짐독주鴆毒酒'라는 무시무시한 독주였다. 여의는 물론 그 술이 그렇게도 무서운 술인 줄은 알 턱이 없었다. 그러나 암만해도 마음이 놓이지 않아 술만은 마시지 않을 결심이었다. 그러나 태후가 내려주는 술을 무작정 거부할 수는 없는 일이 아닌가. 여의는 생각다 못해 손에 받아 든 술잔을 태후에게 받들어 올리며 이렇게 말했다.

"어마마마 앞에서 소자가 술을 먼저 드는 것은 예절에 어긋나는 일이옵니다. 이 술잔은 어마마마께서 먼저 드신 연후에, 소자에게 잔을 내려주시옵소서. 그러면 소자가 기쁜 마음으로 받아 마시겠사옵니다."

여의는 독주가 아니라는 확증을 얻기 위해 그렇게 꾸며대었던 것이다. 그러자 태후는 소리를 크게 내어 웃으며 여의를 나무란다.

"네가 예절이 그렇게도 바른 줄은 미처 몰랐구나. 그러나 예절에도 경우에 따라 여러 가지 방도가 있느니라. 너는 아직 나이가 어려 거기까지는 모르는 모양이로구나."

여의는 어리둥절해 하는 표정으로 즉석에서 태후에게 반문한다.

"예절에는 여러 가지 방도가 있다는 것은 무슨 말씀이시옵니까. 소자가 아직 미거하여 예절을 잘 모르오니, 어마마마께서는 자세하게 하교해 주시옵소서."

태후는 여의의 어깨를 정답게 두드려 주면서 말한다.

"모르는 것을 알고자 하는 네 총명이 기특하기 이를 데 없구나. 너와 나는 모자지간이기는 하지만 오늘에 한해서만은 너는 주빈主賓이고, 나는 너를 대접하는 주인이 아니냐. 천 리 타향에서 찾아온 귀빈을 제쳐놓고 어찌 내가 먼저 술을 마실 수 있겠느냐. 그 대신 네가 술을 마시고 나거든, 그 술잔을 나에게 돌려라. 네가 주는 술이라면 나도 기쁜 마음으로 마시리로다."

술을 마시고 나거든 그 술잔을 자기한테 돌려 달라는 말에 여의는 한결 마음이 놓였다. 그 술이 독주가 아닌 것이 분명해 보였기 때문이었다. 그리하여 여의는 마침내 술을 마시기로 결심하였다.

"그러면 소자가 이 술을 마시고 나서 어마마마에게 새로 따라 올리겠습니다."

마침내 여의는 술을 마시기 시작하였다. 그러나 그 술은 얼마나 독한 술인지, 여의는 술을 두어 모금 마시다 말고 별안간 괴상한 소리를 지르며 땅에 쓰러져 버리는 것이 아닌가. 그리하여 연달아 몸부림을 치며 괴상한 소리를 지르는데, 그 때 여의의 입에서는 이미 붉은 피가 연성 흘러나오고 있었다.

그러나 여 태후는 눈썹 한 번 까딱 하지 않고 그처럼 처참한 광경을 줄곧 회심의 미소로 바라보고 있었다.

여의는 단말마의 비명을 올리며 미친 사람처럼 광태를 부리다가, 잠시 후에는 마침내 숨을 거두어 버린다. 여 태후는 여의의 죽음을 확인하고 나자 별안간 손뼉을 치며 자지러지게 웃는다.

"호호호. 내가 이제야 원수 하나만은 가까스로 처치해 버렸구나."

사람으로서는 생각조차 할 수 없는 악독한 말이었다. 태후는 즉석에서 하인들을 불러 명한다.

"여봐라! 이 시체를 당장 끌어내어 후원 오동나무 밑에 묻어 버려라. 이 사실을 입 밖에 내는 자는 결코 살려 두지 않을 테니, 모두들 입을 조심하거라."

달려온 하인들은 너무도 끔찍스러운 광경에 모두들 눈을 돌렸다. 그러나 태후의 서슬이 워낙 푸른지라, 그러한 사실을 누구도 감히 입 밖에는 내지 못했다.

이리하여 어린 조왕 여의는 아무 죄도 없이, 단지 척비의 몸에서 태어난 죄로 여 태후의 손에 비참한 최후를 마쳤던 것이다. 그러나 악독하고도 처절한 그 범죄 사실이 과연 언제까지나 비밀이 보장될 것인가.

한편, 혜제가 새벽에 사냥을 나갔다가 저녁에 돌아와 보니, 여의가 대궐 안에 없지 않는가. 혜제는 깜짝 놀라 시종들에게 묻는다.

"조왕이 보이지 않으니 웬일이냐. 조왕은 어디 가셨느냐?"

"조왕께서는 아무 말씀도 없이 어떤 사람과 함께 외출하셨사옵니다. 짐작건댄 조왕께서는 미앙궁으로 태후마마를 찾아뵈러 가신 것이 아닌가 싶사옵니다."

혜제는 그 말을 듣고 기절 초풍을 할 듯이 놀랐다.

"뭐야? 조왕이 미앙궁으로 태후를 뵈러 갔다고? 그게 틀림없는 사실이냐?"

"자세히는 알 길이 없사오나, 들려오는 말에 의하면 조왕께서는 태후를 모시고 술을 마시고 계셨다고 하옵니다."

"뭐야? 조왕이 태후와 함께 술을 마시고 있었다구?"

혜제는 불길한 예감이 솟구쳐 올라, 여의를 구출하려고 부리나케 미앙궁으로 달려왔다. 그러나 미앙궁에는 조왕의 그림자도 보이지 않았다.

태후는 혜제가 나타난 것을 보자 천연스럽게 묻는다.

"주상은 이렇게 늦게 무슨 일로 오셨소이까?"

혜제는 문안도 제대로 드리지 못하고 다급스럽게 묻는다.

"조왕이 이곳에 왔다고 들었는데, 조왕은 어디 갔사옵니까. 저는 조왕을 데려가려고 왔사옵니다."

혜제가 태후를 노골적으로 비난하는 어조로 물었다. 그러자 태후는 별안간 얼굴에 노기를 띠며 황제를 나무란다.

"조왕을 데려가려고 왔다구요……? 흥! 조왕은 주상의 원수요. 그런 놈을 데려다가 어떡하겠다는 것이오?"

사태가 그렇게 되고 보니, 혜제도 화를 내지 않을 수가 없었다.

"조왕이 나의 원수라뇨? 태후께서는 무슨 그런 말씀을 하시옵니까. 조왕은 사랑하는 나의 아우입니다. 형제가 원수가 될 수 있사옵니까."

여 태후는 그 말에 더욱 화가 동했다.

"주상은 내 말을 똑똑히 들어 보오. 선제가 생존해 계실 때, 선제는 여의 모자를 편애한 나머지 태자를 내쫓고 그놈을 태자로 책봉하려고 했었소. 그 때에 장량 선생의 도움이 없었다면 그놈이 천자가 되고, 주상과 나는 지금쯤은 거지가 되었을 것이오. 그와 같은 과거가 있었음에도 불구하고, 주상은 그 원수놈을 결사적으로 끼고 돌기에, 나는 아니꼬운 꼴을 보다 못해 오늘은 그놈을 꾀다가 독주를 먹여 죽여 버렸소."

"엣? 조왕을 독살하셨다구요?"

혜제는 까무러칠 듯이 놀라다가, 이내 미친 사람처럼 태후에게 마구 떠들었다.

"여의를 독살하다니, 그게 무슨 말씀이오. 여의와 나는 한 핏줄을 이어받은 형제지간이 아니오. 형제간에 누가 천자가 되거나 그게 무슨 상관이라는 말이오. 어마마마는 자식을 죽였으니, 그것은 천리天理에도 벗어나고 인도人道에도 벗어나는 짓이오."

혜제가 하도 광태狂態를 부리며 덤벼드는 바람에 여 태후는 아무 대꾸도 못 하고 옆방으로 피해 버렸다. 그러나 혜제에게 공격을 받고 나니, '그년 모자'에 대한 태후의 앙심은 더욱 끓어올랐다.

'내 남편을 빼앗아간 원수의 자식을 죽인 것이 뭐가 나쁘단 말이냐. 오냐, 두고 보아라. 황제가 무슨 소리를 하든 간에 나는 그년까지도 내 손으로 죽여 버리고야 말리라.'

워낙 심독한 여 태후인지라, 가슴 속에 맺혀 있는 질투심만은 어찌할 도리가 없었다.

혜제가 광태를 부리고 돌아간 바로 그 다음날, 여 태후는 심복 부하인 여수呂須를 불러 묻는다.

"영항永巷에 감금해 둔 '그년'은 아직도 살아 있느냐?"

'그년'이란, 척비戚妃임은 말할 것도 없다.

"예, 아직도 감금해 두고 있사옵니다."

"음……. 이번에는 그년을 죽여 버릴 차례다."

태후는 그렇게 말하며 새삼스레 이를 바드득 갈았다. 여수는 머리를 조아리며 아뢴다.

"마마께서 분부만 내리시면 언제든지 죽여 버리겠사옵니다."

태후는 고개를 좌우로 흔들며 말한다.

"그년을 아무렇게나 죽여서는 안 된다. 그년이 죽는 꼴을 내 눈으로 똑똑히 봐야 하겠으니, 그년을 당장 이리로 끌어내어라."

"분부대로 거행하겠사옵니다."

여수는 척비를 끌어오려고 영항으로 달려갔다.

영항에 갇혀 있는 척씨 부인의 몰골은 불쌍한 모양이었다. 지난날 유방의 총애를 한몸에 받아 오던 때에는 시녀들을 300여 명이나 거느려 온 그녀가 아니었던가. 몸에는 언제든지 비단옷을 감고, 꽃 피는 봄날과 달 뜨는 가을 저녁이면 많은 시녀들을 거느리고 풍악 소리를 들어가며 어원御苑을 거니는 것을 인생의 즐거움으로 삼아 온 그녀가 아니었던가.

그러나 유방이 죽고 나자, 그녀는 움막 같은 영항에 감금되어 햇빛조차 구경하지 못하고, 주먹밥으로 간신히 목숨을 이어 가고 있었다.

그러던 어느 날 한밤중에 심복 시녀 한 명이 비밀리에 그녀를 찾아와 다음과 같은 끔찍스러운 일을 귀띔해 주었다.

"조왕께서 얼마 전에 미앙궁으로 끌려가신 이후로 영영 소식이 없사옵니다."

그 말을 들은 척씨 부인은 눈물이 하염없이 솟구쳐 올랐다.

"그렇다면 내 아들 여의는 태후의 손에 학살되었단 말이냐. 그렇다. 내 아들은 태후의 손에 분명히 학살되었을 것이다. 이 원수를 살아서는 갚을 수 없겠지만 나는 죽어서라도 이 원수만은 반드시 갚고야 말겠다."

큰 마누라와 작은 마누라의 관계……. 그것은 피차간에 타협할 수 없는 영원한 원수지간이었다.

여수가 태후의 명령으로 척씨 부인을 데리러 온 것은 바로 그 다음날 아침의 일이었다. 여수는 척비를 미앙궁으로 끌고 가기는 하면서도 내심으로는 그녀를 은근히 동정하였다.

"부인은 지금 태후의 명령으로 미앙궁으로 끌려가는 중이옵니다. 지금이라도 죽고 싶지 않거든 태후에게 용서를 빌도록 하십시오. 그렇지 않으면 오늘로서 죽음을 면하기가 어려울 것이오."

약자에 대한 일종의 감상적인 동정이었는지 모른다. 그러나 악이 받칠 대로 받친 척비는 그 따위 싸구려 동정은 상대조차 하지 않았다.

이윽고 척비가 미앙궁 뜰 아래 꿇어앉자, 태후는 대청마루를 천천히 걸어 나오더니 아무 말도 아니 하고 척비를 조소의 눈으로 노려보기만 하고 있었다.

한쪽은 강자强者요 한쪽은 약자弱者인지라, 두 사람의 시선이 정면으로 마주쳤을 때에는 약자 편에서 시선을 돌려 버리는 것이 보통이었다. 그러나 척비는 결코 그렇지가 않았다. 그녀는 비록 뜰 아래 꿇어앉아 있기는 할망정, 얼굴을 똑바로 치켜들고 태후를 무섭게 쏘아보고 있는 것이 아닌가.

태후는 울화가 치밀어 오를 뿐만 아니라, 일종의 전율감조차 느껴져서 자기도 모르게 호통을 질렀다.

"너 이년! 네년은 선제의 총애를 독점해 오는 동안에 황후인 나를 원수로 알았을 뿐만 아니라, 나의 아들을 태자의 자리에서 쫓아내고 아들 여의를 태자로 삼으려고까지 했것다? 네년은 그런 죄로 오늘날 이 꼴이 되었건만, 아직도 반성할 줄을 모른다는 말이냐!"

그러자 척비는 살기가 등등하게 즉석에서 이렇게 반격해 온다.

"질투로 환장해 버린 마귀 같은 늙은 년아! 너는 내 아들을 죽여 버렸으니, 이제는 나도 빨리 죽여 다오. 내가 살아서는 원수를 갚을 수 없지만, 저승에 가서는 이 원수를 반드시 갚고야 말겠다."

태후는 무서운 반항에 부딪치자 독기가 오를 대로 올랐다.

"이년아! 네가 발악을 한다고 네년을 빨리 죽여 줄 줄 아느냐! 죽이기는 죽이되 두고두고 괴롭히다가 몇 년 후에나 죽일 테니, 그리 알아라."

그리고 당장에 형리刑吏를 불러, 다음과 같이 끔찍스러운 명령을 내리는 것이었다.

"여봐라! 저년의 손목과 발목을 모조리 잘라서 두루뭉수리로 만들어 버려라. 귀도 베고 눈알도 뽑아 내어 측간厠間에다 처넣어라! 그래서 이제부터는 저년을 '인체人彘'라고 부르도록 하여라!"

인체란 '사람 돼지'라는 뜻이었다. 여자들의 질투심과 증오심은 그렇게도 잔혹한 것이었던가. 시앗이 아무리 밉기로, 사람을 그렇게까지 괴롭힐 수 있는 일이던가.

아무려나 척비는 손과 발이 모두 잘려 버린 채, 돼지가 아닌 '인체'의 신세가 되어 버리고 말았다. 목숨이 원수라고나 할까, 척비는 죽고 싶어도 죽을 자유조차 없는 비참한 신세가 되고 만 것이었다.

한편, 자비심이 남달리 많은 혜제는 조왕 여의가 살해되었음을 알고 나서부터는 정치에 뜻이 없어 날마다 술과 계집으로 고민을 달래고 있었다.

'내가 나라를 아무리 잘 다스려 보고 싶어도, 어머니가 아들을 죽이는 이 판국에, 무슨 재주로 나라를 제대로 다스릴 수 있단 말인가.'

그렇게 생각한 혜제는 마침내 자포 자기의 타락 생활을 계속해 왔던 것이다.

그런데 어느 날, 혜제는 사냥을 하고 돌아오다가 우연하게도 척비가 갇혀 있는 변소 간에 들르게 되었다. 소변을 보려고 무심코 변소에 들렀다가, 사람 같기도 하고 귀신 같기도 한 괴물이 변소 안에 갇혀 있는 것을 보고 기절 초풍을 할 듯이 놀라며 변소 간에서 뛰쳐 나왔다. 그리하여 수행하던 시종들에게 다급하게 묻는다.

"변소 안에 사람 같기도 하고 귀신 같기도 한 괴물이 갇혀 있는데 도대체 그것이 무엇이냐?"

시종들이 모두 거북한 표정으로 대답한다.

"그것은 '인체人彘'라고 부르는 것이옵니다."

"인체라니? 인체란 도대체 무엇을 말하는 것이냐?"

"……"

시종들은 대답하기가 거북하여 약속이나 한 듯이 입을 다물어 버렸다.

혜제는 그럴수록 수상스러워 마침내 추상 같은 호령을 내린다.

"인체……라는 것이 무엇인지 사실대로 알려라. 사실대로 말해 주지 않으면 수하를 막론하고 참형에 처하리라."

이에 시종들은 몸을 떨며,

"사람 같기도 하고 귀신 같기도 한 그 괴물은 선제께서 극진히 총애하시던 척비의 변신變身이옵니다."

하고 대답하였다.

그 대답에 혜제는 소스라치게 놀라며 다시 묻는다.

"척비께서 사람도 아니고 귀신도 아닌 괴물로 변신을 했다니, 그게 무슨 소리냐. 왜 그렇게 변신이 되었는지 그 연유를 분명하게 말해라."

시종들은 그 이상 숨길 수가 없어, "척비는 태후에 의하여 손과 발이 잘리고 인체가 되었다"는 사실을 낱낱이 품고하지 않을 수가 없었다. 혜제는 그 사실을 알고 나자 통곡을 하면서 태후에게 달려와 무섭게 대들었다.

"어마마마는 선제를 도와 천하를 통일하셨거든, 모름지기 인덕仁德을 만민에게 베풀어야 옳을 일이오. 그런데도 불구하고 어마마마는 척비에게 잔인 무도한 형벌을 내렸으니, 그게 무슨 짓이오. 사람에게 벌을 주려거든 무슨 벌을 주지 못해, 하필이면 그렇게도 잔인 무도한 짓을 했단 말이오. 나는 어머니의 자식임이 부끄러워 얼굴을 들 수가 없구려."

혜제가 미친 사람처럼 공박을 하는 바람에 태후는 변명할 말이 없었다. 그러나 그럴수록 척비에 대한 태후의 증오심은 자꾸만 치열해 갔다.

혜제는 생모인 여 태후를 한바탕 닦아세우고 대궐로 돌아오자, 그날부터는 모든 정사政事를 승상에게 전임시켜 버리고 자기 자신은 주색에만 골몰하였다. 여 태후는 그런 사실을 알자, 자기 자신이 숫제 정권政權을 빼앗아 버릴 욕심이 생겼다.

'오냐! 네가 에미를 배반하고 그년을 그렇게까지 두둔한다면, 이제는 네게서 정권도 빼앗아 와야 하겠다.'

태후는 아들조차 원수로 간주해 버리고, 그 때부터는 여씨 일족呂氏一族을 벼슬자리에 등용하려 하였다. 그러나 승상 소하는 전대前代부터의 명재상인지라, 태후의 일가 친척들을 좀처럼 채용해 주려고 하지 않았다.

"이 나라에는 선대부터의 유능한 공신들이 많사옵는데, 어떻게 그들을 제쳐놓고 아무 공로도 없는 여씨들을 고관에 등용하옵니까. 옛날부터 외척外戚이 득세를 하게 되면 나라가 망하는 법이옵니다."

소하가 여씨 일족을 등용하지 않으려는 대의 명분은 이상과 같이 뚜렷하였다. 참으로 승상 소하는 명재상이었던 것이다.

그러나 혜제가 즉위한 지 2년 후인 무신년戊申年 가을에 승상 소하가 죽고 나자 사정은 크게 달라졌다. 여 태후는 혜제가 정치에 무관심한 것을 기화로, 실질적으로는 황제의 대권大權을 몸소 행사하기 시작하였다. 그리하여 자신의 일가붙이와 여대呂臺·여산呂産·여록呂綠·여택呂澤 등을 마구잡이로 고관에 등용하였다. 게다가 병권兵權까지 그들의 손에 맡겨 버렸다.

그리고 그로부터 5년 후에 혜제가 주색에 지쳐 세상을 떠나 버리게 되자, 여 태후는 혜제와 아무 관련도 없는 어린아이를 천자의 자리에 올려놓고, 자기 자신은 '청정聽政'이라는 이름으로 대권을 완전히 장악해 버렸다.

유방이 천신 만고 끝에 이루어 놓은 통일천하는 10년이 채 못 가 여씨의 손에 넘어가게 되었던 것이다.

여 태후는 천하를 장악하고 나자, 여씨 일족을 불러 놓고 말한다.

"이제 모든 것은 나의 뜻대로 되었다. 그러나 아직도 처리해야 할 잔무殘務가 하나 남아 있다. 그것은 '인체'를 죽여 없애는 일이다. 지금부터 '인체'를 이 자리에 끌어내다가 사지四肢에 수레[車]를 매어, 그년을 네 조각으로 찢어 죽이도록 하라. 그래야만 나의 원한이 완전히 풀려 버릴 것이다."

명령 일하, '인체'인 척비는 마침내 태후의 눈 앞에서 사지가 네 조각으로 찢어지는 처절한 죽음을 당하고 말았다.

여 태후는 척비를 죽이고 나서도 마음이 개운치 않아 원한의 눈물을 흘리며 자기도 모르게 이렇게 씨부려대었다.

"네년을 죽였건만 네년에게 빼앗겼던 나의 청춘은 다시 돌아오지 않으니, 그것이 슬프구나……."

시앗을 본다는 것은 그렇게도 뼈아픈 슬픔이었던 것이다.

(끝)

## 연 보

1911년  평북 의주 출생.
1936년  단편 〈졸곡제卒哭祭〉《동아일보》 신춘문예에 입선.
1937년  단편 〈성황당城隍堂〉《조선일보》 신춘문예에 당선.
1939년  장편 《화풍花風》을 《매일신보》에 연재.
1941년  전작 장편 《청춘青春의 윤리倫理》 발표.
1942년  연구서 《소설작법小說作法》 발표.
1946년  장편 《장미의 계절季節》을 《중앙신문》에 연재.
1947년  전작 장편 《고원故苑》 발표.
1948년  장편 《애련기哀戀記》 발표.
1949년  장편 《도회都會의 정열情熱》 발표.
         장편 《청춘산맥青春山脈》을 《경향신문》에 연재.
1951년  장편 《여성전선女性戰線》을 《영남일보》에 연재.
1952년  전작 장편 《애정무한愛情無限》, 장편 《번지番地 없는 주막酒幕》 발표.
1953년  콩트집 《색지풍경色紙風景》, 장편 《산유화山有花》 발표.
         장편 《세기世紀의 종鍾》을 《영남일보》에 연재.
1954년  장편 《자유부인自由夫人》을 《서울신문》에 연재.

|  | 장편《인생여정人生旅情》발표. |
|---|---|
| 1955년 | 장편《민주어족民主魚族》을《한국일보》에 연재. |
|  | 장편《월야月夜의 창窓》발표. |
| 1956년 | 장편《낭만열차浪漫列車》를《한국일보》에 연재. |
| 1957년 | 장편《슬픈 목가牧歌》를《동아일보》에 연재. |
|  | 장편《사랑의 십자가十字架》발표. |
| 1958년 | 장편《유혹誘惑의 강江》을《서울신문》에 연재. |
|  | 장편《비정非情의 곡曲》을《경향신문》에 연재. |
| 1959년 | 장편《화혼花魂》발표. |
| 1960년 | 장편《연가戀歌》,《여성의 적敵》을《서울신문》에 연재. |
| 1962년 | 장편《인간실격人間失格》발표. |
|  | 장편《산호珊瑚의 문門》을《경향신문》에 연재. |
|  | 장편《여인백경女人百景》을《조선일보》에 연재. |
| 1963년 | 장편《욕망해협欲望海峽》을《동아일보》에 연재. |
| 1964년 | 장편《에덴은 아직도 멀다》를《조선일보》에 연재. |
| 1965년 | 장편《노변정담爐邊情談》을《대한일보》에 5년간 연재(10권 발행). |
| 1976년 | 연작 장편《명기열전名妓列傳》을《조선일보》에 4년간 연재. |
| 1977년 | 사화집《이조여인사화李朝女人史話》발표. |
| 1978년 | 전기《퇴계소전退溪小傳》발표. |
| 1979년 | 수상집《살아가며 생각하며》발표. |
| 1980년 | 전작 장편《민비閔妃》발표. |
|  | 사화집《퇴계일화선退溪逸話選》발표. |
| 1981년 | 장편《여수旅愁》를《경향신문》에 연재. |
|  | 장편《손자병법孫子兵法》을《한국경제신문》에 연재(4권 발행). |

1983년   장편《초한지楚漢志》를《한국경제신문》에 연재(5권 발행).
1985년   장편《김삿갓 풍류기행》을《한국경제신문》에 연재.
         장편《현부열전賢婦列傳》발표.
1987년   장편《소설 민비전閔妃傳》발행.
1988년   장편《소설 김삿갓》발행(6권).
1989년   장편《미인별곡美人別曲》발행(6권).
1991년   숙환으로 별세.

## 소설 초한지 ⑤

| 2003년 1월 10일 | 초판 1쇄 발행 |
| 2022년 2월 25일 | 초판 19쇄 발행 |

지은이　정　비　석
펴낸이　윤　형　두
펴낸데　범　우　사

등　록　1966. 8. 3. 제406-2003-000048호
10881　경기도 파주시 광인사길 9-13 (문발동)
전　화　(031)955-6900, 팩스 (031)955-6905

* 파본은 교환해 드립니다.

ISBN 89-08-04238-2 04810　　(인터넷) www.bumwoosa.co.kr
　　　89-08-04233-4 (세트) (이메일) bumwoosa1966@naver.com

## 최근 서울대·연대·고대 권장도서 및
### 미국의 〈뉴스위크〉〈타임〉지 '역대
# 범우비평판

1 **토마스 불핀치** 1 그리스·로마 신화 최혁순 ★●
    2 원탁의 기사 한영환
    3 샤를마뉴 황제의 전설 이성규
2 **도스토예프스키** 1-2 죄와 벌(전2권) 이철 ◆
    3-5 카라마조프의 형제(전3권) 김학수 ★●
    6-8 백치(전3권) 박형규
    9-11 악령(전3권) 이철
3 **W. 셰익스피어** 1 셰익스피어 4대 비극 이태주 ★●●
    2 셰익스피어 4대 희극 이태주
    3 셰익스피어 4대 사극 이태주
    4 셰익스피어 명언집 이태주
4 **토마스 하디** 1 테스 김회진 ◆
5 **호메로스** 1 일리아스 유영 ★●●
    2 오디세이아 유영 ★●●
6 **존 밀턴** 1 실낙원 이창배

7 **L. 톨스토이** 1 부활(전2권) 이철
    3-4 안나 카레니나(전2권) 이철 ★●
    5-8 전쟁과 평화(전4권) 박형규 ◆
8 **토마스 만** 1-2 마의 산(전2권) 홍경호 ★●●
9 **제임스 조이스** 1 더블린 사람들·비평문 김종건
    2-5 율리시즈(전4권) 김종건
    6 젊은 예술가의 초상 김종건 ★●●
    7 피네간의 경야(抄)·詩·에피파니 김종건
    8 영웅 스티븐·망명자들 김종건
10 **생 텍쥐페리** 1 전시 조종사(외) 조규철
    2 젊은이의 편지(외) 조규철·이정림
    3 인생의 의미(외) 조규철
    4-5 성채(전2권) 염기용
    6 야간비행(외) 전채린·신경자
11 **단테** 1-2 신곡(전2권) 최현 ★●●
12 **J. W. 괴테** 1-2 파우스트(전2권) 박환덕 ★●●
13 **J. 오스틴** 1 오만과 편견 오화섭 ◆
    2-3 맨스필드 파크(전2권) 이옥용
    4 이성과 감성 송은주
    5 엠마 이옥용
14 **V. 위고** 1-5 레 미제라블(전5권) 방곤
15 **임어당** 1 생활의 발견 김병철
16 **루이제 린저** 1 생의 한가운데 강두식
    2 고원의 사랑·옥중기 김문숙 홍경호
17 **게르만 서사시** 1 니벨룽겐의 노래 허창운
18 **E. 헤밍웨이** 1 누구를 위하여 종은 울리나 김병철
    2 무기여 잘 있거라(외) 김병철 ◆
19 **F. 카프카** 1 성(城) 박환덕
    2 변신 박환덕 ★●●
    3 심판 박환덕
    4 실종자 박환덕
    5 어느 투쟁의 기록(외) 박환덕
    6 밀레나에게 보내는 편지 박환덕
20 **에밀리 브론테** 1 폭풍의 언덕 안동민 ◆

셰익스피어 4대작품

溫故知新으로 21세기를! 범우사
T.031)955-6900 F.031)955-6905
www.bumwoosa.co.kr

# 미국 수능시험주관 대학위원회 추천도서!

## '100大 도서' 범우사 책 최다 선정(28종) 1위

# 세계문학

**158권**
▶계속 출간

▶ 크라운변형판
▶ 각권 7,000원~15,000원
▶ 전국 서점에서 낱권으로 판매합니다

★ 서울대 권장도서
● 연고대 권장도서
◆ 미국대학위원회 추천도서

21 마가렛 미첼 1-3 바람과 함께 사라지다(전3권) 송관식·이병규
22 스탕달　 1 적과 흑 김봉구 ★●
23 B. 파스테르나크 1 닥터 지바고 오재국 ◆
24 마크 트웨인　 1 톰 소여의 모험 김병철
　　　　　　　 2 허클베리 핀의 모험 김병철 ◆
　　　　　　 3-4 마크 트웨인 여행기(전2권) 박미선
25 조지 오웰　 1 동물농장·1984년 김회진
26 존 스타인벡 1-2 분노의 포도(전2권) 전형기 ◆
　　　　　　 3-4 에덴의 동쪽(전2권) 이성호
27 우나무노　 1 안개 김현창
28 C. 브론테 1-2 제인 에어(전2권) 배영원 ◆
29 헤르만 헤세　 1 知와 사랑·싯다르타 홍경호
　　　　　　　 2 데미안·크눌프·로스할데 홍경호
　　　　　　　 3 페터 카멘친트·게르트루트 박환덕
　　　　　　　 4 유리알 유희 박환덕
30 알베르 카뮈　 1 페스트·이방인 방 곤 ◆
31 올더스 헉슬리　 1 멋진 신세계(외) 이성규·허정애 ◆
32 기 드 모파상　 1 여자의 일생·단편선 이정림
33 투르게네프　 1 아버지와 아들 이철 ●
　　　　　　　 2 처녀지·루딘 김학수
34 이미륵　 1 압록강은 흐른다(외) 정규화
35 T. 드라이저　 1 시스터 캐리 전형기
　　　　　　 2-3 미국의 비극(전2권) 김병철 ◆
36 세르반떼스　 1 돈 끼호떼 김현창 ★●◆
　　　　　　　 2 (속) 돈 끼호떼 김현창
37 나쓰메 소세키　 1 마음·그 후 서석연 ★
　　　　　　　 2 명암 김정훈
38 플루타르코스 1-8 플루타르크 영웅전(전8권) 김병철 ◆
39 안네 프랑크　 1 안네의 일기(외) 김남석·서석연
40 강용흘　 1 초당 장문평
　　　　　 2 동양선비 서양에 가시다 유영
41 나관중　 1-5 원본 三國志(전5권) 황병국
42 귄터 그라스　 1 양철북 박환덕 ★●
43 아쿠타가와노스케 1 아쿠타가와 작품선 진웅기·김진욱

44 F. 모리악　 1 떼레즈 데께루·밤의 종말(외) 전채린
45 에리히 M.레마르크 1 개선문 홍경호
　　　　　　　 2 그늘진 낙원 홍경호·박상배
　　　　　　　 3 서부전선 이상없다(외) 박환덕 ◆
　　　　　　　 4 리스본의 밤 홍경호
46 앙드레 말로　 1 희망 이가형
47 A. J. 크로닌　 1 성채 공문혜
48 하인리히 뵐　 1 아담 너는 어디 있었느냐(외) 홍경호
49 시몬느 드 보봐르 1 타인의 피 전채린
50 보카치오 1-2 데카메론(전2권) 한형곤 ◆
51 R. 타고르　 1 고라 유영
52 R. 롤랑 1-5 장 크리스토프(전5권) 김창석
53 노발리스　 1 푸른 꽃(외) 이유영
54 한스 카로사　 1 아름다운 유혹의 시절 홍경호
　　　　　　　 2 루마니아 일기(외) 홍경호
55 막심 고리키　 1 어머니 김현택
56 미우라 아야코　 1 빙점 최현
　　　　　　　　 2 (속) 빙점 최현
57 김현창　 1 스페인 문학사
58 시드니 셀던　 1 천사의 분노 황보석
59 아이작 싱어　 1 적들, 어느 사랑이야기 김회진
60 에릭 시갈　 1 러브 스토리·올리버 스토리 김성렬·홍성표
61 크누트 함순　 1 굶주림 김남석
62 D.H.로렌스　 1 채털리 부인의 사랑 오영진
　　　　　　 2-3 무지개(전2권) 최인자
63 어윈 쇼　 1 나이트 워크 김성렬
64 패트릭 화이트 1 불타버린 사람들 이종욱

## 산과 바다와 여행길에
# 범우문고
### 2,800 ~ 3,900원

범우문고는 환경보호를 위해 재생지를 사용하고 있습니다.

▶ 전국 서점에서 낱권으로 판매합니다
▶ 계속 출간됩니다

* 범우문고가 받은 상
제1회 독서대상(1978), 한국출판문화상(1981), 국립중앙도서관 추천도서(1982), 출판협회 청소년도서(1985), 새마을문고용 선정도서(1985), 중고교생 독서권장도서(1985), 사랑의 책보내기 선정도서(1986), 문화공보부 추천도서(1989), 서울시립 남산도서관 권장도서(1990), 교보문고 선정 독서권장도서(1994), 한우리독서운동본부 권장도서(1996), 문화관광부 추천도서(1998), 문화관광부 책읽기운동 추천도서(2002)

1 수필 피천득
2 무소유 법정
3 바다의 침묵(외) 베르코르/조규철·이정림
4 살며 생각하며 미우라 아야코/진웅기
5 오, 고독이여 F.니체/최혁순
6 어린 왕자 A.생 텍쥐페리/이정림
7 톨스토이 인생론 L.톨스토이/박형규
8 이 조용한 시간에 김우종
9 시지프의 신화 A.카뮈/이정림
10 목마른 계절 전혜린
11 젊은이여 인생을… A.모르아/방곤
12 채근담 홍자성/최현
13 무진기행 김승옥
14 공자의 생애 최현 엮음
15 고독한 당신을 위하여 L.린저/곽복록
16 김소월 시집 김소월
17 장자 장자/허세욱
18 예언자 K.지브란/유제하
19 윤동주 시집 윤동주
20 명정 40년 변영로
21 산사에 심은 뜻은 이청담
22 날개 이상
23 메밀꽃 필 무렵 이효석
24 애정은 기도처럼 이영도
25 이브의 천형 김남조
26 탈무드 M.토케이어/정진태
27 노자도덕경 노자/황병국
28 갈매기의 꿈 R바크/김진욱
29 우정론 A.보나르/이정림
30 명상록 M.아우렐리우스/최현
31 젊은 여성을 위한 인생론 펄벅/김진욱
32 B사감과 러브레터 현진건
33 조병화 시집 조병화
34 느티의 일월 모윤숙
35 로렌스의 성과 사랑 D.H.로렌스/이성호
36 박인환 시집 박인환
37 모래톱 이야기 김정한
38 창문 김태길
39 방랑 H.헤세/홍경호
40 손자병법 손무/황병국
41 소설·알렉산드리아 이병주
42 전락 A.카뮈/이정림
43 사노라면 잊을 날이 윤형두
44 김삿갓 시집 김병연/황병국
45 소크라테스의 변명(외) 플라톤/최현
46 서정주 시집 서정주
47 사람은 무엇으로 사는가 L.톨스토이/김진욱
48 불가능은 없다 R.슐러/박호순
49 바다의 선물 A.린드버그/신상웅
50 잠 못 이루는 밤을 위하여 C.힐티/홍경호
51 딸깍발이 이희승
52 몽테뉴 수상록 M.몽테뉴/손석린
53 박재삼 시집 박재삼
54 노인과 바다 E.헤밍웨이/김회진
55 향연·뤼시스 플라톤/최현
56 젊은 시인에게 보내는 편지 R.릴케/홍경호
57 피천득 시집 피천득
58 아버지의 뒷모습(외) 주자청(외)/허세욱(외)
59 현대의 신 N.쿠치카(편)/진철승
60 별·마지막 수업 A.도데/정봉구
61 인생의 선용 J.러보크/한영환
62 브람스를 좋아하세요… F.사강/이정림
63 이동주 시집 이동주
64 고독한 산보자의 꿈 J.루소/염기용
65 파이돈 플라톤/최현
66 백장미의 수기 I.숄/홍경호
67 소년 시절 H.헤세/홍경호
68 어떤 사람이기에 김동길
69 가난한 밤의 산책 C.힐티/송영택
70 근원수필 김용준
71 이방인 A.카뮈/이정림
72 롱펠로 시집 H.롱펠로/윤삼하
73 명사십리 한용운
74 왼손잡이 여인 P.한트케/홍경호
75 시민의 반항 H.소로/황문수
76 민중조선사 전석담
77 동문서답 조지훈
78 프로타고라스 플라톤/최현
79 표본실의 청개구리 염상섭
80 문주반생기 양주동
81 신조선혁명론 박열/서석연
82 조선과 예술 야나기 무네요시/박재삼
83 중국혁명론 모택동(외)/박광종 엮음
84 탈출기 최서해
85 바보네 가게 박연구
86 도왜실기 김구/엄항섭 엮음
87 슬픔이여 안녕 F.사강/이정림·방곤
88 공산당 선언 K.마르크스·F.엥겔스/서석연
89 조선문학사 이명선
90 권태 이상
91 내 마음속의 그들 한승헌
92 노동자강령 F.라살레/서석연
93 장씨 일가 유주현
94 백설부 김진섭
95 에코스파즘 A.토플러/김진욱
96 가난한 농민에게 바란다 N.레닌/이정일
97 고리키 단편선 M.고리키/김영국
98 러시아의 조선침략사 송정환
99 기재기이 신광한/박헌순

| 번호 | 제목 | 저자 |
|---|---|---|
| 100 | 홍경래전 | 이명선 |
| 101 | 인간만사 새옹지마 | 리영희 |
| 102 | 청춘을 불사르고 | 김일엽 |
| 103 | 모범경작생(외) | 박영준 |
| 104 | 방망이 깎던 노인 | 윤오영 |
| 105 | 찰스 램 수필선 | C.램/양병석 |
| 106 | 구도자 | 고은 |
| 107 | 표해록 | 장한철/정병욱 |
| 108 | 월광곡 | 홍난파 |
| 109 | 무서록 | 이태준 |
| 110 | 나생문(외) | 아쿠타가와 류노스케/진웅기 |
| 111 | 해변의 시 | 김동석 |
| 112 | 발자크와 스탕달의 예술논쟁 | 김진웅 |
| 113 | 파한집 | 이인로/이상보 |
| 114 | 역사소품 | 곽말약/김승일 |
| 115 | 체스·아내의 불안 | S.츠바이크/오영옥 |
| 116 | 복덕방 | 이태준 |
| 117 | 실천론(외) | 모택동/김승일 |
| 118 | 순오지 | 홍만종/전규태 |
| 119 | 직업으로서의 학문·정치 | M.베버/김진웅(외) |
| 120 | 요재지이 | 포송령/진기환 |
| 121 | 한설야 단편선 | 한설야 |
| 122 | 쇼펜하우어 수상록 | 쇼펜하우어/최혁순 |
| 123 | 유태인의 성공법 | M.토케이어/진웅기 |
| 124 | 레디메이드 인생 | 채만식 |
| 125 | 인물 삼국지 | 모리야 히로시/김승일 |
| 126 | 한글 명심보감 | 장기근 옮김 |
| 127 | 조선문화사서설 | 모리스 쿠랑/김수경 |
| 128 | 역옹패설 | 이제현/이상보 |
| 129 | 문장강화 | 이태준 |
| 130 | 중용·대학 | 차주환 |
| 131 | 조선미술사연구 | 윤희순 |
| 132 | 옥중기 | 오스카 와일드/임헌영 |
| 133 | 유태인식 돈벌이 후지다 | 덴/지방훈 |
| 134 | 가난한 날의 행복 | 김소운 |
| 135 | 세계의 기적 | 박광순 |
| 136 | 이퇴계의 활인심방 | 정숙 |
| 137 | 카네기 처세술 | 데일 카네기/전민식 |
| 138 | 요로원야화기 | 김승일 |
| 139 | 푸슈킨 산문 소설집 | 푸슈킨/김영국 |
| 140 | 삼국지의 지혜 | 황의백 |
| 141 | 슬견설 | 이규보/장덕순 |
| 142 | 보리 | 한흑구 |
| 143 | 에머슨 수상록 | 에머슨/윤삼하 |
| 144 | 이사도라 덩컨의 무용에세이 | I.덩컨/최혁순 |
| 145 | 북학의 | 박제가/김승일 |
| 146 | 두뇌혁명 | T.R.블랙슬리/최현 |
| 147 | 베이컨 수상록 | 베이컨/최혁순 |
| 148 | 동백꽃 | 김유정 |
| 149 | 하루 24시간 어떻게 살 것인가 | A.베넷/이은순 |
| 150 | 평민한문학사 | 허경진 |
| 151 | 정선아리랑 | 김병하·김연갑 엮편 |
| 152 | 독서요법 | 황의백 엮음 |
| 153 | 나는 왜 기독교인이 아닌가 | B.러셀/이재황 |
| 154 | 조선사 연구(草) | 신채호 |
| 155 | 중국의 신화 | 장기근 |
| 156 | 무병장생 건강법 | 배기성 엮음 |
| 157 | 조선위인전 | 신채호 |
| 158 | 정감록비결 | 편집부 엮음 |
| 159 | 유태인 상술 | 후지다 덴/진웅기 |
| 160 | 동물농장 | 조지 오웰/김회진 |
| 161 | 신록 예찬 | 이양하 |
| 162 | 진도 아리랑 | 박병훈·김연갑 |
| 163 | 책이 좋아 책하고 사네 | 윤형두 |
| 164 | 속담에세이 | 박연구 |
| 165 | 중국의 신화(후편) | 장기근 |
| 166 | 중국인의 에로스 | 장기근 |
| 167 | 귀여운 여인(외) | A.체호프/박형규 |
| 168 | 아리스토파네스 희곡선 | 아리스토파네스/최현 |
| 169 | 세네카 희곡선 | 세네카/최 현 |
| 170 | 테렌티우스 희곡선 | 테렌티우스/최 현 |
| 171 | 외투·코 | 고골리/김영국 |
| 172 | 카르멘 | 메리메/김진욱 |
| 173 | 방법서설 | 데카르트/김진욱 |
| 174 | 페이터의 산문 | 페이터/이성호 |
| 175 | 이해사회학의 카테고리 | 막스 베버/김진웅 |
| 176 | 러셀의 수상록 | 러셀/이성구 |
| 177 | 속악유희 | 최영년/황순구 |
| 178 | 권리를 위한 투쟁 | R. 예링/심윤종 |
| 179 | 돌과의 문답 | 이규보/장덕순 |
| 180 | 성황당(외) | 정비석 |
| 181 | 양쯔강(외) | 펄 벅/김병걸 |
| 182 | 봄의 수상(외) | 조지 기싱/이창배 |
| 183 | 아미엘 일기 | 아미엘/민희식 |
| 184 | 예언자의 집에서 | 토마스 만/박환덕 |
| 185 | 모자철학 | 가드너/이창배 |
| 186 | 짝 잃은 거위를 곡하노라 | 오상순 |
| 187 | 무하선생 방랑기 | 김상용 |
| 188 | 어느 시인의 고백 | 릴케/송영택 |
| 189 | 한국의 멋 | 윤태림 |
| 190 | 자연과 인생 | 도쿠토미 로카/진웅기 |
| 191 | 태양의 계절 | 이시하라 신타로/고명국 |
| 192 | 애서광 이야기 | 구스타브 플로베르/이민정 |
| 193 | 명심보감의 명구 191 | 이응백 |
| 194 | 아큐정전 | 루쉰/허세욱 |
| 195 | 촛불 | 신석정 |
| 196 | 인간제대 | 추식 |
| 197 | 고향산수 | 마해송 |
| 198 | 아랑의 정조 | 박종화 |
| 199 | 지사총 | 조선작 |
| 200 | 홍동백서 | 이어령 |
| 201 | 유령의 집 | 최인호 |
| 202 | 목련초 | 오정희 |
| 203 | 친구 | 송영 |
| 204 | 쫓겨난 아담 | 유치환 |
| 205 | 카마수트라 | 바스야냐니/송미영 |
| 206 | 한 가닥 공상 | 밀른/공덕룡 |
| 207 | 사랑의 샘가에서 | 우치무라 간조/최현 |
| 208 | 황무지 공원에서 | 유달영 |
| 209 | 산정무한 | 정비석 |
| 210 | 조선해학 어수록 | 장한종/박훤 |
| 211 | 조선해학 파수록 | 부묵자/박훤 |
| 212 | 용재총화 | 성현/정종진 |
| 213 | 한국의 가을 | 박대인 |
| 214 | 남원의 향기 | 최승범 |
| 215 | 다듬이 소리 | 채만식 |
| 216 | 부모 은중경 | 안춘근 |
| 217 | 거룩한 본능 | 김규련 |
| 218 | 연주회 다음 날 | 우치다 핫켄/문희정 |
| 219 | 갑사로 가는 길 | 이상보 |
| 220 | 공상에서 과학으로 | 엥겔스/박광순 |
| 221 | 인도기행 | H. 헤세/박환덕 |
| 222 | 신화 | 이주홍 |
| 223 | 게르마니아 | 타키투스/박광순 |
| 224 | 김강사와 T교수 | 유진오 |
| 225 | 금강산 애화기 | 곽말약/김승일 |
| 226 | 십자가의 증언 | 강원룡 |
| 227 | 아네모네의 마담 | 주요섭 |
| 228 | 병풍에 그린 닭이 | 계용묵 |
| 229 | 조선책략 | 황준헌/김승일 |
| 230 | 시간의 빈터에서 | 김열규 |
| 231 | 밖에서 본 자화상 | 한완상 |
| 232 | 잃어버린 동화 | 박문하 |
| 233 | 붉은 고양이 | 루이제 린저/홍경호 |
| 234 | 봄은 어느 곳에 | 심훈(외) |
| 235 | 청춘예찬 | 민태원 |
| 236 | 낙엽을 태우면서 | 이효석 |
| 237 | 알랭어록 | 알랭/정봉구 |
| 238 | 기다리는 마음 | 송규호 |
| 239 | 난중일기 | 이순신/이민수 |
| 240 | 동양의 달 | 차주환 |
| 241 | 경세종(외) | 김필수(외) |
| 242 | 독서와 인생 | 미키 기요시/최현 |
| 243 | 콜롬바 | 메리메/송태효 |
| 244 | 목축기 | 안수길 |
| 245 | 허허선생 | 남정현 |
| 246 | 비늘 | 윤홍길 |
| 247 | 미켈란젤로의 생애 | 로맹 롤랑/이정림 |
| 248 | 산딸기 | 노천명 |
| 249 | 상식론 | 토머스 페인/박광순 |
| 250 | 베토벤의 생애 | 로맹 롤랑/이정림 |
| 251 | 얼굴 | 조경희 |
| 252 | 장사의 꿈 | 황석영 |
| 253 | 임금 노동과 자본 | 카를 마르크스/박광순 |
| 254 | 붉은 산 | 김동인 |
| 255 | 낙동강 | 조명희 |
| 256 | 호반·대학시절 | T.슈토름/홍경호 |
| 257 | 맥 | 김남천 |
| 258 | 지하촌 | 강경애 |
| 259 | 설국 | 가와바타 야스나리/김진욱 |
| 260 | 생명의 계단 | 김교신 |
| 261 | 법창으로 보는 세계명작 | 한승헌 |
| 262 | 톨스토이의 생애 | 로맹 롤랑/이정림 |
| 263 | 자본론 | 레닌/김승일 |

www.bumwoosa.co.kr  TEL 031)955-6900  범우사

온고지신(溫故知新)으로 희망찬 21세기를!

현대사회를 보다 새로운 시각으로 종합진단하여
그 처방을 제시해주는

# 범우사상신서

1 자유에서의 도피  E. 프롬/이상두
2 젊은이여 오늘을 이야기하자  렉스프레스誌/방곤·최혁순
3 소유냐 존재냐  E. 프롬/최혁순
4 불확실성의 시대  J. 갈브레이드/박현채·전철환
5 마르쿠제의 행복론  L. 마르쿠제/황문수
6 너희도 神처럼 되리라  E. 프롬/최혁순
7 의혹과 행동  E. 프롬/최혁순
8 토인비와의 대화  A. 토인비/최혁순
9 역사란 무엇인가  E. 카/김승일
10 시지프의 신화  A. 카뮈/이정림
11 프로이트 심리학 입문  C.S. 홀/안귀여루
12 근대국가에 있어서의 자유  H. 라스키/이상두
13 비극론 · 인간론(외)  K. 야스퍼스/황문수
14 엔트로피  J. 리프킨/최현
15 러셀의 철학노트  B. 페인버그 · 카스릴스(편)/최혁순
16 나는 믿는다  B. 러셀(외)/최혁순 · 박상규
17 자유민주주의에 희망은 있는가  C. 맥퍼슨/이상두
18 지식인의 양심  A. 토인비(외)/임현영
19 아웃사이더  C. 윌슨/이성규
20 미학과 문화  H. 마르쿠제/최현 · 이근영
21 한일함병사  야마베 겐타로/안병무
22 이데올로기의 종언  D. 벨/이상두
23 자기로부터의 혁명 ①  J. 크리슈나무르티/권동수
24 자기로부터의 혁명 ②  J. 크리슈나무르티/권동수
25 자기로부터의 혁명 ③  J. 크리슈나무르티/권동수
26 잠에서 깨어나라  B. 라즈니시/길연
27 역사학 입문  E. 베른하임/박광순
28 법화경 이야기  박혜경
29 융 심리학 입문  C.S. 홀(외)/최현
30 우연과 필연  J. 모노/김진욱
31 역사의 교훈  W. 듀란트(외)/천희상
32 방관자의 시대  P. 드러커/이상두 · 최혁순
33 건전한 사회  E. 프롬/김병익
34 미래의 충격  A. 토플러/장을병
35 작은 것이 아름답다  E. 슈마허/김진욱
36 관심의 불꽃  J. 크리슈나무르티/강옥구
37 종교는 필요한가  B. 러셀/이재황
38 불복종에 관하여  E. 프롬/문국주
39 인물로 본 한국민족주의  장을병
40 수탈된 대지  E. 갈레아노/박광순
41 대장정-작은 거인 등소평  H. 솔즈베리/정성호
42 초월의 길 완성의 길  마하리시/이병기
43 정신분석학 입문  S. 프로이트/서석연
44 철학적 인간 종교적 인간  황필호
45 권리를 위한 투쟁(외)  R. 예링/심윤종 · 이주향
46 창조와 용기  R. 메이/안병무
47 꿈의 해석(상 · 하)  S. 프로이트/서석연
48 제3의 물결  A. 토플러/김진욱
49 역사의 연구 ①  D. 서머벨 엮음/박광순
50 역사의 연구 ②  D. 서머벨 엮음/박광순
51 건건록 무쓰 무네미쓰/김승일
52 가난이야기  가와카미 하지메/서석연
53 새로운 세계사  마르크 페로/박광순
54 근대 한국과 일본  나카스카 아키라/김승일
55 일본 자본주의 정신  야마모토 시치헤이/김승일 · 이근원
▶ 계속 펴냅니다

 범우사

# 범우고전선

시대를 초월해 인간성 구현의 모범으로 삼을 만한 책을 엄선

| | | | | |
|---|---|---|---|---|
| 1 | 유토피아 토마스 모어/황문수 | | 28 | 육도·삼략 하재철 옮김 |
| 2 | 오이디푸스 王 소포클레스/황문수 | | 29 | 국부론(상) A. 스미스/최호진·정해동 |
| 3 | 명상록·행복론 M.아우렐리우스·L.세네카/황문수·최현 | | 30 | 국부론(하) A. 스미스/최호진·정해동 |
| 4 | 깡디드 볼떼르/염기용 | | 31 | 펠로폰네소스 전쟁사(상) 투키디데스/박광순 |
| 5 | 군주론·전술론(외) 마키아벨리/이상두 | | 32 | 펠로폰네소스 전쟁사(하) 투키디데스/박광순 |
| 6 | 사회계약론(외) J. 루소/이태일·최현 | | 33 | 孟子 차주환 옮김 |
| 7 | 죽음에 이르는 병 키에르케고르/박환덕 | | 34 | 아방강역고 정약용/이민수 |
| 8 | 천로역정 존 버니언/이현주 | | 35 | 서구의 몰락 ① 슈펭글러/박광순 |
| 9 | 소크라테스 회상 크세노폰/최혁순 | | 36 | 서구의 몰락 ② 슈펭글러/박광순 |
| 10 | 길가메시 서사시 N. K. 샌다즈/이현주 | | 37 | 서구의 몰락 ③ 슈펭글러/박광순 |
| 11 | 독일 국민에게 고함 J. G. 피히테/황문수 | | 38 | 명심보감 장기근 |
| 12 | 히페리온 F. 횔덜린/홍경호 | | 39 | 월든 H. D. 소로/양병석 |
| 13 | 수타니파타 김운학 옮김 | | 40 | 한서열전 반고/홍대표 |
| 14 | 쇼펜하우어 인생론 A. 쇼펜하우어/최현 | | 41 | 참다운 사랑의 기술과 허튼 사랑의 질책 안드레아스/김영락 |
| 15 | 톨스토이 참회록 L. N. 톨스토이/박형규 | | 42 | 종합 탈무드 마빈 토케이어(외)/전풍자 |
| 16 | 존 스튜어트 밀 자서전 J. S. 밀/배영원 | | 43 | 백운화상어록 백운선사/석찬선사 |
| 17 | 비극의 탄생 F. W. 니체/곽복록 | | 44 | 조선복식고 이여성 |
| 18-1 | 에 밀(상) J. J. 루소/정봉구 | | 45 | 불조직지심체요절 백운선사/박문열 |
| 18-2 | 에 밀(하) J. J. 루소/정봉구 | | 46 | 마가렛 미드 자서전 M.미드/최혁순·최인옥 |
| 19 | 팡 세 B. 파스칼/최현·이정림 | | 47 | 조선사회경제사 백남운/박광순 |
| 20-1 | 헤로도토스 歷史(상) 헤로도토스/박광순 | | 48 | 고전을 보고 세상을 읽는다 모리야 히로시/김승일 |
| 20-2 | 헤로도토스 歷史(하) 헤로도토스/박광순 | | 49 | 한국통사 박은식/김승일 |
| 21 | 성 아우구스티누스 고백록 A.아우구스티누스/김평옥 | | 50 | 콜럼버스 항해록 라스 카사스 신부 엮음/박광순 |
| 22 | 예술이란 무엇인가 L. N. 톨스토이/이철 | | 51 | 삼민주의 쑨원/김승일(외) 옮김 |
| 23 | 나의 투쟁 A. 히틀러/서석연 | | 52-1 | 나의 생애(상) L. 트로츠키/박광순 |
| 24 | 論語 황병국 옮김 | | 52-2 | 나의 생애(하) L. 트로츠키/박광순 |
| 25 | 그리스·로마 희곡선 아리스토파네스(외)/최현 | | 53 | 북한산 역사지리 김윤우 |
| 26 | 갈리아 戰記 G. J. 카이사르/박광순 | | | |
| 27 | 善의 연구 니시다 기타로/서석연 | | ▶ 계속 펴냅니다 | |

온고지신(溫故知新)으로 21세기를!

범우사 서울시 마포구 구수동 21-1호 TEL 717-2121, FAX 717-0429
http://www.bumwoose.co.kr (천리안·하이텔 ID) BUMWOOSA

서울대 권장 '동서고전 200선' 선정도서

**무삭제 완역본으로 범우사가 낸 성인용!**

# 아라비안 나이트

전 10권

리처드 F. 버턴 / 김병철(중앙대 명예교수·문학박사) 옮김

**1000일 밤 하고 하루 동안 펼쳐지는 280여 편의 길고 짧은 이야기!**

영국의 한 평론가가 말했듯이, 오늘의 세계문학은 거의 《아라비안 나이트》에
등장하는 이야기들을 소재로 씌어졌다고 해도 과언이 아닙니다.
아라비아, 페르시아, 인도, 이란, 이집트 등지의 문화를
솔직담백하게 엮어낸 전승문학(傳承文學)의 총화(叢話)!
목숨을 연장시키기 위해 밤마다 침실에서 펼쳐놓았던 이야기,
천일야화(千一夜話)!
250여 편에 달하는 설화의 보고(寶庫)에서 쏟아져나오는 고품격 에로티시즘.
천일야화는 지금도 계속되고 있습니다!

신국판/500면 안팎/각권 값 8,000원

 범우사

# 서울대 선정도서인 나관중의 '원본 삼국지'

**범우비평판세계문학 41-①②③④⑤**
나관중 / 중국문학가 황병국 옮김

新개정판

### 원작의 순수함과 박진감이 그대로 담긴 '원본 삼국지'!

**원작에 가장 충실하게 번역되어 독자로 하여금 읽는 즐거움을 느끼게 합니다.**
이 책은 편역하거나 윤문한 삼국지가 아니라 중국 삼민서국과 문원서국
판을 대본으로 하여 원전에 가장 충실하게 옮긴 '원본 삼국지' 입니다.
한시(漢詩) 원문, 주요 전도(戰圖), 출사표(出師表) 등
각종 부록을 대거 수록한 신개정판.

· 작품 해설: 장기근 (서울대 명예교수, 한문학 박사) · 전5권/각 500쪽 내외 · 크라운변형판/각권 값 10,000원

**＊중·고등학생이 읽는 사르비아 〈삼국지〉**
1985년 중·고등학생 독서권장도서(서울시립남산도서관 선정)
최현 옮김/사르비아총서 502·503·504/각권 6,000원

**＊초등학생이 보면서 읽는 〈소년 삼국지〉**
나관중/곽하신 엮음/피닉스문고 8·9/각권 3,000원

제갈량

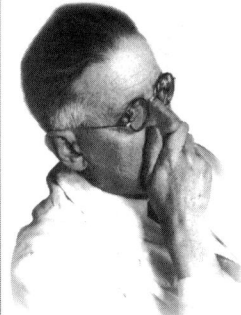

20세기 최고의 모더니스트 제임스 조이스의 정수(精髓)를 맛본다!

# 제임스 조이스 전집
### 김종건(고려대 교수) 옮김

한국 제임스 조이스 학회장 김종건 교수(고려대 영문과)가 28년간에 걸쳐 우리 말로 옮긴 제임스 조이스 전집의 결정판이다.
고뇌와 정열이 낳은 이 일곱 권의 책을 통해 우리는 비로소 진정한 모습의 조이스를 만날 수 있다.

**전7권**

비평판세계문학선 **9**

## 더블린 사람들 - ❶
제임스 조이스 지음/김종건 옮김

'의식의 흐름'이란 수법을 대담하게 소설에 도입, 현대문학에 큰 영향을 미친 제임스 조이스의 단편(短篇) 모음집. 더블린 시민들의 삶의 단편들을 열거함으로써 내재되어 있는 정신적 마비의 양상을 특유의 에피파니(Epiphany)를 통해 묘사하고 있다.
크라운변형판/448쪽/값 10,000원

## 율리시즈(전4권) - ❷·❸·❹·❺
제임스 조이스 지음/김종건 옮김

현대 인간 심리의 백과사전적 총화(總和)로 불리우는 제임스 조이스의 대표작! 가장 행복한 장수(長壽)의 책, 난해한 책, 인간 희극으로 읽으면 읽을수록 위대한 고전 등으로 불리는 조이스 최대의 걸작소설로서 원고지 1만 8,000장을 옮긴, 한국 최초의 완역본(개역본)이다.
크라운변형판/(1)464쪽(2)464쪽(3)416쪽(4)416쪽/각권 값 10,000원

## 젊은 예술가의 초상 - ❻
제임스 조이스 지음/김종건 옮김 404쪽

〈젊은 예술가의 초상〉은 스티븐 디덜러스라는 한 젊은 예술가의 성장을 그린 대표적 교양소설이라 할 수 있다.
작가는 의식의 흐름, 에피파니, 신화 구조 등과 같은 새로운 소설 기법을 사용함으로써 주인공의 인생에 대한 도약과 그의 예술세계의 창조를 향한 웅비를 가장 고무적으로 다루고 있다.
크라운변형판/400쪽/값 10,000원

## 피네간의 경야(抄) · 詩 · 에피파니 - ❼
제임스 조이스 지음/김종건 옮김 339쪽

**피네간의 경야(經夜)(抄)**
그 아름다운 낭만성과 서정성 및 언어의 율동성으로 세계문학사상 산문시의 극치를 이룬다.
**조이스의 시(詩)**
〈실내악〉, 〈한푼짜리 시들〉등은 전원(田園)과 도시의 아름답고 서정에 넘치는 우아한 교향시들이다.
**에피파니(Epiphany)**
작가가 구상했던, 품위있는 운문에 대한 사실적 산문 대구로 이루어진 일종의 산문시라 할 수 있다.
크라운변형판/352쪽/값 10,000원

유럽 문단에 꽃피운 한국인의 얼과 혼(魂)!

# 이미륵 박사 주요 작품

### 정규화(성신여대 교수) 옮김

이미륵(1899~1950) 박사의 타계 50주기를 맞아 그가 남긴 여러 작품들이 더욱 빛을 발하고 있다. 그의 문학의 특성은 주로 한국을 중심으로 동양의 전통과 민족성을 소재로 하고 있으며, 우리 문화에 대하여 항상 사랑과 예찬으로 묘사하고 있다. 여기에 수년 동안 인기리에 판매되어 온 그의 작품들을 소개한다.

**비평판 세계문학선 34-1**
## 압록강은 흐른다(외)

정규화 옮김  크라운변형판/464쪽/값 10,000원
낭만이라기 보다도 작가의 모험과 성장을 내면의
유기적인 힘으로 이해하려는 휴머니즘의 정신이
짙게 깔려 있는 자전적인 글들을 모았다.
〈압록강은 흐른다〉 외에 〈무던이〉〈실종자〉
〈탈출기〉〈그래도 압록강은 흐른다〉를 실었다.

**사르비아총서 301**
## 압록강은 흐른다

전혜린 옮김  변형국판/224쪽/값 6,000원
사르비아 총서로 재편집되어 나온 개정판이다.
그의 소년 시절, 교우 관계, 학교 생활, 정신적이며
실제적인 관심사들을 한국의 윤리나 풍습을
곁들여 서술하였다.

**사르비아총서 302**
## 그래도 압록강은 흐른다

정규화 옮김  변형국판/296쪽/값 6,000원
독일에서 생활하면서 자기의 두 생활권과
성장 과정을 그린 자전적인 작품이다.
장기간의 유럽 생활에도 불구하고 동양의 전통적인
미덕과 한국 사상을 우아한 스타일로
서구 기계주의 문명에 투입시켰다.

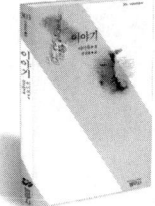

**사르비아총서 303**
## 이야기(무던이)

정규화 옮김  변형국판/224쪽/값 6,000원
이 책은 중편 〈무던이〉 외에 〈신기한 모자〉,
〈어깨기미와 복심이〉 등 21편의 단편을 모아 실었다.
〈무던이〉를 포함한 이 단편들은 독일에서
베스트 셀러가 되었다. 한국의 정서와 고유한 풍습,
동양적 내면 세계가 다루어져 있다.

# 범우 셰익스피어 작품선

범우비평판세계문학선 3-❶❷❸❹

### 셰익스피어 4대 비극
W. 셰익스피어 지음 / 이태주 옮김
크라운 변형판 · 값 10,000원 · 544쪽

우리에게 너무도 잘 알려진 〈햄릿〉〈맥베스〉〈리어왕〉〈오셀로〉 등 비극 4편을 싣고 있으며, 셰익스피어의 비극세계와 그의 성장과정 · 극작가로서 그가 차지하는 문학사적 지위 등을 부록(해설)으로 다루었다.

### 셰익스피어 4대 희극
W. 셰익스피어 지음 / 이태주 옮김
크라운 변형판 · 값 10,000원 · 448쪽

영국이 낳은 세계최고의 시인이요 극작가인 셰익스피어의 희극 4편을 실었다. 〈베니스의 상인〉〈로미오와 줄리엣〉〈한여름밤의 꿈〉〈당신이 좋으실 대로〉 등을 통하여 우리의 영원한 세계문화 유산인 셰익스피어를 가까이 만날 수 있을 것이다.

### 셰익스피어 4대 사극
W. 셰익스피어 지음 / 이태주 옮김
크라운 변형판 · 값 12,000원 · 512쪽

셰익스피어 사극은 14세기 말에서 15세기 말에 이르기까지 영국사의 정권투쟁을 다루고 있다. 여기에는 〈헨리 4세 1부, 2부〉〈헨리 5세〉〈리차드 3세〉를 수록하였는데 셰익스피어는 이러한 역사극을 통해 세계인들에게 이상적인 군주의 모습이 어떤 것인지를 잘 보여주고 있다.

### 셰익스피어 명언집
W. 셰익스피어 지음 / 이태주 편역
크라운 변형판 · 값 10,000원 · 384쪽

이 책은 그의 명언만을 집대성한 것으로 인간의 사랑과 야망, 증오, 행복과 운명, 기쁨과 분노, 우정과 성(性), 처세의 지혜 등에 관한, 명구들이 일목요연하게 엮어져 있다.

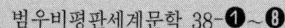

범우비평판세계문학 38-❶~❽

**책 속에 영웅의 길이 있다…!!**

# 플루타르크 영웅전

플루타르코스 / 김병철(중앙대 명예교수) 옮김

## 국내 최초 완역, 99년 개정판 출간!

프랑스의 루소가 되풀이하여 읽고, 나폴레옹과 베토벤, 괴테가 평생 곁에 두고
애독한 그리스·로마의 영웅열전(英雄列傳)!
영웅들의 성격과 인물 됨됨이를 사실적으로 묘사한 영웅 보감!

그리스와 로마의 영웅들과 위인들의 파란만장한 생애를 통해 그들의 성격과 도덕적 견해를 대비시켜
묘사함으로써 정의와 불의, 선과 악, 진리와 허위, 이성간의 사랑 등 인간의 모든 문제를 파헤쳐 보이고 있다.

지금 전세계의 도서관에 불이 났다면 나는 우선 그 불속에 뛰어들어가 '셰익스피어 전집'과 '플루타르크 영웅전'을
건지는데 내 몸을 바치겠다. ─ 美 사상가·시인 에머슨의 말 ─

새로운 편집 장정 / 전8권 / 크라운 변형판 / 각권 8,000원

## 범우희곡선

연극으로 느낄 수 없는 시나리오의
진한 카타르시스, 오랜 감동 …!

**1 세일즈맨의 죽음** 아서 밀러/오화섭 옮김
고도로 발달된 산업사회에서 생겨난 물질 만능주의, 내적 갈등을
예리하게 파헤친 밀러의 대표작.

**2 코카시아의 백묵원** 베르톨트 브레히트/이정길 옮김
동독의 극작가로서 현대극의 완성자라 불리는 브레히트의 시적·
서사적 대작.

**3 몰리에르 희곡선** 몰리에르/민희식 옮김
희극작가로 유명한 몰리에르의 작품 〈서민귀족〉, 〈스카팽의 간계〉,
〈상상병 환자〉를 모았다.

**4 간계와 사랑** 프리드리히 실러/이원양 옮김
괴테와 함께 고전주의의 쌍벽을 이루는 독일의 시인이며 극작가인
실러의 희곡.

**5 욕망이라는 이름의 전차** 테네시 윌리엄스/신정옥 옮김
미국 희곡의 금자탑, 극문학의 정점.
옛 추억과 이상 속에 사는 삶과 비열한 삶의 대립.

**6 에쿠우스** 피터 셰퍼/신정옥 옮김
현실의 굴레와 원초적 욕망 사이에서 분열된 삶의 절규와
인간의 자유를 심도있게 표출.

**7 뜨거운 양철지붕 위의 고양이** 테네시 윌리엄스/오화섭 옮김
현대문명이 지닌 인간의 온갖 죄악과 부패와 비정상적 관계인
한 가족을 다룬 작품.

**8 유리동물원** 테네시 윌리엄스/신정옥 옮김
겨울안개처럼 슬픔의 빛깔과 가락만을 간직한 사람들이 엮어내는
환상의 추억극.

**9 빌헬름 텔** 프리드리히 실러/한기상 옮김
완전무결한 존재의 자유와 현실세계의 조화를 위해 투쟁하는 인간의 모습을
그린 작품.

**10 아마데우스** 피터 셰퍼/신정옥 옮김
인간의 원초적 감정의 실체를 날카롭게 파헤친 무대언어의 마술사
피터 셰퍼의 역작.

**11 탤리 가의 빈집(외)** 랜퍼드 윌슨/이영아 옮김
현대의 체호프라 불리는 윌슨의 대표적인 작품
〈탤리 가의 빈집〉과 〈토분 쌓는 사람들〉 수록.

**12 인형의 집** 헨리 입센/김진욱 옮김
개인과 가정과 사회의 관계 속에서 일어나는 갈등과 모순을
사실주의적으로 드러낸 입센의 회심작.

**13 산 불** 차범석 지음
민족사의 비극을 바탕으로 인간 본연의 삶과 사랑에 대한 갈증을
그려내고 있는 한국 리얼리즘 희곡의 걸작.

**14 황금연못** 어니스트 톰슨/최 현 옮김
노부부의 사랑과 신뢰, 죽음을 앞두고 겪는 인간적 갈등과
초월을 다룬 작품.

**15 민중의 적** 헨리 입센/김석만 옮김
지역 온천개발을 둘러싸고 투자자인 지역주민들과
개발계획자들 간의 흥미있는 대립을 그린 입센의 대표 작품.

**16 태(외)** 오태석 지음
생의 근원적인 문제를 신화적, 우의적인 형태로 표현한 가장 한국적인 작품.

 범우사